RALF WAIBLINGER

Hasenpfeffer

HUNDSTAGE Warum verfällt ein erfolgreicher Polizeiermittler plötzlich in Selbstzweifel? Vielleicht, weil er ein Hund ist und seine Eltern Katzen sind? Weil er nicht immer Kommissar war, sondern eine zweifelhafte Vergangenheit hat? Oder weil er seine Fälle nicht mehr mit ordentlicher Polizeiarbeit, sondern durch skrupellose Ermittlungsmethoden löst? Als die Kaufhauskette von Kommissar Bösenschrecks Busenfreundin in einen Fälschungsskandal um hochwertige Edelchronometer verwickelt wird, wittert er den ganz großen Wurf. Doch er unterschätzt seinen Gegner Panetoni Magenbitter, den »Pane«, Chef einer Hasenverbrecherbande. Eine gefährliche Jagd beginnt, packend und voller Spannung, bei der nicht immer klar ist, wer Jäger und wer Gejagter ist. In einem dramatischen Showdown wird Bösenschreck zu grundsätzlichen Entscheidungen gezwungen, die ihn Freunde, den Ruf und beinahe seine Familie kosten – auf jeden Fall aber sein bisheriges Leben.

Ein tierisches Krimivergnügen, gespickt mit Witz und Ironie, mit 26 llustrationen.

Ralf Waiblinger wurde 1969 in Tübingen geboren. Nach Abitur und Studium zum Getränketechnologen verantwortete er die Qualitätskontrolle einer Brauerei am Schwarzwaldrand. Bis heute ist er als Regionalvertriebsleiter in der Getränkezulieferindustrie im In- und Ausland tätig. Seit dem Jugendalter ist der Autor Zeichner von Funnies, Comics und Kinderbüchern. Zusammen mit seiner Familie lebt er glücklich am Fuße der schwäbischen Alb.

RALF WAIBLINGER

Hasenpfeffer

Kommissar Bösenschrecks opportune Ermittlungsmethoden

GMEINER Original

Besuchen Sie uns im Internet:
www.gmeiner-verlag.de

Im Ehnried 5, 88605 Meßkirch
Telefon 07575/2095-0
info@gmeiner-verlag.de

1. Auflage 2013

Lektorat: Claudia Senghaas, Kirchardt
Herstellung: Julia Franze
alle Illustrationen stammen vom Autor Ralf Waiblinger
Umschlaggestaltung: U.O.R.G. Lutz Eberle, Stuttgart
unter Verwendung eines Fotos von: © Ralf Waiblinger
Druck: GGP Media GmbH, Pößneck
Printed in Germany
ISBN 978-3-8392-1444-2

Für Vicki

DIE PROTAGONISTEN:

Hauptkommissar Spekulantius Bösenschreck, der Ermittler, ein Hund

Unübertroffen in seiner Aufklärungsquote in allen Abteilungen dank seiner guten Verbindungen ins Milieu und seinem Spekulationsgeschick. Im Höhenrausch seiner Erfolge wird er in Sachen ordentlicher Ermittlungsarbeit immer nachlässiger. Dies zwingt ihn zu einer gewissen opportunen Rücksichtslosigkeit, Untergebene, Freunde und Bekannte für sich auszunutzen. Doch auch Bösenschreck hat ein Gewissen und – wie alle – eine Vergangenheit! Was oder wen ist er bereit aufs Spiel zu setzen …?

Panetoni Magenbitter, der Gangster, ein Hase

Richtiger Name unbekannt. Chef einer Verbrecherorganisation um die Hasen Kralle, Löffler, Blume, Scharte und Rammler, die sich auf den Vertrieb von hochwertigen Markenartikelimitaten spezialisiert hat. Zielstrebig, abgebrüht und skrupellos wird Magenbitter zum gefährlichsten Gegner, mit dem es Bösenschreck je zu tun hatte …

Oblabert Koriander, Zuckerbäcker, eine Katze

Als international angesehener und ausgezeichneter Zuckerbäcker ist Oblabert Koriander zutiefst enttäuscht, als sein einziger Sohn Spekulantius den elterlichen Herd verlässt, um in der Fremde sein Glück zu suchen, anstatt die vorgesehene Nachfolge des erfolgreichen Familienunternehmens anzutreten. Er lässt ihn ziehen und das hat Konsequenzen …

Ox Bries, Kellner, ein Rind

Rechte Hand und Steigbügelhalter von Panetoni Magenbitter. Offiziell kommt Ox einem Nebenjob als Ober im Speiselokal ›Zum falschen Hasen‹ nach.

Meingold Schnallentritt, Nachtclubbesitzer und Zuhälter, ein Wildschwein

Geschäftlich wie persönlich stand und steht Bösenschreck Meingold Schnallentritt wiederholt im Wege. Eine tiefe innere Abneigung beflügelt Schnallentritt dazu, nichts unversucht zu lassen, um Bösenschreck endlich zu Fall zu bringen …

Heimlich Geldermann, Geschäftsmann, ein Waschbär

Geldermann betreibt ein Pfand- und Tauschhaus. Diverse Male wurde er schon der Hehlerei verdächtigt, konnte allerdings nie überführt werden. Dieses Mal jedoch ist sich Bösenschreck sicher: Geldermann kann seine Hände nicht mehr in Unschuld waschen …

Zuzi, Erotikfacharbeiterin, eine Gans

Angestellte von Meingold Schnallentritt und Exfreundin von Bösenschreck.

Zuzi ist Stein des Anstoßes zwischen der schon persönlich gewordenen Fehde zwischen den beiden. Nur dank ihr gelingt es Bösenschreck, Schnallentritt in Schach zu halten.

Hieronymut Aktenfitschler, Standesbeamter, ein Maulwurf

Rony ist Bösenschrecks ›Datenfreund‹, von dem er immer wieder die ein oder andere vertrauliche Information zu Namensänderungen, Ummeldungen, Anmeldungen oder Abmeldungen erhält, die schon des Öfteren aufklärungsfördernd gewesen war. Doch auch Freunde erwarten früher oder später den einen oder anderen ›Freundschaftsdienst‹ …

Baldrian Knüppler, Wachtmeister, ein Lemming

Direkter Untergebener von Hauptkommissar Bösenschreck und ein Polizist vom alten Schrot und Korn, der sich aufopferungsvoll und ohne Rücksicht auf die eigene Gesundheit ins Geschehen stürzt …

Barbarella Piepenbringts, Grande Dame, ein Seehund

Witwe des verstorbenen Inhabers der Nobelkette ›Schickimicki‹ und Mitglied der High Society. Seit Bösenschreck ihre Katze gerettet hat, pflegen die beiden eine rein platonische Liaison. Ihre Kaufhauskette wird Opfer eines Fälschungsskandals um anerkannte Markenfabrikate, weshalb sie ihren Busenfreund Bösenschreck auf die Fährte bringt …

Lupine Fitzelkrams, Chefin des Kriminallabors, ein Pferd

Das Arbeitspferd im Kriminallabor, ausgesprochen talentiert und ideenreich. Wie keine andere trägt sie durch ihre Untersuchungen und Ergebnisse maßgeblich zur Aufklärung von Bösenschrecks wichtigstem Fall bei …

Mortemer Messerschmitt, Gerichtsmediziner, eine Hyäne

Ein Meister seines Fachs und ausgesprochen scharfsinnig in seiner Analyse. Die Fälle scheinen für ihn nicht mehr abzureißen – aber kein Problem, denn Mortemer Messerschmitt geht in seiner Arbeit auf wie kein anderer …

Dr. Gansgar Ranzig, Rechtsanwalt, ein Stinktier

Der äußerst eloquente und gerissene Rechtsanwalt von Panetoni Magenbitter stellt sich vor seinen Mandanten, undurchdringlich wie eine Panzerglasscheibe. Seine Methoden riechen förmlich nach Rechtsbeugung und die Chemie seines angeborenen Naturells reicht aus, um Richter, Staatsanwalt und Hauptkommissar Bösenschreck buchstäblich die Tränen in die Augen zu treiben …

Der Herr Polizeipräsident, ein Schaf, und Staatsanwalt Dr. Theokrat Kläglich, eine Krähe

Die beiden Vorgesetzten und Antreiber von Hauptkommissar Bösenschreck haben eine glasklare Maxime: Den Fall irgendwie zugunsten der Staatsanwaltschaft aufzuklären. Diese Tatsache setzt Bösenschreck unter immensen persönlichen Druck und zwingt ihn wiederholt zu äußerst opportunistischen und vor allem gefährlichen Entscheidungen …

Wer noch…

Fünf Handlanger von Panetoni Magenbitter, alles Hasen:
Kralle, alias Raffael van Raff
Löffler, alias Lug van Oehren
Blume, alias Nikelaus van Easterhazy
Scharte, alias Klaut Stiehlts
Rammler, alias Hasso Striezel

Schimmi und Panzi, alias Zack Schimpansky, und Pans Lackaff, Leibwächter von Magenbitter, zwei Gorillas

Mik ›die Ratte‹ Ratzefummel, Auftragskiller, eine Ratte

Hacki Hackmut Schnallentritt, Sohn und rechte Hand von Meingold Schnallentritt, ein Frischling

Habakus Rechenbach, Buchhalter, ein Erdmännchen

Gebrüder Zigi und Rillo Blütenblatt, Inhaber der Gärtnerei Blütenblatt, zwei Biber

Hartlieb Schwertfeger, Richter, ein Löwe

Gerwolf Käscher, Headhunter, ein Wolf

Killfried und Killian Bärentöter, zwei Kopfgeldjäger, zwei Frettchen

Iwahn der Nuschler, Informant, ein Igel

Enzian Secundo Edelweiss II., Inhaber der Ührlistolzmanufaktur, ein Faultier,

und viele andere …

KAPITEL 1

Der Kommissar – oder: Erst die Logik, dann die Vernunft

»Hervorragende Arbeit, mein lieber Kommissar! Wieder einmal!«, platzte der Polizeipräsident am frühen Morgen in mein Büro. Er warf das Tagblatt mit Elan auf meinen Schreibtisch. Sein angenehm aufdringlicher Geruch von guten Neuigkeiten in frischer Druckerschwärze erfüllte den Raum und der ohnehin schon magere Duft meines dünnen, lauwarmen Kaffees verlor sich vollends.

›Geldfälscherbrüder Blütenblatt enttarnt und verhaftet‹

lautete die Schlagzeile, die in dicken, leuchtenden Lettern alles andere überragte.

»Wie haben Sie das wieder hingekriegt, Kommissar? Und in welch kurzer Zeit!« Das Gesicht des Polizeipräsidenten strahlte, seine Augen glänzten feucht. Ich wollte gerade zu einer knappen Antwort ansetzen, da hieb er mir mit voller Wucht auf die Schulter.

»Ihre Aufklärungsquote ist schon fast beängstigend!« Damit rannte der Herr Polizeipräsident wieder aus dem Büro. Im Grunde interessierte es ihn nicht, wie, sondern nur, dass ich es wieder hingekriegt hatte. Die Tür knallte lautstark wie ein Donnerhall ins Schloss. Dem folgte ein leises, kaum wahrnehmbares ›Pling‹.

Beim Aufstehen griff ich mir an die schmerzende Schulter – ich sollte die eigentümlichen und gewöhnungsbedürftigen Motivationsmethoden meines neuen Vorgesetzten noch schwer auf mir lasten spüren – und öffnete die Tür meines erst kürzlich bezogenen neuen Büros. Der Sparwahn der frisch gewählten Regierung hatte dazu geführt, dass meine heiß geliebte Heimatstadt leer ausgegangen war, als es um die Vergabe des neuen Polizeipräsidiums ging. Unfassbar, ja geradezu unbegreiflich! Lag diese doch im Herzen des Landes, im Mittelpunkt des Geschehens. Eine Stadt, die seit jeher Heimat von Dichtern und Denkern war. Also wo sonst sollte, bitte schön, die Wiege aller kriminalistischen Schöpfungsarbeit liegen? Den Zuschlag erhielt die nur zehn Kilometer weiter östlich gelegene Möchtegernmetropole, wie ich sie bissig nannte. Diese ›Großstadt‹ hatte schon früher mit dem imaginären Ruf geglänzt, eine der höchsten Millionärsdichten zu besitzen, womit für mich völlig klar war, was hier letztendlich den Ausschlag gegeben hatte. Auch ich war in jungen Jahren schon einmal den Reizen dieser Stadt erlegen und hatte als Dankeschön dafür hier mein ganz persönliches Waterloo erlebt. Und jetzt hatte sie mich erneut in ihren Bann gezogen, weil ich nun dem Ruf meines Arbeitgebers folgen musste. Vor meiner Bürotür auf dem Boden lag mein Namensschild. Es war nur mit einfachem Fix & Weg Haftkleber befestigt worden, der, genau wie ich, offenbar noch nicht abgehärtet genug zu sein schien für den Kraftausbruch meines neuen Chefs. Wenn das mal kein Omen war! Ich war zwar nicht abergläubisch, dennoch befiel mich Unruhe, als ich das dünne Metallplättchen aufhob:

›Spekulantius Bösenschreck – Hauptkommissar‹

Wer hätte gedacht, dass ich einen solchen Erfolg in der Verbrechensbekämpfung haben würde! Annähernd 95% Aufklärungsquote, unübertroffen in allen Abteilungen – vor meiner Versetzung. Und der Grund, warum mich der neue Polizeipräsident als leuchtenden Stern und als Leitfigur bei der anstehenden Neugliederung der Kriminalpolizei an seiner Seite wissen wollte. Tatsächlich war ich der Schrecken der Unterwelt – absolut passend darum mein Name. Dabei war das gar nicht mein richtiger Name, jedenfalls fast nicht.

Durch einen dummen Zufall sorgte ein kleiner Schreibfehler in meinen Personalien, verursacht durch das örtliche Standesamt, für mein nicht ganz korrektes Pseudonym. Richtigerweise hätte es heißen müssen ›Spekulantius Börsenschreck‹. Doch auch das war nicht der Name, mit dem mich meine Eltern einst bedacht hatten.

Aufgewachsen war ich in der ›Zuckerbäckerei Koriander‹, der ersten Adresse für allerlei feine Leckereien. Die Bäckerei war zentral in der Nähe des Hauptbahnhofs gelegen und weit über die Grenzen der von mir in meinen aufmüpfigen Jahren als langweilig und elitär empfundenen und verschmähten Studentenstadt hinaus bekannt. Mein Vater Oblabert Koriander war ein Meister seines Fachs, ein Zuckerbäcker par excellence: Ob gefüllte Marzipanmäulchen im Schokoladenmäntelchen, glasierte und gepuderte Spitzbuben mit Preiselbeergelee, Baiserwespennester auf Zimtoblaten, Vanilleflachswickel mit karamellisierten Krokantsplittern oder luftige Windbeutelchen mit Mandelcremeparfait. Keine noch so raffinierte Leckerei brachte ihn an seine Grenzen. Oblabert Koriander hütete seine Rezepte wie seinen Augapfel. Sogar im selbst verfassten und mittlerweile international anerkannten Backalmanach ›Ich back dir eins über‹ veröffentlichte er nur die einfacheren Rezepte wie ›Ländlicher Bratapfelsaftkuchen mit kandierten Zwetschgen‹ oder ›Luggeleskäsekuchen à la brûlée mit Sucre Cassonade‹. Die Spezialitäten blieben sein Geheimnis. Für seine weltberühmten ›Honigschneckennudeln mit Liebesperlen‹, die regelmäßig beim Neujahrsempfang der oberen Zehntausend gereicht wurden, hatte ihm die Frau des Oberbürgermeisters angeblich eindeutige Avancen gemacht, nur um an das Rezept heranzukommen. Dies hatte er zumindest immer behauptet. Allerdings hatte er sich nie von ihr erweichen lassen. Oblabert hatte nämlich neben seinen Backwerken nur noch Augen für eine: Margarina Magenbrot, meine Mutter. Margarina Magenbrot entstammte genau wie Oblabert Koriander einer Bäckersfamilie. Tatsächlich waren Oblaberts Vater und Margarinas Mutter Cousin und Cousine. Natürlich, das Talent lag ihnen einfach im Blut und darum in der Familie. Während die Zuckerbäckerei Koriander nun jedoch feinstes Naschbackwerk bis zur Vollendung kreierte, war die Familie Magenbrot eher traditionell und bodenständig veranlagt. Hier wurde Backwerk des täglichen Bedarfs geschaffen, allerdings auch mit einer gewissen Raffinesse, die die Köstlichkeiten Magenbrots von der breiten Masse des einfachen und alltäglichen Schwarz–, Weiß- oder Mischbrots abhoben: Doppelt gelaugte Königsbrezeln mit Meersalzstreuseln, Malztreberwecken mit Zwiebelspeckstückchen, genetztes Holzofenkrustenbrot mit Kümmel und Korn oder der beliebte ländliche Salzkuchen mit erntefrischem Lauch, um nur einige Spezialitäten zu nennen. Die Magenbrots verkörperten den Inbegriff an Eigenschaften und Tugenden, die den Leuten hier allgemein nachgesagt wurden: fleißig, sparsam, bodenständig. Diese Bodenständigkeit führte die Magenbrots zu einem soliden Wohlstand und ihre Filialen keimten kontinuierlich in der ganzen Region. Der Slogan ›Magenbrot vom Lande‹ war allgegenwärtig und wortwörtlich in aller Munde.

Oblabert war allzeit äußerst geschäftstüchtig gewesen und hatte schnell den Vorteil eines zweiten konservativen Standbeins im Bereich des täglichen Bedarfs erkannt. Noch dazu hatte Margarina Magenbrot schon immer ihre Reize gehabt. Sie war bis heute außerordentlich appetitlich anzusehen und wohlgeformt und knetete gleichzeitig mit je einer Hand jeweils zwei Pfund Hefeteig in nur zwei Minuten weich. Allesamt Vorzüge, die Oblabert zutiefst beeindruckt hatten und die er sich mehr als alles andere von der Mutter seiner zukünftigen Kinder wünschte. Oblabert musste auch nicht lang um Margarina werben. Die Magenbrots hätten es zwar lieber gesehen, wenn der Name Magenbrot erhalten geblieben wäre, doch erkannten auch sie den Vorteil der Liaison mit Koriander. Besser so, als die Katze im Sack. So zum Beispiel, wenn sich Margarina mit einem fantasielosen Dauergebäckfabrikanten oder, noch schlimmer, mit einem hektischen Fast-Food-Fetischisten, frei von jeglichem guten Geschmack, eingelassen hätte.

Margarina hatte Oblabert auch nicht lange zappeln lassen, sondern war schnell Feuer und Flamme für sein süßes Werben gewesen, welches durch und durch geprägt war von leckeren Komplimenten. Ich hatte auf dem Speicher unlängst ein altes Liebesgedicht gefunden, welches Oblabert seiner Angebeteten zugedacht hatte. Zumindest an die ersten drei Strophen kann ich mich noch vage erinnern:

›Du meine gleich Zimtlöckchen duftende Liebe,
in Anmut aufgegangen, feinstes Gebäck,
honigsüß weckst du meine Triebe,
wenn nicht von dir naschen, was wäre der Zweck?

Einzeln oder auch miteinander,
verströmen nicht annähernd so viel Odeur
Mandelöl, Anis und Koriander,
und mein Tagwerk verkommt ohne dich zum Malheur.

Erhöre mein Flehen, mein Werben tut not,
ich bitt dich: Back mit mir auf ewig zusammen,
oh geliebte Margarina Magenbrot.‹

– oder so ähnlich.

Ich war beileibe nicht besonders virtuos veranlagt. Vor allem nicht, wenn es um die Leckereien und süßen Inspirationen ging, die meinem lieben Vater im Kopf herumgeisterten. Und tatsächlich: Ich war absolut untalentiert für das Zuckerbäckerhandwerk. Ich konnte mir weder die einfachsten Rezepte merken noch wollte mir auch unter mehrfacher Anleitung ein simpler Hefeteig gelingen. Ich hatte zu keiner Zeit auch nur die Spur eines Faibles für das Naschwerk, das tagtäglich den Zauberhänden meiner Eltern entsprang. Es kamen mir deshalb ernsthafte Zweifel an meiner Person. Wie konnte es sein, dass die Gene bei mir so versagten? Irgendetwas konnte da nicht stimmen. Außerdem fand ich, dass ich meinen Eltern in keinster Weise ähnlich sah, eine Tatsache, die meine Mutter stets auf das Heftigste negierte. Allerdings neigen Mütter ja durchaus dazu, ihr Kind stets als das süßeste Geschöpf auf Erden zu deklarieren, egal wie missraten der Stammhalter auch gediehen sein mag.

Ich fand schon immer, dass ich meinen Eltern in keinster Weise ähnlich sah, eine Tatsache, die meine Mutter stets auf das Heftigste negierte.

Die Versicherungen meiner Mutter reichten mir also nicht aus, weshalb ich allerlei Spekulationen über meine mögliche Herkunft anstellte und jede Möglichkeit zu einer heimlichen Schnüffelei im Hause nutzte, um meine Fantasien irgendwie untermauern zu können.

Als meine Eltern, inspiriert durch ein neues Rezept von Oblabert, wieder einmal backtrunken auf dem Küchentisch übereinander her fielen (wie immer auf dem Küchentisch, denn das Bett war nur zum Schlafen da), nutzte ich die Gunst der Stunde, um meinen Theorien neues Futter zu verschaffen. Ich durchstöberte das Haus, auf der Suche nach Beweisen – wofür auch immer. Ich fand diverse Liebesbriefe von Oblabert an Margarina, aus denen auch die noch im Gedächtnis befindlichen Strophen seiner Werbung stammten. Es fielen mir auch verschiedene Fotoalben in die Hände, darunter eines über meine Kindheit. Was mich allerdings verunsicherte und was mein Misstrauen verstärkte, war, dass diese Fotoalben nur Bilder von mir ab dem Kleinkindalter enthielten. Es war aber kein einziges Bilddokument und auch sonst kein Nachweis meiner Geburt oder meines Wirkens im zarten ersten Lebensjahr zu finden. Ich ließ mich durch den erregten Geräuschpegel aus der Küche in meinem Gedankenspiel kurz ablenken, fand aber schnell zu mir selbst zurück. Ich klappte das Album zu und stapfte damit schnurstracks in die Küche. Dort herrschte ein schreckliches Durcheinander und in der Luft lag dicker Mehlstaub. Meine Mutter rekelte sich abwesend verzückt und mit geschlossenen Augen auf dem Küchentisch, die eine Hand in einen Mürbteig gekrallt, in der anderen Hand ein letztes Stückchen Honigschneckennudel mit Liebesperlen. Ihr Atem ging schnell und stoßweise und hob und senkte ihr zerknetetes und angefressenes Dekolleté. In dem Moment, als ich schwungvoll die Tür aufstieß, lag Oblabert noch halb über Margarina gebeugt, ebenfalls die Hand im Mürbteig. In der anderen Hand hielt er sein neuestes Rezept, dessen Ingredienzien er meiner Mutter süß-lustvoll ins Ohr säuselte, was auf sie eine Wirkung wie Katzenminze hatte. Erschrocken fuhr er hoch und zog sich hastig seinen Bäckerschurz zurecht.

»Junge, wie oft hab ich dir schon gesagt, dass jeder Eierkuchen in sich zusammenfällt, wenn man schlagartig die Backofentür aufreißt und für Durchzug sorgt?«

»Wer bin ich?«, gab ich trotzig zur Antwort.

»Was soll das heißen, *wer du bist*? Du bist Spekulantius Koriander, unser lieber Sohn und Stammhalter und Kronprinz unseres Zuckerbäckerimperiums.«

Ich zog das Album meiner Existenz hinter meinem Rücken hervor und streckte es ihm entgegen. »Teigkneten und Schlecksel backen geht mir nicht von der Hand, Rezepte nicht in den Kopf. Ich komme mir vor wie eine Zwetschge unter Pflaumen, weil die Genetik bei meiner Zeugung offensichtlich in jeglicher Richtung versagt hat, wenngleich Mutter auch immer wieder behauptet, ich hätte deine besten Eigenschaften geerbt. Und nun noch das hier, Schwarz auf Weiß!«

Ich knallte das Album auf den Tisch, sodass auch meine Mutter endlich wieder aus ihrem tranceähnlichen Zustand erwachte und sich erschreckt aufsetzte.

»Kein Foto, kein Bild, einfach nichts von meiner Geburt oder meinem ersten Lebensjahr. Wo doch sonst jedes verliebte Paar schon den dicken Bauch unablässig fotografiert, von der Geburt und sämtlichen tölpelhaften Entwicklungsstufen eines Neugeborenen ganz zu schweigen. Also wollt ihr mir nun endlich reinen Wein einschenken?«

Oblabert und Margarina sahen sich peinlich berührt an. Er legte ihr den Arm um die Schulter und griff ihr in die Schürzentasche.

»Eines Tages musste es so kommen. Nur, dass es schon mit 19 so weit sein sollte …!«

Margarina lief eine Träne die Wange herunter, die alsbald am Mehlstaub in ihrem Gesicht hängen blieb. Verwirrt, aber erwartungsvoll blickte ich meinen Vater an, der ein geöffnetes Einschreiben aus der Schürzentasche meiner Mutter hervorzog.

»Dies, mein Junge, kam heute Morgen mit der Post. Es ist die Antwort auf all deine Fragen!«

Das aufdringliche Klingeln des Telefons trieb mich zurück an meinen Schreibtisch.

»Ja, wer da?«

»Bist du's, Börsenschreck? Ich bin's, der Dings, du weißt schon!«, nuschelte die aufgeregte Stimme geheimnisvoll aus der Hörermuschel. Und da mich der Dings mit meinem richtigen Namen ansprach, konnte es sich auch nur um den einen handeln, nämlich den, der meinen richtigen Namen kannte. Derjenige, welcher für den Schreibfehler und meinen daraus entstandenen Künstlernamen verantwortlich war: Hieronymut Aktenfitschler, Bereichsleiter und Standesbeamter beim Einwohnermeldeamt.

»Servus, Rony, grüß dich. Was hast du denn auf dem Herzen?«

»Ganz wichtig! Aber nicht am Telefon! Wir müssen uns sofort treffen! Kannst du kommen?«

»Rony! Mich haben sie versetzt, erinnerst du dich? Ich kann nicht mehr grad so wie früher einfach durch den Fußgängertunnel huschen und mich X-beliebig in der Altstadt mit dir auf Pommes und Cheeseburger treffen!«

»Aber die Sache duldet keinen Aufschub! Ehrlich!«

Rony war derart außer sich, wie ich ihn nur erlebt hatte,

als ich ihn damals auf den Fehler bei meiner Namenseintragung hingewiesen hatte. Dieser Vorfall hatte sein sonst so wohlgeordnetes Leben in, unter und über Bergen von präzise standardisierten und aufs Feinste abgelegten Vorgängen, Verfahren, Anträgen, Genehmigungen, Ablehnungen, Anmeldungen und Abmeldungen völlig aus dem Ruder gebracht.

Alle von mir unterzeichneten Dokumente hatten die korrekte Schreibweise getragen. In den von ihm daraufhin erstellten Ausweisen und Urkunden hingegen mangelte es an einem kleinen ›r‹, weshalb dort anstatt ›Börsenschreck‹ ›Bösenschreck‹ stand. Rony hatte sich tage- und nächtelang Gedanken gemacht, wie er die notwendige Vernichtung meiner Dokumente und die erforderliche Neuerstellung auf Kosten der Behörde bewerkstelligen könnte. Hierfür wäre die amtlich unabwendbare Einsetzung eines rosa Begleitantrags zur Zweiterstellung von Ausweispapieren für meldepflichtige Personen mit gleichzeitigem Kostenerlass aufgrund von widrigen Umständen (welche genau zu definieren wären) erforderlich gewesen. Dieser rosa Begleitantrag war für Rony und seinesgleichen ein ›Rotes Tuch‹, so etwas wie der größtmögliche Fauxpas, den man sich auf dem Amt hätte leisten können. Aufgrund dieses rosa Begleitantrages wäre der Amtsleiter oder sogar der Oberbürgermeister auf den Vorgang aufmerksam geworden. Dass er, Hieronymut Aktenfitschler, nachweislich den schlimmsten aller aktenkundigen Fehler begangen hatte, hatte wie ein Makel auf seiner weißen Beamtenweste gelastet. Schließlich hatte damals seine Beförderung unmittelbar bevorgestanden, die er durch diesen Lapsus als ernsthaft gefährdet einstufen musste. So war er dann auch die Dankbarkeit in Person gewesen, als ich von einer Korrektur abgesehen hatte. Eine nachhaltige und äußerst fruchtbare Entscheidung, wie sich herausgestellt hatte.

Rony liebte sein geordnetes Leben in, unter und über Bergen von präzise standardisierten und aufs Feinste abgelegten Vorgängen, Verfahren, Anträgen, Genehmigungen, Ablehnungen, Anmeldungen und Abmeldungen.

Denn seither waren wir eng befreundet. Eine Freundschaft, die mir beruflich ungeheuer zum Vorteil gereichte. Diverse, scheinbar unlösbare Fälle konnte ich nämlich nur mithilfe von Aktenfitschlers Insiderinformationen über beantragte Namens- und Wohnortänderungen von daraufhin gefassten Subjekten erfolgreich zum Abschluss bringen.

Ronys Nervosität machte mich also neugierig.

»Na gut, ich komm in der Mittagspause schnell bei dir vorbei.«

»*Nein!* Nicht hier bei mir! Wir treffen uns hinterm Rathaus. Über dem alten Ratskeller hat ein neues kastalonisches Restaurant aufgemacht. Am besten kurz nach zwölf – das ist am unauffälligsten. Du magst doch so gerne die mediterrane Küche!«

»Okay, wie du willst! Und wie heißt der Laden?«

»Zum Falschen Hasen«.

Draußen regnete es junge Hunde. Seit meiner Versetzung war ich gezwungen zu pendeln. Der Schienenbus, den ich täglich nutzte, fuhr zwar regelmäßig zwischen den beiden Städten hin und her, passte aber hinsichtlich der von mir nun benötigten Reisegeschwindigkeit überhaupt nicht zu seinem vielversprechenden flotten Raubtierlogo. Mein Zeitfenster war zu klein. Außerdem hätte ich bei diesem Unwetter genauso gut vom Polizeipräsidium zum Bahnhof schwimmen können und wäre genauso nass geworden, wie wenn ich zum Bahnhof laufen würde. Also nahm ich mir ein ziviles Dienstfahrzeug – der scheinbar trockenere Weg zu meiner Verabredung. Über die Schnellstraße war ich trotz des schlechten Wetters in Rekordzeit und früher, als ich es heute Morgen noch erwartet hätte, zurück in meiner Stadt. Das Wetter war hier allerdings kein Deut besser. Als ich in der Altstadt ankam, gurkte ich verzweifelt durch die nur noch wenigen befahrbaren Straßen, die der Innenstadtberuhigung nicht zum Opfer gefallen waren, in der Hoffnung auf einen zielnahen Parkplatz. Desillusioniert stellte ich schließlich meinen Wagen auf einem Anwohnerparkplatz in irgendeiner Nebenstraße ab, Warnblinklicht an und Dienstausweis in der Frontscheibe, doch leider immer noch viel zu weit entfernt. Mein Trenchcoat war klatschnass und mein Schirm zerfleddert, als ich vor Ronys Restaurant ankam. Man mochte das kalte Nass am liebsten von sich schütteln, doch der Kellner, der am Eingang stand, nahm mir in weiser Voraussicht hilfsbereit den Mantel ab und brachte ihn zur Garderobe.

Der ›Falsche Hase‹ machte einen äußerst rustikalen Eindruck, ich möchte sagen, das Lokal hatte etwas von einer Spelunke, war aber durchaus gemütlich. Das Licht war gedämpft und es lag ein süßlich berauschender Duft in der Luft. Dazu orgelte ein Kofferradio irgendwelche melancholischen kastalonischen Volksweisen vor sich hin. Von den vielen Tischen waren nur zwei mit Gästen besetzt. An dem einen Tisch in der Nähe der Theke schaufelten zwei geschniegelte Schränke gierig irgendein Nudelgericht in sich hinein. In den Kaupausen gestikulierten und diskutierten sie aufs Wildeste in irgendeinem unverständlichen kastalonischen Kauderwelsch. Dabei fuhren sie sich diverse Male eitel durch ihre stramm anliegenden Haare, weswegen man nicht sicher sagen konnte, ob die Frisuren dank Pomade oder dank der Knoblauchbutter an ihren Händen eine beeindruckende Festigkeit aufwiesen. In der anderen Ecke des Raumes saß Hieronymut Aktenfitschler, der, als er mich erblickte, durch auffälliges Handzeichen unnötigerweise auf sich und seinen Tisch aufmerksam machte.

Draußen regnete es junge Hunde.

»Grüß dich, Rony. Ist aber nicht viel los hier. Und das um die Mittagszeit!«

Er erhob sich artig, gab mir zum Gruß vorschriftsmäßig die Hand und nickte kurz, aber heftig. Dabei wippte seine kleine Nickelbrille hinterher – sie wäre fast heruntergefallen –, sodass er sie beim Hinsetzen wieder zurechtrücken musste. Da saß er in seinem steifen Anzug von der Stange. Seine schaufelgroßen Hände, mit denen er sich sonst buchstäblich durch seine Berge von Akten wühlte, lagen erwartungsvoll auf dem Tisch. Ein kleiner, unauffälliger grauer Gnom. Für mich der Inbegriff eines Bürokraten: ordentlich, exakt, langweilig. Doch heute schien in seinen kleinen lichtscheuen Augen ein wütendes Feuer zu lodern.

»Ich hab schon gewählt!«, sagte er knapp.

Ich öffnete die kurz gehaltene Speisekarte, die vor mir lag.

»Inhaber: Panetoni Magenbitter? Nicht gerade passend für ein Spezialitätenrestaurant, was?«, belustigte ich mich über den Namen auf der Karte und versuchte, Rony damit aufzuheitern. Wer aber pikiert lachte, war der Kellner, der sich unbemerkt hinter mir postiert hatte und mich bei dieser Anspielung ironisch-dämlich nachäffte.

»Hohohoho-ho! Haben wir denn auch schon etwas ausgewählt?«

Ich zuckte leicht verlegen zusammen und ging im Zeitraffer über das Menü.

»Ähem, ja. Dann bitte einmal den Dorsch.«

»Dorsch ist leider aus. Wir hätten noch Barsch.«

Ich hatte das unbestimmte Gefühl, dass der Kerl mich verarschen wollte. »Hm, aha! … Nein, keinen Barsch. Haben Sie vielleicht Borschtsch?«

Ich erntete verächtliche Entrüstung über meinen Speisewunsch: »Natürlich nicht! Sie sind hier schließlich in einem kastalonischen Restaurant!«

Ich wurde klein, auch ohne Hut, und wählte, ohne zu überlegen, das nächstbeste Gericht auf der Karte. »Schon gut – dann eben einmal Hirsch!«

»Und für mich einmal die Schnecken in Erdäpfeltunke mit Weißbrot«, offenbarte Rony seinen Essenswunsch, unterstützt durch artiges Fingerheben.

»Schön. Einmal Hirsch Surprise, einmal die Schnecken. Möchten Sie auch etwas trinken? Vielleicht einen spritzigen Weißwein?«

»Nein, keinen Alkohol. Ich muss anschließend wieder ins Büro!«

»Dann vielleicht einen Gänsewein?«

Hieronymut nickte.

»Mir bitte ein einfaches Sprudelwasser!«, komplettierte ich die Bestellung und wunderte mich über die amüsierte, abschätzige Reaktion des Kellners, der daraufhin in der Küche verschwand.

»Unmöglicher Kerl! So, jetzt spann mich mal nicht länger auf die Folter. Was ist los, Rony?«

Hieronymut Aktenfitschler beugte sich leicht nach vorn und zischte aufgebracht: »Es geht um Zuzi!«

»Zuzi?«

»Ja. Ich war gestern Abend bei ihr.«

»Schön für dich, Rony. Und wo liegt das Problem? Hast doch sicher einen entspannenden Abend gehabt?«

Der Kellner kam wieder an den Tisch, Rony unterbrach abrupt und setzte sich sofort aufrecht zurück.

»So, der Herr, einmal den Gänsewein …«

Der Kellner präsentierte meinem Freund kurz die mitgebrachte Flasche, öffnete sie und goss Hieronymut die farblose

Flüssigkeit ins Glas, ohne auf eine Zustimmung zu warten. Danach ging er mit derselben Flasche um den Tisch herum und schenkte mir gleichfalls daraus ein, wobei er dies mit einem sarkastischen »… und einmal ein einfaches Sprüdelchen!« kommentierte.

»Hahahaha-ha!«, gab ich genervt von mir, doch der Kellner verschwand abermals belustigt in der Küche.

Ein leises »Rindvieh!« entfleuchte meinen Lippen. Dann wandte ich mich wieder voll und ganz Rony zu, der sich erneut geheimnisvoll nach vorn beugte.

»Börsenschreck! Du weißt, in meinem Leben passiert nicht viel Aufregendes. Ich bin auch gar nicht scharf drauf! Aber seit ich Zuzi kenne, fühle ich mich wenigstens ab und zu wie ein richtiger Kerl!«

Ich lächelte bei dieser Anspielung, denn was Rony sagte, war wörtlich gemeint. Ich wusste, dass er nicht viel weiblichen Kontakt oder Zuneigung in seinem Leben erfahren hatte. Dies änderte sich zumindest temporär, als ich ihn eines Tages, scheinbar rein zufällig, mit Zuzi bekannt machte. Zuzi war ihm immer und jederzeit gern zugeneigt – für den richtigen Obolus, versteht sich.

»Es ging nicht!«

»Es ging nicht?«, fragte ich.

»Nein! Es ging nicht! Dieses Schwein hat sie verprügelt! Ihr halbes Gesicht ist dermaßen grün-blau verschwollen. Einerseits tat sie mir natürlich leid, aber leider ist ihre ganze Schönheit dahin und da ging bei mir einfach nichts mehr. Dieses Dreckschwein hat mich zum Versager gemacht!«

»Mit Dreckschwein meinst du Schnallentritt?«, vergewisserte ich mich nur der Form halber.

»Wen denn sonst! Du musst ihn sofort einkassieren, diesen Verbrecher. Es ist ein Skandal. So geht man doch nicht mit einer Frau um!«

»Diese Frau, die du meinst, ist sein Personal, das ist dir schon klar?«

»Hmphf!«

Hieronymut verschränkte die Arme, lehnte sich zurück und schaute mich verärgert, aber erwartungsvoll an. Für ihn war der Fall klar. Die Rede war von Meingold Schnallentritt, einem weithin bekannten Bordellbesitzer und Zuhälter. Er hatte mehrere Etablissements, davon sogar eines hier in der Weststadt. Ein weiteres lag paradoxerweise einen Katzensprung von nur zwei Querstraßen von meiner neuen Dienststelle entfernt. Mein neuer Chef sprach in diesem Zusammenhang poetisch angehaucht immer gerne von Yin und Yang – wo Gutes ist (damit meinte er die Polizei), muss auch Schlechtes sein. Auf Schnallentritt passte diese Beschreibung tatsächlich wie die Faust aufs Auge, denn leider neigte er immer wieder zu unkontrollierten Wut- und Gewaltausbrüchen, meist gegenüber seinem Personal, wenn die Damen zu wenig Umsatz machten. Zuzi arbeitete für ihn, allerdings nur noch selten in den Bars. Sie empfing ihre Kunden in erster Linie bei sich zu Hause.

»Hat sie dir gesagt, dass er es war?«

»Wer sollte diese Blume denn sonst so zurichten?«, konterte Rony überheblich.

»Vielleicht ein perverser Kunde?«, fragte ich vorsichtig.

»Sie hat keine perversen Kunden, nur einen perversen Arbeitgeber. Ich hab ihr schon ein paar Mal gesagt, sie soll ihn in den Wind schießen, aber sie hört nicht auf mich«, protestierte er sofort entrüstet.

Er liebte sie! Kein Zweifel! Hoffnungslos! Hieronymut

Aktenfitschler hatte sich in die Nutte verliebt. Der Kellner kam zurück und servierte das Essen.

»So, einmal die Schneckerln …«, flötete er und schnalzte mit der Zunge, als er die heiße, blubbernde Schale vor Rony abstellte. Dann kam er zu mir, stellte eine mit einer Haube bedeckte Platte vor mich auf den Tisch und präsentierte mir patzig mein Essen:

»… und einmal Hirsch nach Laune der Chefin!«

Er hob den Deckel. Ein süß-säuerlicher Geruch schoss mir in die Nase und trieb mir die Tränen in die Augen.

»Guten Appetit!« Damit war er verschwunden.

Vorsichtig spießte ich mit der Gabel ein Stückchen Fleisch auf und steckte es in den Mund. Es schmeckte zwar besser als es roch, aber ein Gaumenschmaus war es dennoch nicht. Rony schien gut gewählt zu haben, zumindest schob er sich brav und zügig Schnecke für Schnecke in den Mund. Nach drei, vier Bissen stocherte ich nur noch missmutig in meinem Essen herum, bis ich auf ein kleines Stückchen Fell stieß. Das war zu viel. Ich ließ die Gabel fallen und schob den Teller zur Seite. Mein Magen deutete eine leise Gegenwehr gegen den Hundefraß an. Ich versuchte, dieses negative Geschmackserlebnis mit Wasser wegzuspülen. Rony hielt inne.

»Waf ift lof? Nicht gut?«, fragte er mit vollem Mund.

»Ich hab keinen Hunger«, antwortete ich, um ihn wegen seiner Restaurantwahl nicht in Verlegenheit zu bringen, denn Rony schien es ja vorzüglich zu munden. Doch nach etwa einem Dutzend Schnecken trieb es auch Hieronymut Aktenfitschler die Schweißperlen auf die Stirn. Er atmete mehrmals tief durch und lockerte dann Kragen und Gürtel.

»Puh, ich kann nicht mehr. Das Essen liegt einem ganz schön schwer im Magen!«

Der Kellner kam aus der Küche und nahm von uns Notiz.

»Schmeckt es Ihnen etwa nicht?«, erkundigte er sich mit einem erkennbaren Desinteresse an unserem tatsächlichen Wohlbefinden.

»Die Chefin scheint heute nicht besonders gut gelaunt zu sein!«, bemerkte ich süffisant.

»Hahahaha-ha! Wirklich komisch!«, lachte er gekünstelt. »Hirsch Surprise ist halt Surprise. Vielleicht hätten Sie doch lieber den Barsch genommen. Hätten die Herren noch einen Wunsch?«

»Die Rechnung bitte, alles zusammen!«, antwortete Rony. Der Kellner nahm die Teller mit und verschwand hinter dem Tresen.

»Gib dem Hornochsen bloß kein Trinkgeld!«, flüsterte ich über den Tisch.

Der Kellner kam zurück, legte Rony einen Einband mit der Rechnung auf den Tisch und stellte zwei Stamperl mit einer kastanienbraunen Flüssigkeit vor uns ab.

»Auf Kosten des Hauses. Ein Kräuterschnaps, den Madame Magenbitter selbst angesetzt hat.«

Eigentlich wollten weder Rony noch ich noch irgendetwas zu uns nehmen, doch nachdem wir vorsichtig an den Gläsern genippt hatten, tranken wir kurz entschlossen den Inhalt auf Ex. Der Kräuterschnaps von Madame Magenbitter wirkte wahre Wunder. Sowohl Rony als auch ich fühlten uns erheblich besser und wir atmeten wieder entspannt durch. Das Essen machte dem Namen des Inhabers wahrlich alle Ehre und ich glaubte nun sicher zu wissen, weshalb zur Stoßzeit so wenige Gäste anwesend waren. Der Schnaps war allerdings hervorragend. Hieronymut Aktenfitschler bezahlte und wir gingen nach draußen. Es hatte glücklicherweise aufgehört zu regnen.

»Danke für die Einladung«, wollte ich mich verabschieden.

»Was ist denn nun mit Zuzi und diesem Saukerl von Schnallentritt? Wirst du etwas unternehmen?«, wollte Rony wissen.

»Na gut. Ich werd mit ihr reden. Aber solang sie keine Anzeige erstattet, kann ich nichts machen!«

»Wann wirst du mit ihr reden?«

»Schön, ich hab noch etwas Zeit bis zu meinem Termin heute Nachmittag. Ich fahr auf meinem Rückweg ins Präsidium bei ihr vorbei und dann werden wir weitersehen. Aber ich verspreche nichts, solange sie nicht bereit ist auszusagen!«

Rony schien zufrieden, reichte mir zum Abschied die Hand und wackelte in Richtung Standesamt davon. Ich versuchte einzuschätzen, ob sich der Vorfall mit Zuzi positiv oder negativ auf meinen nachfolgenden Termin auswirken könnte. Meingold Schnallentritt war, wie es der Zufall wollte, mein Hauptbelastungszeuge im Fall Blütenblatt. Heute Nachmittag mussten wir zur Aussage beim Staatsanwalt erscheinen, bevor es zur Anklageerhebung für die Gerichtsverhandlung kommen würde.

Ich ging zum Auto. Ein Verkehrspolizist schlich schon um mein Fahrzeug herum, unschlüssig, ob er wegen des Ausweises in der Windschutzscheibe irgendwie aktiv werden oder es gar abschleppen lassen sollte. Ich lächelte freundlich, aber bestimmt und ließ ihn mit einem gewichtigen »Gefahr im Verzug!« sprachlos stehen, als ich einstieg. Ich fuhr schnurstracks wieder zurück. Zuzi hatte eine kleine Zweizimmerwohnung in einem etwas heruntergekommenen Mietshaus in unmittelbarer Nähe zu Schnallentritts drittem Club direkt an der Schnellstraße im Industriegebiet. Verkehrstechnisch wesentlich günstiger gelegen als das Etablissement in der Nähe des Polizeipräsidiums, zog man die Aufmerksamkeit auf die hier gebotene Dienstleistung mit unübersehbarer leuchtender Neonschrift auf sich und den abenteuerlustigen Reisenden an wie ein Magnet. Zuzi profitierte von dieser Nähe – Werbung brauchte sie schon lang keine mehr für sich zu machen. Ihre Hausnummer 66a war bekannt und galt weithin als Insidertipp. Just in dem Moment, als ich Zuzis Klingel drückte, kam ihre Hauswirtin mit einem Korb Wäsche um die Ecke. Sie musterte mich sofort von Kopf bis Fuß und schien mich abschätzig als einen von Zuzis Kunden einzustufen.

»So, so, ja, ja! Das ist ja wieder ein Verkehr heute. Zweiter Stock, zweite Tür rechts. Aber das werden Sie ja sicher wissen!«, gab sie schnippisch krächzend von sich, ohne mich eines weiteren Blickes zu würdigen.

Was eine Vogelscheuche, dachte ich. Zuzis Tätigkeit war der Hauswirtin offensichtlich ein Dorn im Auge, vordergründig. Allerdings machte Zuzi zuverlässig und regelmäßig ihre Kehrwoche und zahlte immer pünktlich ihre Miete, ganz im Gegensatz zu diversen anderen Subjekten, die hier einquartiert waren.

»Ja. Wer da?«, tönte es aus der Sprechanlage.

»Ich bin's, Spekulantius!«

Pause.

»Was treibt dich denn wieder zu mir? Hast wohl doch noch Sehnsucht gekriegt«, spöttelte die Stimme hämisch.

»Willst du mich nicht reinlassen?«, fragte ich freundlich.

»Reinlassen?«, antwortete sie auffordernd.

»Zuzi. Mach auf, ich bitte dich!«

Pause.

Just in dem Moment, als ich Zuzis Klingel drückte, kam ihre Hauswirtin mit einem Korb Wäsche um die Ecke.

Dann ertönte endlich der Summer und ich trat ein. Einen Fahrstuhl gab es nicht. Also nahm ich die zwei Stockwerke knarzender alter Holzstufen zu Fuß in Angriff. Ich hatte gemischte Gefühle, Zuzi wieder unter die Augen zu treten. Mit jeder Stufe nach oben tauchten vor meinem inneren Auge diverse Erinnerungsfetzen an die Zeitspanne vor meiner Berufung zum treuen Gesetzeshüter auf. Es war eine aufregende und aufwühlende Zeit gewesen. Die Zeit meines Aufbruchs, in der ich geglaubt hatte, ich würde die Welt in den Händen halten. Die Zeit meines inneren Aufstiegs in die High Society und die Zeit meines realen gesellschaftlichen Abstiegs ins Zwielicht. Denn nachdem mein Vater Oblabert Koriander die Katze aus dem Sack gelassen und mir besagtes Einschreiben überreicht hatte, hatte sich mir meine wahre Identität offenbart, die alle meine Spekulationen Realität werden ließen. Das Schreiben war die Benachrichtigung über den Tod meines leiblichen Vaters und den dadurch eingetretenen Erbfall gewesen. Oblabert und Margarina waren nicht meine leiblichen Eltern, sondern meine Adoptiveltern. Ich war der Sohn von Herrn Magnatus und Frau Funny Börsenschreck – im ersten Moment ein dicker Hund! Für mich erklärte und veränderte sich dadurch einfach alles. Magnatus Börsenschreck war ein Finanzgenie gewesen und sein Name hatte in Finanzkreisen etwas gegolten. Er hatte mit gigantischen Summen an der Börse jongliert, tagtäglich Unternehmensbeteiligungen, Wertpapiere und Schuldverschreibungen gekauft und verkauft. Er hatte mit Kursentwicklungen und Devisengeschäften spekuliert, kurz gesagt, mit allem, womit sich in Finanzkreisen hatte irgendwie handeln lassen. Gnadenlos, nur der Rendite treu, hatte er redliche und florierende Unternehmen in den Ruin getrieben, nur um durch eine Zerschlagung wieder größeren Profit zu machen. Er hatte seine Finger in Bankgeschäften, auf dem Rohstoffmarkt und in den Chefetagen der wichtigsten Konzerne gehabt.

Über meine leibliche Mutter Funny Börsenschreck konnte ich nicht viel in Erfahrung bringen. Gearbeitet hatte sie wohl nicht viel in ihrem Leben. Sie hatte großzügig das Geld ausgegeben, welches Magnatus Börsenschreck zuhauf verdient hatte, und sich einen schönen Tag beim Shopping und in teuren Wellness- und Fitnessclubs gemacht. Wie ich aus den Dokumenten meiner eigentlichen Herkunft erfahren hatte, war meine leibliche Mutter unmittelbar nach meiner Geburt gestorben. Magnatus Börsenschreck, auf der einen Seite ein Meister in der Finanzwelt, war mit seiner plötzlichen Rolle als alleinerziehender Vater auf der anderen Seite vollkommen überfordert gewesen. Moralische Werte waren ihm ja schon immer fremd gewesen, weshalb er mich irgendwann kurz entschlossen zur Adoption freigegeben hatte. Oblabert und Margarina hingegen hatten sich sehnsüchtig einen Stammhalter gewünscht, der eines Tages ihr Geschäft weiterführen würde. An leidenschaftlicher Zuneigung und Versuchen, auf dem Küchentisch für Nachwuchs zu sorgen, hatte es nie gemangelt, doch Margarina war einfach nicht schwanger geworden. Und so hatten die Korianders mich schließlich im zarten Alter von elf Monaten adoptiert.

Mit der neu gewonnenen Gewissheit, eigentlich ein Finanzgenie zum Vater zu haben, hatten vor meinem inneren Auge nun die Dollars geklingelt. Ich hatte mich in den höheren Kreisen der Gesellschaft verkehren sehen, frei von allen finanziellen Zwängen und in jedem Arm ein hübsches Mädchen. Kurzerhand hatte ich die Zuckerbäckerei

Koriander verlassen, um meiner wahren Bestimmung zu folgen und mein Glück in den Fußstapfen meines Erzeugers zu versuchen. Und das nur schlappe zehn Kilometer weiter, also quasi nebenan, in der angeblichen Stadt der Millionäre – wenn das kein Zeichen war! Ich hatte die Residenz meiner leiblichen Eltern bezogen, die Teil meines Erbes gewesen war und die sich mit dem klangvollen Namen ›Villa Katzensteg‹ geradezu vertraut heimelig für mich angehört hatte. Wie ich damals leichtfertig geglaubt hatte, war mir der Sprung aus der langweiligen Provinzstadt gelungen, für die ich meinen Heimatort früher angesehen hatte. Der Sprung heraus aus der Normalität und hinein in die hell erleuchtete Großstadtmetropole – für mich war es zu jener Zeit das Tor zur neuen Welt. Ich hatte begonnen, mit dem ererbten Geld wild um mich zu werfen. Dummdreist und naiv, hatte ich ohne Kenntnisse in Aktien mit aufregenden Firmennamen und in dubiose Grundstücke und Immobiliengeschäfte investiert. Ich war stolzer Besitzer von baufälligen Ruinen geworden und von Bauplätzen, die sich alsbald als wertloses Sumpfgebiet oder Moraste im mittlerweile neu ausgewiesenen Biosphärengebiet entpuppt hatten. Ich hatte stets zum falschen Zeitpunkt gekauft und mich nicht getraut, bei fallenden Werten rechtzeitig umzuschichten oder auszusteigen, getrieben von der Hoffnung, die Kurse würden wieder steigen. Ich hatte wohl eher die Gene meiner Mutter geerbt, Geld zu dezimieren, anstatt es zu vermehren. In kürzester Zeit war mein Kapital beinahe zu einem Nichts zusammengeschrumpft. Ich war gezwungen, Haus und Hof, also meine Villa, zu verkaufen, um meinen finanziellen Verpflichtungen nachkommen zu können, und war nur knapp einem Strafverfahren wegen Steuerhinterziehung entgangen.

Zuletzt total mittellos war ich schließlich endgültig auf den Hund gekommen und hatte nur noch in zwielichtigen Gegenden herumgelungert. Vom Hunger getrieben, hatte ich dann eines meiner wahren Talente entdeckt: Die Gabe, meine Mitmenschen unbemerkt um ihre Geldbörsen zu erleichtern. Ich hatte Karriere als Taschendieb und, wie ich damals fand, meinem Namen doch noch alle Ehre gemacht. Und ich hatte Zuzi kennengelernt. Wir hatten ein Verhältnis gehabt. Ich würde es zwar nicht unbedingt Liebe nennen, aber wir hatten uns verhältnismäßig oft geliebt.

Die Tür war angelehnt. Ich klopfte leise an und machte dann drei Schritte in die Wohnung. Ein Schwall schweren, süßen Parfüms strömte mir entgegen, der einem die Sinne vernebelte. Viel hatte sich zu dem, was ich in meiner Erinnerung hatte, nicht verändert. Das vordere Zimmer war Zuzis Arbeitszimmer. Hier stand mittig ein großes Bett mit rotem Laken auf einem ebenso roten Flauschteppich mit langen Fransen, und ein kleines Waschbecken hing an der einen Seite an der Wand. Das Zimmer war mit einer kitschigen Herzchentapete tapeziert worden und die Decke zierte ein rötlicher Strahler. Hinter dem Bett befand sich eine Schiebetür zum zweiten Zimmer, durch die Zuzi den Arbeits- und Privatbereich streng voneinander abtrennte. Die Schiebetür ging auf und Zuzi lehnte sich an den Türrahmen. Sie hatte sich kaum verändert, seit wir uns zuletzt gesehen hatten. Äußerst feminine Kurven, üppige Auslage, lange Beine, blaue Augen, rote Haare und einen Schmollmund, der Tote wach küssen konnte.

Als Tochter eines ungekrönten Brühwurstkönigs aus irgendeinem Kaff zwischen Nirgendwo und Niegehört im Oberland war sie als Dorfschönheit regelmäßig zur Zuzel-

Sie hatte sich kaum verändert, seit wir uns zuletzt gesehen hatten. Äußerst feminine Kurven, üppige Auslage, lange Beine, blaue Augen, rote Haare und einen Schmollmund, der Tote wach küssen konnte.

königin und Salamiprinzessin gekrönt worden. Ihr vorbestimmtes Schicksal wäre der lebenslange tägliche Umgang mit Frischfleisch und dicken Würsten in der Metzgerei ihres Vaters gewesen. Genau wie ich war Zuzi ihrer originären Bestimmung im Elternhaus entflohen, um im Glanz und Glitter der Fremde ihr Glück zu suchen. Und genau wie ich war sie ins gesellschaftliche Abseits abgerutscht und hielt sich letztendlich über Wasser, indem sie nun ihr eigenes Fleisch darbot, dies allerdings sehr erfolgreich.

»Geschäftlich oder privat?«, hauchte Zuzi, hatte dabei allerdings deutliche Schwierigkeiten beim Sprechen.

Ich ging einen Schritt auf sie zu. Ihr Gesicht war zur Hälfte von ihren Haaren bedeckt und ich konnte im Ansatz die mit Puder übertünchten grün-blauen Schwellungen sehen, von denen mir Rony berichtet hatte.

»Geschäftlich«, antwortete ich freundlich.

Zuzi schien enttäuscht zu sein, machte die Schiebetür hinter sich zu und fing an, nach einer Zigarette in ihrer Handtasche zu kramen, die auf dem Bett lag.

»Okay! 350 im Voraus. Falls du dir das leisten kannst«, sagte Zuzi kühl. Ich schüttelte den Kopf.

»Das dachte ich mir. Na gut, für 250 hast du meinen Mund!«

»So teuer?«, fragte ich überrascht.

»Jaaaa!«, säuselte sie und kam auf mich zu. »Und du weißt, wie gut ich damit umgehen kann!«

Ich hielt sie am Arm fest und streifte vorsichtig ihre Haare beiseite. Beschämt wandte sie das Gesicht ab und versuchte, sich loszureißen.

»Zuzi, wer hat dich so zugerichtet?«, fragte ich ruhig.

»Wen interessiert's?«, giftete sie, steckte sich eine Zigarette in den Mundwinkel und suchte nun fast verzweifelt nach einem Feuerzeug.

Ich rauchte zwar nicht, hatte aber immer Streichhölzer in der Tasche, von denen ich für Zuzi eines anzündete.

»Ich war doch schon immer Feuer und Flamme für dich«, sagte ich freundlich.

»Pah! Was 'ne billige Anmache!«

»War das Schnallentritt, Zuzi?«, fragte ich noch einmal und deutete auf ihr Gesicht.

Abgewandt stand sie da und paffte nervös an ihrer Zigarette. »Und wenn schon. Du weißt doch, wie es bei uns so zugeht. Was geht es dich an?«

»Du musst dir das nicht gefallen lassen, Zuzi. Erstatte Anzeige und ich nehme ihn fest!«

Zuzi brach in ein schnatterndes Gelächter aus und schaute mich abschätzig an.

»Du machst mir Spaß, du Superbulle. Und was passiert dann? Ihr sperrt ihn für ein paar Wochen oder Monate weg und dann kommt er wieder raus und verunstaltet mir zum Dank auch noch die andere Seite. Dann kann ich meinen Job endgültig an den Nagel hängen. Mir laufen ja jetzt schon die Kunden davon.«

Sie löschte ihre Zigarette, überlegte kurz und kam dann auf mich zu. Sie schlang behutsam ihre Arme um mich und blinzelte mich mit ihren blauen Augen an.

»Mir wäre es lieber, du würdest ihm einmal ordentlich die Schnauze polieren, damit er auch mal weiß, was es heißt, aus der Schnabeltasse zu trinken.«

»Zuzi, ich kann ihm nicht die Schnauze polieren, ich bin bei der Polizei!«

»Das war aber nicht immer so, mein Süßer. Wie wär's? Du tust das für mich, um der alten Zeiten willen. Ich würde mich auch sehr erkenntlich zeigen. Du musst nur durch diese Schiebetür durchgehen«, säuselte sie mir ins Ohr. Trotz ihrer

Prellungen im Gesicht regten sich bei ihrem Anblick wieder meine niederen Triebe und ich hatte große Mühe, meinem inneren Schweinehund zu widerstehen.

»Die alten Zeiten sind vorbei, Zuzi. Versteh das doch«, antwortete ich und streifte nur scheinbar widerwillig ihre Arme ab.

Sie sah mich enttäuscht an. »Für dich vielleicht. Hat halt nicht jeder das Glück, einen Vater zu haben, der einen wieder aus dem Dreck zieht und alles wieder geradebiegt.«

Zuzis Bemerkung traf mich bis ins Mark, denn sie hatte recht. Taschendiebstahl war für mich außerordentlich lukrativ gewesen, weshalb ich selbst nie wieder einen Gedanken an ein legales Leben verschwendet hätte. Allerdings nur bis zu dem Zeitpunkt, als ich schließlich erwischt wurde. Ich hatte meine Aktivitäten damals teilweise von den Straßen auf die Schienen verlegt und im gemütlichen Drei-Löwen-Takt mobile Streifzüge gemacht, so weit das Einzugsgebiet gereicht hatte. So war ich von Ort zu Ort und von Event zu Event getingelt. Ich hatte Veranstaltungen der High Society bevorzugt, die mich so kläglich wieder hatte fallen lassen, und stets nach Steigerungen bezüglich meiner Objektauswahl gesucht. Es war für mich zum Kick geworden! Und ich war gekickt worden: Man hatte mich erwischt, als ich versucht hatte, die Frau des Oberbürgermeisters um ihre Handtasche zu erleichtern. Dreist, wie ich gewesen war, musste ich meine Nummer gerade dann abziehen, als die Dame die Eröffnungsrede zur Ausstellung der verschollen geglaubten Werke des Meisters Bizarro in der Kunsthalle gehalten hatte. In diesem Moment hatte ich meinen Werdegang plötzlich bereut, vor allem aber aus Angst vor den bevorstehenden Konsequenzen. Meine Verhaftung hatte plakativ in jedem Käseblatt gestanden und meine Gerichtsverhandlung war schon anberaumt gewesen. Meine Verurteilung schien unabwendbar, doch Oblabert Koriander war mir zu Hilfe gekommen und tat etwas, was er sonst unter keinen Umständen jemals getan hätte. Einmal in seinem Leben, dieses eine Mal, gab er um meinetwillen eines seiner geheimsten Geheimnisse preis: ›Honigschneckennudeln mit Liebesperlen‹. Es war das ominöse Rezept, hinter dem Frau Oberbürgermeister schon seit Jahren her gewesen war, bislang jedoch ohne Erfolg, egal was sie Oblabert auch dafür angeboten hatte. Der Deal war schnell über die Bühne gegangen und die Anklage gegen mich war fallen gelassen worden. Und nicht nur das. Die Frau des damaligen Polizeichefs und Vorsitzende des Kulturvereins hatte von der Sache Wind bekommen, weil die verehrte Frau Oberbürgermeister nichts Besseres gewusst hatte, als beim darauffolgenden Damenkränzchen mit den Schneckennudeln zu prahlen. Obwohl beide Damen Mitglieder besagten Clubs waren, waren sie sich im tiefsten Inneren spinnefeind, ständig darauf bedacht, die soziale Stellung gegeneinander auszuloten. Das Ende vom Lied und mein Neuanfang waren gewesen, dass die Frau des Polizeichefs ihren Mann dazu überredet hatte, mich auf seinem Revier in den Polizeidienst aufzunehmen, um gleichfalls in den Genuss besagten Rezepts zu kommen. Nur dank meines Adoptivvaters Oblabert Koriander war ich somit um das Gefängnis herumgekommen und hatte gleichzeitig den Weg zurück aus der Gosse in ein beschauliches Leben gefunden. Ich war heimgekehrt aus meiner Sturm-und-Drang-Zeit und noch einmal meinem persönlichen Niedergang entronnen. Wie sicher, wie schön und vertraut war mir nun auf einmal die Wirkungsstätte meiner jungen Jahre vorgekommen, die ich zuvor doch so verschmäht hatte. Und keine Spur mehr von Langeweile. Wie auch! Ich hatte im Polizeidienst schnell Karriere gemacht, nicht zuletzt aufgrund meiner hervorragenden Aufklärungsquote. Diese Quote verdankte ich meinem opportunen Spekulationsgeschick, unterstützt durch meine Verbindungen zur Unterwelt, vor allem aber auch meinem Freund Hieronymut Aktenfitschler, der mich immer wieder mit amtlichen Insiderinformationen versorgte.

Beschämt trat ich einen Schritt zurück und Zuzi war ihre Genugtuung darüber anzusehen.

»Überleg es dir, Zuzi. Zeig Meingold Schnallentritt an und ich sperr ihn weg. Dann hast du nichts mehr zu befürchten!«

»Ist schon gut, Süßer, ich denk darüber nach …«, antwortete sie kühl. »War's das? Ich hab gleich einen Kunden.«

Ich setzte enttäuscht meinen Hut auf und verließ ohne ein weiteres Wort die Wohnung. Es war ohnehin gleich halb vier und ich musste mich beeilen, rechtzeitig im Präsidium zu erscheinen, um den Termin mit Schnallentritt und dem Staatsanwalt noch einhalten zu können.

Ich kam eine Viertelstunde zu spät aufs Revier. Der Polizeipräsident und der Staatsanwalt warteten schon ungeduldig vor meinem Büro. »Schnallentritt! – Wo ist der Zeuge?«, krächzte der Staatsanwalt ungehalten.

Ohne eine Antwort eilte ich, das Schlimmste vorausahnend, in mein Büro und griff zum Telefon. Die beiden folgten mir stante pede.

Ich ging kurz mein persönliches Telefonbuch durch und wählte eine der infrage kommenden Nummern.

»Erotiknacktbar Devot – 0-8-15«, sagte ich leise vor mich hin, als müsste ich mir selbst Mut zusprechen.

Mehrmaliges Piepen – keine Antwort.

»Okay, dann Erotikpalast Wilde Wutz – 12-0-6.«

Dasselbe Ergebnis. Ich konnte dem Staatsanwalt und dem Polizeipräsidenten die Ungeduld an den Gesichtern ablesen.

»Letzter Versuch: Nightclub Come Inn – 69-69!«

Eine ungeheuer erotische Stimme, leider vom Band, zerstörte meine letzte Hoffnung, Meingold Schnallentritt ans Telefon zu bekommen:

»Leider rufen Sie außerhalb unserer Geschäftszeiten an. Wir sind wieder für Sie da von Montag bis Samstag von 20 bis sechs Uhr und sonntags von elf bis sechs Uhr. Vielen Dank für Ihr Interesse an unserem Produktportfolio.« Klick.

»Sie besorgen mir auf der Stelle diesen Schnallentritt! Oder jemand anderen, zumindest irgendetwas, was die Brüder Blütenblatt belastet!«, blökte mich der Polizeipräsident geladen an. Heute Morgen noch lammfromm, hätte er mir eine Gehaltserhöhung niemals ausschlagen können. Jetzt entpuppte er sich als ein Typ ohne Skrupel, der mich als Bauernopfer eiskalt über die Klinge springen lassen würde, sollte ich mich mit ihm zu sehr in die Wolle kriegen.

»Sie haben Zeit bis morgen zwölf Uhr. Ansonsten muss ich die ganze Anklage fallen lassen und die Brüder auf freien Fuß setzen, wenn ich mich nicht lächerlich machen will! Bei dieser Beweislage und ohne einen Belastungszeugen lehnt jeder Richter dieses Verfahren schon bei der Anklageerhebung ab«, unterstrich der Staatsanwalt noch einmal die Ausführungen meines Vorgesetzten. Dann verließ er, mit dem Polizeipräsidenten im Schlepptau, mein Büro.

Ich überheblicher Schoßhund. So holte einen die eigene Arroganz ein. Im Rausch meiner Erfolge war ich immer nachlässiger geworden, was meine Ermittlungsarbeit anging. Ich hatte im Fall Blütenblatt bis auf ein paar falsche Geldscheine weder belastende Beweismittel sichergestellt noch Hintergrundinformationen beschafft, sondern mich zuletzt leichtfertig auf die Aussage von Meingold Schnallentritt verlassen, der die beiden Brüder als Geldfälscher diffamiert hatte. Und jetzt tauchte dieser Schweinekerl von Zuhälter nicht auf, um seine Aussage zu machen, und der Fall drohte zu platzen.

Obwohl Schnallentritts erstes Etablissement nur zwei Querstraßen weiter lag, fand ich es unpassend, zu Fuß hinüberzudackeln. Ich entschied mich für eines der älteren zivilen Dienstfahrzeuge, bei dem ein Kratzer mehr oder weniger nicht zu sehr ins Gewicht fallen würde. Man musste als Cop im Rotlichtmilieu immer mit der einen oder anderen handgreiflichen Reaktion rechnen. Es war kurz nach fünf. Der Feierabendverkehr war schon in vollem Gange und machte ein schnelles Durchkommen unmöglich. Auf der anderen Seite der Kreuzung blockierte ein Lastwagen, der entladen wurde, die freie Durchfahrt. Dies führte dazu, dass ich mittlerweile nach der fünften grünen Ampelphase immer noch nicht von der Stelle kam. Ich hätte aussteigen können, der Club von Schnallentritt lag ja quasi um die Ecke, doch ich verharrte. Der zunehmende Lärmpegel, verursacht von hupenden, quietschenden, den Motor aufheulen lassenden und sofort wieder abbremsenden Fahrzeugen, gepaart mit genervten Autofahrern und Passanten, die krampfhaft versuchten, mit ihren gegenseitigen Beschimpfungen das Getöse noch zu übertönen, brachte mein eh schon angespanntes Gemüt der Tollwut nahe. Ich versuchte verzweifelt, einen Radiosender zu finden, auf dem ausnahmsweise vielleicht einmal zymbalesische Entspannungsmusik gespielt wurde, aber in dem alten Autoradio, wahrscheinlich älter als die Karre selbst, war nur ein Sender mit volksdümmlicher kastalonischer Musik zur traditionellen Hirschjagd zu empfangen. Da dies nicht gerade zu meiner Beruhigung beitrug, wollte ich das Radio abstellen, wobei ich voller Ungestüm den Regler abbrach. Ich hätte beinahe ins Lenkrad gebissen, da klopfte es an die Fahrerscheibe. Es war meine Busenfreundin Barbarella, für die ich höflich das Autofenster herunterkurbelte.

»Mein lieber Kommissar! Was für eine Überraschung, Sie hier zu treffen!«

Überraschung?, dachte ich, das Präsidium war keine 20 Schritt entfernt.

»Sind Sie im Einsatz?«, flötete sie mich an. Ich nickte gestresst.

»Na, so was. Ich hoffe, es handelt sich nicht um eine wilde Verfolgungsjagd von irgendeinem Bankräuber, denn ich bin gerade auf dem Weg zu meinem Geldinstitut.«

»Eher nicht«, antwortete ich etwas ungnädig. Wie eine Verfolgungsjagd sah das sicherlich nicht aus bei der gegenwärtigen Verkehrslage.

»Na, dann bin ich ja beruhigt«, sagte sie und legte sich erleichtert die Hand auf die Brust. »Sie denken doch an unser kleines Rendezvous morgen Abend?«

»Oh! Oh ja, aber selbstverständlich«, stammelte ich ernüchtert. Tatsächlich wollte ich, wenn irgend möglich, unsere Verabredung einhalten. Die gelegentlichen Stelldicheins mit Barbarella entrissen mich den eher einsilbigen und verbal wenig anspruchsvollen Dialogen mit meinesgleichen beziehungsweise mit den Subjekten, mit denen ich üblicherweise im Rahmen meiner Arbeit zu tun hatte. Barbarella Piepenbringts war eine wohlsituierte Dame der besseren Gesellschaft. Ihrem verstorbenen Mann hatte die äußerst erfolgreiche Kaufhauskette ›Schickimicki‹ gehört, die die eher luxuriösen Bedürfnisse des täglichen Lebens befriedigte, und das zu gerade so halbwegs erschwinglichen Preisen. Hierzu gehörten zum Beispiel echte Mahagonispatzenschaber mit fein ziselierten Silberintarsien, Sonnenhüte aus fein gekämmtem Biosphärenschilfgras mit handgewebten Juteschweißbändern, mundgeblasene Kerzenstümper aus Bleikristallglas mit doppeltem Perlmuttgriff für Rechts- und Linkshänder oder die begehrte Original Ührlistolz Armbanduhr mit Funkortungsverfahren und logarithmisch geteiltem Ziffernblatt. Für besonders dekadente Zeitgenossen gab es auch Spezialitäten wie das limitierte Badeöl aus Araberstutenmilchextrakt der Erzeugerabfüllung unseres Landesgestüts oder das berühmte handgeschöpfte Büttenklopapier mit der Goldkante. Wer in der Gesellschaft etwas auf sich hielt, war Kunde bei ›Schickimicki‹. Seit dem Tod ihres Mannes genoss Barbarella ein lebenslanges Anrecht auf ein äußerst üppiges Auskommen und eine repräsentative Funktion als Aufsichtsratsmitglied, allerdings ohne Stimmrecht. Sie nahm regelmäßig an allen möglichen Galaveranstaltungen, an Eröffnungen von Museen und Kunstgalerien, an Konzerten, Opern und Theatervorstellungen, an Dichterlesungen und sonstigen kulturellen Ereignissen teil. Seit ich quasi en passant ihre Miezekatze vom Baum gerettet hatte, hatte sie einen Narren an mir gefressen. Unsere Beziehung war rein platonischer Art, obwohl Barbarella mir diverse Male zu verstehen gab, dass sie einer tiefgreifenderen Liaison durchaus zugeneigt wäre. Barbarella war zwar gebildet, höflich und wohlhabend, allerdings entsprach sie nicht ganz meinem femininen Beuteschema. Nein, halt! So war das nicht ganz richtig. Sie war eine blendende Erscheinung und nur zwei Jahre älter als ich. Was sie aber leider auch hatte, war ein kleiner, aber unübersehbarer Schnauzer. Sie hatte einen Damenbart. Und bei aller Liebe, ich konnte mir nichts Unerotischeres vorstellen.

Barbarella hatte einen Narren an mir gefressen, seit ich ihre Miezekatze vom Baum gerettet hatte.

Ein lautes Hupen und ein noch lauteres Gebrüll rissen mich von Barbarella los.

»Hey, brauchst du einen Blindenhund? Grüner wird's nicht!«, quakte mir mein Hintermann die Ohren voll.

Der Lastwagen war weggefahren und die Fahrbahn vor mir war frei.

»Dann mal bis morgen!«, winkte mir Barbarella hinterher. Alsbald war ich auch schon um die Ecke gebogen und stoppte fast unmittelbar zwei Querstraßen weiter vor der ›Wilden Wutz‹. Die Türen waren verschlossen, es war wohl noch zu früh am Tag. Ich klopfte zunächst an und trat dann mehrmals dagegen, doch es kam keinerlei Reaktion von drinnen, weshalb ich schließlich um das Lokal herum ging, um den Hintereingang zu finden. Leider war auch die Hintertür versperrt. Als ich dann wiederholt lautstark auf mich aufmerksam machte, kreischte endlich eine entnervte Stimme aus einem der Fenster im ersten Stock zurück:

»Hau ab, du Dackel! Es ist noch geschlossen. Komm wieder zu einer normalen Tageszeit und bring nicht ehrbar arbeitende Damen um ihren verdienten Erholungsschlaf!«

»Werfen Sie hier mal nicht unachtsam mit unschönen Titulierungen um sich! Ich suche Ihren Boss. Ist er da?«

»Meingold? Du suchst Meingold?«, fragte sie erstaunt. »Der ist nicht hier, hab ihn auch schon seit zwei Tagen nicht mehr gesehen!«

»Und wo kann ich ihn finden?«, hakte ich nach.

»Keine Ahnung – und ich will es auch nicht wissen. Ich bin froh, wenn er nicht nach mir fragt, da werd ich wohl kaum nach ihm fragen. Und jetzt schwirr ab und lass mich schlafen, ich hab heut Abend wieder volles Programm.«

Damit war das Fenster wieder zu und ich so schlau wie

vorher. In der ›Nacktbar Devot‹ im Industriegebiet hatte ich ebenfalls kein Glück. Blieb nur noch das ›Come Inn‹. Doch ich hatte irgendwie das Gefühl, dass ich mein Glück besser auf der Straße versuchen sollte. Ich stieg frustriert ins Auto und fuhr ziel- und planlos durch die diversen Stadtteile. Meine Stimmung verschlechterte sich mit jedem Straßenzug, bis ich zurück in der Kernstadt, vis-à-vis dem Bahnhof, plötzlich in die Eisen stieg. Der unscheinbare kleine Laden geradeaus mit dem harmlos wirkenden Namen ›Heimlichs Tauschgeschäfte aller Art‹ brachte mich auf eine Idee. Der Inhaber, ein gewisser Heimlich Geldermann, seines Zeichens Kunstliebhaber, Sammler und Beschaffer seltener Gegenstände, war bei objektiver Betrachtung ein Hehler. Unter der Hand wusste das jeder. Geldermann seinerseits unternahm nichts, was diesen zweifelhaften Ruf entkräften würde, es war für ihn eher förderlich fürs Geschäft. In meiner Sturm-und-Drang-Zeit hatte ich einige Male erfolglos versucht, eine Taschenuhr oder sonstigen Krimskrams meiner täglichen Beutezüge bei ihm zu versetzen. Ich will nicht sagen, er hätte damals schon den Braten gerochen, dass ich eines Tages einmal auf der anderen Seite des Gesetzes stehen würde, aber es schien so, als ob ich und meine Ware ihn ausnahmslos gelangweilt hätten. Es waren eben doch nicht Tauschgeschäfte aller Art möglich, sondern nur ganz spezielle. Geldermann wusste irgendwie allzeit Bescheid, wenn wertvolle Dinge, welcher Art auch immer, vakant waren oder die Runde machten. Möglicherweise war Geldermann im einen oder anderen Fall sogar Auftraggeber spektakulärer Diebstähle gewesen. Gerissen, wie er war, wurde bei ihm allerdings nie etwas gefunden, weder heiße Ware noch zertifikatlose Kunstobjekte zweifelhafter Herkunft. Somit konnte er auch nie überführt werden, was ihn stets königlich amüsierte.

Eine kleine goldene Glocke kündigte beim Öffnen der Tür mein Eintreten an.

»Einen Moment. Ich komme gleich!«, rief eine Stimme aus einem anderen Raum. »Ich bin grad noch in der Waschküche.«

Am liebsten wäre ich sofort nach hinten gerannt, in der Hoffnung, Geldermann bei einem nicht legalen Treiben auf frischer Tat zu ertappen, doch ich konnte der Versuchung widerstehen. Der kleine und enge Laden hatte sich nur unwesentlich verändert, seit ich zuletzt hier gewesen war. Er machte bei oberflächlicher Betrachtung nicht gerade den Eindruck eines florierenden Unternehmens und täuschte darüber hinweg, dass der Inhaber äußerst liquide war. Am Boden waren alte dunkle Dielen verlegt und ein schmuckloser Abtreter lag neben der Eingangstür. Auf der Ladentheke standen ein vorsintflutliches Telefon mit Wählscheibe und eine alte, ich würde fast sagen, antike mechanische Registrierkasse. In der Auslage lagen drei eher unscheinbare Gegenstände, von denen mich einer irritierte, einer langweilte bis abstieß und einer mein Interesse erweckte: eine kleine Signalpfeife in einem Samtetui, ein kunstvolles Halsband mit Silberanhänger, auf dem der Name ›Schnuffi‹ eingeprägt war, und ein abgegriffenes Buch im dunklen Ledereinband, das durch den spektakulären, in goldener Prägung gefassten Titel ›Der beste Freund des Hundes‹ geziert wurde. Der Durchgang zum Nebenraum hinter dem Tresen wurde durch einen perlmuttfarbenen Paillettenvorhang verdeckt, der gerade eben auseinandergeschoben wurde. Heimlich Geldermann trat in den Verkaufsraum, überrascht darüber, mich hier zu sehen.

»Oh, der Herr Kommissar, der Schrecken aller Geschäftsleute, früher wie heute!«

Ich verstand seine Anspielung sofort, wollte mir aber keine Unsicherheit anmerken lassen. Ich drehte mich kurz um zur Tür und wendete das kleine Hängeschild mit den Aufschriften ›Geöffnet‹ und ›Geschlossen‹.

»Nach wie vor ist es mir ein Rätsel, womit Sie Ihre Geschäfte machen, Geldermann, wenn ich mich hier im Laden umsehe. Obwohl, ehrlich gesagt, ist es doch kein Rätsel. Sonst wäre ich nicht hier!«

Ich machte eine kurze Pause und hoffte auf eine Reaktion, doch Geldermann war die Ruhe in Person. »Oh, jetzt habe ich Sie offensichtlich erschreckt, womit ich ja wieder einmal meinem Ruf gerecht geworden wäre.«

Geldermann hatte sich natürlich überhaupt nicht erschreckt und blieb noch immer gelassen und undurchschaubar. Seine Mimik zeigte keinerlei Regung. Dann, nach einigen Sekunden, es kam mir vor wie Minuten, setzte er ein leichtes hämisches Lächeln auf.

»Schauen Sie sich doch bitte noch einmal um, Herr Kommissar, und richten Sie Ihren Blick auf das Bild über der Tür.«

Ich sah nach oben. Dort hing das Bild ›Hunde beim Kartenspiel‹.

»Ich könnte schwören, Sie haben für das Bild Porträt gesessen, Herr Kommissar. Ich meine den einen mit den Assen, der unter den Tisch rutscht, weil er gerade als Falschspieler auffliegt!«

Ich wandte mich wieder Geldermann zu, der mich zufrieden angrinste, weil ich nicht sofort eine passende Antwort auf den Lippen hatte.

»Damit mache ich Geschäfte, Herr Kommissar. Es kommt nicht auf die Masse an, sondern auf die Klasse. Der Besitzer brauchte Geld und hat es mir für einen Apfel und ein

Ei überlassen. Wissen Sie, für ein Original wie dieses findet sich schnell ein Liebhaber.«

Ich schaute noch einmal ungläubig und ärgerlich auf das Bild über der Tür und Geldermann setzte noch eins drauf.

»Die Originaldokumente und die Verkaufsbestätigung habe ich natürlich hier. Nur um zu vermeiden, dass Ihr untrüglicher Spürsinn Sie möglicherweise auf eine falsche Fährte führen würde.« Dabei wedelte er mit einem Papierumschlag.

»Na gut! Schluss mit dem Theater! Sind Ihnen die Gebrüder Blütenblatt bekannt?«, fragte ich resolut.

»Blütenblatt? Nein, tut mir leid. Oh, doch! Das sind doch die Kameraden, die Sie verhaftet haben. Stand heute Morgen in der Presse.«

Die Antwort kam so prompt und nüchtern, dass ich ernsthaft in Erwägung zog, Geldermann könnte die Wahrheit sagen. Außerdem hatte ich keinerlei Anhaltspunkte für eine Verbindung zwischen ihm und den Brüdern.

»Hm!«

Meine Enttäuschung war unverkennbar, mein Manöver war auch zu plump und wenig durchdacht gewesen. Aber was sollte ich tun, ich stand unter Zugzwang. Die Zeit lief mir davon und ich brauchte Ergebnisse.

»Aber Schnallentritt. Dieser Name wird Ihnen doch sicherlich etwas sagen, nicht wahr?«

Heimlich Geldermann lächelte in sich hinein.

»Natürlich, welcher Geschäftsmann in der Stadt kennt diesen Namen nicht?«

»Aha! Also haben Sie geschäftlich mit Schnallentritt zu tun!«

Geldermann lächelte noch immer. »Na ja, ich könnte

mir vorstellen, dass er ein potenzieller Käufer für das Bild wäre.«

»Hervorragend. Dann rufen Sie ihn an!«

»Wie bitte?« Nun wurde Geldermann unsicher.

»Sie sollen Schnallentritt anrufen. Jetzt! Sofort!«, befahl ich in einem leicht bedrohlichen Ton.

»Ähem, das meinen Sie aber jetzt nicht ernst, oder?«

Ich schob meinen Mantel zurück und meine Dienstwaffe kam zum Vorschein.

»Sie bedrohen mich, Herr Kommissar?«

»Tu ich das? Sicher spiele ich nur falsch, Geldermann!«

Nun grinste ich. »Also, ich nehme Sie mit aufs Revier. Für wenigstens 24 Stunden kann ich Sie festsetzen, weil ich den Verdacht habe, dass Sie in der Blütenblatt-Sache mit drinstecken, da Sie eine für den Fall relevante Person decken.« Die Sicherheit in meiner Stimme hätte selbst mich überzeugt.

»Schnallentritt hängt in dem Fall mit drin?«, fragte Heimlich Geldermann erstaunt.

»Rufen Sie ihn an!«, zischte ich leise und beugte mich über den Ladentisch.

»Das geht doch nicht. Wissen Sie, was das für Konsequenzen für mich haben wird, wenn ich Schnallentritt von meinem Apparat von hier aus anrufe, im Auftrag der Polizei?«, sagte er nun beinahe ängstlich.

Ich schob ihm einen Block und meinen Kugelschreiber hin. »Dann schreiben Sie seine Nummer auf und ich rufe ihn von meinem Handy aus an!«

Geldermann schaute ängstlich hilfesuchend umher, nahm dann schließlich den Schreiber zur Hand und kritzelte eine Nummer auf den Block.

»12-0-6? Das ist die Nummer der ›Wilden Wutz‹. Damit

Geldermann schaute ängstlich hilfesuchend umher, nahm dann schließ-lich den Schreiber zur Hand und kritzelte eine Nummer auf den Block.

können Sie keinen Hund hinter dem Ofen hervorlocken. Ich will eine private Nummer von Schnallentritt!«

Geldermann zögerte kurz, griff dann aber wieder zum Stift. Ich hatte mein Ziel erreicht. »Besten Dank! Den Kugelschreiber dürfen Sie behalten, quasi als Tauschgeschäft für die Nummer!«

Ich grinste zufrieden in sein ärgerliches Gesicht, drehte mich um und ging zur Tür hinaus. Ich machte noch einmal kehrt und wendete das Hängeschild wieder auf ›Geöffnet‹. »Damit Ihnen nicht noch die Kunstliebhaber für das schöne Bild ausbleiben!«

Kaum, dass ich im Auto saß, wählte ich die Nummer. Nach kurzem Klingeln meldete sich eine neugierig grunzende Stimme am anderen Ende – eindeutig Schnallentritt.

»Ja, hallo?«

»Hier ist Bösenschreck. Meingold, du hast einen wichtigen Termin versäumt!«

Pause.

»Woher hast du Windhund diese Nummer?«, fragte Schnallentritt schockiert.

»Spielt keine Rolle. Du bist zur vereinbarten Zeugenaussage nicht erschienen.«

Schnallentritt wurde ruhiger und ich hatte das Gefühl, als lehnte er sich entspannt zurück. »Ich hab's mir anders überlegt!«

»Du hast es dir anders überlegt? Was soll das heißen?«, fragte ich wie vor den Kopf gestoßen.

»Will heißen, ich ziehe meine Aussage zurück. Ich hab Wichtigeres zu tun, als meine Zeit damit zu verbringen, der Polizei die Arbeit abzunehmen!«

»Schnallentritt! Wenn du deine Aussage zurückziehst

und nicht gegen die Brüder Blütenblatt aussagst, lässt der Staatsanwalt die Anklage fallen!«, knurrte ich wütend ins Telefon.

»Ja und? Da sähst du aber ganz schön alt aus, was, Herr Kommissar?«, grunzte das Schwein selbstgefällig ins Telefon. Mir fehlten die Worte und ich rang um Fassung.

»Schnallentritt, ich mach dich fertig, wenn du anfängst, Spielchen mit mir zu spielen!«

»Höhöhöhö! Willst du mir vielleicht einen Strafzettel für Falschparken ausstellen, wenn man dich zur Verkehrspolizei strafversetzt hat, du verdammter Überläufer?«

Das Wort Überläufer brachte mich zum Kochen. Ich hörte förmlich meine Sicherungen durchknallen und ich tat etwas, was ich später bitterlich bereuen sollte.

»Schnallentritt! Entweder du erscheinst morgen früh neun Uhr und machst deine Zeugenaussage im Fall Blütenblatt, oder ich lasse dich um zehn Uhr verhaften!«

»Mich verhaften? Einen Zeugen? Höhöhöhö! Köstlich!«, schmatzte er immer noch amüsiert ins Telefon. »Und mit welcher Begründung?«

»Schwere Körperverletzung!«

Abrupt hörte das Lachen auf. »Wer behauptet denn so was?«

»Ich werde dir die Anzeige persönlich vorlesen, wenn du nicht kooperierst!«, höhnte ich siegessicher ins Telefon.

»Wir werden sehen, elender Wadenbeißer!«, antwortete Schnallentritt verärgert. Dann hörte ich nur noch das Summgeräusch, was bedeutete, dass die Verbindung beendet worden war.

Augenblicklich wählte ich die Nummer von Zuzi.

»Tuuut – Tuuut. Klick. Halli – Hallo – ich bin gerade beschäftigt, aber wenn du mir eine Nachricht und deine

»Ich mach dich fertig, wenn du anfängst, Spielchen mit mir zu spielen!«

Nummer hinterlässt, kümmere ich mich so schnell wie möglich um deine Bedürfnisse. Piep.«

»Zuzi, ich bin's, Spekulantius. Bitte ruf mich so schnell wie möglich zurück. Es ist wichtig!«

Damit legte ich mit einem mulmigen Gefühl wieder auf, denn ich war mir keinesfalls sicher, dass sich Zuzi melden würde. Durch meine leere Drohung Schnallentritt gegenüber sah ich Zuzi ernsthaft in Gefahr, es sei denn, Schnallentritt hätte bei seinen Angestellten gerade zufällig einen Rundumschlag getätigt und Zuzi wäre nicht die Einzige, die er mal wieder misshandelt hatte. Da ich dummerweise gar keine Anzeige hatte, konnte ich Zuzi nicht einmal durch eine Festnahme des Schweins schützen, also musste ich schneller sein als er. Ich wendete mein Auto und fuhr zurück zu Zuzis Wohnung. Alle möglichen Szenarien schossen mir durch den Kopf. Keines war am Ende erfreulich. Wenn Zuzi keine Anzeige erstatten würde, konnte ich für ihre Sicherheit nicht mehr garantieren und ich hatte nichts gegen Schnallentritt in der Hand. Dies hätte ferner die Konsequenz, dass mein schöner Fall Blütenblatt platzen würde. Was dann? Ich wählte die Privatnummer von Rony, denn auf dem Amt war schon längst Dienstschluss.

»Hieronymut Aktenfitschler, Bereichsleitung Standesamt, schönen guten Tag.«

Rony schaffte es wiederholt nicht, sich privat zu melden. Er hatte wohl zu wenige Anrufe zu Hause.

»Rony, ich bin's, Spekulantius. Ich brauch dringend deine Hilfe!«

»Oh! Hast du was bei Zuzi erreicht?«, fragte er sofort nach.

»Ich hab mit ihr gesprochen. Sie wollte es sich noch einmal überlegen wegen der Anzeige.«

»Das ist alles?«

»Was erwartest du? Aber ich bin grad noch mal auf dem Weg zu ihr, vielleicht kann ich sie doch noch überreden!«

»Soll ich mal mit ihr sprechen?«, fragte Rony selbstbewusst.

Ich war etwas konsterniert und wusste nicht so recht, was ich darauf antworten sollte. »Na schön, wenn du meinst. Versuch dein Glück!«, sagte ich unsicher.

»Prima. Ich ruf sie gleich an!«, antwortete er euphorisch und wollte schon auflegen.

»Moment! Ich ruf noch wegen was anderem an!«

»Ja?«

»Kannst du mir Hintergrundinformationen besorgen? Es geht um die Brüder Blütenblatt, die Großgärtnerei in der Weststadt.«

»Blütenblatt? Ich dachte, der Fall ist schon längst aufgeklärt.«

»Na ja. Ich fürchte, mich will hier einer aufs Kreuz legen und auflaufen lassen«, gab ich kleinlaut zu.

»Na schön. Gleich morgen schau ich nach, was sich finden lässt!«

»Ähem, Rony. Geht es vielleicht heute noch?«, fragte ich vorsichtig.

»Das Amt hat zu, es ist Dienstschluss!«, schnaubte Rony entrüstet.

»Ich hab nur noch Zeit bis morgen zwölf Uhr, Rony«, bettelte ich verzweifelt.

»Wirst du das Schwein aus dem Verkehr ziehen?«, fragte Rony bestimmt.

»Mm, ja«, antwortete ich zerknirscht. Diesen Ton kannte ich von Rony nicht und er machte mir Sorge, denn ich sah mich jetzt schon den zweiten schwerwiegenden Fehler begehen nach der leeren Drohung gegenüber Schnallentritt.

»Also gut! Dir ist hoffentlich klar, was es heißt, die Dienstvorschriften zu umgehen und außerhalb der Geschäftszeiten nochmals aufs Amt zu gehen. Das kann mich meinen guten Ruf bei meinen Kollegen kosten! Wir treffen uns heute Abend um Punkt 21 Uhr noch einmal im ›Falschen Hasen‹. Aber dieses Mal zahlst du!«

Zögernd willigte ich ein und Rony legte auf.

Als ich bei Zuzi ankam, war es bereits halb acht. Just in dem Moment, als ich aus dem Wagen ausstieg, kam wie durch ein Wunder wieder die alte Vogelscheuche von Hauswirtin um die Ecke, dieses Mal allerdings aus der anderen Richtung.

»Was denn, Sie *schon* wieder? Wird das denn nicht langweilig mit der Zeit?«

»Offensichtlich nicht«, gab ich flapsig zurück und drückte auf Zuzis Klingel. »Ist sie da?«

»Ich denke schon, oder kommen Sie etwa ohne Termin? Da werden Sie wenig Glück haben, bei dem Aufkommen!«

Der Summer ertönte ohne eine Rückfrage über die Gegensprechanlage. Zuzi schien tatsächlich jemanden zu erwarten. Ihr Erstaunen über meinen Auftritt bestätigte meine Vermutung.

»Was willst du denn schon wieder hier? Das ist nicht gut fürs Geschäft, wenn die Polizei dauernd bei mir aus und ein geht«, begrüßte sie mich verärgert.

»Hast du meine Nachricht nicht abgehört?«

»Na und?«

»Zuzi. Ich bitte dich inständig. Erstatte Anzeige!«, flehte ich sie förmlich an. Ungläubig schaute sie auf mich herab und versuchte, in meinen Augen meine wahren Intentionen zu ergründen. Ich wurde unsicher, denn meine Absichten waren ihr gegenüber ja beileibe nicht aufrichtig.

»Sollte ich irgendetwas wissen?«, fragte sie zweifelnd. Ihr

Telefon rettete mich kurz aus dieser prekären Situation, noch bevor ich auf die Schnelle eine fadenscheinige Antwort aus dem Hut zaubern musste.

»Ja, hallo? … Ach, du bist's, Süßer. Hast du dir es also noch mal überlegt, was? Morgen hätte ich noch einen Termin für dich frei … Wie? … Aha? … Hmm …, verstehe!«

Zuzi hatte noch immer den Hörer in der Hand, drehte sich dabei zu mir um und beäugte mich misstrauisch. Der kalte Schweiß lief mir den Rücken hinunter.

»Ja, ja, schon gut! … Wann kommst du denn mal wieder vorbei? Oh! … Na gut. Bis dann.«

Damit legte sie auf und schaute mich erwartungsvoll an.

»Also, was ist jetzt, Zuzi. Hast du es dir noch mal überlegt?«, versuchte ich, die unangenehme Situation so schnell wie möglich zu umschiffen.

»Das war Rony!«

»Wer?«

»*Rony*, dein Freund! Kleiner, mausgrauer Kerl, Nickelbrille, große, kräftige Hände. Ordentlich, exakt, langweilig!«

»Ach, *Rony*!«

»Jetzt stell dich nicht ganz blöd! Habt ihr euch abgesprochen oder was?«

»Abgesprochen, wieso? Zuzi, ich …«

»Nun hör schon auf. Pinkel nicht gegen den Wind! Hat *er* dich auf den Trichter gebracht, bei mir vorbeizukommen?«

»Ja«, sagte ich kaum hörbar. »Und? Wie geht's nun weiter?«

Es klingelte an der Tür. Zuzi ging an die Gegensprechanlage. »Ja, hallo?«

»Hallo, mein kleinef Gänfchen, hier ift dein Fnuckelhafe!«, knackste es aus dem Lautsprecher. Zuzi drückte den Türöffner.

»Verzieh dich! Ich hab ’nen Kunden!«

»Ich bleibe!«, bellte ich sie an.

»Was soll der Kram? Ich mach sie ja, diese blöde Anzeige. Aber nur wegen Rony. Ich kann es mir nicht leisten, meine besten Stammkunden zu verlieren, und er gehört definitiv dazu. Wenn das Geld mit allen so leicht und schnell verdient wäre, könnte ich mir schon längst ein kleines Häuschen am See leisten und jeden Tag im Wasser planschen.«

»Ich brauch das schriftlich, Zuzi!«

»Ja, ja. Aber nicht jetzt. Ich hab zu tun«, versuchte sie, mich aus der schon geöffneten Tür hinaus zu komplimentieren.

»Ich hol dich morgen früh ab. Um acht Uhr, und wir fahren aufs Revier!«

»Um acht? Bist du verrückt? Weißt du, bis wann ich arbeite?«

»Um acht!«

»Oh, bin ich fu früh? Ich kann auch nochmal verfwinden!«, sagte eine nervös lispelnde Stimme hinter mir. Ich drehte mich um und erblickte einen dürren Kerl mit hagerem Gesicht, großen Ohren und überstehenden Zähnen. Er roch etwas aufdringlich und war derart zappelig, dass ich mutmaßte, dass er einem wahnsinnigen Hormonstau unterliegen musste.

»Nein, nein, Harwey! Wir sind fertig! Komm rein.«

Zuzi schob mich aus der Tür.

»Morgen um acht?«, bedrängte ich sie abermals.

»Ja, ja, schon gut. Ich komme«, antwortete sie kurz angebunden.

»Ich hol dich ab«, insistierte ich.

»Von mir aus. Und jetzt verschwinde!«

Zuzi knallte die Tür zu und ich stand draußen.

»Und geh bitte Meingold aus dem Weg! Lass ihn nicht mehr rein!«, rief ich ihr hinterher. Ich bekam jedoch keine

Antwort mehr. Man konnte noch ein paar anzügliche Lispellaute vernehmen, dann setzte schnell ein gleichmäßig wiederkehrendes Quietschen ein.

Kurz vor 21 Uhr saß ich erwartungsvoll im ›Falschen Hasen‹ bei Gänsewein und Kräuterschnaps, denn der Tag war mir bitter auf den Magen geschlagen. Sollte Rony etwas gefunden haben, was mich auf eine heiße Spur führen würde, dann könnte ich die Brüder Blütenblatt doch noch hochgehen lassen, ohne dafür Schnallentritts Aussage zu benötigen. Das wiederum würde mich in die glückliche Lage versetzen, Schnallentritt festnehmen und meinem Versprechen gegenüber Rony und Zuzi nachkommen zu können. Falls Rony mit leeren Händen auftauchen würde, wäre Zuzis Anzeige mein einziges Druckmittel, um Schnallentritt zu einer dann notwendigen Aussage zu zwingen, was nie und nimmer ohne einen Deal über die Bühne gehen würde. An die daraus entstehenden Konsequenzen im Hinblick auf meine Versprechen mochte ich beim besten Willen nicht denken. Ich versuchte, meine Gedanken zu ordnen, und schaute mich im Lokal um. Wie schon heute Mittag, waren auch jetzt fast keine Gäste anwesend. Der Kellner schien gleichfalls überrascht zu sein, mich so schnell wiederzusehen. Erfreulicherweise leierte das Radio nicht wieder dieses grausame kastalonische Gedudel. Dieses Mal flimmerte der Fernseher an der Wand, in dem gerade ein Hunderennen live übertragen wurde. Ich hatte zwar keine Ahnung von diesem Sport, aber der Kellner fieberte derart mit, als hätte er auf einen der Kandidaten gewettet. Nachdem das Rennen offenbar nicht zu seinem Wohlwollen geendet hatte, wechselte er schlecht gelaunt auf den Nachrichtenkanal, was ich außerordentlich begrüßte. Hauptthema der Berichterstattung war die Festnahme der Geldfälscherbrüder Blütenblatt und deren bevorstehende Gerichtsverhandlung. Im Gegensatz zu meiner Euphorie heute Morgen befiel mich jetzt eine unangenehme melancholische Stimmung. Sport- und Wetterbericht endeten, was bedeutete, dass es nun Viertel nach neun war, aber von Rony keine Spur. Das passte nicht zu seiner sonst so korrekten und minuziösen Art. Ich wollte gerade noch einen weiteren Schnaps bestellen, da ging die Tür auf und Hieronymut Aktenfitschler kam herein. Er war etwas außer Atem. Ich stand auf und gab ihm zur Begrüßung die Hand.

»Hallo, Rony. Was ist denn los? Kommst doch sonst immer punktgenau?«

»Ja, natürlich, Pünktlichkeit ist das halbe Leben!«, rang er erschöpft nach Luft. »Aber meine Armbanduhr hat mich jetzt schon zum zweiten Mal im Stich gelassen«, antwortete er und zog den Ärmel hoch. Das Fabrikat stach mir sofort ins Auge.

»Hoppla. Aber das ist doch eine Original Ührlistolz mit Funkortungsverfahren und logarithmisch geteiltem Zifferblatt!«

»Und Arbeitszeitanzeige!«, ergänzte Rony stolz. »Habe ich letzten Monat zum zehnjährigen Dienstjubiläum und zum 10.000sten abgelegten Vorgang erhalten!«

»Rony, ich bin echt beeindruckt. Wusste gar nicht, dass die Stadtkasse so vollgefüllt ist, dass der Oberbürgermeister seinen Mitarbeitern solche Präsente überreichen kann!«

»Na, vielleicht war es ja ein Schnäppchen. Zweite Wahl oder so. Weil, wie ich sagte, die Uhr hat mich schon zwei Mal im Stich gelassen: Letzte Woche ist sie einfach stehen geblieben, und als ich sie ins Kaufhaus bringen wollte, ging sie auf einmal wieder. Und heute Abend hängt sie 20 Minuten nach.«

»Rony!«, intervenierte ich bestimmt. »Das ist eine Original Ührlistolz Armbanduhr. Eines der zuverlässigsten Fabrikate überhaupt. Eine Ührlistolz geht nicht nach oder bleibt gar stehen!«

»Ich weiß«, sagte Rony unsicher. »Aber meine tut es! Vielleicht schicke ich sie doch mal ein!«

Ich winkte die Bedienung herbei, während Rony immer noch an der Uhr herumfingerte.

»Ja bitte?«, fragte der Kellner.

»Wir würden gerne etwas zu essen bestellen. Können Sie uns die Speisekarte bringen?«

»Essen? Die Küche hat geschlossen!«, antwortete er fast entrüstet und gerade so, als ob wir uns hier in einer Tierhandlung befänden anstatt in einem Restaurant.

»Wie, die Küche hat zu?«, antwortete ich ungläubig. »Es ist erst 20 nach neun!«

»Ja, na und?«, gab der Kellner wie selbstverständlich von sich. »Schwere Kost zu später Stunde ist sowieso nicht gut bekömmlich!«

»Wo er recht hat, hat er recht«, ergänzte Rony mit einem freundlichen Zunicken. »Ich hab gelesen, man soll abends nicht mehr so viel Schweres essen, das schlägt auf den Magen und man kann nicht schlafen!«

»Na, also gut. Dann nehme ich eben noch einen Kräuterschnaps«, gab ich fassungslos von mir.

»Oh ja, ich nehm' auch einen. Einen doppelten! Ich bin ja nicht mehr im Dienst«, freute sich Rony. Der Kellner nahm die Bestellung auf, ging kurz hinter die Theke, um gleich darauf mit zwei Stamperln wiederzukommen. Dann verschwand er in der Küche. Ich fragte mich, wozu, da es ja laut seiner Aussage nichts mehr zu essen gab – zumindest für die Gäste.

»Was ist denn nun, Rony, hast du was rausgefunden?«, fragte ich endlich neugierig.

»Ja und nein«, antwortete er. »Also, Eintragungen der Blütenblatts auf dem Standesamt reichen weit zurück. Die Familie kommt aus der Land- und Forstwirtschaft und betreibt seit drei Generationen eine Großgärtnerei direkt an der Bundesstraße am Ortsausgang der Weststadt. Vor 41 Jahren kam ein gewisser Konfusius Rindenmulch, Akademiker im Fach Botanik, in die Stadt, um Waldbraut, die einzige Tochter von Iknarz und Waldburga Blütenblatt zu ehelichen. Der Name Blütenblatt war ein stadtbekannter und angesehener Name, weshalb Rindenmulch seinen Namen aufgab und den Familiennamen seiner Frau Waldbraut annahm. Mittlerweile ist es ja links wie rechts durchweg üblich, zu Ansehen und Wohlstand zu kommen, indem man in eine gut situierte Familie einheiratet. Vor 27 Jahren kamen dann die Zwillinge Zigi und Rillo Blütenblatt zur Welt. Die beiden Brüder traten früh in die Fußstapfen ihrer Eltern und übernahmen vor fünf Jahren die elterlichen Geschäfte. Es gibt keinerlei Hinweise auf genehmigte oder abgelehnte Anträge zur Erstellung von Personaldokumenten oder anderen Urkunden für unübliche Professions- oder Namensänderungen. Es gibt keine widrigen Umstände, um es im Amtsjargon zu sagen. Da passt einfach alles. Alles blütenweiß!«

Rony stockte und begann glucksend zu kichern, der doppelte Kräuterschnaps auf nüchternen Magen schien seine Wirkung bei ihm zu entfalten.

»Hümmm, Hümmm, Hümmm! … Apropos Namensänderung. Da ist heute Mittag ein schönes Anekdötchen passiert, das muss ich dir erzählen!«

Er beugte sich amüsiert zu mir über den Tisch. »Also, kommt eine Dame zu mir aufs Amt und will einen Antrag auf Namensänderung stellen aufgrund widriger Umstände.« Rony fing wieder an zu kichern. »Sag mal, können wir noch einen Kräuterschnaps bekommen?«

»Okay, okay, Rony …«, antwortete ich, nur halb interessiert an seinen Abschweifungen. »… später gern! Aber was genau ist denn nun mit der Blütenblattgeschichte?«

Hieronymut Aktenfitschler fand zurück zu einer angedüdelten Ernsthaftigkeit. Leicht pikiert darüber, dass ich so wenig Interesse für seine eigene Geschichte aufbrachte, kniff er die Augen zusammen und verschränkte die Arme. Er ergänzte nur noch kurz und sachlich seine Ausführungen, die mein Gemüt leider in keinster Weise erheiterten.

»Ah ja. Ach so! … Also, wie gesagt, ich hab leider keinerlei Auffälligkeiten bei den Blütenblatts entdecken können. So leid es mir tut, aber ich glaube, du liegst dieses Mal falsch!«

KAPITEL 2

Der Gangster – oder: Namen sind Schall und Rauch

»Wie seh' ich aus?«, fragte er selbstbewusst seine beiden Leibwächter, die hinter ihm im Zimmer standen. Sein Blick hing selbstverliebt im Spiegel an der Wand fest. Geschmeidig fuhr er sich noch einmal mit dem Finger an den Schläfen vorbei, um die letzten abstehenden Härchen korrekt nach hinten zu legen, und zupfte ein, zwei Stäubchen vom maßgeschneiderten Alemani-Anzug.

»Aalglatt, Boss – ehrlich!«, tönte einer seiner beiden Gorillas überschwänglich. Doch der Boss drehte sich zu ihm um und runzelte die Stirn. Der Vergleich schien ihm nicht besonders zu gefallen.

»Sorry, Boss! Bockstark wollte ich natürlich sagen!«, setzte das Ungetüm unsicher nach. Doch sein Boss wirkte immer ungehaltener.

»Saugeil?«

»Mausgrau!«, versuchte nun der andere, seinem Partner zu Hilfe zu kommen. Doch der Boss wurde ärgerlich und verschränkte zornig und erwartungsvoll die Arme.

»Wieselflink!«

»Rabenschwarz!«

»Froschgrün!«

»Rattenscharf!«

»Sagt mal, seid ihr vom wilden Affen gebissen?«, brüllte der Boss schließlich aufgebracht. »Seh' ich vielleicht aus wie eine Ratte?«

Er ging zu seinem Schreibtisch aus echtem kastalonischen Wurzelholz und drückte die darauf stehende Aktentasche

»Seh' ich vielleicht aus wie eine Ratte?«

einem seiner beiden Aufpasser in die Hand. Dann verließen sie das Zimmer und gingen die Treppe hinunter ins Restaurant. Erfreut bemerkte der Boss, dass es jetzt leer war. Als er vor einer Stunde angekommen war, saßen noch zwei merkwürdige, ungleiche Gestalten an einem der Tische bei Wasser und Kräuterschnaps. Er hatte seinen Kellner unmittelbar angewiesen, diese so schnell wie möglich hinaus zu komplimentieren. Kunden mochte er im Grunde nicht besonders, zumindest nicht als Gäste im ›Falschen Hasen‹. Denn genau wie sein Name Panetoni Magenbitter diente der ›Falsche Hase‹ nur der Tarnung.

Viel Geld verdiente er mit seinem Restaurant nicht, wollte er auch gar nicht. Mühselig ackern und jeden Tag schuften, das sollten ruhig die anderen tun. In jungen Jahren, ja, da hatte er sich damit ›versucht‹. Als zweiter Sohn aus einer kleinen kastalonischen Bauernfamilie war nach der Erbfolge der kleine Hof zwangsläufig auf seinen älteren Bruder übergegangen, worüber er gar nicht sonderlich verärgert war. Die tagtägliche harte Arbeit auf dem Feld hatte ihm sowieso nicht besonders getaugt. Aus diesem Grund hatte er schon in frühen Jahren das Elternhaus verlassen und eine Ausbildung im Tiefbau begonnen, die er allerdings nach kurzer Zeit wieder abgebrochen hatte. Tunnelbau, das Graben von neuen U-Bahn-Schächten und Kanalisationssystemen in Kastaloniens Metropole – tagtäglich hatte er sich damals mit seinen Kollegen unter der Erde durchgewühlt und sich dabei sehr an die Mühseligkeiten zu Hause erinnert. Schon nach kurzer Zeit war in ihm die Einsicht gereift, dass er auf konventionellem Weg nicht zu schnellem Reichtum kommen würde, weder zu einer schicken Hazienda noch zu einem Sportwagen und teuren Klamotten, geschweige denn zu einem hübschen Häschen in jedem Arm. Nein, Geld verdiente man auf anderem Weg. Und wie er heute wusste, ließ sich Geld sehr einfach mit der Eitelkeit der anderen verdienen. Denn genau wie er selbst peinlichst auf sein Äußeres achtete, auf seine Wirkung und seinen sozialen Status im Gefüge, so taten das doch so gut wie alle. Ein neues Auto, feinster Zwirn, die goldene Armbanduhr, Essen im Nobelrestaurant, Mitglied im exklusiven Golfclub, das war es, wovon jeder insgeheim träumte. Doch diese Dinge kosteten Geld, mitunter sehr viel Geld, das die breite Masse nicht hatte. Vor allem hatten es die nicht, die sich jeden Tag brav und mühselig abrackerten. Oder vielleicht doch? Das Potenzial war da, da war er sich sicher gewesen, es war nur eine Frage des Preises. Die Wurzeln zu seinem heute florierenden Unternehmen wurden ironischerweise im Ausland gelegt. Seine ehemalige Flamme hatte ihm wochenlang in den Ohren gelegen und ihn schließlich zu einer Sightseeing-Kaffeefahrt durch Teutonia überredet. Mit jedem Tag der organisierten Touristenwanderungen hatten die Langeweile und vor allem die Gereiztheit von Magenbitter zugenommen, bis es die Reisegruppe in eine Stadt im Süden verschlagen hatte. Eine Stadt, die, wie es sich herausgestellt hatte, mittlerweile in jedem guten Reiseführer als ›Outletmekka‹ und in einem Atemzug mit Attraktionen wie dem Tour Eiffel, dem Tower, dem Brandenburger Tor oder dem Prater genannt wurde. Panetoni Magenbitter war sprachlos gewesen über den Konsum, ja, den Kaufrausch, in den sich die Massen hier tagtäglich stürzten. Massen, die aus aller Herren Länder pausenlos angekarrt wurden oder selbst herbeigefahren kamen, um sich buchstäblich schmerzfrei durch die Vielzahl an Warenhäusern zu zwängen. Er konnte es damals nicht fassen, welche gigantischen Mengen an Waren, teilweise sogar fehlerhaft, hier umgeschlagen wurden, offenbar unter dem psychologischen Einfluss, es handle sich um lauter Schnäppchen. Seine neue Geschäftsidee war hier geboren worden. Kurze Zeit nach seiner Rückkehr ins schöne Kastalonien hatte er seine Flamme und seine Heimat verlassen und einen kleinen Laden inmitten all der Giganten eröffnet, die sich in den Jahren hier etabliert hatten. Doch sein Geschäftskonzept hatte sich nach kurzer Zeit als Flop entpuppt. Die billig im Container aus Übersee importierten Klamotten, Accessoires, Schuhe und allerlei Tand hatten sich nur wie saure Milch verkauft. Magenbitter war ratlos gewesen. Nach sechs erfolglosen Monaten war ihm bereits die Ladenmiete über den Kopf gewachsen. In einem Akt der Verzweiflung hatte er sich im Internet einige Markenembleme besorgt und einen Teil seiner Waren damit versehen. Nun war plötzlich der Bann gebrochen und die Artikel wurden ihm buchstäblich aus den Händen gerissen. An diesem Tag war ihm eines klar geworden: Es kommt nicht auf das Produkt an, sondern auf den Namen, auf die Verpackung, auf das Drumherum – es war pure Psychologie! Die Sache war natürlich brandheiß gewesen, hier in unmittelbarer Nachbarschaft echter Labels und Markennamen, weshalb Magenbitter kurzer Hand seine restlichen Waren verramscht, seinen Laden geschlossen und die Stadt verlassen hatte. Etwas weiter westlich hatte er ein, ihn spontan ansprechendes, schnuckeliges Städtchen gefunden. Das Leben dort war geprägt durch den Einfluss einer der angesehensten und ältesten Universitäten des Landes, was zu einem ungewöhnlich jungen Altersdurchschnitt durch die unzähligen Studenten führte – ein Heer an potenziellen und wechselnden Kunden. Er war inspiriert gewesen durch die unverkennbare Altstadt, durch die Kneipenszene und beglückt über das reichhaltige kulturelle Angebot. Vor allem für die Kunst der alten Meister hatte er schon immer ein besonderes Faible gehabt und in der städtischen Kunsthalle jagte buchstäblich eine Ausstellung die andere. In den sentimentalen Bann gezogen hatte ihn schließlich der idyllisch gelegene Kanal, auf dem im Sommer die Stocherkähne umherkreuzten. Magenbitter war sich fast wie zu Hause vorgekommen. Sein Unternehmen hatte er zu einer Handelsfirma umstrukturiert und zur Tarnung Unterschlupf in einem ehemaligen Restaurant in der Altstadt gesucht, am Puls des täglichen Lebens, ganz in der Nähe des Marktplatzes. Alsdann hatte er mithilfe einiger alter Spießgesellen im großen Stil damit begonnen, billige Imitate und Fälschungen von hochwertigen Luxusartikeln auf den Markt zu bringen, natürlich unter der Vorgabe, es handle sich um ein Original. Seine Duplikate gingen fortan weg wie warme Semmeln, zu plötzlich auch für Otto Normalverbraucher erschwinglichen Preisen: Futschi Edelschuhe, Hutzenreiter Porzellan, Paratonic Flachbildschirme, Sagafratzo Espressoautomaten oder eben die Ührlistolz Armbanduhr mit Funkortungsverfahren und logarithmisch geteiltem Ziffernblatt. Alles namhafte Markenfabrikate mit hohem ›Muss-man-haben‹ Faktor. Seine Strategie bestand darin, sich auf einen Artikel nur für relativ kurze Zeit zu fokussieren und dann auf ein Produkt aus einer anderen Branche zu wechseln. Er lieferte grundsätzlich nur einmal und kopierte neben den Produkten auch Herstellerdokumente und Firmenpapiere, Lieferscheine und Rechnungen, allerdings mit fingierten Bankverbindungen. Zwangsläufig auftretende Reklamationen der billigen Imitate wurden logischerweise zunächst an die Produzenten der Originalprodukte gerichtet. Gelder wurden rasch über mehrere Briefkastenfirmen weitertransferiert, die innerhalb weniger Wochen wieder aufgelöst wurden. Und sollte ihm doch irgendwann die Luft zu dünn werden, dann würde er eben notfalls erneut Wohnort und Identität wechseln. Er hatte Erfolg, wahnsinnigen Erfolg.

»Sind alle da, Ox?«, fragte er den Kellner, der, nebenbei gesagt, eigentlich seine rechte Hand war.

»Ja, Boss, sitzen alle hinten im ›Hasenstall‹.«

Sie gingen durch die wenig benutzte Küche und am Hintereingang vorbei. Vor einem Wandschrank blieben sie stehen. Der Kellner drehte einen der Türknäufe um 360 Grad, wodurch sich eine Arretierung löste, die einen Durchgang freigab. Sie stiegen durch den Wandschrank hindurch und gelangten in einen großen, geräumigen, aber in sich abgeschlossenen Raum. Genau wie sein Arbeitszimmer, hatte der Boss diesen Saal äußerst geschmackvoll eingerichtet. In der Mitte lag ein handgewebter kastalonischer Gobelin, auf dem eine große, rechteckige Tafel stand, umringt von bis in die Handlehnen gepolsterten Stühlen. Alle Möbelstücke waren kunstvoll gearbeitet und mit geschnitzten Verzierungen versehen und genau wie im Büro im oberen Stock aus echtem kastalonischen Wurzelholz gefertigt. Alle Stühle, bis auf den an der Stirnseite, waren besetzt. Das bis eben noch im Raum befindliche Raunen verstummte unmittelbar, als der Boss mit seinem Gefolge eintrat und selbstgefällig auf seinem Stuhl an der Stirnseite Platz nahm. Respektvolle, erwartungsvolle Blicke wurden ihm entgegengebracht und er schaute geheimnisvoll nebulös in die Runde. Da saßen sie, fünf Handlanger, alle vom gleichen Schlag wie er selbst. Alle waren sie in feinsten Zwirn gekleidet, gestylt, geglättet und gebügelt – eine makellose Hülle. Im Kern aber waren sie alle Gauner – Halunken, Bauernfänger, Abzocker oder, seriöser ausgedrückt, ›Regionalverkaufsleiter‹, wie sie der Boss liebevoll titulierte. Links hinten angefangen saß Kralle, ein äußerst erfolgreicher Zeitgenosse in seinem Geschäft, der sich rigoros und kaltschnäuzig alles unter den Nagel riss, was er nur kriegen konnte. Rechts neben Kralle saß Blume, unübertrieben der Schönste im Bunde, dafür nach Meinung vom Boss aber nicht gerade der Klügste (wobei der Boss ›klug‹ mit ›abgebrüht‹ gleichsetzte). Dann kam Scharte, optisch das absolute Gegenstück zu Blume. Sein hageres Gesicht zierten zwei überdimensional vorstehende Schneidezähne, wodurch er einen frappanten Sprachfehler hatte. Ihnen gegenüber, auf der anderen Seite der Tafel, saß Löffler, ein Schaumschläger vor dem Herrn, der in allen Bereichen stets aus dem Vollen schöpfte. Der Letzte im Bunde war Rammler, ein ungewöhnlich maskuliner, umtriebiger Vertreter seiner Art. Zudem war er ein Riese von einem Kerl. Nervös und aufgeregt tapste er mit den Fingern auf der Lehne und scharrte mit den Füßen unter dem Tisch. Ihr Boss und Ernährer, den die Herren Regionalverkaufsleiter respektvoll den ›Pane‹ nannten, hatte ihnen diese Pseudonyme zugedacht. An ihre richtigen Namen konnte er sich nur mühsam erinnern und genau wie er selbst hüteten auch sie ihre wahre Identität zum Schutze ihrer Person. Auf dem letzten Platz, rechts neben dem Pane, saß äußerst aufmerksam Habakus Rechenbach, der als Einziger seinen wahren bürgerlichen Namen und vor allem die Bücher führte. Dies tat er außerdem noch für diverse Geschäftsleute, völlig legal, ja, sogar für den Herrn Oberbürgermeister. Als Vollprofibuchhalter – landauf, landab der beste, den es gab – war er vom Berufsstand her zur Verschwiegenheit verpflichtet. Er machte hier wie dort emotionslos, aber penibel seine Arbeit. Unabhängig vom jeweiligen Auftraggeber interessierte er sich im Übrigen nicht weiter dafür, was die Zahlen in der Realität zustande kommen ließ, die er in den Büchern hin und her jonglierte.

Die Gang beim Quartalstreffen

»Einen schönen guten Abend wünsche ich allerseits«, eröffnete der Pane die Runde. »Ein herzliches Willkommen zu unserem Quartalsbericht über die laufenden Geschäfte und zu unserem neuen Projekt, welches ich euch im Anschluss vorstellen werde.«

Er gab ein Zeichen und seine Aktentasche wurde vor ihn auf den Tisch gestellt. Er öffnete sie und entnahm ihr eine kleine Fernbedienung und eine schmuckvolle Holzschatulle. Aus dem kleinen hölzernen Kästchen holte er eine dicke Zigarre heraus, biss die Spitze mit den Schneidezähnen ab und spuckte sie hinter sich. Dann lutschte er die Zigarre genussvoll und schmatzend ab und ließ sich von seinem Kellner Feuer geben. Er lehnte sich entspannt zurück, paffte mehrmals an dem stinkenden Stängel und blies zwei kunstvolle Rauchringe in die Luft. Das Publikum verharrte still und angespannt. Der Pane gab seinem Kellner ein Zeichen, woraufhin dieser die Zigarrenschatulle an sich nahm und damit die Runde machte. Kurze Zeit später lag eine dichte, bedrohlich wirkende Qualmwolke über der Tafel und der Pane begann, übers Geschäftliche zu reden.

»Mein lieber Habakusch, du hascht dasch Wort!«, lallte er kaum verständlich, mit der Zigarre im Mundwinkel.

Habakus Rechenbach, der selbstverständlich nicht rauchte, öffnete seinen Aktenordner und erhob sich. Auch er hatte eine kleine Fernbedienung in der Hand, bei deren Betätigung eine große weiße Leinwand von der Decke herabfuhr. Ein weiterer Klick brachte einen Projektor in der Wand hinter dem Pane zum Laufen, woraufhin ein Diagramm mit mehreren Kurven auf der weißen Fläche erschien.

»Meine verehrten Zuhörer …«, begann Habakus Rechenbach, »… Sie sehen hier den Geschäftsverlauf des Produkts C27.«

»C27 ist unser Chronometerimitat Ührlistolz mit Funkortungsverfahren und logarithmisch geteiltem Ziffernblatt, aber das sollte ja allen geläufig sein«, warf der Pane kurz dazwischen. Zustimmendes Nicken allerseits.

»Sie sehen die Umsatzentwicklung der einzelnen Gebiete. Wieder einmal hat unser verehrter Herr Kralle alle Rekorde gebrochen und liegt kumuliert sieben Prozent über Ziel!«

Der Pane klopfte gönnerhaft auf die Tischplatte, worauf die komplette Truppe einstimmte und damit neidlos den Erfolg des Kollegen Kralle honorierte.

»Trotz dieses schönen Ergebnisses können Sie an der abwärtsgerichteten Renditekurve sehen, dass sich unser Gesamtprofit empfindlich rückläufig entwickelt hat!«

Totenstille kehrte ein. Rechenbach drückte auf einen weiteren Knopf und hinter jeder Kurve, die bis dahin kennungslos an der Leinwand leuchteten, erschien ein Name aus der Runde, erweitert um eine Prozentzahl.

»Die Prozentzahl gibt den Profiterreichungsgrad des jeweiligen Gebietes an. Wie Sie selbst erkennen können, liegen fast alle Gebiete plus minus auf Rille. Mit einer Ausnahme!«

Rammler rutschte immer nervöser auf seinem Stuhl herum. Alle Blicke im Raum ruhten nun auf ihm.

»Willst du dazu etwas sagen?«, fragte ihn der Pane ruhig.

»Zymbalesische Konkurrenz! Billiguhren für mehr entspannte Zeit. Die überschwemmen geradezu das Land damit«, antwortete Rammler unsicher.

»Der zymbalesische Wettbewerb war in der Planung berücksichtigt, Rammler!«, konterte der Pane und zog an seiner Zigarre. »Bist du ganz sicher, dass du keine privaten Vertriebswege aufgetan hast?«

»Was willst du damit andeuten?«, blaffte Rammler und

erhob sich ruckartig vor Aufregung, wodurch sein Stuhl nach hinten umkippte. Sofort trat einer der beiden Aufpasser des Pane an ihn heran und drückte ihm seine mächtigen Hände auf die Schultern.

»Setz dich wieder hin!«, befahl der Pane streng.

Rammler stellte seinen Stuhl wieder auf und ließ sich widerwillig auf seinen Platz nieder. Dicke Schweißperlen rannen dabei von seiner Stirn.

»Entspann dich!«, fügte der Pane mit fester Betonung seiner ersten Aufforderung hinzu.

Rammler lockerte sich den Kragen. Er rückte seinen Stuhl zurecht und legte die Arme auf den Stuhllehnen ab. Im selben Moment drückte der Pane auf einen Knopf seiner Fernbedienung. Aus den Polstern der Armlehnen von Rammlers Stuhl schossen zwei Edelstahlbügel heraus, die sich fest um seine Handgelenke legten und ihm ein Aufstehen unmöglich machten.

Rammler schrie erschreckt auf und versuchte krampfhaft, aber erfolglos, sich von der Fesselung zu lösen. Er hatte keine Chance, die Bügel zwangen ihn fest auf seinen Platz.

»Was soll das, lass mich frei!«, schrie er nun panisch.

»Mümmel hier nicht blöd rum! Ich hab gesagt, du sollst dich entspannen!«

Der Pane gab seinem Gorilla einen Augenwink, der daraufhin der Forderung seines Bosses Nachdruck verlieh, indem er abermals seine Pranken in Rammlers Schultern krallte. Rammler quietschte mehrmals vor Angst und Schmerzen, wimmerte dann nur noch leise vor sich hin und gab schließlich Ruhe. Habakus Rechenbach fuhr fort.

»Interessanterweise entsprechen die Umsatzzahlen aus Herrn Rammlers Gebiet in etwa den Planzahlen in Höhe von 795.755,24 Euro, die über die verschiedenen Wege zurückgeflossen sind. Dies verschleiert jedoch, dass Rammler in

Wirklichkeit Waren im Umsatzwert von 1.387.025,81 Euro bezogen hat. Aus diesem Grund wurde durch das Gebiet Rammler eine empfindliche Profitminderung verursacht. Uns fehlt damit in den Büchern für 591.270,57 Euro verkaufte Ware, für die wir von keiner Deckung mehr ausgehen, wie zu befürchten ist. Die Zahlen sind eindeutig und lügen nicht!«

Ruhe herrschte im Saal. Unsichere Blicke wanderten von einem zum anderen. Der Pane jedoch strahlte nichts als Kälte aus.

»Der Erfolg einer Firma beruht auf der Loyalität seiner Mitarbeiter. Willst du etwa immer noch behaupten, keinen kleinen Nebenerwerb betrieben zu haben, Rammler?«

»Ja! Ich schwör's dir!«, schrie Rammler nun hysterisch. Doch der Pane wirkte gelangweilt und gab seinen beiden Gorillas ein Zeichen. »Schafft ihn fort!«

Die beiden Schränke traten links und rechts an Rammler heran und hoben ihn an mitsamt seinem Stuhl.

»Ich bin unschuldig! Ich war's nicht!«, hörte man Rammler angsterfüllt brüllen, als er von den beiden Aufpassern nach draußen getragen wurde. Dann kehrte wieder Stille ein, Totenstille. Ihrer selbst unsicher, ging ein ängstliches Schlucken durch die Reihen der verbliebenen Regionalverkaufsleiter und sie lockerten die Krägen ihrer Maßhemden.

»Wa-… wa-… waf haft du mit ihm angeftellt, Pane?«, fragte Scharte vorsichtig.

»Ihm das Lügenmaul gestopft! In Zukunft kann er Häschen in der Grube spielen. Aber das muss uns nun nicht mehr interessieren, wobei ich hoffe, dass es eine Lehre für alle hier Anwesenden ist!«, antwortete der Pane. Er erhob sich und nahm eine weitere Zigarre aus der Holzschatulle. »Meine Herren, mir ist eine glorreiche Idee für unsere zukünftigen Aktivitäten gekommen!«

Nachdem er die Zigarre wieder vorschriftsmäßig gekappt und abgelutscht hatte, gab ihm sein Kellner erneut und den Statuten entsprechend Feuer.

»Danke, Ox …« Der Pane schaute erwartungsvoll in die heiße Glut der Zigarre, die er leicht anpustete. Die Glut leuchtete hell auf und der Pane beobachtete gebannt, wie sich die aufgerollten braunen Tabakblätter langsam selbst verzehrten und dabei in dichtem Qualm aufgingen.

»Verbrauchsgüter, meine Herren. Verbrauchsgüter heißt das Zauberwort!«

»Verbrauchsgüter?«, fragte Blume ungläubig.

»Verbrauchsgüter!«, wiederholte der Pane.

»Und was soll das bedeuten?«, hakte nun Löffler nach.

»Also, spitzt mal eure Löffel!«, begann der Pane. »Wie oft kaufst du dir eine Uhr, Kralle?«

»Na ja. So oft ich eine will«, antwortete der.

»Okay, dann eben einen Flachbildschirm? Löffler?«

»Hm, wenn ich Streit mit meinen Häschen habe und wieder einer zu Bruch geht …«

Der Pane wurde ungeduldig.

»Mann, schlagt hier keine Haken! Wie viele Flachbildschirme habt ihr euch bisher gekauft? Scharte?«

»Fwei?«, antwortete Scharte unsicher und mit einem großen Fragezeichen auf der Stirn, weil er partout nicht wusste, worauf sein Boss hinauswollte.

»Wieso fragst du *mich* das, ich hab keine Ahnung, was du mit deinem ganzen Zaster machst!«, antwortete der Pane, nun schon leicht genervt.

»Fwei! Ja, Fwei! Fürf Flaffimmer und fürf Efffimmer!«, sagte Scharte schnell und etwas selbstsicherer. »Aber flach find die nicht. Ich hab noch fwei olle Röhrenmattfeiben.«

»Also zwei!«

Der Pane streckte die Arme aus und blickte voller Zuversicht in die Runde, so als ob sich nun alles erklären würde. Doch es ging nur ein verständnisloses Kopfschütteln durch die Reihen.

»Flachbildschirme sind genau wie unsere anderen bisher auf den Markt geworfenen Produkte keine Verbrauchsgüter. Sie verbrauchen sich nicht. Das heißt, wenn man einen hat, geht erst einmal Zeit ins Land, bevor man den nächsten kauft. Von dem etwas höheren Bedarf von Kollege Löffler einmal abgesehen.«

Blume insistierte. »Aber unsere Produkte gehen doch von Haus aus relativ schnell kaputt, das wissen wir doch. Deshalb haben wir selbst ja auch nur echte Markenfabrikate zu Hause!«

»Da hast du zwar recht, Blume …«, antwortete der Pane, »… aber genau, wie wir uns den Schrott nicht in die Wohnung stellen, kauft keiner ein zweites Mal ein Fabrikat, welches ihm zuvor nur Ärger gemacht hat.«

Ein zustimmendes Gemurmel erfüllte den Raum.

»Unsere Kunden sind definitiv keine Wiederkäufer!«, sagte der Pane resolut.

»Wiederkäuer?«, fragte Blume unsicher nach. Ox sprang überrascht auf und stand stramm, als ob ihn jemand aufgerufen hätte.

»*Wiederkäufer*!«, antwortete der Pane barsch. »Man kauft unsere Produkte nur einmal!«

»Ah! Ah ja! Jetzt hab ich dich verstanden«, erklärte Blume glücklich.

»Sicher?«, fragte der Pane ungläubig. Blume ließ eingeschüchtert den Kopf hängen und faltete bescheiden seine Hände.

»Also, noch einmal von vorn: Wir brauchen einen Prestige- oder Luxusartikel, der sich relativ schnell verbraucht und den die Leute immer wieder haben wollen!«

»Jetzt kapier ich, was du meinst, Pane! Du meinst das Büttenklopapier mit der Goldkante«, hakte Kralle ein.

»Na ja. Nicht ganz!« Der Pane wirkte etwas angewidert. »Aber du hast verstanden, worum es mir geht! Schaut an die Decke!«

Die Runde blickte nach oben. »Ich seh' nur dichten Rauch«, gestand Blume.

»Genau. Die Zigarren haben sich verraucht oder verbraucht! Und du hast schon zur nächsten gegriffen, Blume«, antwortete der Pane mit einem breiten, zufriedenen Lächeln im Gesicht.

Nun schien der Groschen gefallen zu sein, denn es waren Laute wie ›Oh!‹ und ›Ah!‹ sowie ein schmeichelndes ›Brillant!‹ zu hören.

»Heißt das, wir steigen um auf Zigarren?«, versicherte sich Blume noch einmal.

»Jaaaaaaa!«, bestätigte der Pane nun glücklich, weil sich in ihm schon fast die Meinung verfestigt hatte, Blume hätte nur Stroh im Kopf.

»Aber nicht irgendwelche Zigarren, Freunde. ›Aríbas‹!«

»Die sind doch sauteuer, oder nicht?«, fragte Kralle.

»Genau. Und damit wären wir wieder bei unserem Erfolgsrezept: Ein Prestige-Produkt, das man zwar nicht braucht, pardon, aber das man raucht, um anzugeben. ›Aríbas‹ raucht man, weil man zeigt, dass man es sich leisten kann, dass man Geschmack hat. Und im Gegensatz zu unseren bisherigen Einmal-Produkten kauft man es sich immer wieder, noch dazu, weil es sich nicht nur verbraucht, sondern erfreulicherweise auch noch süchtig macht!«

Die Runde war beeindruckt und der Pane deutete auf Blume.

»Schaut hin, Blume steckt sich nun schon die dritte davon an!«

»Puaah, Pane! Mir ist ganz blümerant!«, stammelte Blume mit käsigem Gesicht und glasigen Augen. »Sind das denn wirklich echte Aríbas?«

»Nein, wo denkst du hin. Das ist einheimischer Tabak. Lang nicht so hochwertig, aber spottbillig. Dennoch hat er ein deutlich höheres Suchtpotenzial.«

Er grinste Blume an, der so aussah, als wollte er sich demnächst übergeben, aber stetig und brav seine Zigarre weiterpaffte. Das zufriedene Grinsen des Pane wurde beim Anblick von Blume breiter und breiter.

»Seht ihr, sie werden kaufen und rauchen und kaufen und rauchen! Und das Schöne daran ist, dass unser Risiko, entdeckt zu werden, minimal ist, weil die meisten eine echte Aríba sowieso nicht von einem billigen Stumpen unterscheiden können. Die Banderole ist das, was zählt, wie halt immer: Auf das Äußere, die Verpackung kommt es an! Auf den Namen!«

»Sieht wirklich aus wie echt«, diagnostizierte Kralle.

»Klar! Kommt auch aus derselben Presse wie Firmenpapiere, Lieferscheine und Rechnungen, die wir in der Vergangenheit für unsere Geschäfte benötigt haben«, prahlte der Pane mit stolzgeschwellter Brust.

»Wir werden ein Vermögen umsetzen, Freunde. Und die Beweise lösen sich in Nichts auf! In Rauch!«

Die Runde erhob sich und trommelte wild applaudierend auf die Tafel. Der Pane verbeugte sich zufrieden und setzte sich dann wieder auf seinen Stuhl. Er drückte auf einen Knopf seiner Fernbedienung und eine Karte mit eingeteilten Bezirken und roten Punkten tauchte auf der Leinwand auf.

»Das sind eure altbekannten Verkaufsregionen, verehrte

Herren Regionalverkaufsleiter. Jeder Punkt symbolisiert einen Wiederverkäufer oder Händler für Tabakwaren aller Art. Wie ihr seht, liegen im Gebiet Nord von unserem Freund Kralle die wenigsten Punkte, weshalb ich mich dazu entschlossen habe, ihm zusätzlich kommissarisch das Gebiet Mitte unseres ausgeschiedenen Kollegen Rammler zu übergeben!«

Zustimmendes Nicken kam aus der Runde und Kralle fuhr die Krallen aus:

»Ich räum gründlich für dich auf, Pane!«

»Das sollst du auch. Denn zusätzlich zum neuen Geschäft will ich, dass du überprüfst, ob im Gebiet Rammler noch irgendwo Chronometer C27 rumliegen. Wenn ja, will ich, dass du sie so schnell wie möglich vertickst. Falls die fehlende Ware schon verschoben wurde, versuch wenigstens rauszubekommen, wo die Kohle ist, damit unsere Bücher wieder stimmen und Habakus wieder zufrieden schlafen kann!«

KAPITEL 3

Gekreuzte Wege

»Wie lang soll ich hier eigentlich noch rumhängen? Ich wollte noch Pilze suchen gehen mit meinem Sohn«, grunzte Meingold Schnallentritt ungeduldig. Er war tatsächlich gekommen. Gelangweilt saß dieser arrogante, schmierige Wutz von Zuhälter im Stuhl auf der anderen Seite meines Schreibtisches. Wer allerdings nicht gekommen war, war der Herr Staatsanwalt. Und es war schon 20 nach neun. Der Polizeipräsident versuchte mehrfach erfolglos, ihn von seinem Apparat aus anzurufen. Ich konnte ihn zwar nicht verstehen, sah ihn aber durch die Glasscheiben der Büros immer wieder den Kopf schütteln.

»Wie soll das denn nun weitergehen?«, fiepste der kleine Winkeladvokat, den Schnallentritt im Schlepptau hatte. »Sie hatten uns mit einer Anzeige wegen Körperverletzung gedroht. Darf ich die nun endlich sehen?«

Verflixt noch mal!, dachte ich ärgerlich. Jetzt war genau das passiert, was ich zu vermeiden gehofft hatte. Nach dem Gespräch mit Rony und dem unfassbaren, ich würde fast schon sagen Hinauswurf aus dem ›Falschen Hasen‹ war ich in die Weststadt gefahren, in der sehnsüchtigen Hoffnung, doch noch belastendes Beweismaterial in der Großgärtnerei der Familie Blütenblatt zu finden. Bei der Festnahme hatten wir nur halbherzig die Wohnung und den Blumenladen durchsucht. Wenngleich Rony auch beteuert hatte, ich sei auf der falschen Spur, biss ich mich aufgrund der Informationen, die ich von ihm hatte, an der Person Konfusius Blütenblatt, geborener Rindenmulch, fest. Ich hatte darauf spekuliert, er wäre der Ziehvater allen unredlichen Handelns gewesen, welches ich seinen Söhnen nachweisen wollte. Schlechter Einfluss kommt schließlich meist von außen, und Rindenmulch hatte, das unterstellte ich einfach, aus niederen, vor allem materiell gearteten Motiven in die Familie eingeheiratet. Voller Enttäuschung hatte ich feststellen müssen, dass ein Großbrand den Großteil der Gewächshäuser, das Lager und das Büro fast vollständig vernichtet hatte. Ja, tatsächlich, ich konnte mich an den Vorfall erinnern. Vor zwei Wochen wurde im Regionalfernsehen und im Tagblatt vom Großeinsatz der Feuerwehr im elterlichen Betrieb der Familie Blütenblatt berichtet. Die Brandursache konnte nicht geklärt werden, aber man hatte Brandstiftung vermutet.

Es war kurz nach 22 Uhr gewesen und ich hatte mich mit einer Taschenlampe durch den Schutt und die verkohlten Reste des ehemals sicher schmucken Betriebes gekämpft. Es war keiner da gewesen, der mich hätte behelligen können. Das Büro und das Lager waren durch das Feuer bis auf die Grundmauern zerstört worden. »Die haben sich der Beweismittel entledigt!«, hatte ich noch erfreut diagnostiziert und meinen Verdacht erhärtet gesehen. So war ich auch hocherfreut gewesen, als ich in all dem Müll wiederum ein paar angesengte und halb verkohlte Geldscheine gefunden hatte, die sich bei späterer Untersuchung ebenfalls als Blüten herausstellen sollten. Ansonsten aber waren mir weitere Erfolge versagt geblieben. Eine Metalltür stand noch aufrecht in ihrem Rahmen. Dahinter hatte sich die etwas größere Abstellkammer befunden, die trotz der fast verschwundenen Front noch als ein Raum erkennbar gewesen war. Als ich die Tür aufgestoßen hatte, war auch der letzte Hoffnungsschimmer in mir gewichen, im besten Fall vielleicht doch noch eine Blütenpresse für Falschgeld zu finden. Bis auf ein Metallregal und mehrere Einmachgläser mit Essiggürkchen, Karotten und anderer Gartenkost war dort nur noch ein Aschefetzenteppich zu finden. Einige der Gläser waren geplatzt, ihr Inhalt hatte sich großzügig verteilt und der Einmachsud war das Regal hinuntergelaufen. Dank dieser glücklichen Flüssigkeitsquelle und aufgrund des unbrennbaren Steinbodens hatten einige wenige Bücher im untersten Regalfach die Katastrophe mit nur mäßiger Beschädigung überstanden. Ich hatte die angekokelten Werke anhand der Buchrücken überflogen und war auf die Dissertation von Konfusius Blütenblatt, alias Rindenmulch, gestoßen: ›Die Gewinnung von hochreinem Zellstoff aus Baumrindenabfällen durch unterdrückten oxidativen Säureaufschluss für die großtechnische Verwendung in der Papierindustrie‹.

»Aha!«, hatte ich spitzfindig gefolgert, ohne mit dem Titel tatsächlich etwas anfangen zu können. Es hatte sich dennoch irgendwie relevant angehört, weshalb ich das Werk an mich genommen hatte.

Zuletzt war nur noch ein abschließender Blick in die wenigen Gewächshäuser übrig geblieben, die vom Feuersturm verschont worden waren. Ich verstand zwar nichts von Botanik, aber wie eine Großgärtnerei hatte das nicht ausgesehen. Alle Gewächshäuser waren ausnahmslos leer gestanden. Der Boden war abgeerntet worden, ich würde sogar sagen umgebrochen. Auch das hatte mich in meinem Misstrauen bestärkt, dass die Großgärtnerei nur noch dem Anschein nach bestanden hatte und die Geschäfte mittlerweile anderweitig getätigt wurden. Dennoch war ich enttäuscht in meine kleine, trostlose Zwei-Zimmer-Bude im Studentendorf zurückgefahren. Denn wenn das Vorgefundene auch verdächtig auf mich gewirkt hatte, waren es im Grunde nur Indizien. Ich hatte keine handfesten Beweise gefunden, mit Ausnahme der Blüten. Doch die Menge reichte beileibe nicht aus, um die professionelle Herstellung und Verteilung unterstellen zu können. Jeder könnte schließlich durch widrige Umstände in den Besitz ein paar falscher Geldscheine gekommen sein.

Obwohl ich hundemüde gewesen war, hatte ich in der nur noch kurzen Nacht fast kein Auge zugetan. Der Vollmond, den ich vor lauter Frust hätte anheulen können, hatte sein Übriges bewirkt. Aus diesem Grund war es mir recht gewesen, als endlich der Morgen angebrochen war und ich mich auf den Weg zu Zuzi hatte machen können. Sie hatte mich erwartet und war tatsächlich mit mir aufs Revier gefahren. Kurze Zeit später hatte ich dann die erhoffte Anzeige gegen Meingold Schnallentritt in der Hand – meinen letzten Trumpf im Fall Blütenblatt, den ich nun allerdings am liebsten nicht ausspielen wollte.

»Sie müssen sich leider noch etwas gedulden, der Staatsanwalt kommt sicher gleich«, versuchte ich, Zeit zu gewinnen. Glücklicherweise ging zwei Minuten später endlich die Tür auf und der sehnsüchtig Erwartete trat etwas außer Atem und in Begleitung meines Chefs ins Zimmer.

»Ich bitte, die Verspätung zu entschuldigen …«, sagte der Staatsanwalt. »Pünktlichkeit ist aller Tugend Anfang, aber meine Uhr ist plötzlich stehen geblieben und ich habe es nicht gleich bemerkt!«

Er zog den Ärmel hoch und schüttelte ungläubig den Kopf, während er mithilfe des Stellrädchens unwirsch und erfolglos versuchte, seinen Zeitmesser zum Laufen zu bringen. Ich erkannte sofort das bekannte Fabrikat.

»Eine Original Ührlistolz mit Funkortungsverfahren und

logarithmisch geteiltem Ziffernblatt?«, fragte ich mit leichtem Erstaunen. Das konnte doch kein Zufall mehr sein!

»Und Arbeitszeitanzeige! Aber die bräuchte ich eigentlich nicht«, ergänzte der Staatsanwalt.

»Die können Sie getrost in die Tonne treten. Taugt nix«, fiel ihm Schnallentritt ins Wort.

»Taugt nichts? Das ist das weltweit zuverlässigste Fabrikat überhaupt, was Chronometer angeht. Wie kommen Sie darauf, dass die Ührlistolzuhren nichts taugen?«, fragte der Staatsanwalt ungläubig.

»Ich habe mir auch eine gekauft. War sogar ein richtiges Schnäppchen. In der Beschreibung stand, dass die bis 50 Meter wasserdicht sein soll. Das blöde Ding hat keine halbe Stunde Schlammbad überstanden, da ist sie schon innen angelaufen«, schnodderte Schnallentritt mit einer saumäßigen Gebärde.

»Und was haben Sie damit gemacht? Haben Sie sie reklamiert?«, wollte der Herr Jurist sofort wissen.

»Höhöhöhöhö! Nein, ich reklamiere doch nicht! Ich mache meinem Unmut Luft! Das Ding habe ich mit Genuss zusammengetreten. Sollten Sie auch tun! Das befriedigt und besänftigt das Gemüt ungemein.«

»Nun, wir wissen ja, dass du immer wieder zu unkontrollierten Wut- und Gewaltausbrüchen neigst. Darum warst du ja auch schon ein paar Mal Gast in *unseren* Etablissements«, nahm ich den Ball wieder auf.

»Ja, ja. Aber doch nicht heute«, wiegelte der Staatsanwalt ab. »Herr Schnallentritt ist heute Zeuge in unserem Fall Blütenblatt und wird dem Recht und Gesetz als braver Mitbürger Genüge tun. Nicht wahr, Herr Schnallentritt?«

»Moment«, hakte der angebliche Rechtsanwalt von Schnallentritt ein.

»Wer bitte sind Sie?«, fragte der Staatsanwalt.

»Mein Name ist Juri Schwaller, Senior-Partner der Anwaltskanzlei ›Schwaller & Anfechter‹. Ich bin Herrn Schnallentritts Rechtsbeistand.«

»Wozu braucht er einen Rechtsbeistand? Er ist Zeuge und nicht Angeklagter.«

»Nun, die Sachlage scheint etwas undurchsichtig«, hüstelte dieses unsympathische Würstchen und putzte sich die Brille.

»Wieso undurchsichtig?«, fragte der Staatsanwalt. »Herr Schnallentritt macht seine Zeugenaussage, was soll da undurchsichtig sein?«

»Nicht so schnell. Der Herr Kommissar hat meinem Mandanten mit einer Anzeige wegen schwerer Körperverletzung gedroht, falls er nicht erscheint. Und bevor mein Mandant irgendetwas zu Ihrem Fall Blütenblatt sagen wird, möchten wir wissen, was es mit dieser Androhung einer Anzeige auf sich hat.«

Der Staatsanwalt schaute mich ungläubig an. »Könnte mich mal jemand aufklären, was hier los ist?«

»Dürfte ich vorschlagen, dass wir mal kurz nach draußen gehen?«, fragte ich kleinlaut. Der Staatsanwalt und ich gingen vor die Tür, den Polizeipräsidenten im Schlepptau.

»Wir haben ein Problem!«, eröffnete ich das Krisengespräch. »Schnallentritt wollte und will seine Aussage zurückziehen.«

»Wieso denn das?«

»Er will uns vorführen!«

Der Staatsanwalt machte ein verwirrtes Gesicht. »Warum sollte er so was tun?«

»Er ist ein *Schwein!* Es macht ihm Spaß!«, erwiderte ich.

Der Staatsanwalt war von meiner Argumentation nicht

ganz überzeugt und den Polizeipräsidenten beschäftigte irgendetwas anderes. Ich wurde unruhig und unsicher. Ich erklärte dem Staatsanwalt, was ich in der Nacht in den Ruinen des Anwesens Blütenblatt vorgefunden hatte, und äußerte gleichfalls meine Mutmaßungen. Er stellte seine Aktentasche auf dem Boden ab und überlegte kurz.

»Ich fürchte, das reicht für die Verurteilung nicht aus. Vor Gericht werden wir wohl Schnallentritts Aussage brauchen«, antwortete er schließlich bestimmt.

»Das fürchte ich auch«, stimmte ich ihm konsterniert zu. »Deshalb habe ich Schnallentritt eine Verhaftung wegen Körperverletzung angedroht, falls er nicht erscheint und kooperiert.«

»Dann scheint ja auch was Wahres dran zu sein, sonst wäre er ja wohl nicht gekommen, oder war das nur ein Bluff?«, fragte der Staatsanwalt. Mittlerweile war auch er sichtlich irritiert über den Polizeipräsidenten, der nach wie vor nicht bei der Sache war.

»Schnallentritt ist nicht blöde«, stellte ich klar. »Ich hatte gehofft, er kommt allein, aber er hat seinen Anwalt dabei. Das heißt, wir müssen die Karten auf den Tisch legen, wodurch wir die Geschädigte erneut gefährden würden!«

»Das heißt, Sie haben eine Anzeige«, hakte der Staatsanwalt nach. Ich nickte mit dem Kopf.

»Darf ich die bitte sehen?«

Ich zog die Anzeige von Zuzi aus der Tasche, die ich vor einer guten halben Stunde von ihr erhalten hatte. Der Staatsanwalt las sie durch und wirkte etwas entspannter.

»Dann haben wir alles, was wir brauchen. Wenn Schnallentritt nicht mit uns zusammenarbeitet, drohen wir ihm, ihn mit der Anzeige hochgehen zu lassen!«, sagte der Staatsanwalt nun vergnügt.

»Na also. Dann haben wir doch alles, was wir brauchen!«

»Und was wird dann aus *der* Sache, wenn er sich bereit erklärt auszusagen?«, forschte ich nach und deutete auf Zuzis Anzeige.

Der Staatsanwalt blinzelte mich ungläubig an. »War die Frage ernst gemeint? Sie wissen doch, worauf das hinauslaufen wird?«

»Und was wird aus meiner Klägerin?«

Der Staatsanwalt riss das Schreiben nochmals an sich. »Es geht um eine Nutte!«, sagte er bestimmt. »Ist Ihnen diese Nutte wichtiger als der Fall Blütenblatt?«

»Ähem, nein …«, gab ich kleinlaut bei.

»Was sagten Sie?«

»*Nein!*«, antwortete ich, dieses Mal unmissverständlich.

»Na also! Dann gehen wir da jetzt siegessicher rein!«

»Und wenn er sie sich vorknöpft?«, nuschelte ich wieder fast unverständlich.

»Was meinen Sie?«

»Was, wenn er sie sich gleich anschließend an unser Gespräch vorknöpft oder sie abhaut, oder er sie entführt oder sie vielleicht sogar um die Ecke bringt, dann, dann, dann …«, ich musste kurz Luft holen, »… dann haben wir auch kein Druckmittel mehr, ohne die Belastungszeugin!«

»Hmmm!« Das Argument schien dem Staatsanwalt halbwegs einzuleuchten. »Wir werden den Deal machen, falls wir ihn brauchen«, sagte er schließlich langsam, aber bestimmt und wollte schon wieder in mein Büro gehen. »Wir drohen ihm allerdings auch Konsequenzen an, sollte dieser Zuzi bis zur Verhandlung Blütenblatt etwas zustoßen!«

»Aha«, reagierte ich enttäuscht. »Sie meinen, das reicht?«

»Sagen Sie mal. Haben Sie irgendwas am Laufen mit dieser Nutte?«

»Wieso?«, antwortete ich scheinheilig und negierte die Frage, unterstützt durch heftiges Kopfschütteln.

»Na, dann stellen wir sie eben bis zur Verhandlung unter Polizeischutz. Und am besten sagen wir das auch diesem Schnallentreiber!«

»Schnallentritt!«, korrigierte ich. Der Staatsanwalt wurde ungehalten.

»Wie auch immer! Los jetzt. Ich hab noch was anderes zu tun!« Er schaute zum Polizeipräsidenten und wurde laut. »Was fingern Sie eigentlich die ganze Zeit da an Ihrem Ärmel rum. Haben Sie überhaupt irgendwas mitbekommen von dem, was gerade besprochen wurde?«

»Sie ist kaputt«, antwortete der Polizeipräsident, erbärmlich wimmernd.

»Wer ist kaputt?«

»Meine Armbanduhr!«

Es dauerte etwa eine halbe Stunde, in der der Anwalt von Meingold Schnallentritt die Anzeigeschrift las, sich kurz mit seinem Mandanten besprach, fragte, was wir anzubieten hätten für den Fall, dass Schnallentritt im Fall Blütenblatt aussagen würde, ein Deal auf Straffreiheit vereinbart wurde und schließlich alle wieder mein Büro verlassen hatten. Der Staatsanwalt war zufrieden, der Polizeipräsident immer noch geistig abwesend, Schnallentritt frei und ich zerrüttet. Ich öffnete das Fenster, um den unangenehmen Schweißgeruch diverser gestresster Subjekte loszuwerden, und konnte beobachten, wie Schnallentritt und sein Anwalt das Polizeigebäude verließen und sich auf der Straße verabschiedeten. Der Anwalt eilte zu Fuß in Richtung Innenstadt und Meingold ging auf sein auf der gegenüberliegenden Straßenseite parkendes Straßenschlachtschiff zu, wo Hacki Schnallentritt, sein Sohn und

Mann fürs Grobe, bereits wartete. Hacki hielt ihm devot die Tür auf und stieg dann gleichfalls ein. Ich überlegte noch, ob er sich trotz unserer Drohung sofort auf den Weg zu Zuzi machen würde, da fiel mir ein, dass sie glücklicherweise noch im Nebenzimmer wartete. Ich hatte ihr auf der Herfahrt vorgegaukelt, parallel eine Streife zu Schnallentritt zu schicken, um ihn verhaften zu lassen, falls sie ihre Anzeige machen würde. Ich hatte ihr eingeschärft, solang er vernommen würde, sicherheitshalber auf dem Präsidium zu warten. Sie hatte Vertrauen gefasst und schließlich das Erhoffte getan.

»Na endlich!«, sagte sie ungeduldig, als ich ins Nebenzimmer trat. »Hast du ihn eingesperrt?«

Ich wandte mich geknickt der Tür zu und schloss sie so langsam wie möglich.

»Nein, leider nicht«, gestand ich kaum hörbar.

»*Nein?* Was soll das heißen, du verdammter Windhund?«, schrie sie auf und sprang wütend von ihrem Stuhl. Ich suchte krampfhaft nach einer plausiblen Ausrede.

Sie drehte mich gewaltsam um und gab mir eine laut klatschende Backpfeife. »Du Mistkerl, du hast mich übers Ohr gehauen. Du hast es mir versprochen!«, heulte sie aufgebracht.

»Ich weiß und es tut mir leid, Zuzi, aber der Staatsanwalt hat ihn auf Kaution laufen lassen, weil er keine Verdunkelungsgefahr sieht«, log ich schnell und unverfroren.

»Verdunkelungsgefahr? Was heißt hier Verdunkelungsgefahr! Du wirst schon sehen mit deiner Verdunkelungsgefahr, wenn bei mir das Licht ausgeht!«

»Zuzi! Er wird dir in dieser Lage sicher nichts tun. Am Freitag ist die Verhandlung. Bis dahin stelle ich dich unter Polizeischutz und das haben wir Schnallentritt auch gesagt. Er wird die Finger von dir lassen.«

»Sag mal, aus welcher Anstalt haben sie dich denn laufen

lassen? Hast du vergessen, wie es im Milieu zugeht?«, keifte sie mich an. »Und Polizeischutz! Willst du mich vollends arbeitslos machen?«

»Zuzi, ich … ich hab's versucht. Was soll ich denn machen?«, fragte ich kleinlaut. Ich spürte, wie mich die Schamesröte überkam. Ich war fast froh, dass sie mir zuvor eine Ohrfeige verpasst hatte, von der mir noch die Wange brannte, sodass mich meine Gesichtsfarbe nicht verraten konnte. Zuzi war stinksauer.

»Du bist einfach nicht mehr der Kerl, der du einmal warst. Ich hätte dir nicht vertrauen dürfen!«

Sie packte ihre Zigaretten und ihr Feuerzeug in die Handtasche und wollte zur Tür hinaus. »Geh mir aus dem Weg!«, verlangte sie schroff.

»Zuzi, bitte, lass mich dir helfen …«, versuchte ich, sie aufzuhalten.

»Machs dir selbst, du Drecksköter. Du hattest deine Chance!«

Sie riss die Tür auf und rannte die Treppe hinunter. Ermattet setzte ich mich auf den Stuhl, auf dem noch die Wärme von Zuzi spürbar war. Mir drehte sich fast der Magen um vor lauter Ekel vor mir selbst und ich musste an mich halten, mich nicht sofort zu übergeben. Ich sah mich schon wieder im ›Falschen Hasen‹ bei Kräuterschnaps sitzen.

*

»Junge, du rufst mir sofort Mik Ratzefummel an und sagst ihm, ich hätte einen Auftrag für ihn«, begann Meingold im Auto sofort stinksauer das Gespräch mit seinem Sohn.

»Mik ›die Ratte‹ Ratzefummel?«, fragte Hacki erschrocken.

»Ja, Mik! Setz ihn auf diese blöde Gans Zuzi an und sag

ihm, er soll sich beeilen. Der Auftrag muss vor Freitag dieser Woche über die Bühne gehen!«

»Zuzi? Du willst Zuzi erledigen? Aber dafür brauchst du doch nicht Mik! Der ist doch sauteuer und außerdem total durchgeknallt. Soll das nicht besser einer von unseren Jungs erledigen?«

»Hacki! Du bist ein guter Junge, aber eben noch ein Frischling, was den Umgang mit den Bullen und das Geschäft angeht. Ich hab die Polizei an der Haxe. Ich kann mir im Moment kein Risiko leisten und schon gar nicht einen Mord, der sich mit mir in Verbindung bringen lässt. Das muss Mik erledigen. Ruf ihn an! Sofort!«

*

Die lange Stille im Raum war fast schlimmer als die Fesseln, die Rammler noch immer auf den Stuhl zwangen, an den er seit gestern angebunden war. Der enge Knebel, der ihm zudem verpasst worden war, ließ ihm permanent den Sabber aus dem Mund laufen. Rammler hatte resigniert. Ruhig und gefasst saß er da, zwischen Kisten mit Gemüse, diversen Konserven und kastalonischem Wein, und harrte der Dinge, die da kommen würden. Es war mittlerweile später Mittag und weder der Pane noch ein anderer hatten sich seit dem Vorfall gestern Abend bei ihm blicken lassen. Warum? Wieso hatte man nicht kurzen Prozess mit ihm gemacht? Wenn er nur könnte, dann hätte er sich mit dem vorhandenen Wein bis ins Koma gesoffen und damit seinem Schicksal, welches er für sich selbst schon als besiegelt sah, vorausgegriffen. Endlich hörte er Schritte und dann das Knirschen des Schlüssels im Schlüsselloch. Rammlers Ruhe war dahin, Panik stieg in ihm hoch und das nahende Ende versetzte ihn in Todesangst.

Panetoni Pane Magenbitter trat ein, in Begleitung eines seiner Gorillas, welcher die Tür hinter sich wieder schloss.

Magenbitter nahm einen Stuhl und setzte sich Rammler frontal gegenüber. Auf ein Zeichen des Pane löste sein Aufpasser den Knebel.

»Na, Rammler, wie geht's? Hattest ja nun genug Zeit zum Nachdenken, hm?«

Rammler sah einen Hoffnungsschimmer aufkeimen, doch noch nicht am Ende zu sein. Jetzt bloß keinen Fehler machen, dachte er bei sich.

»Ich will das Geld oder die veruntreute Ware!«, forderte Magenbitter scharf und verengte seine Augen zu Schlitzen.

»Pane, ich schwöre dir bei allem, was mir heilig ist: Ich habe weder Geld noch Ware veruntreut. Ich habe alles 100-prozentig abgerechnet!«

Magenbitter setzte sich zurück. »Deine Antwort enttäuscht mich, Rammler.«

Er erhob sich angriffslustig, machte dann aber nur einige geschmeidige Schritte in Richtung Tür. Er drehte sich gewandt um und begann diabolisch zu grinsen. Rammler hingegen saß eingeschüchtert da wie das Kaninchen vor der Schlange.

»Was ist dir denn heilig, auf das du schwören willst? Vielleicht sagst du mir hier wenigstens die Wahrheit«, fragte Magenbitter gefährlich.

Rammler stockte und stotterte, doch zusammenhängende Worte konnte er nicht formulieren. Magenbitter lehnte erwartungsvoll an der Wand, die Arme vor der Brust verschränkt. Ein kleiner Augenwink reichte, und Magenbitters Aufpasser öffnete wie vorprogrammiert die Tür. Der zweite Gorilla, der wohl die ganze Zeit draußen gewartet hatte, führte ein altes Hutzelweiblein mit Kopftuch herein. Mühselig und gebeugt stakste sie in die Zimmermitte und stützte sich unsicher auf ihren knorrigen Holzstock (aus kastalonischem Wurzelholz) und auf den Arm ihres Bewachers. Rammler erschrak.

»*Mama!*«

»Junge!«, sagte die Alte. »Was hast du wieder angestellt?«

»Geht es dir gut, Mama?«, fragte Rammler ängstlich erregt.

»Ja natürlich geht es mir gut. Aber der feine Herr hier hat mir gesagt, dass ich unbedingt herkommen muss, um dich zur Vernunft zu bringen, weil du wieder mal nur Unfug gemacht hast und nicht mit der Wahrheit rauskommen willst. Was war es dieses Mal, du Lausbub?«, wollte die Alte wissen.

Magenbitter stand im Hintergrund und hatte wieder sein teuflisches Lächeln aufgesetzt. Er wusste genau, was Rammler seine Mutter bedeutete, nämlich so viel wie allen Kastaloniern. Er war gespannt auf den Fortgang der Unterredung.

»Pane! Was hast du meiner Mutter angetan?«

»Nichts«, sagte Magenbitter, der immer noch hinter dem Weiblein stand und dann so leise ergänzte, dass es Rammler nur von seinen Lippen ablesen konnte: »Noch nicht!«

Er trat neben Rammlers Mutter und sprach in ruhigem, fast väterlichem Ton und für alle wieder hörbar: »Willst du denn deiner Mutter ihre Frage nicht beantworten? Oder, noch besser, auf das schwören, was dir heilig ist, so wie du es vorher so schön angekündigt hast?«

»Schwören?«, fragte Rammlers Mutter.

»Ja. Heute ist Schwörtag«, witzelte Magenbitter amüsiert. Doch es war nur ein Anflug von Heiterkeit und er wurde wieder ernst. »Er sagte vorher, er will schwören, auf alles, was ihm heilig ist!«, antwortete Magenbitter.

Die Alte packte Rammler am Revers und sah ihm tief in die Augen. Dann sagte sie in fast flehendem Ton: »Junge. Denk an deine Seele! Wenn du schwörst und nicht die Wahrheit sagst, kann dir nicht mal mehr die Heilige Jungfrau helfen!«

Magenbitter stand wieder hinter der Alten und machte eine eindeutige und bedrohliche Geste in ihre Richtung.

Da fuhr es aus Rammler heraus wie aus einem Maschinengewehr, ohne Punkt und Komma: »Ich habe kein Geld veruntreut und ich habe keine Uhren unterschlagen und ich habe alles was ich geliefert bekommen habe in meinem Markt umgesetzt und für alles Rechnungen auf den mitgelieferten Rechnungsvordrucken erstellt und meine Abrechnungen habe ich exakt und ordentlich und immer parallel zu den Lieferungen ohne Zeitverzug gemacht und in meine Bücher eingetragen und ich habe keine Ahnung wieso die Zahlungseingänge nicht den gelieferten Warenwerten entsprechen und wo das Geld geblieben sein soll und die Uhren sind alle umgesetzt und das Lager ist fast leer und darum müsste alles stimmen und vielleicht hat sich ja auch mal Rechenbach verrechnet oder es ist ein Fehler bei einer Bankbuchung aufgetreten und keiner hat etwas gemerkt oder vielleicht gab es einen Stromausfall genau in dem Moment als die Überweisungen gelaufen sind und dann waren alle Daten gelöscht und deshalb kann es keiner mehr nachvollziehen und nun sieht es so aus als ob ich betrogen hätte, aber ich habe nichts getan!« Rammler war der Erschöpfung nahe und die Anwesenden schauten ihn verdutzt an.

»Ich habe kein Wort von dem verstanden, was er gesagt hat!«, krächzte die Alte. Panetoni Magenbitter schaute ernüchtert drein. Ein leichter Zweifel überkam ihn, den Rammler sofort erkannte und augenblicklich ergänzte: »Ich schwöre bei allem, was mir heilig ist: Ich war es nicht!«

Rammler keuchte ermattet, doch sein Blick fixierte nervös seinen Boss.

»Er war es nicht«, sagte Rammlers Mutter. »Sie müssen sich getäuscht haben, mein Herr. Ich weiß zwar nicht, was er nicht war, aber er war es nicht! Mein Junge ist sicher kein Engel, aber er würde niemals schwören und lügen und dadurch seine Seele verkaufen!«

Magenbitter überlegte. Er versuchte, durch Rammlers Augen in dessen Innerstes vorzudringen. Rammler hielt dem Blick stand. Die Angst kroch ihm förmlich sichtbar aus jeder Pore, aber er hielt dem Blick stand.

»Gut! Dann ist es also so«, sagte Magenbitter plötzlich und nahm Rammlers Mutter am Arm. »Bitte warten Sie draußen und stärken Sie sich mit einem Käffchen. Mein Freund hier wird Sie sicher hinausbegleiten. Ich muss mich noch einen Moment mit Ihrem Jungen unterhalten.«

»Komm, Mutti, ich bring dich nach vorn«, sagte einer der beiden Gorillas freundlich und stützte die Alte beim Hinausgehen. Dann schloss sich wieder die Tür. Magenbitter ging zu einem der Weinkartons und nahm eine Flasche heraus. Rammler war es eiskalt vor Angst und vom erkalteten Schweiß, der mittlerweile seine Kleidung fast vollständig durchnässt hatte. Magenbitter kam zurück und entkorkte die Flasche. Er nahm zwei angestaubte Gläser aus dem Holzregal an der Wand und pustete kurz hinein. Ein dünner Staubfilm flimmerte auf. Rammler konnte die Situation nicht einschätzen, da trat der zweite der beiden Aufpasser an ihn heran und löste die Handfesseln.

»Deine Seele ist sicher schon verkauft, was meinst du, Rammler?«, fragte Magenbitter beim Einschenken. Er reichte eines der Gläser an seinen Regionalverkaufsleiter Gebiet Mitte, der nicht wusste, wie ihm geschah, und vor körperlicher Erschöpfung kurz vor dem Zusammenbruch stand.

»Ich ziehe es durchaus in Erwägung, dass du die Wahrheit gesagt hast und tatsächlich unschuldig bist. Ich bin mir zwar nicht sicher, ob du zur Rettung deiner Seele auf einen falschen Schwur verzichten würdest, aber ich bin felsenfest davon überzeugt, dass dir deine Mutter heilig ist. Trink mal einen Schluck, damit du wieder zu Kräften kommst!«

Rammler leerte das Glas in einem Zug und schien sich etwas von den seelischen Strapazen zu erholen, jedenfalls hatte er wieder Farbe im Gesicht. Magenbitter lächelte freundlich und goss ihm nach.

»Nun, da ich deine Unschuld erwäge, was glaubst du, wie es weitergeht? Jedenfalls stimmt was nicht im System und an einen Bankfehler glaube ich nicht.«

»Pane …«, sagte Rammler immer noch mit einem erschöpften Unterton, »… ich kann es mir doch auch nicht erklären. Einige der Lieferungen habe ich selbst hier abgeholt, bei zwei oder drei Nachlieferungen hat Scharte den Transport mit organisiert. Auch ihm habe ich die angenommene Ware ordnungsgemäß abgezeichnet und bestätigt.«

»Hmmm«, brummte Magenbitter nachdenklich und nahm selbst einen großen Schluck.

»Für alle Waren habe ich Rechnungen erstellt auf unseren vorgedruckten Rechnungspapieren. Insofern müsste die Kasse stimmen«, fuhr Rammler fort. »Vielleicht hat Rechenbach die fehlenden Gelder veruntreut und schiebt es mir unter. Er prüft schließlich die Konten und den Zahlungseingang!«

»Das kann ich mir beim besten Willen nicht vorstellen. Rechenbach ist Vollprofibuchhalter und das nicht nur für uns. Der ist nicht so blöde und riskiert seinen guten Ruf und schon gar nicht sein Leben«, wandte Magenbitter ein. »Und Geld bekommt der beileibe genug, völlig legal. Aber ich werde es zur Sicherheit prüfen.«

Er erhob sich und machte ein paar Schritte zur Wand. Dabei rührte er kurz mit dem Zeigefinger in seinem Wein und ließ ihn dann gleichmäßig über den Gläserrand gleiten.

Ein unangenehmer, kreischender Ton erfüllte den Raum, bei dem man instinktiv zusammenzucken musste.

»Paaah, billiges Bleikristallimitat!«, sagte Magenbitter abschätzig. »Vielleicht ist Scharte der Falschspieler, wenn du sagst, dass er Lieferungen für dich organisiert hat!«

»Hm, vielleicht. Dann müsste er aber auch Papiere gefälscht und nur einen Teil der Ware, die er in meinem Namen abgeholt hat, an mich weitergeleitet haben.«

»Das wäre nun aber ganz schön billig und ziemlich leicht nachzuweisen. Für so blöde halte ich Scharte nun wirklich nicht.«

Rammler zuckte mit den Schultern.

»Oder doch?« Magenbitter überlegte kurz, dann setzte er sich wieder vor Rammler und gab seinem zweiten Leibwächter ein Zeichen. Rammlers Beinfesseln wurden gelöst.

»Hör zu! Ich kann keine faule Rübe in meinem Gemüsekorb brauchen. Andererseits kann ich es mir nicht leisten, aufs Geratewohl zwei Leute zu verlieren. Das wäre nicht abzupuffern und der finanzielle Ausfall zu groß. Außerdem fallen gute und vertrauenswürdige Verkaufsleiter nicht wie reifes Obst von den Bäumen. Du trinkst ja gar nicht!«

Rammler leerte das zweite Glas ebenfalls in einem Zug und fühlte sich merklich besser. Der schwere Wein fühlte sich an wie Frischblut und weckte neue, schon entschwunden geglaubte Lebensgeister in ihm.

»Ich erwäge also, dir zu vertrauen. Missbrauch das nicht! Für die anderen bist du Geschichte und am besten bleibst du das auch, damit niemand Verdacht schöpft!«

»Okay …?«, antwortete Rammler langsam und hoffnungsvoll fragend. Er war gespannt, was sein Boss nun von ihm erwartete.

»Ich gebe dir die Gelegenheit, deine Unschuld zu beweisen und mir verdeckt Beweise für den wahren Schuldigen zu liefern. *Beweise!* Keine Toten und keine sonstigen Rachefeldzüge, falls dir das in den Sinn kommen sollte, verstanden?«

»Verstanden!«

»Und damit meine ich auch, dass du dich weiter bedeckt hältst und nicht meinst, du könntest vielleicht ein Geständnis mit Gewalt aus jemandem herauspressen, falls du nichts finden solltest. Hast du das auch verstanden?«

»Verstanden, Pane«, sagte Rammler mit einer Spur der Enttäuschung.

»Ich will regelmäßig einen kurzen Bericht von dir. Und damit dir nicht doch einfällt, dich aus dem Staub zu machen, wird Panzi hier schön auf dich aufpassen. Halt ihn besser nicht zum Narren!« Dabei deutete Magenbitter auf seinen verbliebenen Leibwächter. Rammler schielte auf das grinsende Ungetüm und schluckte zweimal unsicher.

»Zum Wohl, Rammler. Stoßen wir auf dein zweites Leben an«, sagte Magenbitter feierlich und hob sein Glas. »Möge es lange währen. Und das meine ich genau so, wie ich es sage!«

*

Ich war schon zu spät dran für meine Verabredung mit Barbarella Piepenbringts. Verpassen wollte ich sie unter keinen Umständen, denn das Rendezvous verschaffte mir etwas erfreuliche Abwechslung von all dem Ärger, der sich wieder einmal um mich herum aufgetürmt hatte. Ich hatte sie natürlich vorsorglich angerufen und ihr gesagt, dass ich meinen Anzug noch aus der Reinigung holen müsste und den Eröffnungsempfang nicht schaffen würde. Sie hatte amüsiert gelacht, denn sie war von mir nichts anderes gewohnt. Ich war so gut wie nie pünktlich und zauberte jedes Mal eine andere Ausrede aus dem Hut.

Heute trafen wir uns in der Pomologie zu einer Open-Air-Podiumsdiskussion zweier international angesehener Experten zum Thema ›Warum heißt der Apfel ›Apfel‹?‹. Als ich ankam und mich sehr zum Leidwesen der Anwesenden und unter mehrfachen Entschuldigungen durch die Stuhlreihen kämpfte, wurden gerade die beiden Referenten vorgestellt:

»Meine verehrten Damen und Herren. Wir begrüßen außerordentlich Herrn Prof. Dr. Bertholz Hagenmark, Lehrstuhlinhaber für Botanik mit dem Fachgebiet pflanzliche Ursprungsforschung. Herr Professor Hagenmark besticht in unserem heutigen Thema durch mehrere international anerkannte Veröffentlichungen zum Thema Fallobst.«

Unter dem einsetzenden Applaus gelang es mir glücklicherweise, mich halbwegs lautlos zu meinem Platz neben Barbarella durchzuschlagen.

»Hallo. Schön, dass Sie es geschafft haben, mein lieber Kommissar!«, begrüßte sie mich freundlich.

»Ja, in der Tat. Einen schönen guten Abend, liebe Barbarella.« Ich hauchte ihr einen mit der Etikette gerade noch verträglichen Kuss auf die Wange, der sie kurz aufkichern ließ.

»Sie haben noch nichts verpasst. Die Podiumsdiskussion hat noch nicht begonnen.«

»Und gleichfalls bitte ich Sie um ein herzliches Willkommen für Herrn Doktor der Philologie Trochäus Freiherr von und zu Märchensee, Sprach- und Namensforscher und Verfasser der ersten umfassenden Enzyklopädie für Namensanomalien.«

»Haben Sie Ihren Gangster gefangen?«, flüsterte mir Barbarella leise ins Ohr.

»Wie?«

»Na den, den Sie verfolgt haben, als wir uns gestern trafen!«

»Ach so, den! Ja, ja – alles in Butter«, antwortete ich etwas beiläufig und tat so, als ob ich mich auf die Fachdiskussion konzentrieren wollte.

»… es ist doch offensichtlich und für jeden nachvollziehbar, dass der Apfel genauso gut ›Birne‹ hätte heißen können!«

»Wie meinen Sie das, verehrter Herr Kollege?«

»Nun, ich habe seit eineinhalb Jahren intensiv recherchiert und ich bin sicher, etwa in einem halben Jahr den Durchbruch erreicht zu haben, um beweisen zu können, dass der Namensgeber des Apfels eben ein Herr Apfel war!«

»Das ist wunderbar, mein lieber Kommissar. Dann haben Sie ja Zeit«, tuschelte Barbarella erfreut und zog schon erste ärgerliche Blicke über die Störung auf uns.

»Zeit? Zeit wofür?«, fragte ich, immer noch halb abwesend.

»… aber das ist doch trivial! Wenn Sie daraus ein System ableiten wollen, dann müsste sich ja die Kartoffel genauso auf einen Herrn Kartoffel und die Pflaume auf einen Herrn Pflaume zurückführen lassen.«

»In der Tat. Wobei es natürlich genauso gut eine Frau sein kann, da lege ich mich nicht fest!«

»Das ist ja albern!«

»Beileibe nicht. Im Übrigen kann ich Ihnen sofort beweisen, dass es einen Herrn Pflaume und sogar einen Herrn Broccoli gibt – nun ja, gegeben hat. Leider ist er gestorben. Aber seine Tochter lebt noch.«

»Und was soll das beweisen?«

»Beweisen kann ich es noch nicht, wie gesagt, in einem halben Jahr. Aber glauben Sie denn ernsthaft, man würde sich selbst oder seinen Kindern den Namen eines Gemüses oder von Obst geben? Nein, es war anders herum! Das Gemüse oder das Obst wurde nach seinem oder ihrem Entdecker benannt.«

»Wir haben sehr große Probleme«, wurde Barbarella ernst. »Bei uns gehen mittlerweile täglich Unmengen von Reklamationen über eines unserer Top-Produkte ein und der Hersteller behauptet, die Rücksendungen seien nur billige Imitate!«

Ich horchte auf. »Sie meinen doch nicht etwa die Original Ührlistolz Armbanduhr mit Funkortungsverfahren und logarithmisch geteiltem Ziffernblatt?«

»Woher wissen … Sie etwa auch?«, brach es überrascht aus ihr heraus. Die Blicke der umsitzenden Zuhörer wurden bösartig und ein mehrfaches ungehaltenes »Pssst!« zischte uns von verschiedenen Seiten entgegen.

»… es tut mir wirklich leid, Herr Kollege, aber ich kann Ihre zunächst durchaus nachvollziehbaren Theorien leider nicht untermauern. Wie Sie wissen, habe ich schon mehrere Bücher zum Thema Fallobst veröffentlicht und habe mich natürlich auch mit der Entstehungsgeschichte und den Ursprüngen des Apfels intensiv beschäftigt.«

»Und zu welchem Ergebnis sind Sie gekommen?«

»In dem Wort Apfel stecken zwei Wörter oder Wortfragmente, die graphematisch zwar nicht mehr in ihrer ursprünglichen Art geschrieben werden, zurückgeführt aber genau das beschreiben, was der Apfel tut!«

»Und das wäre?«

»Er fällt! Und zwar ab!«

»Wie bitte?«

»Nun, wie Sie selbst wissen, ist nicht jeder Apfel am Baum reif. Reife Äpfel fallen über kurz oder lang herunter. Und die Ersten, die sich mehrfach an einem unreifen Apfel den Magen verdorben haben, haben schlicht herausgefunden, dass man einfach nur warten muss, bis der Apfel herunterfällt. Also ›ab fällt‹. Und schon wissen wir, wie der Apfel zu seinem, wie Sie zugeben müssen, logischen und auch sinnvollen originären Namen kam. Im Rahmen des Sprachwandels entwickelte sich dann daraus das Wort ›Apfel‹ nach der heutigen Schreibweise.«

»Wir haben in den letzten drei Monaten sehr große Mengen dieses bekannten Chronometers verkaufen können, da wir erfreulicherweise eine Quelle mit erheblich günstigeren Einkaufskonditionen auftun konnten. Wir konnten die Verkaufspreise senken – nicht zu weit, versteht sich – und die Uhren wurden uns förmlich aus den Händen gerissen. Die Quelle machte einen absolut seriösen und professionellen Eindruck. Als die ersten Reklamationen eingingen und wir die defekten Uhren direkt an den Hersteller leiteten, dauerte es leider einige Wochen, bis wir Antwort erhielten. Zeit ist für die Ührlistolzmanufaktur relativ, wie wir feststellen mussten. Jedenfalls wurde uns versichert, dass die eingesandten Ührlistolz keine Originale, sondern billige Imitate seien, und keinerlei Reparatur oder gar Schadensersatz geleistet werden würde«, erzählte Barbarella aufgeregt.

»Ruhe!«, zischte es wiederum aus der Reihe hinter uns.

»… eine sehr interessante Theorie, verehrter Herr Kollege. Aber wie erklären Sie sich dann die Birne? Oder die Walnuss?«

»So weit bin ich leider noch nicht vorgedrungen mit meiner Forschung, verehrter Herr Kollege. Die Walnuss ist kein Fallobst und die Birne wird erst in meinem nächsten Buch abgehandelt.«

»Und wann soll das erscheinen?«

»Nun, ich denke, ich bin, wie Sie, gleichfalls in einem halben Jahr so weit!«

»Haben Sie sich denn nicht an die Quelle gewandt, über die Sie die Uhren bezogen haben?«, fragte ich nun brennend interessiert.

»Das haben wir versucht. Aber wir konnten niemanden erreichen. Weder die Telefonnummer noch die Postanschrift auf den Lieferscheinen ist nachvollziehbar. Das Handelsunternehmen scheint überhaupt nicht zu existieren. Und der Firmenvertreter, der uns die Uhren vermittelt hat, ist unauffindbar. Keine Mobilnummer, keine E-Mail-Adresse, nichts!«

»Was ist mit der Bank und der Bankverbindung, an die die Rechnungen bezahlt wurden?«, hakte ich nach.

»Die Konten sind gelöscht worden und die Gelder weitertransferiert«, sagte Barbarella nun sichtlich aufgelöst. »Uns ist ein immenser finanzieller Schaden entstanden, vom verlorenen Image für unsere Nobelkette Schickimicki gar nicht zu reden! Ich bin ganz verzweifelt, lieber Freund. Sie müssen uns helfen!«

»Können Sie nun bitte endlich ruhig sein! Wir können der Diskussion nicht folgen!«, pflaumten uns die beiden Herrschaften auf den Sitzplätzen hinter uns aufgebracht an und die vor uns sitzende Dame drohte erbost, uns hinauswerfen zu lassen.

Ich beschwichtigte die Umsitzenden noch ein letztes Mal und beruhigte Barbarella. »Ich komme morgen bei Ihnen vorbei und gehe der Sache auf den Grund, einverstanden?«

Sie war überglücklich über meine Antwort und deutete an, dass wir nun endlich der Podiumsdiskussion folgen sollten. Ich lehnte mich gespannt in meinen Stuhl zurück, aber nicht, um den Vortragenden zu lauschen, die mich eigentlich nur noch langweilten. Mir schwebte ein neuer, interessanter und Ruhm einbringender Fall vor Augen. Ich hatte wieder einmal Blut geleckt und versank in Gedanken in wilden Spekulationen.

Gegen Mittag am folgenden Tag kam ich aufs Revier. Der Polizeipräsident nahm mich ungeduldig und mit rotem Kopf in Empfang.

»Sagen Sie mal, wo kommen Sie denn jetzt erst her? Ich warte schon den ganzen Morgen auf Sie. Ich kann die Runden schon nicht mehr zählen, die ich im Kreis gelaufen bin. Und wieso gehen Sie nicht an Ihr Mobiltelefon oder hören wenigstens die Mailbox ab und rufen zurück?«

Ich nahm das Telefon aus der Manteltasche und versuchte es anzuschalten.

»Oh! Akku leer!«

»Akku leer, Akku leer! … Sie machen sich sofort auf den Weg zu ›Schickimicki‹, es geht um diese Uhren, die offensichtlich bei keinem richtig funktionieren. Das scheint was Größeres zu sein. Ich habe heute Morgen schon in aller Frühe mit Kaufhausleiter Geldrich telefoniert. Er erwartet Sie schon.«

»Ist schon erledigt, Chef. Ich war schon dort«, sagte ich beiläufig, während ich versuchte, das Ladekabel meines Handys in eine Steckdose zu stöpseln.

»Wie jetzt? Wieso das denn?«, blökte der Polizeipräsident dümmlich und machte wiederholt den Eindruck, als hätte er ein Brett vor dem Kopf.

»Ich bin schon an der Sache dran, Chef«, ergänzte ich, was ihn aber noch viel mehr zu verwirren schien. Er wollte noch einmal aufbegehren, verließ dann aber sprachlos mein Büro. Als ich heute Morgen aufgewacht war, konnte ich kaum erwarten, bis es neun Uhr wurde und die Kaufhäuser öffneten. Der gestrige Abend in der Pomologie hatte ziemlich unspektakulär geendet, da die beiden Referenten nach zweistündiger Diskussion ohne Resultat beschlossen hatten, sich in einem halben Jahr, nach Abschluss ihrer Forschungen, erneut zu treffen. Ich hatte mich zwar nicht mehr sonderlich auf die Ausführungen konzentriert, dennoch wäre ich, wie die meisten Zuhörer, befriedigter nach Hause gegangen, wenn ich gewusst hätte, wieso der Apfel ›Apfel‹ hieß. Leider war mein Besuch im Kaufhaus ›Schickimicki‹ auch nicht besonders aufschlussreich gewesen, weil die möglichen Anhaltspunkte, die mich im neuen Ührlistolz-Fall hätten weiterbringen sollen, äußerst dürftig waren. Ich hatte Lieferscheine und Rechnungen mitgenommen, um die Eintragungen des Lieferanten im Handelsregister überprüfen zu lassen. Gleichfalls hatte ich ein Exemplar der angeblichen Ührlistolz bekommen. Ich hatte der Versuchung erfolgreich widerstanden, das Beweisstück sofort anzulegen – ein solches Markenfabrikat hatte ich mir schon immer gewünscht. Weiterhin hatte ich eine vage Beschreibung der Kontaktperson mit dem markanten Namen ›Teutonius Rammler‹ erhalten, der von Barbarella als ungewöhnlich maskulin und umtriebig beschrieben wurde. Da diese Merkmale aber genauso gut auf mich hätten zutreffen können, half mir diese Beschreibung nicht wirklich weiter. Gleichfalls existierte weder die auf den Visitenkarten von Herrn Rammler angegebene Adresse noch die Telefonnummer. Was mich allerdings aufhören ließ, war, dass Herr Rammler laut Barbarella einen kastalonischen Akzent hatte.

Es war Mittagszeit und ich beschloss, meine Nachforschungen heute frühzeitig vom Schreibtisch in den ›Falschen Hasen‹ zu verlegen, denn an Zufälle glaubte ich nicht. Dieses Mal fand ich sogar einen Parkplatz in unmittelbarer Nähe. Als ich das Restaurant betrat, war im Vergleich zu den vorherigen Besuchen praktisch die Hölle los. Heute waren zwei Tische besetzt, eine echte Steigerung. Die Küche schien sich also gebessert zu haben. Bei genauerer Betrachtung erkannte ich jedoch wieder einen der beiden Gorillas am Tisch beim Tresen, der schon bei meinem Treffen mit Hieronymut Aktenfitschler hier gespeist hatte. Er hatte offensichtlich schon bezahlt, denn er saß vor einem leeren Glas und machte keinerlei Anstalten, etwas zu bestellen. Der Kellner erkannte mich, kam auf mich zu und begrüßte mich halbherzig, ich möchte sagen, fast schon misstrauisch. Wiederum kam es mir so vor, als wunderte er sich, dass ich ein so regelmäßiger Gast im Restaurant war.

»Wir hätten heute Dorsch«, sagte er, während ich Platz nahm.

»Oh! Okay. Den nehm' ich!«

»Und einen Kräuterschnaps?«

»Wahrscheinlich hinterher. Ein Mineralwasser bitte!«

Ein gespieltes Grinsen flog über seine Lippen und er verschwand in der Küche. An einem anderen Tisch in der hinteren Ecke saß ein weiterer Gast, der in verschiedene Papiere vertieft war, die vor ihm lagen. Von Zeit zu Zeit kritzelte er etwas darauf herum. Irgendwie kam er mir bekannt vor, aber ich war mir nicht sicher und er saß zu weit weg. Zudem verdeckten die Dokumente, in die er versunken war, den größten Teil seines Gesichts. Als der Kellner aus der Küche kam, schaute der Typ auf, und ich hätte schwören können, ihn vor Kurzem getroffen zu haben. Mein Essen wurde serviert und ich begann so langsam wie nur irgend möglich, den Fisch, der als solcher nicht mehr erkennbar war, zu verspeisen. Im Vergleich zum Hirschgulasch war das Essen ein Gaumenschmaus, wenngleich es schlecht gewürzt und deshalb fade schmeckte. Die Küchentür ging auf und ein äußerst gut gekleideter Kerl kam heraus, gepflegt und imposant in seiner ganzen Erscheinung. Der Gorilla, der bis dato brav am Tresen saß, sprang auf und ging dem Kerl voraus in Richtung Tür. Als er an meinem Tisch vorbeikam, musterte er mich für den Bruchteil einer Sekunde von Kopf bis Fuß. Ich war mir sicher, dass er der Chef des Hauses war, alles, was ich sah, sprach dafür. Vorgestern Abend, als ich mich erneut mit Aktenfitschler getroffen hatte, war er das erste Mal aufgetaucht und hatte sich nach einem kurzen Gespräch mit dem Kellner in die oberen Räume verzogen. Kurz darauf hatte man uns unter fadenscheinigen Argumenten praktisch hinausgeworfen. Irgendwie war in mir daher das Gefühl gekeimt, dass der Laden nicht ganz hasenrein war.

»Einen recht schönen, guten Tag wünsche ich. Ich hoffe, Sie sind mit dem Essen zufrieden?«, sagte er, als er vollkommen unerwartet an meinem Tisch stehen blieb. Mir blieb vor Schreck fast der Bissen im Hals stecken.

»Oh! Danke der Nachfrage. Es ist vorzüglich«, antwortete ich, die Hand vor dem halbvollen Mund.

»So?« Die Antwort schien ihn zu überraschen, aber wieder nur für den Bruchteil einer Sekunde. Sofort nahm er wieder seine aalglatten Gesichtszüge an. Er wollte gerade weitergehen, da hakte ich dummerweise noch einmal nach: »Sie sind sicher der Inhaber?«

»Magenbitter. Panetoni Magenbitter!«, sagte er charmant. »Und mit wem habe ich die Ehre?«

Uups!, dachte ich. So weit wollte ich es nicht kommen lassen. Sag: Börsenschreck, Magnatus. Nein! Rindenmulch … Quatsch …!

»Magenbrot«, brach es aus mir heraus. »Filius Magenbrot.«

»Magenbrot?«, überlegte er kurz. »Ah, das ›Magenbrot vom Lande‹. Sehr gute Adresse. Dann können Sie gutes Essen ja wirklich beurteilen!«

Verdammt, das war daneben!, dachte ich bei mir. Ich nickte zustimmend. Er reichte mir die Hand und wir blickten uns in die Augen. Es fühlte sich an wie der Widerstand, den zwei Magnete gleicher Pole aufbrachten, wenn man versuchte, diese zusammenzuführen. Dann versiegte sein Lächeln und er verabschiedete sich. Ich hätte mich vor Aufregung fast an einer Gräte verschluckt. Gestresst vom abklingenden Adrenalin, schob ich den Teller zur Seite. Ich wollte auf den Schreck gerade einen Kräuterschnaps bestellen, da stand der Kerl in der Ecke auf, im Begriff zu gehen. Ich orderte die Rechnung. Der Kerl aus der Ecke kam an meinem Tisch vorbei und es schien mir so, als ob er mich kurz erstaunt fixierte. Offensichtlich hatte er mich gleichfalls irgendwie wiedererkannt. Er hatte auffallend überstehende Zähne und als er an mir vorüberging, verströmte er einen aufdringlichen Geruch, der mir ebenfalls schon einmal in die Nase gekrochen war. Sowie er draußen war, beschloss ich spontan, ihm zu folgen. Ich legte einen viel zu großen Schein auf den Tisch, ohne auf das Wechselgeld zu warten, und lief zum Ausgang. Doch als ich auf der Straße ankam, war der Kerl verschwunden. Ich schaute nach rechts und links und spekulierte, in welcher Richtung ich mehr Erfolg haben würde, ihn wiederzufinden. Die Straße rechter Hand war leicht abschüssig und die Häuser standen in Reih und Glied, ohne dass ich eine Lücke oder eine Einmündung entdeckte. In dieser Richtung konnte er nicht gegangen und dann so schnell verschwunden sein. Linker Hand hingegen war nicht weit entfernt eine Kuppe zu sehen und davor, unmittelbar nach dem Gebäude, eine Seitengasse, die links einmündete. Ich entschied mich also für links und ging langsam auf die Abzweigung zu. Die Nebenstraße führte steil bergab und unten am Gebäude parkte ein schwarzer Lieferwagen. Der ›Falsche Hase‹ hatte einen unteren Eingang. Aus der Tür, die offen stand, konnte ich ein paar Wortfetzen aufschnappen: »Fertig? Kann ich fahren?«

Der dünne Kerl stieg in den Lieferwagen ein, startete den Motor und fuhr davon. Mir blieb gerade noch genug Zeit, hinter die Hausecke zu springen, um nicht gesehen zu werden, und mir von dem vorbeifahrenden Lieferwagen das Kennzeichen zu notieren. Ich folgte erneut und äußerst vorsichtig dem Verlauf der Gasse, aber es war niemand mehr zu sehen. Die Tür, vor der der Lieferwagen gestanden hatte, war verschlossen. Nichts, aber auch gar nichts Greifbares stand herum, keine Mülleimer, keine leeren Kartons, nichts. Ich wollte gerade kehrtmachen, da spürte ich eine Unebenheit unter meiner rechten Schuhsohle. Ich hob den Fuß und fand eine Zigarre, die ich aufhob und interessiert begutachtete. Das Fabrikat war unverkennbar: eine ›Aríba‹.

*

Gerade hatte Scharte seine erste Fuhre Aríbas übernommen und machte sich damit auf den Weg in seinen Unterschlupf. Und er war unruhig. Ein ungutes Gefühl hatte ihn beschlichen und ließ ihn seit gestern nicht mehr los. Er mochte paranoid sein, aber er wurde den Verdacht nicht los, jemand würde ihn verfolgen. Gestern Abend, als er auf dem Weg ins Hotel gewesen war, erschien es ihm, als hätte er einen zweiten Schatten. Er hatte seinen Gang beschleunigt, unlogisch mehrmals seine Richtung geändert und war schließlich hinter eine Häuserecke in eine Seitengasse gesprungen, um seinem möglichen Verfolger aufzulauern. Er hatte mehrere Minuten gewartet, doch alles war ruhig geblieben. Und jetzt eben dieser Typ im ›Falschen Hasen‹, der ihn angestarrt hatte, während er seine Papiere fertig gemacht und als er das Lokal verlassen hatte. Er war sich sicher, dem Kerl schon einmal irgendwo begegnet zu sein, doch der Groschen wollte nicht fallen, was nicht gerade zu seiner Beruhigung beitrug. War man seinen delikaten Machenschaften doch auf die Schliche gekommen? Scharte war ein Nervenbündel und doch wieder kühl und berechnend. Einerseits liebte er den harten und eiskalten Typen, für den er sich hielt, für die Durchtriebenheit und die Verschlagenheit, mit der er erfolgreich seine Art von Geschäften abwickelte. Gleichfalls bewunderte er den tollen Kerl vor dem Spiegel für die Art, wie dieser mit dem Messer umgehen konnte. Andererseits hasste er sich auch bei jedem Anblick seines Spiegelbilds. Ihm missfiel sein Äußeres, welches es ihm so schwer machte bei den Frauen und das ihn immer wieder verunsicherte. Er ließ nichts unversucht, einen Hauch Schönheit an sich heranzubringen und war dankbares Opfer für jeden dahergelaufenen Scharlatan und jede Rosskur, die ihm angeblich zu einem reizvolleren Teint verhelfen sollte. Unmengen an Geld verschlangen die

Wundermittelchen und Spezialpräparate, die Honorare für Quacksalber und Naturheiler, doch bisher ohne durchschlagenden Erfolg. Schartes Maßnahmen wurden immer extremer und vor allem immer teurer. Jüngst hatte er Unsummen für das limitierte Badeöl aus Araberstutenmilchextrakt ausgegeben, weil er unbewusst oder absichtlich das Wort Extrakt ignoriert hatte. Sein Bedarf an liquiden Mitteln gipfelte im Unendlichen und er versuchte alles, von Glücksspiel bis zu betrügerischen Machenschaften gegenüber seinem Arbeitgeber, um an mehr Geld zu gelangen. Sicher würde er dadurch eines Tages zu Fall kommen.

Scharte kam an der städtischen Molkerei vorbei, deren bester Kunde er mittlerweile geworden war. Irgendwo hatte er gelesen, dass Sauermilch zu einem schöneren Teint und einer reineren Haut verhalf. Gleichwohl er die eigentliche Empfehlung der oralen Aufnahme ignorierte, verschaffte ihm dieser Tipp finanziell etwas Luft. Sauermilch war wesentlich günstiger zu beschaffen als Stutenmilchextrakt, wenngleich er für sein tägliches Bad auch davon Unmengen benötigte. Diesem Umstand war auch der markante Geruch geschuldet, der Scharte so unverkennbar machte. Als er anhalten wollte, schaute er nochmals nervös in den Rückspiegel. Da! Der silbergraue Extruder hinten rechts! Versuchte der nicht, ihm zu folgen? Nein, abgebogen. Dennoch schaltete Scharte wieder in den höheren Gang und änderte sein Vorhaben – heute besser keine Milchpause. Eigentlich wäre er an der Kreuzung nach links, stadtauswärts Richtung Tunnel, abgebogen, doch er zog es vor, einen anderen Weg zu nehmen und fuhr nun nach rechts und über die nächsten beiden Kreuzungen. Er passierte den Stadtgraben und stand als vorderstes Fahrzeug an der nächsten roten Ampel. Vor ihm kreuzte von rechts ein silbergrauer Extruder die Fahrbahn. Schartes

Puls ging schneller. Wenden konnte er nicht, die Straße hatte keine Gegenspur. Und zurückstoßen und statt nach links nach rechts abbiegen ging auch nicht mehr, zu viele Fahrzeuge standen mittlerweile hinter ihm. Scharte begann, vor Nervosität mit den Füßen zu scharren und mit den übergroßen Zähnen auf seiner Lippe zu kauen. Er öffnete sein Handschuhfach und vergewisserte sich der Anwesenheit seiner Waffe, einer ›Carotta‹ – Standardmodell im Club –, sein abgebrühtes und eiskaltes Ich gewann wieder die Oberhand. Die Ampel wurde grün und Scharte fuhr hochtourig im ersten Gang los, so langsam wie irgend möglich. Angespannt beobachtete er den Extruder drei Wagen weiter vorn. Diverse Male hätte dieser oder Scharte in alle Richtungen abbiegen können, doch beide Fahrzeuge fuhren stetig weiter, stur geradeaus, an Unibibliothek und Mensa vorbei. Mehrere Male wäre Scharte beinahe in einen Pulk Studenten gebrettert, die kurzentschlossen versuchten, die Straße zu überqueren. Die Umstände trugen nicht unbedingt zur Beruhigung von Schartes angespannten Nerven bei und er konnte sich diverse verbale Entgleisungen gegenüber dem ›Studentenpack‹, wie er es nannte, nicht verkneifen. Scharte drückte aufs Gas und schloss wieder zu dem Extruder auf. Dieser setzte schließlich seinen Blinker und bog nach rechts in eine Seitenstraße ein. Scharte folgte ihm in gebührendem Abstand von drei Wagenlängen. Der Extruder wurde langsamer und hielt unvermittelt auf Höhe der universitären Sportanlagen in einer Parklücke rechts an der Straße.

»Ficher der Kerl auf dem ›Falfen Hafen‹!«, nuschelte Scharte bösartig in sich hinein und nahm seine Carotta an sich. Er steckte die Waffe in die rechte Manteltasche und behielt den Finger am Abzug. Als er auf gleicher Höhe mit dem silbergrauen Extruder lag, schaute er so unauffällig wie möglich nach rechts, doch die Sonne reflektierte das Licht in der Fahrertürscheibe des Wagens, sodass er die Person hinter dem Lenkrad nicht erkennen konnte. Hätte er genauer hingeschaut, dann hätte er vielleicht die Aufschrift ›Professionelle Rasenpflege‹ auf der Motorhaube wahrgenommen, doch auf diesem Auge war Scharte blind. Als er an dem Fahrzeug vorüber war, blickte er sofort in den Rückspiegel. Der Wagen rührte sich nicht. »Warum fur Hölle fteigt der Kerl nicht auf!«, fluchte Scharte vor sich hin. Der Extruder setzte plötzlich den linken Blinker und Scharte drückte aufs Gas. Mit einem Kickdown und quietschenden Reifen zog er waghalsig auf die linke Spur und überholte die beiden Fahrzeuge, die bis dato vor ihm fuhren. Der unweigerliche Zusammenstoß mit einem entgegenkommenden Tanklaster hätte ihn das Leben gekostet, hätte der Fahrer keine Vollbremsung hingelegt. In den Fahrzeugen hinter seinem Caraman stiegen die Fahrer gleichfalls erschrocken in die Eisen, sodass eine Lücke entstand, in die Scharte einscheren konnte. Fortuna war ihm wohlgesinnt. Die beiden Wagen hinter ihm stellten sich unter lautstarkem Hupen quer, die Fahrbahn war blockiert. Er konnte im Rückspiegel noch sehen, wie die drei Fahrer ausstiegen und ihm wilde Drohgebärden hinterherschickten, doch das ließ ihn kalt. Mit einem lauten »Haha!« machte er seiner Erleichterung darüber Luft, den unliebsamen Verfolger abgeschüttelt zu haben. Er bog nach rechts ab auf den Zubringer zur Schnellstraße und setzte seinen Weg fort zu seinem Unterschlupf.

*

»Die Recherche hat leider nichts ergeben, Kommissar!«, bedauerte Fräulein Lupine Fitzelkrams, Chefin vom Kriminallabor und dort unübertrieben unser bestes Pferd im Stall. »Eine Firma ›TradeEnd Inc.‹ ist in keinem Handelsregister oder Bezugsquellennachweis eingetragen.«

»Haben Sie es schon einmal bei den kastalonischen Behörden versucht?«, hakte ich nach.

»Kastalonien? Aber nein. Wie kommen Sie darauf?«, fragte Fräulein Fitzelkrams.

»Nur so eine Intuition!«

»Intuition!«, wiederholte sie.

»Ja, Intuition. Intuition ist eine Fähigkeit, durch die erfolgreiche Ermittler 95 % unlösbarer Verbrechen aufklären, wenn es keine eindeutigen Spuren gibt!«

»Oh!« Fräulein Fitzelkrams war beeindruckt.

»Sonst noch was?«

»Äh, ja. Wir haben an der Uhr eine radiologische Untersuchung durchgeführt. Eindeutig eine billige Fälschung. Die Innereien bestehen größtenteils aus einfachem Kunststoff und unlegiertem Blech und von *echten* Steinen keine Spur. Kein Wunder, dass das Ding innerhalb kürzester Zeit die Zeiger streckt!«

»Dann haben wir es mit Betrug in großem Stil zu tun«, stellte ich zweifelsfrei fest. »Können wir was über den Ursprung der Uhr herausbekommen? Vielleicht über die Einzelteile?«

»Hm! Wir könnten über den Schwefelgehalt des Kunststoffs auf den Schwefelgehalt des Rohöls schließen, aus dem er gefertigt wurde, und damit vielleicht das Erzeugerland ermitteln«, antworte Fräulein Fitzelkrams.

»Gute Idee!«, konstatierte ich.

»Und wir könnten die ›Steine‹ einem nass-chemischen Aufschluss unterziehen. Die Dinger reagieren bestimmt schon auf die einfachsten Lösungsmittel. Ich wäre dann sogar imstande das Ganze durch den Massenspektrometer zu jagen, was uns möglicherweise Auskunft über die Herkunft geben würde«, kam Fräulein Fitzelkrams in Fahrt.

»Hervorragend!«, lobte ich sie.

»Und zuletzt …«, brach es nun fast euphorisch aus ihr heraus, »… kann ich versuchen herauszufinden, ob die übrigen Metallteile wie das unlegierte Blech in der Datenbank für Metallfiligrantechnik geführt werden, und dadurch vielleicht eingrenzen, wer überhaupt Werkzeuge für solche Teile anfertigen kann!«

»Brillant … Na, dann frisch fröhlich ans Werk.«

Sie strahlte über beide Wangen wie ein Honigkuchenpferd und wollte gerade aus meinem Büro traben, da fiel mir noch die Autonummer des Lieferwagens ein.

»Moment noch, versuchen Sie bitte mal so schnell wie möglich, den Halter dieses Fahrzeugs zu ermitteln. Schwarzer Lieferwagen, Marke ›Caraman‹.«

Ich reichte ihr meinen Notizzettel mit der Autonummer, den sie wie selbstverständlich entgegennahm. Dann verließ sie mein Büro.

Prima!, dachte ich. Noch ein kurzer Anruf bei Aktenfitschler. Vielleicht liegt in den Akten im Einwohnermeldeamt ja was Genaueres über die Identität von diesem Magenbitter vor. Ich hatte schon den Hörer in der Hand, da kamen mir Zweifel. Rony würde mich nach Zuzi und Schnallentritt befragen. Ich müsste ihn anlügen, wie ich schon bei Zuzi gelogen hatte. Ich legte den Hörer zurück auf die Gabel und beschloss, Feierabend zu machen. Als ich meinen Mantel anzog, wurde mir bewusst, dass ich in der Hektik meinen Hut im ›Falschen Hasen‹ hatte liegen lassen. Hmm!, dachte ich. Der beste Vorwand, noch einmal hinzugehen.

Lupine Fitzelkrams strahlte wie ein Honigkuchenpferd.

Es war kurz nach halb sieben am Abend, als ich nach einem kurzen Spaziergang durch die Altstadt vor meinem neuen Lieblingsrestaurant ankam. Der Kellner im ›Falschen Hasen‹ nahm mich bereits am Eingang in Empfang.

»Soll ich Ihnen hier ein Zimmer richten lassen?«, fragte er ungehobelt.

»Oh, Sie haben auch Zimmer?«

»Nein. Das war ein kastalonischer Scherz. Aber in der Übersetzung kommt die Pointe nicht rüber«, antwortete er.

»Aha?«, sagte ich erwartungsvoll, in der Hoffnung, er würde mir den Witz oder die Pointe erklären. Doch er tat es nicht.

»Nun, ich habe heute Mittag meinen Hut vergessen. Ist er zufällig liegen geblieben?«

Der Kellner machte ein etwas aufgeschlosseneres Gesicht und verschwand kurz hinter der Theke. Ich schaute mich automatisch im Lokal um und mein Blick blieb an der einen Wand hängen: ›Hunde beim Kartenspiel‹.

Der Kellner kam zurück, den Hut in der Hand.

»Schönes Bild! Das hing heute Mittag noch nicht da«, sagte ich und deutete auf den Neuzugang. Der Kellner kniff die Augen zusammen und fragte mich schließlich abschätzig:

»Sagen Sie mal, sind Sie von der Polizei?«

Oha! Was nun?, dachte ich und mir wurde heiß. Sag: Nein. Quatsch, mach einen Witz. Lächle, aber nicht zu sehr. Huste! Nein! Sag: Ja sicher. Nein!

»Seh' ich vielleicht wie ein Bulle aus?«, antwortete ich endlich leicht krächzend. Der Kellner begutachtete mich von Kopf bis Fuß.

»Nein«, entschied er schließlich. »Nein, wirklich nicht! – Und ich glaube, *ich* kann das beurteilen.«

»Seh' ich vielleicht wie ein Bulle aus?«

»Nein, wirklich nicht! – Und ich glaube, ich kann das beurteilen.«

Puhh!, dachte ich, da hab ich die Kuh gerade noch einmal vom Eis bekommen.

»Was sagten Sie noch, wie war noch gleich Ihr Name?«, hakte der Kellner noch einmal herausfordernd nach.

»Es ist spät. Ich muss jetzt wirklich gehen«, antwortete ich wie beiläufig. Ich nahm ihm meinen Hut aus der Hand und verließ eiligst das Lokal, welches ich ohne einen amtlichen Durchsuchungsbefehl wohl besser nicht mehr so schnell betreten sollte.

Am nächsten Morgen führten mich meine neuesten Erkenntnisse unmittelbar zurück zu Heimlich Geldermann. Wie schon so oft vermutet, allerdings nie bewiesen, hatte er seine Finger im Spiel. Nur in welchem? Alles, was ich bisher gegen ihn in der Hand hatte, basierte auf meinen Spekulationen. Aber darin war ich gut. So gut wie Zuzi bei ... Nein, lassen wir das. Fakt war, dass Geldermann Kontakt zu Panetoni Magenbitter hatte, es sei denn, das Bild würde immer noch in Geldermanns Laden hängen. Der 9.08 Uhr kam an, wieder pünktlich wie die Maurer, und ich stand nur unwesentlich später vor der verschlossenen Tür von ›Heimlichs Tauschgeschäfte aller Art‹. Ein Zug später hätte es auch getan oder ich hätte nur einfach die halbe Stunde bis zur regulären Öffnungszeit warten müssen. Pah, wen juckte es. Ich ließ meinen Emotionen freien Lauf. Ich schlug mehrfach mit der Faust gegen die Ladentür und machte keinen Hehl aus meinem Begehr.

»Aufmachen! Sofort aufmachen! Polizei!«

Nichts regte sich. Ohne zu zögern, trat ich die Tür ein. Das Schloss brach krachend aus dem morschen Türrahmen. Kaum war ich im Laden, kam Geldermann auch schon aufgeregt angehüpft. »Sind Sie verrückt? Was fällt Ihnen ein?«

»Gefahr im Verzug!«, sagte ich drohend und schaute zur Wand. Das Bild war weg. *»Aha!«*, unterstrich ich lautstark meine Feststellung.

»Was soll das heißen?«, fragte Geldermann eingeschüchtert.

»Können Sie mir sagen, warum ich immer wieder bei Ihnen lande, wenn ich in meinen laufenden Ermittlungen irgendwo herumstochere?«

»Keine Ahnung. Vielleicht sagen Sie mir mal, worum es überhaupt geht!«

»Ich möchte Ihre Räumlichkeiten in Augenschein nehmen!«, forderte ich bestimmt.

»Das fehlte noch! Haben Sie einen Durchsuchungsbefehl?«, fragte Geldermann trotzig.

Ich packte ihn am Kittel und zog ihn zu mir her. »Hör gut zu, Freundchen. Dieses Mal lass ich dich hochgehen. Innerhalb von 20 Minuten hab ich einen Durchsuchungsbefehl in der Hand und fünf Kollegen hier. Dann nehm' ich deinen Laden komplett auseinander!«

»Sie bluffen, Kommissar. Da fällt mir doch sofort wieder das Bild ein, das …«, Geldermann stockte. Ich lächelte ihn zufrieden an.

»… das Bild, was? Ich weiß, wer es hat, Geldermann!«

Heimlich Geldermann wurde für einen kurzen Moment unsicher. Ich war nun todsicher, einen dicken Fisch ins Netz zu bekommen.

»Sie bluffen! Sie haben nichts und ich wasche meine Hände in Unschuld! Ich lass mir doch von Ihnen keinen Bären aufbinden.«

Ich nahm mein Mobiltelefon aus der Manteltasche und wählte die Nummer von Fräulein Fitzelkrams, ohne Geldermann dabei loszulassen.

»Ja, hallo …?«, meldete sie sich am anderen Ende der Leitung.

»Hier Bösenschreck. Ich brauch einen Durchsuchungsbefehl für ›Heimlichs Tauschgeschäfte aller Art‹, schwerwiegende Verbindungen im Geldfälscherprozess um die Brüder Blütenblatt.«

»Äh, sind Sie das, Herr Kommissar? Hier ist Lupine Fitzelkrams. Sie sind im Kriminallabor gelandet!«

»Ja, danke. Ich warte …«

»Sie sind verrückt, Kommissar. Ich hab mit der Blütenblattgeschichte nichts zu tun«, zischte Geldermann.

»Herr Kommissahar! Sie sind im Kriminallabor. Fräulein Fitzelkrams am Apparat!«

»Nein, ich bin vor Ort. Ich warte. Verdunkelungsgefahr!«, fuhr ich fort.

»Lassen Sie mich los!«, keifte Geldermann.

» Kri-mi-nal-la-bor! Sie haben sich verwählt, Kommissar«, wieherte Fräulein Fitzelkrams ins Telefon, nun mit überdeutlicher Betonung.

»Lassen Sie mich nun in Ihre Räumlichkeiten?«, fragte ich den zappelnden Geldermann und hielt das Telefon etwas weg vom Ohr.

»Nein!«, antwortete er mit einem Anflug von Verzweiflung.

»Wie? Ja, genau. Der Laden vis-à-vis vom Bahnhof«, faselte ich der verzweifelten Lupine Fitzelkrams die Ohren voll.

»Hören Sie, Kommissar…«, begann Geldermann zu winseln. »… lassen Sie uns noch mal von vorn anfangen … Was wollten Sie noch gleich?«

»K-r-i-m-i-n-a-l-l-a-b-o-r! F-i-t-z-e-l-k-r-a-m-s! Hören Sie denn nicht!« Fräulein Fitzelkrams wurde ungehalten.

»Einen Moment noch bitte«, sagte ich ins Telefon. »Erzählen Sie mir was, was ich noch nicht weiß, Geldermann«, gebot ich meinem strampelnden Opfer nun siegessicher.

Geldermann versuchte verzweifelt, einen Ausweg aus seiner Lage zu finden. Es war offensichtlich, dass er eine Hausdurchsuchung vermeiden wollte; um jeden Preis. Aber egal. Ich würde auf keinen Fall ohne etwas Handfestes hier rausgehen – mit oder ohne Durchsuchungsbefehl. Dessen war sich auch Geldermann bewusst. Entsprechend verzweifelt bot sich mir seine Lage dar. Heute hatte ich ihn endlich mal am Wickel. Doch dann äußerte er etwas, was mich wieder komplett aus der Bahn warf: »Die Ratte ist in der Stadt!«

»Was sagten Sie?«, fragte ich mit aufgerissenen Augen. Fräulein Fitzelkrams hing immer noch in der Leitung und versuchte vergeblich, in beiderseitige Kommunikation mit mir zu treten.

»Die Ratte! Mik Ratzefummel. Man hat ihn auf die Nutte angesetzt«, wiederholte Geldermann.

Ich ließ ihn los. Mein Mund stand offen vor Entsetzen. Ich hatte mein eigentliches Ansinnen komplett vergessen und machte ohne ein weiteres Wort kehrt, rannte wie von der Tarantel gestochen aus dem Laden und in Richtung Präsidium. Ich konnte kaum so schnell atmen, wie mein Körper nach Luft verlangte, die in meinen Lungen stach, scharf wie ein Messer. Meine Pumpe hämmerte mir in Sekundenbruchteilen das Blut durch die Arterien und als ich schließlich vor dem Präsidium ankam, war ich klatschnass geschwitzt. Ich wäre beinahe kollabiert aufgrund der ungewohnt hohen Mengen an Sauerstoff in meinem Hirn. Aber dafür arbeitete es wieder auf Hochtouren. Ich griff mir den nächstbesten Wagen auf dem Polizeigelände und fuhr los – besser gesagt, raste los. Mit Vollgas. Der Weg zu Zuzi kam mir unendlich weit vor und Minuten empfand ich wie Stunden. Kurz flackerte mein Unterbewusstsein auf. Irgendetwas hatte Geldermann zu verbergen und vielleicht hätte ich das heute bei ihm gefunden. Vor allem war ihm die erkannte Verbindung zu Magenbitter sichtbar unangenehm. Mit der Information über die Ratte hatte er es allerdings geschafft, mich aus dem Haus zu scheuchen. Nun blieb ihm genug Zeit, belastendes Material verschwinden zu lassen, insofern welches da war. Eine spätere Durchsuchung konnte ich mir abschminken, wollte ich mich nicht blamieren. Der Mistkerl! Er hatte genau gewusst, wie er mich loswurde!

Doch dann brach meine Sorge um Zuzi wieder durch. Endlich erreichte ich ihr Mietshaus und läutete Sturm, doch aus der Gegensprechanlage kam keine Antwort. Wieder einmal hüpfte wie zufällig ihre Vermieterin um die Ecke.

»Sie ist nicht da. Hat heut ihren freien Tag. Da geht sie shoppen oder so was in der Art!«

Hektisch wählte ich ihre Nummer und entfernte mich ein paar Schritte in Richtung Auto. Der mir wohlbekannte Mailboxtext flötete in mein Ohr:

»Halli – Hallo! – Ich bin gerade beschäftigt, aber wenn du mir eine Nachricht hinterlässt, kümmere ich mich so schnell wie möglich um deine Bedürfnisse. Piep.«

»Zuzi. Ich bin's. Ich weiß, du gibst nichts mehr auf meine Hilfe, aber ich bitte dich inständig: Sei vorsichtig. Mik ›die Ratte‹ Ratzefummel ist in der Stadt. Das ist ein international gesuchter Killer. Ich hab erfahren, dass man ihn auf dich angesetzt hat. Also wenn du die Nachricht abhörst, dann ruf mich um Gottes willen an … Bitte!«

Es war später Nachmittag und ich war zurück auf dem Präsidium. Ich versuchte zum 100. Mal, Zuzi zu erreichen, wiederum ohne Erfolg. Es war allerdings nicht unwahrscheinlich, dass sie nicht ans Telefon ging, wenn sie meine Nummer sah. Dann kam Fräulein Fitzelkrams in mein Büro.

»Ja?«, fragte ich barsch.

»Ich hab den Halter des Lieferwagens feststellen können.«

»Und?«

»Ein gewisser Harwey Scharte«, antwortete sie.

»Scharte? Harwey Scharte? Komischer Name. Und weiter?«, fragte ich ungehalten.

»Nichts weiter …«, sagte Fräulein Fitzelkrams bockig.

»Ja, was ist mit Adresse, Straße, Hausnummer und so weiter …?«

»Steht alles hier auf dem Zettel!« Biestig warf sie mir einen kleinen Block auf den Tisch.

»Hmm!«

»Sagen Sie mal, was sollte denn das heute Morgen am Telefon?«, wollte Fräulein Fitzelkrams das Gespräch fortführen.

»Was? Was war denn?«, fragte ich abwesend.

»Na, die Nummer mit dem Durchsuchungsbefehl!«

»Hmm?«

»Sagen Sie mal, hören Sie mir wieder nicht zu?«, maulte Fräulein Fitzelkrams zickig.

»Wie? Ja, ach so. Ich hab mich verwählt«, antwortete ich in Gedanken.

»Pfff!«, kam nur noch aus ihrem Mund, dann trabte sie beleidigt hinaus.

Mit der Adresse von Harwey Scharte konnte ich nichts anfangen. Ich saß verloren vor meinem PC und versuchte, den Straßenzug zu finden. Doch eine Täuschergasse gab es nicht. Auch nicht in den Vororten. Im ganzen Land nicht, soweit ich das überblicken konnte. Verdammt!, dachte ich. Eine falsche Identität, wie bei Teutonius Rammler! Hätte mich auch gewundert!

Ich warf den Block auf den Tisch und vergrub das Gesicht, in Gedanken versunken, in den Händen. Wie konnte ich nur Zuzi erreichen. Doch ich sollte alsbald von meiner Qual erlöst werden, denn man erreichte mich.

Das anhaltend penetrante Klingeln des Telefons störte mich in meinen gedanklichen Eskapaden, sodass ich schließlich den Hörer von der Gabel riss.

»Ja? Was gibt's?«, fragte ich ungehalten.

»Kommissar? Hier Wachtmeister Knüppler. Sie müssen sofort vorbeikommen. Wir haben hier eine Leiche!«

In null Komma nichts war ich wieder bei der Sache. »Eine Leiche? Wo?«

»Industriegebiet West – Haus 66a.«

Mein Herz setzte spürbar einen Schlag aus. Obwohl Knüppler keine Straße nannte, war sonnenklar, wo er sich gerade befand.

Ohne weitere Umschweife rannte ich aus dem Büro, sprang ins Auto und raste zu Zuzis Wohnung – schon wieder. Verkehrsregeln kannte ich nicht. Da mein Blaulicht nur temporär kooperieren wollte – genau wie mein Autoradio –, verursachte ich beinahe zwei Kollisionen mit entgegenkommenden Fahrzeugen. Glücklicherweise ging alles glimpflich aus, weshalb ich ohne unnötige Unterbrechungen und in Rekordzeit vor Zuzis Mietshaus ankam. Zwei Sanitäter kamen gerade aus dem Hausflur und stiegen in den am

Eingang parkenden Krankenwagen ein. Drei Polizisten versuchten, die pöbelnden und gaffenden Leute, darunter auch die Vermieterin, zurückzudrängen und am Betreten des Gebäudes zu hindern. Rechts parkte bereits der Leichenwagen, dessen Verschlag offen war. Mir gefror das Blut in den Adern. Ich stieg aus dem Wagen aus und rannte im Eiltempo die Stufen zu Zuzis Wohnung empor. Je höher ich kam, desto langsamer wurden meine Schritte. Eine kalte, lähmende Angst ergriff mich und geradezu unerträglich nagte das schlechte Gewissen an mir. Meine Kehle war wie zugeschnürt: ›Du hättest das verhindern können! Du trägst die Schuld! Du hast leichtfertig Zuzis Leben aufs Spiel gesetzt, nur um deinen eigenen Arsch zu retten!‹

Aber vielleicht handelte es sich bei der Leiche gar nicht um Zuzi, sondern um irgendeinen anderen Mieter. Mein letzter dünner Strohhalm brach jäh, als ich den zweiten Stock erreichte. Wachtmeister Knüppler stand vor Zuzis Tür und sah mich kommen. Er sagte kein Wort, sondern deutete nur mit dem Daumen hinter sich in das offene Zimmer. Ich musste ordentlich die Zähne zusammenbeißen, um einen in mir aufkeimenden Heulanfall zu unterdrücken. Ich nahm den Hut ab und trat ein. Gerichtsmediziner Mortemer Messerschmitt kniete vor dem Bett. Doch darauf lag nicht Zuzi, sondern ein Kerl. Ich erkannte ihn sofort: Mik ›die Ratte‹ Ratzefummel.

Messerschmitt erhob sich, als er mich sah, und reichte mir zur Begrüßung die Hand. Er berichtete mir, was er bis dato festgestellt hatte. Es war schon unter normalen Umständen nicht immer einfach, ihm zu folgen, denn er hatte eine unangenehm feuchte Aussprache und begann fast lüstern zu geifern, wenn es um die Untersuchung von leblosem Fleisch ging. Aber dennoch, darin war er eine Koryphäe.

Messerschmitts Ausführungen über die tote Ratte

Jetzt aber flogen mir seine Ausführungen praktisch komplett zum einen Ohr rein und zum anderen Ohr wieder hinaus. Ich war geistig abwesend. Meine Sorgen und mein schlechtes Gewissen waren von jetzt auf gleich verflogen. Rosarote Wolken zierten den strahlenden Himmel meines Paradiesgartens, der auf einmal in mir aufgeblüht war und in 1000 prächtigen Farben leuchtete. Schmetterlinge flatterten um mich herum und Lerchen zwitscherten klangvolle zymbalesische Lieder. Zuzi kam auf mich zu, nur in einen reizvollen Bastrock gekleidet, und servierte mir auf einem Tablett ein appetitlich aussehendes Getränk in einem geeisten Glas. »Oh, was ist das Leckeres?«, fragte ich sie in meinem Tagtraum.

»Kräuterschnaps!«, antwortete sie mit einer unerwartet maskulinen Stimme.

»Kräuterschnaps?«, fragte ich und die Lieder brachen abrupt ab, wie bei einem Filmriss.

»Wieso Kräuterschnaps? Geht es Ihnen nicht gut, Kommissar?«, fragte die Stimme wieder. Aber es war nicht Zuzi, sondern Messerschmitt. Ich schüttelte den Kopf und war zurück in der Realität. Der Gerichtsmediziner stand vor mir mit sorgenvoller Miene.

»Ähem, was sagten Sie gerade?«, nahm ich den Faden wieder auf.

»Sind Sie betrunken, Kommissar?«, fragte er.

»Nein. Wie kommen Sie darauf?«

»Nun, Sie sprachen von Kräuterschnaps.«

»Da hab ich Sie wohl falsch verstanden, ich hab nämlich eine Mittelohrentzündung und hör zurzeit nicht so gut«, log ich mit einer Überzeugung in der Stimme, die jedem einen Apfel als eine Birne hätte verkaufen können.

»Oh! Ah so! … ich sagte, sieht nach Herzinfarkt aus«,

begann Messerschmitt erneut, nun wieder vollkommen sachlich. Ich versuchte angestrengt, mich auf seine Ausführungen zu konzentrieren. Dabei ging ich einen Schritt auf das Bett zu. Der nackte Körper von Mik Ratzefummel lag auf dem durchwühlten Nachtlager, bis zur Hüfte mit dem Leintuch bedeckt. Einige Haarsträhnen klebten durch den getrockneten Schweiß an den Wangen, ansonsten war seine sonst so gepflegte Frisur vollkommen zersaust. Das Gesicht war zur Hälfte unnatürlich verkrampft, das eine Auge weit aufgerissen und die Zunge hing aus dem Mund. Die andere Hälfte seines Gesichts jedoch sah seltsam verzückt aus. Der Mundwinkel endete in einem zufriedenen Grinsen, das Auge war halb geschlossen. Man mochte meinen, Mik hätte die letzten Momente seines Lebens im Reich der 1000 Freuden verbracht. Ich schaute mich um und erblickte Zuzi, die in einer Ecke lehnte. Sie sah erbarmungswürdig verschwitzt und gerädert aus, wie nach einem harten Arbeitstag. Ihr Lippenstift und der Lidschatten waren verschmiert und ihre Haare ein wildes Chaos. Sie trug ein kurzes Trägerkleid, das vollkommen zerknittert und teilweise, vor allem am Dekolleté und am unteren Saum, eingerissen war. Einer der dünnen Träger hing lose an ihrem Oberarm herunter. Dennoch machte sie einen zufriedenen Eindruck und qualmte eine Zigarette.

»Was war hier los, Zuzi?«, fragte ich misstrauisch.

»Was soll los gewesen sein? Der Kerl hat plötzlich einen Krampf bekommen, da hab ich den Notarzt angerufen«, antwortete sie kühl. Ich drehte mich um und Messerschmitt nickte.

»Die Kollegen konnten nur noch den Tod feststellen, als sie eintrafen, und haben vorsichtshalber die Polizei unterrichtet, weil … nun … schließlich ist das hier nicht gerade ein gewöhnliches Umfeld«, sagte er etwas pikiert und nach den passenden Worten suchend.

»Und dann ist da noch das da …« Mortemer Messerschmitt deutete auf einen Koffer, der neben dem Bett stand. Er nahm ihn hoch, öffnete die Schlösser und dann den Deckel und schaute mich erwartungsvoll an.

»Puhhh!«, entfleuchte es mir und ich lüftete den Hut. »45er Madgun mit Infrarot-Zielfernrohr und Schalldämpfer, drei volle Magazine, stahlummantelte Spezialgeschosse mit hoher Durchschlagskraft, drei Wurfmesser.«

»Moment, das ist noch nicht alles!«, ergänzte Messerschmitt und holte ein Foto von Zuzi aus der kleinen Innentasche des Koffers. Ich nahm es, rückte mir den Hut wieder zurecht und ging damit zu Zuzi.

»Hattest du deine Hände im Spiel, Zuzi?«, fragte ich und deutete auf die Leiche.

»Die Hände nicht«, antwortete sie ohne eine erkennbare Regung.

»Wie?«

»Was meinst du, was die Typen wollen, die zu mir kommen? Den wenigsten genügen meine Hände«, fauchte sie nun ärgerlich.

»Was der hier wollte, ist offensichtlich, meinst du nicht?« Ich hielt ihr das Foto vors Gesicht.

»So?«, entgegnete sie teilnahmslos, ohne hinzuschauen.

Ich wurde schroff. »Zuzi, lass den Quatsch. Du willst mir doch nicht weismachen, dass der Kerl beim einfachen Sex den Löffel abgegeben hat!«

»Wer redet hier von einfach. Was meinst du, wie lang und hart ich den bearbeitet habe!«, reagierte sie im selben Ton. »Und außerdem …«, sie zog mich an der Krawatte herunter und flüsterte mir ins Ohr, »… du weißt doch sicher noch ganz genau, wie gut ich bin!« Sie ließ mich los und ich wich ein Stück zurück. Für einen kurzen Moment sah ich eine teuflische Kälte in ihren sonst so wunderschönen Augen. Mir schauderte vor ihr. Dann blickte sie zur Seite und zog an der Zigarette.

»Wir nehmen die Leiche mit zur Autopsie«, entschied Messerschmitt. Ich nickte und wies Wachtmeister Knüppler an, den Koffer und die Kleider von Ratzefummel in einen Plastiksack zu packen. Dann wandte ich mich wieder an Zuzi.

»Du musst mitkommen, ich nehme dich in Untersuchungshaft.« Als ich das sagte, schwang trotz der Erleichterung darüber, dass Zuzi am Leben war, ein pikierter Unterton durch. Nicht, dass ich Mik, der Ratte, auch nur eine Träne nachgeweint hätte. Ich hasste diese Typen wie Ungeziefer. Aber ich war leicht in meinem Stolz gekränkt, darüber, dass möglicherweise Zuzi diejenige war, die ihn zur Strecke gebracht hatte. Schließlich hatte man mich auf dem Revier nicht umsonst mit dem Spitznamen ›Rattler‹ bedacht für die Anzahl an Artgenossen wie Mik, die ich in der Vergangenheit geschnappt hatte.

»Wenn du meinst …«, entgegnete Zuzi desinteressiert. »Aber es ist ja nichts Neues, dass ihr die Unschuldigen einsperrt und die Schuldigen laufen lasst.«

*

»Höhöhöhö, alles paletti. Wir können fahren!«, sagte Meingold Schnallentritt zu seinem Sohn, der neben ihm im Auto saß. Sie hatten unweit von Zuzis Wohnung geparkt und beobachteten das Geschehen am Eingang mit einem Feldstecher. Eben war der Metallsarg in den Leichenwagen gepackt worden und der Fahrer stieg ein, um abzufahren.

»Moment noch!«, intervenierte Hacki plötzlich.

»Warum, was ist los?«, fragte Schnallentritt.

»Die Nutte lebt! Sie kommt gerade aus dem Haus und steigt in den Polizeiwagen! Sieh selbst!«

Schnallentritt riss das Fernglas an sich.

»Das darf doch nicht wahr sein! Aber wer zum Teufel liegt dann im Sarg?«

»Die Ratte?«, schlug Hacki vorsichtig vor.

»Die Nutte soll Mik Ratzefummel erledigt haben?«, grunzte Schnallentritt aufgebracht.

»Und was machen wir jetzt?«, wollte Hacki wissen.

»Heimfahren! Verdammt noch mal! Und morgen muss ich vor Gericht erscheinen und meine Aussage machen. Man kann sich aber auch auf niemanden mehr verlassen. Was sind das bloß für Zeiten!«

*

»Wie bekennen Sie sich?«

»Nicht schuldig!«, antworteten Zigi und Rillo Blütenblatt wie aus einem Mund.

Richter Hartlieb Schwertfeger führte den Vorsitz im Geldfälscherprozess gegen die Gebrüder Blütenblatt, was eindeutig ein Vorteil für die Anklage war. Richter Schwertfeger war ein Hardliner vom alten Schlag. Ein Freispruch aus Mangel an Beweisen war für ihn ein ungeliebtes Kind und er entließ nur äußerst ungern einen Angeklagten wieder in die Freiheit, wenn dessen Unschuld nicht eindeutig feststand. Ich hatte mich in die hinterste Bank gesetzt und wartete gespannt auf den Verlauf der Gerichtsverhandlung. Der Fall hatte großes Interesse auf sich gezogen, weil die Presse während der Ermittlungen ein gewaltiges Brimborium veranstaltet hatte. Wir waren mächtig unter Druck gestanden, weil fast überall im Südwesten Falschgeld aufgetaucht war und wir zunächst völlig im Dunkeln getappt waren. Die Presse hatte uns wie kleine Kinder vorgeführt, obwohl ich in relativ kurzer Zeit zwei Verdächtige geliefert hatte. Von Anfeindungen wie: ›Unfähigkeit der Polizei‹ war die Rede, von Sticheleien wie: ›Was macht unsere Polizei richtig, wenn es um falsches Geld geht?‹ und zuletzt gab es sogar Schlagzeilen wie: ›Hängt die Polizei mit drin?‹. Die Presse war auch heute wieder stark vertreten, ebenso das gemeine Volk, das sensationslüstern auf einen Schauprozess mit drakonischer Strafe hoffte. Die Brüder Blütenblatt saßen auf der Anklagebank, daneben ein vom Gericht zugewiesener, mir völlig unbekannter blutjunger Pflichtverteidiger, weil sich die Brüder laut Aussage keinen eigenen Anwalt leisten konnten. Dieser Umstand hatte zu allgemeinem Erstaunen geführt, da die Familie Blütenblatt weithin als wohlhabend und angesehen gegolten hatte. Der Staatsanwalt eröffnete die Beweisaufnahme und die Befragung.

»Meine Herren, Sie sind die eingetragenen Geschäftsführer der Blütenblatt GmbH. Womit beschäftigt sich Ihr Unternehmen?«

»Wir kommen aus der Land- und Forstwirtschaft und betrieben bis vor Kurzem eine Großgärtnerei sowie einen Blumenladen«, antwortete Zigi Blütenblatt.

»Das heißt, Sie verdienen Ihr Geld mit botanischen Produkten?«

»Na ja. Mehr schlecht als recht. Der Markt für Pflanzen und Blumen liegt am Boden. Große Sprünge lassen sich damit nicht mehr machen«, stellte Rillo Blütenblatt richtig.

»Schon klar!«, antwortete der Staatsanwalt. »Also haben

Sie sich doch sicher Gedanken gemacht, wie man anders zu Geld kommen kann, nicht wahr?«

»Einspruch!«, meldete sich der Verteidiger, der sich anhörte, als wäre er gerade im Stimmbruch. »Der Staatsanwalt versucht, meinen Mandanten etwas zu unterstellen!«

»Abgelehnt!«, widersprach Richter Schwertfeger. »Wir führen hier einen Prozess wegen Geldfälscherei. Natürlich unterstellt der Staatsanwalt, dass die Herren der Tat schuldig sind. Sie haben das Wort, Herr Staatsanwalt!«

»Nun, man kann sicher auch mit anderen botanischen Produkten zu Geld kommen. Würden Sie nicht auch sagen, dass Papier ein Produkt botanischen Ursprungs ist?«, fuhr der Staatsanwalt fort.

»Einspruch! Meine Mandanten sind Gärtner und keine Papierhersteller!«

»Da wäre ich nicht so sicher«, entgegnete der Staatsanwalt. »Bitte vermerken Sie für das Protokoll: Beweisstück B1, die Dissertation von Konfusius Blütenblatt, alias Rindenmulch: ›Die Gewinnung von hochreinem Zellstoff aus Baumrindenabfällen durch unterdrückten oxidativen Säureaufschluss für die großtechnische Verwendung in der Papierindustrie‹.«

Er hielt das Buch hoch, welches ich auf dem Blütenblattanwesen gefunden hatte.

»Würden Sie uns bitte sagen, worum es in der Dissertation Ihres Vaters geht«, forderte der Anwalt die beiden Brüder auf.

»Na, das sagt doch schon der Titel. Um die Papierherstellung«, erwiderte Zigi kurz angebunden.

»*Aha!*«, stellte der Staatsanwalt fest. »Um die Papierherstellung – aus Baumrinde. Baumrinde oder Bäume, wohlgemerkt auch Pflanzen, womit Sie auf konventionellem Weg offensichtlich kein Geld mehr verdienen konnten.«

Ein erstauntes »Oh!« und »Aha!« ging durch den Raum.

»Hochreines Papier? So rein, dass es sich für die Herstellung von Banknoten eignet?«, plusterte sich der Staatsanwalt nun auf.

»Ähem, nein. Ja, vielleicht«, antwortete Rillo Blütenblatt verdutzt. »Aber das beschriebene Verfahren hat doch nie funktioniert!«

»Einspruch!«, erhob sich der Verteidiger. »Der Herr Staatsanwalt ergießt sich in Fiktion und Suggestivfragen.«

»Besteht hier eine Plausibilitätslücke? Werden Sie bitte konkreter, Herr Staatsanwalt!«, ermahnte der Richter.

Der Staatsanwalt ging wieder zu seinem Tisch und kam mit weiteren Beweisstücken zurück. »Nie funktioniert. So, so …! Bitte vermerken Sie unter Beweisstück A1 bis A17: diverse angesengte und angekokelte Falschgeldnoten, die die Polizei auf dem Grundstück der Gebrüder Blütenblatt sichergestellt hat.«

»Einspruch abgelehnt!«, wies Richter Schwertfeger den Verteidiger zurecht. »Fahren Sie fort, Herr Staatsanwalt.«

»Erkennen Sie diese Blüten wieder?«

Der Staatsanwalt hielt Zigi und Rillo einen der verkohlten Scheine vor die Nase.

»Nun ja, sieht aus wie ein Geldschein …«, gestand Rillo ein. »Aber …«

»Und den?«, unterbrach ihn der Staatsanwalt. »Und diesen? Diesen vielleicht?«

Der Staatsanwalt legte theatralisch einen Schein nach dem anderen vor die immer unsicherer werdenden Brüder. Erneut war der Raum durch ein zustimmendes Gemurmel erfüllt.

»*Ruhe im Saal!*«, rief der Richter lautstark und ließ zweimal seinen Hammer auf den Tisch donnern.

»So. Jetzt will ich Ihnen mal sagen, wie es gewesen ist«, baute sich der Staatsanwalt selbstsicher vor dem kompletten Gerichtssaal auf.

»Wie Sie selbst sagen, ließ sich auf konventionellem Weg kein Geld mehr verdienen. Ihre Rücklagen waren aufgebraucht, Sie brauchten liquide Mittel, um Ihren Lebensstandard überhaupt noch halten zu können, sonst hätte Ihnen der soziale Abstieg gedroht. Und das bei einer so angesehenen und alteingesessenen Familie. Also beschlossen Sie, einen anderen Weg einzuschlagen als den so ehrbaren, aber vielleicht unlukrativen Pfad, den Ihre Familie bisher beschritten hatte. Auf der Basis der Doktorarbeit Ihres Vaters entschlossen Sie sich, hochreines Papier herzustellen, wie es für den Druck von Geldnoten benötigt wird. Leider fanden sich keine legalen Vertriebswege, weil die staatlichen Druckereien festgeschriebene Lieferanten für ihr Papier haben und ein kurzfristiger Wechsel von den Behörden niemals zugelassen wird. Da haben Sie nun dieses tolle Papier und was nun tun damit? Der letzte Schritt ist naheliegend. Ich will Ihnen ja gar nicht unterstellen, dass Sie von Grund auf die kriminelle Energie besaßen, ein solches Vorhaben im Detail geplant zu haben. In letzter Konsequenz haben Sie aber dennoch den illegalen Pfad betreten.«

Der Staatsanwalt machte eine Pause und schaute die verdutzten Brüder an. Gerade in dem Moment, als Zigi etwas sagen wollte, drehte er sich mit Elan um und fuhr fort:

»Und zu guter Letzt haben Sie durch ein alles verschlingendes Feuer versucht, Ihr Verbrechen zu verschleiern. Hat nicht vor Kurzem ein Großbrand auf Ihrem Anwesen gewütet und wird nicht bis heute Brandstiftung als Ursache nicht ausgeschlossen?«

»Es war keine Brandstiftung!«, erhob sich Rillo lautstark. »Es war eine verdammte Zigarre!« Bei dem Wort Zigarre wurde ich hellhörig.

»Eine Zigarre?«, fragte der Staatsanwalt skeptisch.

»Ja, eine Zigarre. Was Sie hier von sich geben, ist der blanke Fantasmus! Ja, wir haben unser konventionelles Gewerbe an den Nagel gehängt, weil sich kein Geld mehr damit verdienen ließ. Aber wir haben kein Papier und auch kein Falschgeld produziert. Wir haben Tabak angebaut!«

»Tabak?«, fragte der Staatsanwalt wiederum skeptisch nach.

»Tabak. Ein Großabnehmer für Rohtabak ist an uns herangetreten, für den wir die ganzen Anbauflächen zu einer Tabakplantage umgestellt haben. Dummerweise meinte mein blöder Bruder hier, im Vollsuff in den Trockenhallen rauchen zu müssen. Rauchen! Im Tabaklager!«

»Wer ist hier blöd?«, keifte Zigi.

»Na du«, raunte Rillo. Zigi erhob sich und ging Rillo an die Gurgel. Ein kleiner Tumult brach los, sehr zum Wohlgefallen des Publikums. Der Richter hämmerte mehrfach auf sein Pult und drohte erbost, die beiden Brüder von der Verhandlung auszuschließen, sollten sie sich nicht sofort beruhigen. Schließlich konnte der Staatsanwalt fortfahren.

»Wenn Sie sagen, Sie haben Tabak angebaut, warum findet sich dann nichts auf Ihren sogenannten Plantagen?«

»Es ist alles abgeerntet«, erläuterte Zigi.

»Und warum haben Sie den Brand nicht gemeldet?«, fragte der Staatsanwalt.

Zigi und Rillo wurden ruhig.

»Beantworten Sie die Frage des Staatsanwalts!«, mahnte der Richter.

»Die Versicherung zahlt nicht bei grob fahrlässigem Verhalten«, gestand Zigi kleinlaut.

Ein kleiner Tumult brach los, sehr zum Wohlgefallen des Publikums.

»Verstehe! Dann käme auch noch Versicherungsbetrug dazu«, lächelte der Staatsanwalt. »Sie wollen also behaupten, dass Sie Tabak angebaut haben für einen Großabnehmer.«

»Richtig«, antwortete Rillo.

»Und wie heißt dieser Abnehmer?«, hakte der Staatsanwalt nach.

»Tabak International.«

»Na gut, dann wird sich ja aufgrund von Geschäftspapieren Ihre Aussage überprüfen lassen. Oder sind etwa alle Beweise im Tabakqualm verraucht?«, fragte der Staatsanwalt schnippisch, worauf ein leicht gequältes Lächeln über die Gesichter der Brüder Blütenblatt huschte.

»Einspruch! Der Staatsanwalt versucht, meine Mandanten emotional einzuschüchtern!«, meldete sich der Verteidiger wieder einmal nach längerem Schweigen.

»Der ganze Saal hängt zwar an Ihren Lippen, dennoch ermahne ich Sie, sachlich zu bleiben, Herr Staatsanwalt!«, entschied der Richter gelassen.

»Ich ziehe die Äußerung zurück«, lenkte der Staatsanwalt fast schon staatsmännisch ein. »Aber es werden doch sicher noch Kontobewegungen zu besagter Firma rückverfolgbar sein?«

»Ich fürchte, nein«, antwortete Rillo kleinlaut.

»Wieso nicht?«

»Weil es keine Kontobewegungen gab. Die zweite Lieferung ist komplett verbrannt und die erste Fuhre wurde bar als Vorschuss bezahlt, damit wir die Plantagen überhaupt auf Tabak umstellen konnten«, erklärte nun Zigi.

»Es gab keine Kontobewegungen und Sie sind bar bezahlt worden?«, versicherte sich der Staatsanwalt der gemachten Ausführungen.

»Wir waren doch praktisch pleite. Und da taucht dieser Typ auf mit seiner Tabakidee und einem Koffer voller Geld«, kam Rillo seinem Bruder zu Hilfe.

Wieder ging ein Raunen durch den Saal. Der Unterhaltungswert der bisherigen Verhandlung war nicht mehr zu überbieten. Mir schwante, worauf die Aussagen der beiden Brüder hinauslaufen würden, und ich lauerte nur darauf, dass ein Zauberwort fallen würde, das meine Ahnungen bestätigen würde. Der Staatsanwalt nahm die Brille ab und schlenkerte sie am Bügel lässig in der rechten Hand, während er zu überlegen schien. Dann ging er lächelnd zu seinem Pult zurück.

»Sie wollen uns nun sicher signalisieren, dass die Blüten, die wir bei Ihnen gefunden haben, aus diesem Koffer stammen?«

»Nun … ja!«, antwortete Rillo bestimmt. Der Staatsanwalt unterdrückte ein Lachen und bemühte sich, ernst zu bleiben. »Köstliche Geschichte! Und wie hieß dieser Typ mit der Tabakidee und dem Koffer voller Geld?«

»Maxim Tannenmann«, warf Zigi ein. »… und er hatte einen kastalonischen Akzent«, ergänzte Rillo.

Alle Glocken in meinem Kopf begannen zu läuten. Das Zauberwort war gefallen.

»Und dieser … ›Tannenmann‹ ist sicher spurlos verschwunden, nehme ich an.«

Der Staatsanwalt wartete erst gar nicht auf eine Antwort, sondern setzte sich und schloss: »Keine weiteren Fragen!«

Der Verteidiger erhob und räusperte sich.

»Ich bin tief beeindruckt von den Ausführungen des Staatsanwalts, die eine durchaus einfache Logik in sich aufweisen. Gleichfalls muss diese bestechende Logik auch den Ausführungen meiner vielleicht etwas naiven Mandanten attestiert werden. Wenngleich fantastisch, unglaublich, aber doch logisch. Da Naivität nicht strafbar ist, wäre es ebenfalls logisch, dass der Herr Staatsanwalt seine Ausführungen beweisen würde, aber außer ein paar angesengten Blüten hat er keinerlei Beweise für seine Theorien auf den Tisch gelegt. Und diese Beweismittel beweisen leider gar nichts, da sie genauso gut die Ausführungen meiner Mandanten unterstreichen.«

Der Staatsanwalt schien etwas angefressen. »Sie vergessen die Dissertation zur Herstellung von hochreinem Zellstoff, verehrter Herr Kollege!«

»Wir werden einen Gutachter bemühen, der darlegen wird, dass dieses Verfahren nicht umsetzbar ist«, ergänzte der Verteidiger.

»Nun ja. Ihre Ausführungen, verehrter Herr Staatsanwalt, waren sicher bestechend, aber die Beweislage ist tatsächlich etwas dünn. Da muss ich dem Herrn Verteidiger recht geben«, sagte der Richter. »Ich hoffe, Sie können Ihre Theorien durch irgendetwas weiter untermauern?«

Der Staatsanwalt erhob sich und spielte verbissen die entscheidende letzte Karte aus, die wir noch hatten: »Die Staatsanwaltschaft hat einen Zeugen für die Anschuldigungen, die gegen die Gebrüder Blütenblatt erhoben werden.«

Damit waren wir auf die Aussage von Meingold Schnallentritt angewiesen, was wiederum bedeutete, dass wir die Anzeige von Zuzi gegen ihn unter den Tisch fallen lassen würden.

Der Verteidiger stutzte. Richter Schwertfeger klopfte mit dem Hammer zweimal auf sein Pult. »Gut. Dann vertagen wir uns auf heute Nachmittag. Die Verhandlung wird bis 15 Uhr unterbrochen!«

Mein Mobiltelefon klingelte. »Ja, was gibt's?«

»Herr Kommissar? Hier ist die Gerichtsmedizin. Die Autopsie liegt vor!«

»Ich komme!«

*

»Eindeutig Herzinfarkt, Kommissar!«, begann Mortemer Messerschmitt, als ich ihn in der Gerichtsmedizin konsultierte. »Wir haben nichts Belastendes im Magen und im Blut gefunden außer Alkohol und Spuren eines Potenzmittels. Beides zu wenig, um eine Vergiftung zu diagnostizieren.«

»Spuren eines *was*?«

»Eines Potenzmittels!«

Mein Blick musste wohl großes Unverständnis ausdrücken.

»Viagra!«

»Oh, ach ja! Schon mal gehört. Sonst noch was?«

»Na ja …«, antwortete der Gerichtsmediziner und deutete auf den Nebentisch, auf dem Zuzis Handtasche und deren Inhalt ausgebreitet war, »… wir haben in ihrer Handtasche mehrere dieser kleinen blauen Pillen gefunden, aber wie gesagt, es ist ein zugelassenes Potenzmittel und schließlich ist sie in diesem Gewerbe tätig.«

Meine Augen streiften über die Gegenstände auf dem Tisch: ein Päckchen Zigaretten, ein Feuerzeug, mehrere Kondome, ein Taschenkalender mit Wochenplaner, ein Kuli, mehrere eingeschweißte blaue Pillen. Gedankenverloren nahm ich Zuzis Kalender in die Hand und blätterte die Seiten durch, da blieb ich bei einem der vielen Namen hängen: ›Harwey‹. Ich blätterte weiter. Überall im Kalender tauchten verschiedene Vornamen auf. Zweifelsohne Personen, besser gesagt, Kunden, mit denen sich Zuzi zu vereinbarten Zeiten traf. Auch Rony fand sich unter den häufigeren Eintragungen wieder. Ebenso der Name ›Harwey‹, der gleichfalls in schöner Regelmäßigkeit das eine oder andere Kalendertagesblatt zierte. Dann endlich ging mir ein Licht auf: der Kerl aus dem ›Falschen Hasen‹ mit den übergroßen Zähnen und dem aufdringlichen Geruch, der auch mich wiedererkannt hatte. Das musste er sein, und jetzt war mir auch klar, wo ich ihn getroffen hatte: als ich wegen der Anzeige gegen Schnallentritt bei Zuzi aufgetaucht war. Ich blätterte zurück zum besagten Datum. Bingo: ›Harwey‹. Die Uhrzeit passte ebenfalls. Leider waren alle Eintragungen nicht mit Nachnamen versehen und Zuzi würde mir wohl kaum noch weiterhelfen. Ich blätterte vor zum heutigen Tag: ›Harwey, 18 Uhr‹. Mir kam eine Idee und ich stürmte aus der Gerichtsmedizin, den sichtlich irritierten Mortemer Messerschmitt ohne eine weitere Erklärung zurücklassend. Zuzi saß gelangweilt in einem der Vernehmungszimmer, als ich eintrat. Glücklicherweise hatte man ihr einen Kaffee gebracht, aber im ganzen Zimmer hing dichter Qualm.

»Woher hast du die Zigaretten?«, fragte ich. »Deine Tasche liegt doch in der Gerichtsmedizin.«

»Wichtige Dinge habe ich immer am Körper!«, blaffte mich Zuzi genervt an. »Wie lang soll der Quatsch hier eigentlich noch gehen?«

Ich ging um den Tisch herum und stand dann hinter ihr, was ihr sichtlich unangenehm war.

»Wichtige Dinge haben wir leider auch in deiner Handtasche gefunden«, versuchte ich, sie einzuschüchtern. »Zuzi! Du hast die Ratte umgebracht«, flüsterte ich ihr ins Ohr.

»Pah!«, reagierte sie wie ein trotziges Mädchen und paffte nervös an ihrem Glimmstängel.

»Du hast da so kleine blaue Pillen in deiner Handtasche und wir haben nicht wenig von dem Zeug in Ratzefummels

Blut gefunden«, fuhr ich fort und ging wieder zu meinem Platz zurück.

»Na und. Das ist Viagra, nichts anderes! Nimmst du doch auch!«

»Mik ›die Ratte‹ Ratzefummel hatte ein Herzleiden. Sein Körper hat der Belastung nicht standgehalten und darauf hattest du es angelegt, oder? Du hast deinen Körper als Waffe eingesetzt, Zuzi.«

Von Zuzi kam nur ein zufriedenes Lächeln.

»Der Staatsanwalt sieht es jedenfalls so. Mord kann er dir nicht unterstellen, aber es wird auf Totschlag im Affekt hinauslaufen … außer …«

»Außer was?«, herrschte mich Zuzi an.

Ich drehte mich um zur Tür, damit sie mein Gesicht nicht sehen konnte, denn ich pokerte schon wieder viel zu hoch und zudem falsch!

»… außer du ziehst deine Anzeige gegen Meingold zurück. Der Staatsanwalt braucht seine Aussage in einem anderen Fall und muss einen Deal mit ihm eingehen! Außerdem war Ratzefummel ja nicht irgendwer, sondern ein international gesuchter Killer. Er würde die Ermittlungen gegen dich einstellen.«

»Das ist doch wohl das Allerletzte!«, sagte sie feindselig. Die Kälte in ihrer Stimme wehte spürbar bis zu mir herüber. Mit zusammengebissenen Zähnen drehte ich mich wieder um.

»Überleg es dir. Wenn du einverstanden bist, musst du eine Absichtserklärung unterschreiben!«

Zuzis Gesicht brannte nun rot vor Wut. »Gib her den Wisch!«, presste sie stocksauer heraus.

»So schnell geht es nicht. Der Staatsanwalt ist noch drüben im Gericht. Es wird noch ein bisschen dauern. So lange musst du hierbleiben«, log ich sie unverfroren an. »Ich lass dir was zu essen bringen!«

»Steckt euch euren Fraß sonst wohin!«

Ich wollte noch etwas erwidern, doch ich besann mich eines Besseren und ging in Richtung Tür.

»Spekulantius!«, rief Zuzi noch einmal.

»Ja?«

Sie kam auf mich zu und legte ihre Arme um mich, so zärtlich, wie sie es früher getan hatte. Ihr Mund lächelte mich an, aber ihre Augen funkelten gefährlich und die Worte, die sie mir ins Ohr flüsterte, waren an Eiseskälte nicht mehr zu übertreffen. »Solltest du jemals wieder bei mir auf der Matte stehen, dann setze ich meinen Körper gegen dich ein!« Damit entließ sie mich aus ihren Armen. Alles, was mir von ihr blieb, war eine unangenehme Gänsehaut.

*

Scharte saß nervös in der mittlerweile zehnten oder zwanzigsten Bar und versuchte, seine fast blank liegenden Nerven mit einem Gerstensaft zu beruhigen. Er war sich so sicher wie nie, dass er beschattet und verfolgt wurde. Wiederholt hatte er die Lokalität gewechselt und wusste nun selbst nicht mehr so genau, wo er sich eigentlich befand. Nach wie vor schaute er sich permanent um, doch keiner der Gäste machte einen verdächtigen Eindruck. Lautstark bestellte er ein weiteres Bier. »Moment, ich komm sofort!«, rief der Barmann, der gerade einen Gast vorn am Tresen nahe des Ausgangs abkassierte. Scharte sprang vom Barhocker und starrte auf den Gast am anderen Ende der Theke, jedenfalls versuchte er es. Er reckte und streckte den Kopf nach links und rechts und bemühte sich, an den eng beieinanderstehenden Gästen vorbeizuschielen, um sich der Person zu vergewissern, die da gerade bezahlt hatte. Er hätte schwören können, dass er Rammler gesehen hatte. Doch der Gast hatte das Lokal verlassen und der Barmann kam zurück. Er bemerkte Schartes Aufregung sofort und folgte seinem suchenden Blick. Aber die Zielperson war weg.

»Sag mal, Kumpel, hast du was ausgefressen?«

Scharte setzte sich zurück auf den Hocker. »Ein Bier bitte!«

Der Barmann verharrte kurz, warf dann aber sein Geschirrtuch über die Schulter und stellte Scharte eine neue Flasche auf den Tresen.

»Rammler?«, murmelte Scharte vor sich hin. »Daf kann nicht fein. Der Pane hat ihn doch auf dem Verkehr getfogen. Oder doch nicht? Vielleicht ift er entkommen. Oder fie find mir auf die Fliche gekommen und haben Rammler auf mich angefetft. Vielleicht war allef nur ein Trick, um mich in Ficherheit fu wiegen!«

Egal wie – beide Varianten waren für ihn äußerst besorgniserregend. Wenn das wirklich Rammler war, dann war Land unter. Was war zu tun? Sein Griff ging an die rechte Seite. Seine Carotta war, wo sie sein sollte. Er musste sich etwas ausdenken. Ein letzter Schluck, dann warf er ein paar Münzen auf die Theke und ging in Richtung Toilette. Dabei schaute er sich laufend um. An der Herrentoilette angekommen, drückte er die Klapptür auf. Der kleine Raum war leer. Er ging hinein und blickte sich um. Zu seiner Verärgerung gab es auf der Toilette kein einziges Fenster, entsprechend beißend stach ihm der Uringeruch in die Nase. Unverrichteter Dinge verließ er diesen ungastlichen Ort wieder. Direkt neben der Herrentoilette befand sich die Damentoilette. Er horchte an der Tür, in der Hoffnung, dass sie frei wäre. Dummerweise ging im selben Moment die Tür auf und die Frau, die herauskam, starrte ihn entsetzt an. Noch bevor er etwas sagen konnte, briet sie ihm schon eins mit ihrer Handtasche über.

»Du perverser, geiler Sack!«

Scharte versuchte, sich mit den Armen der Angriffe zu erwehren, da war auch schon alles vorbei und die Frau rannte kreischend davon. Nun musste er sich beeilen, sonst bekam er vielleicht noch Ärger mit den Gästen oder dem Barmann. Er fasste sich ein Herz und ging hinein. Alles war ruhig. Verzweifelt suchte er nach einem Fenster und stieß die Kabinentüren nacheinander auf. Da! Ein kleines, morsches Holzfenster, gerade mal 30 auf 30 Zentimeter. Er klappte den Klodeckel herunter und verriegelte die Kabinentür. Dann stieg er auf die Kloschüssel und versuchte, den Fenstergriff zu drehen, aber das widerspenstige Ding gab nicht nach, es war verschlossen. Er holte seine Carotta aus dem Pistolenholster heraus, packte sie beim Lauf und schlug mit deren Griff die dünne Scheibe ein. Der Schweiß stand ihm vor Anspannung auf der Stirn und sein Kragen war nass durchgeschwitzt. Er wartete einen Augenblick auf eine mögliche Reaktion, aber alles blieb ruhig. Dann klopfte er mit seiner Waffe die restlichen noch verbliebenen Scheibenstücke aus dem Rahmen. Er steckte seine Pistole zurück, umwickelte seine Hände jeweils mit einem Taschentuch, um sich nicht doch noch an einem Glasrest zu schneiden, und zog sich in die Öffnung hinauf. Das Fenster führte in den Hinterhof. Am Nachbargebäude hing eine Feuerleiter, die bis zum Dach hinauf reichte. Das wäre ein perfekter Fluchtweg, denn vorn auf der Straße lauerte sicherlich sein Verfolger. Scharte warf ein paar Geldstücke in die Gasse und wartete ab, ob sich irgendwas regte. Nach seiner Erfahrung konnte keiner dem

Klang von zu Boden fallenden Münzen widerstehen. Sollte also im Schatten der Gebäude jemand lauern, würde er sich verraten. ›Kling-Pling-Kling!‹.

Alles blieb ruhig. Scharte zwängte sich durch das schmale, enge Fenster und hangelte sich, mit den Händen voraus, zu Boden, als wäre er eine Schlange. Er rollte sich zur Seite und blieb in der Hocke sitzen, gleichzeitig zog er seine Carotta aus dem Pistolenholster. Immer noch war alles still. Wieselflink sprang er auf die gegenüberliegende Feuerleiter zu und erklomm die Sprossen bis aufs Dach. Oben angekommen, gönnte er sich eine Pause und atmete durch. Ein kurzer Blick hinab. Keiner da! Dann schaute er auf die Uhr.

»Oh! Fon faft fexf!«, kommentierte er erfreut die Anzeige seines Zeitmessers. Seine Nervosität fiel von ihm ab bei dem Gedanken an den äußerst angenehmen Termin, den er um 18 Uhr wahrnehmen wollte. Er sicherte seine Waffe, steckte sie zurück ins Holster und machte sich über die Dächer hinweg auf den Weg zu seiner Verabredung im Industriegebiet West.

Es war zwei Minuten vor 18 Uhr, als Scharte auf den Klingelknopf von Zuzis Wohnung drückte und nur wenig später der Summer ertönte. Scharte trat ein. In freudiger Erwartung stieg er die Stufen hinauf in den zweiten Stock ebenso wie der Saft in seine Lenden. Als er oben ankam, war die Tür zu Zuzis Wohnung angelehnt. Er fuhr sich noch einmal durch die Haare und säuselte den abgedroschenen Spruch, den er jedes Mal von sich gab, wenn er Zuzi besuchte:

»Hallo, mein kleinef Gänfchen, hier ift dein Fnuckelhafe!«

Doch der Schreck traf ihn wie ein Blitz. Es war nicht Zuzi,

die da, wie sonst üblich, auf dem Bett lag und sich vor ihm räkelte, sondern er blickte in den Lauf einer Kanone. Eine Kanone in der Hand des Typen, den er vor Kurzem im ›Falschen Hasen‹ getroffen hatte und der ihm schon dort unheimlich bekannt vorgekommen war. Und dieser Kerl saß, eine Pistole auf ihn gerichtet, jetzt auf Zuzis Bettkante.

»Hallo, Schnuckelhase. Spielen wir heute mal ›Häschen Hüpf‹?«

Doch Scharte spielte nicht mit. Reflexartig ließ er sich nach hinten fallen, im selben Moment griff er nach der Carotta in seinem Schulterholster. Noch im Fallen gab er den ersten Schuss ab und nur einen Hauch später knallte auch die Waffe seines Gegners. Die Kugel von Scharte fetzte dem Kerl durch den Hut und schlug in die Schiebetür hinter dem Bett ein. Die Kugel, die für Scharte gedacht war, hätte ihn normalerweise voll erwischt. Durch seinen plötzlichen Rückwärtsfall pfiff das Geschoss jedoch über ihn hinweg und zersplitterte einen der Stege der Geländerbrüstung hinter ihm. Im Liegen gab Scharte drei schnelle Schüsse in Richtung Bett ab, aber sein Gegner lag nicht mehr darauf, sondern hatte sich zur Seite weggerollt und das Bettlaken hochgeworfen. Scharte huschte hinter den Türrahmen, stand auf und schwang sich über die Brüstung auf den ersten Treppenabsatz. Er verharrte und legte die Waffe an in Richtung Zuzis Tür. Aber sein Gegner tat nicht das, was er erhofft hatte, nämlich, aus der Tür zu rennen, um ihm zu folgen. Auf dem Flur unter ihm öffnete sich eine Wohnungstür und eine Frau kam kurz heraus, die sich wegen des Lärms beschweren wollte. Als sie Scharte und die Waffe erblickte, begann sie laut zu kreischen. Aber anstatt zurück in die Wohnung zu flüchten, blieb dieses dumme Huhn einfach stehen und schrie immerfort aus voller Kehle.

»Halt den Fnabel!«, brüllte Scharte und ließ sich einen Moment lang durch sie ablenken. In diesem Augenblick brach sein Gegner durch die offene Tür, geschützt durch die Matratze von Zuzis Bett, die er aufrecht vor sich her schob. Schartes Kugelhagel, der augenblicklich losbrach, verpuffte im Innern der Bettauflage. Als sein Gegner mit der Matratze die flache Brüstung erreichte, kippte er vorne über, direkt auf den auf der Treppe stehenden Scharte, der versuchte, die über sich kommende Bedrohung mit Armen und Händen abzuwehren. Mit lautem Gepolter donnerte das merkwürdige Gespann die restlichen Stufen bis auf den nächsten Flur hinab. Dabei fiel Scharte seine Waffe aus der Hand. Die Frau stand immer noch wie angewurzelt da und schrie hysterisch aus Leibeskräften. Schartes Gegner lag eingeklemmt hinter der Matratze. Scharte selbst hatte sich aufgerafft und wollte gerade mit der Faust zuschlagen, da blickte er erneut in den Lauf der Kanone des Fremden.

»Schluss jetzt mit dem Scheiß! Fangen wir noch einmal an. Jetzt spielen wir aber nach meinen Regeln!«

»Fo fiehft du auf!«, knurrte Scharte wütend und trat mit aller Wucht mit dem Fuß in die Matratze. Die Pistole seines Gegners verriss und die Kugel traf klirrend die Deckenlampe, woraufhin das Licht erlosch. Scharte schubste die plärrende Frau beiseite und rannte in Richtung Treppenabgang zum Erdgeschoss. Diverse Türen gingen kurz auf, schlugen aber unmittelbar wieder zu. In der Ferne konnte man eine Polizeisirene aufheulen hören. Als Scharte den Flur erreicht hatte, machte er kehrt, zog sein Wurfmesser und warf es kurz entschlossen auf den ersten Schatten, der oben am Treppenabgang auftauchte. Ein lauter, qualvoller Aufschrei war zu vernehmen. Im selben Moment brach erneut ein Schuss los. Scharte, der schon wieder auf dem

Sprung war zur weiteren Flucht, spürte einen stechenden Schmerz unterhalb der rechten Wade. Als er mit dem Fuß auftreten wollte, sackte er mit einem markerschütternden Schrei zusammen. Die Kugel hatte sein Fußgelenk zerfetzt. Erbärmlich jammernd lag er am Boden. Mühsam zog er sich am Geländer hoch, um sich aufzusetzen, und fasste dabei reflexartig an das verletzte Bein, während sein Peiniger langsam die Treppe herunterkam. In der einen Hand hielt dieser das blutbesudelte Wurfmesser von Scharte, welches er sich aus dem linken Oberarm herausgezogen hatte. In der anderen Hand hielt er zitterig seine Waffe, stetig auf Scharte gerichtet. Auch er verzog das Gesicht vor Schmerzen und das Blut hatte seinen Mantel am linken Oberarm rot verfärbt. Erschöpft lehnte er sich gegen die Wand, als er den wehrlosen Scharte am Boden sitzen sah. Seine Pistole behielt er allerdings im Anschlag.

»So. Hast du dich also doch noch entschieden, mit mir zu spielen. Dann halt: ›Schlaf, Häschen, schlaf‹, wenn du nicht mehr hüpfen kannst!«

»So. Hast du dich also doch noch entschieden, mit mir zu spielen. Dann halt: ›Schlaf, Häschen, schlaf‹, wenn du nicht mehr hüpfen kannst!«

KAPITEL 4

Kriminaltango

Das Telefon klingelte unentwegt.

»Ja, wer da?«

»Ich bin's, der Dings!«, antwortete eine wohlbekannte Stimme aus der Hörermuschel.

»Rony! Wann meldest du dich endlich mit deinem Namen?«

»Spielt keine Rolle. Was hast du getan?«, fragte er vorwurfsvoll.

»Getan?« Ich überlegte kurz, doch mir war nicht klar, auf was Hieronymut Aktenfitschler hinauswollte. »Was meinst du? ... Den Fall Blütenblatt abgeschlossen? ... Einen Verbrecher eingefangen? ... Zu viel Kräuterschnaps gesoffen?«

»Zuzi ist abgehauen!«, brüllte er ärgerlich ins Telefon.

»Abgehauen? Wieso abgehauen? Woher willst du das wissen?«

»Ich hatte einen Termin bei ihr. Gestern, spät abends. Aber sie war nicht da. Die Hausbesitzerin hat mir gesagt, die Polizei war im Haus und es hätte eine Schießerei gegeben und eine Leiche bei Zuzi und da hätte sie sie rausgeschmissen und sie hätte gleich einen Koffer gepackt und wäre abgehauen«, antwortete er, ohne einmal Luft zu holen. »Hast du deine Finger im Spiel?«

»Zuzi ist abgehauen?«, fragte ich noch einmal nach.

»Börsenschreck! Was ist hier los? Hängst du da mit drin? Was hast du mit ihr gemacht? Los, sag schon, wo liegt diesmal der Hund begraben?«

Diese Anspielung traf mich tief im Kern. »Jetzt beruhig dich mal, Rony! Ich hab überhaupt nichts mit ihr gemacht. Zuzi hat was gemacht, und zwar einen richtigen Scheiß! Sie hat einen Freier bei sich im Bett hopsgehen lassen und sieht sich mit einer Anklage wegen Totschlags konfrontiert«, zog ich wieder mal schamlos meine untersten Schubladen hervor.

Rony war konsterniert. »Zuzi? Das ist unmöglich!«

»Sie hat ihn zu hart hergenommen. Aber ich hab sie nach Hause gehen lassen, das war wohl ein Fehler, denn wenn sie abgehauen ist, wird der Staatsanwalt sie zur Fahndung ausschreiben«, setzte ich noch einen drauf.

Stille.

»Rony? Bist du noch da?«, fragte ich nach.

»Ich glaub dir kein Wort!«, erwiderte er schließlich verbittert.

»Rony. Ich weiß, dass du an Zuzi hängst. Aber eine Leiche ist eine …«

»Was ist mit diesem Zuhälter? Hast du den einkassiert?«, unterbrach er mich.

»Zuzi hat ihre Anzeige zurückgezogen!«

»Wie? Jetzt hör aber auf!«

»Rony, die unterschriebene Erklärung liegt vor mir. Wenn du mir nicht glaubst, zeig ich sie dir.«

Zum ersten Mal sagte ich in diesem Gespräch die Wahrheit. Rony wurde ruhiger und begann zu stammeln, ja, fast zu wimmern. »Aber warum sollte sie das tun? Und warum haut sie einfach ab? Ich hätte doch alles für sie getan! … Zu wem soll ich denn nun gehen?«

»Rony. Du findest eine andere«, versuchte ich, ihm wieder Mut zu machen.

»Eine andere? Ich will keine andere! Und wieso gab es überhaupt eine Schießerei bei Zuzi?«, verlangte Rony wieder aufgeschreckt nach Aufklärung.

»Widerstand gegen die Staatsgewalt und versuchter Entzug einer Festnahme«, sagte ich trocken. Es war die Wahrheit, nur in einem anderen Zusammenhang.

»Du hast auf Zuzi geschossen?«, empörte sich Rony hörbar echauffiert.

»Nein, zum Henker. Ich hab nicht auf sie geschossen. Verdammt noch mal! Man hat auf mich geschossen. Ich stecke hier mitten in einer heißen Ermittlung. Ich kann nicht tiefer ins Detail gehen!«, versuchte ich, mich aus der Affäre zu ziehen. »Hier geht es nicht mehr nur um Körperverletzung deiner Nutte. Und dass Zuzi klammheimlich abgehauen ist, macht die Sache nicht einfacher! Jetzt bekomm ich auch noch Ärger mit dem Staatsanwalt.«

»Oh!«

»Eben, oh!«, sagte ich. Puh! Glück gehabt!, dachte ich. Es schien so, als wäre es mir gelungen, das Ruder noch einmal herumzureißen.

»Hör zu, Rony, ich muss hier schnellstens für Ergebnisse sorgen, sonst dreht der Staatsanwalt mir wegen Zuzi den Hals um.«

Nun grub ich wieder zielsicher in meiner Lügenkiste. »Vielleicht kannst du mir ja helfen?«

»Hmmm!«, Rony hörte sich nur mäßig gewillt an.

»Rony, wenn die mich von dem Fall abziehen und Zuzi zur Fahndung ausschreiben, kann ich nichts mehr für sie tun. Und glaub mir, sie wird untertauchen und sich garantiert nicht mehr blicken lassen. Willst du das?«

Kurze Pause.

»Was willst du wissen?«, lenkte er schließlich ein, wieder in moderater Stimmlage.

»Okay, danke, Rony.« Jetzt hatte ich ihn wieder auf meiner Seite. »Bitte schau mal nach, ob du mir was über diesen Restaurantbesitzer Panetoni Magenbitter besorgen kannst.«

»Den vom ›Falschen Hasen‹?«, fragte Aktenfitschler erstaunt.

»Ja, genau den. Und vielleicht noch über einen Typen mit Namen ›Harwey Scharte‹, wenn du schon dabei bist.«

»Wie?«

»Scharte. S-C-H-Arte!«

»Also gut. Ich schau nach, was ich finde.«

»Super, Rony«, hofierte ich ihn erleichtert. »Und dann hätte ich noch einen dritten Namen: ›Teutonius Rammler‹.«

»Das ist ja bald die halbe Stadt, die du verdächtigst!«, murrte Rony leicht genervt aufgrund der Fülle an zusätzlicher Arbeit, die über ihn hereinbrach. »Wir treffen uns dann wohl eher nicht mehr im ›Falschen Hasen‹?«

»Nein! Und es wäre besser, wenn du im Moment auch nicht allein hingehst!«, schärfte ich ihm ein. »Aber wenn du was für mich hast, lade ich dich gerne mal wieder auf einen guten Burger ein. Du, nicht weit vom Präsidium gibt es eine prima Imbissbude. Die haben zehn verschiedene Burger und wenn du sie alle schaffst, musst du keinen bezahlen!«

»Pah! Ist ja 'ne tolle Einladung. Willst du nicht zahlen oder bist du pleite?« Rony wirkte brüskiert. »Ich melde mich, sobald ich was gefunden habe!«

»Gut, danke. Ich warte auf deinen Anruf.«

»Ach, Börsenschreck …«, fasste Aktenfitschler noch einmal nach, »… wenn du mir hier irgendwelche Bären aufbindest, sind wir geschiedene Leute!«

»Hast du sie noch alle, Rony?«, antwortete ich mit gespielter Empörung.

»Bis bald.« Rony legte auf.

Die Ereignisse überschlugen sich. Freitag am frühen Abend war es mir gelungen, den angeblichen Harwey Scharte in Zuzis Wohnung zu stellen. Er hatte sich der Verhaftung vehement widersetzt. Es war zu einer Schießerei gekommen und der Bastard hatte mir zuletzt ein Wurfmesser in den linken Oberarm gejagt. Glücklicherweise hatte ich ihn rein zufällig noch am Bein erwischt, denn meine Waffe hatte verrissen, sonst wäre mir der Kerl wieder entwischt. Ich hatte ihn ins Krankenhaus eingeliefert und Wachtmeister Knüppler zu seiner Bewachung abgestellt. Ich hatte kurz meinen Arm verarzten lassen und war erschöpft nach Hause gegangen.

Mein erstes Ansinnen heute Morgen war eigentlich, wieder ins Krankenhaus zu fahren, um diesen Harwey zu vernehmen, aber der Staatsanwalt und der Polizeipräsident lauerten mir schon in meinem Büro auf, um mich befriedigt über den weiteren Verlauf im Geldfälscherprozess Blütenblatt zu unterrichten: Die Verteidigung hatte Herrn Prof. Dr. Bertholz Hagenmark als Gutachter für die Dissertation von Konfusius Blütenblatt alias Rindenmulch berufen. Hagenmark war Doktorvater von Rindenmulch gewesen und hatte die Ausführungen der Dissertation als fantastische Idee beschrieben, die in der Praxis nie funktioniert hatte und damit nicht umsetzbar sei. Rindenmulch hatte damit gerade so den Doktorgrad erhalten. Laut Aussage von Hagenmark war die Einheirat von Rindenmulch in eine reiche und angesehene Familie die einzige Chance gewesen, es im Leben doch noch zu etwas zu bringen. Was den Prozess im Sinne der Staatsanwaltschaft dann schließlich gerettet hatte, war die Aussage von Meingold Schnallentritt gewesen, der tatsächlich rechtzeitig im Gerichtssaal erschienen war. Bilderreich musste er laut Staatsanwalt beschrieben haben, wie die Brüder Blütenblatt in seinen Bars und Etablissements zu echten Stammgästen geworden waren, weil sie mit Geld nur so um sich geworfen hatten. Mehrmals wären sie in Begleitung von dubiosen ausländischen Geschäftspartnern aufgetaucht und hätten im Vollsuff vor seinen Mädchen mit einer niemals versiegenden Geldquelle geprotzt. Nachdem er einmal interessiert nachgebohrt hatte, hätten sie prahlerisch von einer Lizenz zum Gelddrucken gesprochen und ihm angeboten, in das

Geschäft mit einzusteigen. Daraufhin wäre er misstrauisch geworden und hätte das Geld der Brüder in Augenschein genommen, welches sich daraufhin als Falschgeld entpuppt hätte. Zur Untermauerung seiner Aussage hatte Schnallentritt vorsorglich zwei seiner weiblichen Angestellten mitgebracht, die die Angaben Kaugummi kauend bestätigt hatten. Nach der Vernehmung von Schnallentritt war es dann zum Eklat gekommen. Zigi Blütenblatt hatte versucht, über die Bänke zu springen und dem Zuhälter an die Gurgel zu gehen. Rillo Blütenblatt hatte ihn als gemeinen Lügner beschuldigt, der sie, warum auch immer, in die Pfanne hauen wollte. Ihr aggressives Verhalten hatte Richter Schwertfeger als äußerst negativ und als Bestätigung der Richtigkeit der Aussagen von Schnallentritt gewertet. Im nachfolgenden Kreuzverhör war es dem Verteidiger dann nicht mehr gelungen, die Stimmung wieder zu kippen, geschweige denn, die Vorwürfe von Schnallentritt zu entkräften. Leider war es ihm zudem nicht geglückt, die angeblichen Geschäftspartner der Brüder Blütenblatt von ›Tabak International‹ aufzutun.

»Der Fall ist gewonnen!«, beglückwünschte mich der Staatsanwalt zu meinen Ermittlungen. »Das Urteil ist zwar noch nicht gefallen, aber die Verteidigung wird den Prozess nicht mehr drehen können. Richter Schwertfeger wird zu unseren Gunsten entscheiden, da bin ich ganz optimistisch.«

Ich war kurz in Versuchung geraten, dem Staatsanwalt gegenüber die Möglichkeit einzuräumen, dass mein ominöser kastalonischer Restaurantbesitzer vielleicht, eventuell, möglicherweise der gesuchte Geschäftspartner von ›Tabak International‹ war, ja denkbar sogar der tatsächliche Übeltäter. Es war reine Spekulation, wie immer. Aber ich konnte mir nicht vorstellen, dass der Staatsanwalt den Fall noch einmal aufrollen würde, wenn für ihn feststand, dass der Richter in seinem

Sinne entscheiden würde. Also hielt ich den Mund. Kaum waren die beiden euphorisch aus meinem Büro gestürmt, klingelte schon wieder mein Telefon. Fräulein Fitzelkrams bat mich, ins Kriminallabor zu kommen, um ihre Untersuchungsergebnisse in Augenschein zu nehmen.

»Tag, Herr Kommissar. So, wieder in besserer Stimmung?«, wieherte sie emotionslos daher. Ohne mich eines Blickes zu würdigen, blätterte sie vorgeschoben beschäftigt in ihren Unterlagen.

»Wieso?«, fragte ich pikiert.

Offenbar war das nicht die richtige Antwort. »Ach, nur so!«, gab sie beiläufig zurück. Sie ging zu einem Leuchtschirm an der Wand und knipste ihn an. Dann kam sie zurück. »Darf ich mal kurz sehen?« Sie streifte mir unvorsichtig und ohne eine Ankündigung den linken Ärmel meiner Jacke nach oben, wobei ich zischend vor Schmerz das Gesicht verzog und reflexartig den Arm zurückzog. Erschrocken sprang sie einen Schritt zurück. »Oh weh, sind Sie verletzt?«

»Nichts weiter. Streuverluste aus dem Einsatz Freitagabend!«, antwortete ich so hart, wie es mein Leiden eben noch zuließ. Ich musste wohl ihre mütterlichen Instinkte geweckt haben. Jedenfalls war sie wieder vollkommen handzahm, praktisch das schlechte Gewissen in Person, und schmeichelte mir fast unterwürfig. »Ich wollte Ihnen nicht wehtun! Bitte entschuldigen Sie mein ungestümes Benehmen, aber ich konnte ja nicht wissen …«

»Schon gut. Was haben Sie für mich, Fräulein Fitzelkrams? Was hatte das eben zu bedeuten?«, fragte ich überzogen männlich.

»Sie haben da so eine Armbanduhr. Darf ich die mal haben?«

Stirnrunzelnd gab ich ihr den gewünschten Gegenstand. Sie legte meine Uhr auf eine Art Plattform, über der ein ausfahrbarer Kasten schwebte. Sie bat mich, ein paar Schritte zurückzutreten, und drückte auf einen der roten Knöpfe an einem der vielen Schaltschränke im Raum. Es ertönte ein Geräusch wie von einem überdimensionalen Fön, welches dann in einen gleichmäßigen Summton überging. Auf dem Leuchtschirm an der Wand tauchte eine Art Röntgenbild meiner Uhr auf, auf dem man ihr bewegtes Innenleben erkennen konnte. Dann nahm sie eine Aufnahme, die bis dato noch auf dem Tisch gelegen hatte, und hängte sie an den Leuchtschirm, direkt neben das Röntgenbild meiner Armbanduhr.

»Fällt Ihnen was auf, Herr Kommissar?«, fragte Fräulein Fitzelkrams erwartungsvoll.

Ich kniff die Augen zusammen. »Das eine Bild sieht aus wie das andere«, stellte ich fest.

»Genau«, sagte sie begeistert. »Nur das Gehäuse ist unterschiedlich, aber das Innenleben ist absolut identisch. Und dabei ist das eine die angebliche Ührlistolz!«

»Aha?«

Sie gab mir meine Armbanduhr zurück, die ich mir vor Kurzem in einem Feng-Shui-Laden besorgt hatte. Eigentlich hatte ich damals vorgehabt, nur eine Kassette mit zymbalesischer Entspannungsmusik für mein Autoradio zu kaufen, die bereits nach einmaligem Abspielen zu Bandsalat verarbeitet worden war. Die Uhr, die ich quasi en passant mitgenommen hatte, trug den vielversprechenden Namen ›Sekundenschlaf‹. Der Clou der Uhr war, dass sie neben der Echtzeit auch für mehr entspannte Zeit sorgen sollte, dadurch, dass sie nach acht Stunden auf Freizeit und nach weiteren acht Stunden auf Nachtzeit umschalten würde. Dummerweise war die Bedienungsanleitung in einem unverständlichen Kauderwelsch geschrieben, den zweifelsfrei eine Person aus dem Zymbalesischen übersetzt haben musste, die unserer Sprache nur mäßig mächtig gewesen war. Da ich keine Vorstellung davon hatte, was an meiner Uhr der Seiger oder der Rädler sein sollte, gelang es mir bis heute nicht, meinen Zeitmesser korrekt einzustellen. Dies wäre auch für die Echtzeit dringend erforderlich gewesen, da der Sekundenzeiger immer wieder sichtbar für einen kurzen Moment stehen blieb. Zumindest ahnte ich nun, wie der Chronometer zu seinem klangvollen Namen gekommen war. Und nun wusste ich auch, warum die vielen Käufer der angeblichen Ührlistolz dasselbe Problem hatten wie ich.

»Die stellen da unten billige Imitate von allem Möglichen her«, erläuterte Fräulein Fitzelkrams die gefundenen Erkenntnisse. »Nur hat die Sache leider einen Pferdefuß!«

»Und der wäre?«

»Na ja. Die krähen weder nach Urheberrecht noch nach Patentschutz. Es gibt mit Zymbalesien keine Abkommen gegen Produktpiraterie, und auch sonst bestehen nur sehr offen gehaltene Handelsvereinbarungen zwischen unseren Ländern. Ich fürchte, auf diesem Weg kommen wir nicht weiter!«

»Sehr erquickende Nachricht«, sagte ich und setzte mich auf den Stuhl, der an der Wand lehnte.

»Leider hat auch die Recherche nach einer Firma ›TradeEnd Inc.‹ bei den kastalonischen Handelsorganisationen nichts ergeben. Die Firma existiert nicht oder nicht mehr«, fuhr sie fort.

»Das sind ja nicht gerade erfrischende Nachrichten für mich, was, Fräulein Fitzelkrams?«

»Tja, da haben Sie nicht unrecht, aber ich hätte noch ein Eisen im Feuer!«, reagierte sie trotzig.

»Aha! Und was wäre das?«

»Ich will versuchen, ob ich aus dem Firmenpapier noch etwas herausquetschen kann. Die Druckfarben schicke ich durch einen Prismenscanner und zerlege sie in ihre Spektralfarben. Das sind dann so was wie Fingerprints. Die jage ich anschließend durch die Datenbanken und hoffe, dass das Spektrum schon mal irgendwo hinterlegt wurde. Das wäre dann so gut wie ein Fingerabdruck in der Verbrecherkartei. Und das Papier selbst leg ich mal unters Mikroskop und unterziehe es notfalls einem Aufschlussverfahren. Vielleicht bekomme ich so ein Indiz über den eigentlichen Zellstoff. Es wird aber seine Zeit dauern.«

»Aufschlussverfahren? Bei Zellstoff? Immer sachte mit den jungen Pferden, Fräulein Fitzelkrams, das funktioniert in der Praxis nicht!«

»Aber natürlich! Es kommt nur auf das Aufschlussmittel an. Wer erzählt denn so was?«, fragte sie erstaunt.

»Ah so!«, antwortete ich perplex. Das Mobiltelefon in meiner Manteltasche surrte.

»Ja, hallo?«

»Spekulantius, mein Junge. Bist du das?«, schnurrte eine mir lang vertraute Stimme aus dem Lautsprecher.

»Mama?«

»Ja. Ein Glück, dass ich dich erwische! Geht es dir denn gut?«

»Ja sicher, Mama. Und euch?«

»Ja schon, Junge. Aber deshalb ruf ich an. Da ist heute Morgen ganz früh was Merkwürdiges passiert. Da war so ein ganz ein feiner Herr bei deiner Oma Magenbrot im Bäckerladen. Ganz elegant war er und mit einem großen Auto ist er vorgefahren. Und der hat sich nach ihrem Sohn erkundigt, den er vor Kurzem getroffen hätte und dem er einen Gruß bestellen wollte. Denk mal, nach dem Sohn von deiner Oma Magenbrot! Die Oma war ganz verwirrt und hat ihm geantwortet, dass sie doch gar keinen Sohn hätte, nur eine Tochter.«

Die Nachricht meiner Mutter ließ mich vom Stuhl hochschnellen.

»Und was weiter?«, fragte ich aufgeregt.

»Nichts weiter. Der feine Herr hat dann gefragt, ob es sich bei dem ihm bekannten Filius Magenbrot dann vielleicht um ihren Enkel handeln würde, und als Oma ihm sagte, dass sie zwar einen Enkel habe, der aber nicht Magenbrot heißen würde, da war der feine Herr wohl enttäuscht und dann hat er irgendetwas Wütendes in einer fremden Sprache vor sich hin genuschelt und ist, ohne sein Bauernbrot mitzunehmen, wieder zur Tür hinaus und mit dem großen Auto weggefahren, der feine Herr. Ist das nicht sonderbar?« Meine Mutter war verunsichert. »Mein Gott, Junge, Oma musste sich erst mal hinsetzen. Das ist schon ein bisschen unheimlich, findest du nicht?«

Meine Aufregung verwandelte sich in Beklemmung. »Hat Oma sonst noch was über mich gesagt? Meinen richtigen Namen zum Beispiel? Oder dass ich bei der Polizei bin?«

»Nein, … ich glaub nicht. Der feine Herr ist doch gleich wieder davongefahren. Um Gottes Willen, was ist denn bloß los, Junge?« Meine Mutter wimmerte furchtsam.

»Mach dir keine Sorgen. Das ist sicher nur eine Verwechslung!«, versuchte ich, sie zu beruhigen – und auch mich.

»Ja, aber das ist …«

»Mama. Ich bitte dich. Tagtäglich bin ich auf der Suche nach irgendwelchen Gestalten, die es angeblich gar nicht gibt. Das kommt vor. Bleib ruhig. Ich bin sicher, es hat rein gar nichts zu bedeuten.«

»Na gut, Junge, wenn du meinst«, gab sie sich schließlich halbherzig zufrieden und legte auf, nachdem ich mich von ihr verabschiedet hatte.

Peng! Die Nachricht meiner Mutter streckte mich so unerwartet nieder wie eine Kugel, die aus der Dunkelheit auf einen abgefeuert wurde. Nun war der Reigen eröffnet! Magenbitter war bei Oma Magenbrot gewesen. Er hatte versucht, mich zu finden. Jetzt galt es aufzupassen. Vor allem konnte ich nicht mehr umhin, mich zu beeilen. Ich musste ihm so schnell wie irgend möglich auf die Schliche kommen, jedenfalls schneller als er mir!

*

»Verdammtes Schlitzohr!«, sagte der Pane wütend, als Rammler seinen Bericht über Scharte beendet hatte. Er war ihm tagelang heimlich gefolgt, hatte seine privaten Interessen und Kontakte durchleuchtet, seine Wohnung und sein Lager durchforstet. Beinahe hätte ihn Scharte zweimal gestellt. Wohlweislich hatte er seine Verfolgungen abgebrochen, um seine Mission und, vielleicht noch schlimmer, sein Leben nicht zu gefährden. Scharte war, genau wie er selbst, ein ausgebuffter Profi, der nicht zögern würde, Gebrauch von seiner Waffe zu machen, wenn er Gefahr roch. Rammler hatte dem Pane die privaten Notizen und Kontobewegungen von Scharte offengelegt, die er in dessen Wohnung hatte mitgehen lassen. Weiterhin hatte er eine Liste mit Kunden gefunden, an die Scharte die Ührlistolz-Imitate zusätzlich zu seinen geplanten Verkaufsmengen und vor allem auf eigenen Vertriebswegen veräußert hatte. Scharte hatte Auftragspapiere von und Lieferpapiere an Rammler fingiert. So hatte er im Namen von Rammler zusätzliche Mengen abgerufen, die Rammler nie bestellt und nie erhalten hatte. Übergeben hatte er wiederum nur den Teil der Ware, den Rammler offiziell geordert hatte, mithilfe der abgeänderten Lieferpapiere. Gauner blieb eben Gauner, vor allem, wenn man die eigenen Kollegen aufs Kreuz legte. Die Energie, die Scharte zu diesen nicht ungefährlichen Eskapaden getrieben hatte, war nicht in purer Geldgier begründet gewesen. Rammler hatte herausgefunden, dass Scharte zum einen viel Zeit im Casino zubrachte, wo er einer beispiellosen Spielsucht frönte. Er war leidenschaftlicher Pokerspieler, allerdings kein besonders guter. Es gelang ihm weder, einen Überblick über die Karten zu bekommen, noch ein Pokerface aufzusetzen, sodass man ihm jederzeit ansah, ob er bluffte oder tatsächlich einmal ein gutes Blatt in der Hand hielt. Unsummen von Geld hatte er wöchentlich in die verschiedenen Spielcasinos getragen, getrieben vom Wahn, all sein verlorenes Geld wieder zurückzugewinnen. Und er war laut Rechnungen Stammkunde bei ›Schickimicki‹, wo er riesige Mengen an Geld für Schönheitsmittelchen, wie den Stutenmilchextrakt, liegen ließ. Zu guter Letzt vergnügte er sich mit häufiger Regelmäßigkeit bei bezahlten Liebesabenteuern im Rotlichtviertel. Bis dorthin hatte Rammler ihn zuletzt verfolgt und war dann gezwungen gewesen, seine Verfolgung abzubrechen, als der verletzte Scharte nach einer Schießerei von der Polizei abgeführt worden war.

Diese Nachricht beunruhigte den Pane aufs Äußerste, ein Gemütszustand, wie ihn Rammler in diesem Maße bei seinem Boss noch nicht gesehen hatte.

»Unser ganzes Unternehmen ist in Gefahr. Wir müssen schnell handeln. Du versuchst herauszufinden, wo sie Scharte hingebracht haben. Er muss ja in einem der städtischen Krankenhäuser stecken. Wenn du weißt, wo er ist, rufst du Panzi an. Keine Alleingänge, verstanden?«

Rammler nickte. Im Begriff zu gehen, hielt ihn der Pane noch einmal zurück und klopfte ihm auf die Schulter.

»Gut gemacht, mein Alter!«

Das Lob des Pane war das reinste Labsal für Rammler. Er hatte seine Streifen zurück und würde sicherstellen, sie nie wieder zu verlieren.

*

Ich war mittlerweile im Krankenhaus angekommen. Wachtmeister Baldrian Knüppler saß brav auf seinem Stuhl vor dem Zimmer von Harwey Scharte oder wie sonst der Kerl auch heißen mochte. Knüppler wirkte etwas unleidlich. Er war todmüde und hatte seit gestern Abend nichts außer Kaffee und Automatenkonfekt zu sich genommen.

»Ihre Ablösung kommt gegen Mittag. Gehen Sie in der Zwischenzeit im Krankenhauscafé etwas essen, ich bleibe solange hier.«

Wachtmeister Knüppler setzte seine Mütze auf und begab sich zum Aufzug. Mein bester Kandidat im Ührlistolzfall war wach, als ich in das Einzelzimmer eintrat. Sein verletztes Bein war drainiert und bandagiert und, so gut es ging, zusammengeflickt worden. Laut Auskunft des Arztes würde er allerdings sein Leben lang humpeln. Zur Sicherheit war er mit Handschellen an die eine Seite des Krankenbettes gefesselt. Er wirkte etwas blass um die Nase, war aber dennoch gut genug bei Kräften, um mich aufs Heftigste zu beschimpfen.

»Na, du verdammter Bulle, haft ja einen fönen Flammaffel angerichtet. Daf werd ich dir mein Leben lang nicht vergeffen!«

»Sei nicht so zimperlich. Hast mir schließlich dein verdammtes Stilett in den Oberarm gejagt, Harwey! Du heißt doch Harwey, mein Freund? Harwey Scharte. Oder wie ist dein richtiger Name?«

Der Kerl grinste. Es war sonnenklar, dass er wenig kooperieren würde.

»Wofür tfum Henker haft du mich eigentlich einkaffiert? Nur weil ich diefe Nutte befucht habe?«, fragte er verärgert.

»Harwey, Harwey! Ich darf dich doch so nennen? Da du es wohl noch nicht weißt, sag ich dir, warum du hier bist: Du bist mein wichtigster Zeuge im Betrugsfall ›Ührlistolz Armbanduhr mit Funkortungsverfahren und logarithmisch geteiltem Ziffernblatt‹!«, antwortete ich freundlich.

»Ührliftoltf? Waf foll denn daf fein?«, fragte er einen Hauch zu naiv. Wie zufällig streifte ich seinen verletzten Fuß, sodass er laut aufschrie.

»Oh, Verzeihung. War keine Absicht«, sagte ich mit dem gleichen Anflug von Dämlichkeit, mit dem er zuvor geantwortet hatte.

»Hör zu, Harwey Scharte! Du glaubst doch nicht, dass wir uns zufällig im ›Falschen Hasen‹ begegnet sind, hm? Du kannst es dir jetzt überlegen, ob du allein in den Bau gehst oder ob du kooperierst. Schon mal was von Kronzeugenregelung gehört?«

Wie beiläufig holte ich die Zigarre aus der Innentasche, die ich im Hinterhof vom ›Falschen Hasen‹ gefunden hatte, und fummelte ein bisschen daran herum. Unverkennbar fiel sein Blick auf die Aríba, er wirkte verunsichert. Doch kooperativ war er dennoch nicht. Ich verlor kurz die Beherrschung und packte ihn am Kragen.

»Verdammter Mistkerl, ich polier dir gleich deine hässliche Visage und lass dich im Dreck scharren!«

»Pffh! Fief in den Wind, Bulle!«

Enttäuscht verließ ich das Krankenzimmer. Solang mir die wahre Identität dieses Kerls verborgen blieb, kam ich nicht weiter. Sonst hätte ich schon längst seine Wohnung durchsuchen lassen. Ich war gestresst, denn ich machte mir Sorgen um die Sicherheit meiner Eltern. Es war kurz vor elf und Wachtmeister Knüppler kam eben aus dem Fahrstuhl und zurück auf seinen Posten.

*

Rammler war im fünften Stock des Städtischen Klinikums angekommen. Ein kurzer, charmanter Plausch mit der Dame an der Rezeption und die Vorgabe einer falschen Identität als angeblicher Bruder eines verletzten Harwey Scharte (ein kleiner Tipp vom Pane), mehr war nicht nötig, um herauszubekommen, ob er sich im richtigen Krankenhaus befand.

»Ihr Bruder liegt auf der Geschlossenen Abteilung – West-5. Sie müssen klingeln, um ihn besuchen zu können«, hatte sie freundlich gesäuselt und dabei mit den Lidern geklimpert.

Die Türen zur Station waren verschlossen und Rammler stand etwas unentschlossen auf dem Flur. Sollte er tatsächlich klingeln? Er hatte schon den Hörer in der Hand, da öffneten sich die beiden automatischen Türen, als eine Schwester aus der Station herauskam. Rammler konnte für kurze Zeit zwei Männer vor einer Zimmertür beobachten, von denen der eine eine Uniform trug. Der andere, der ihm den Rücken zukehrte, war allem Anschein nach der Vorgesetzte. Rammler konnte zwar nicht verstehen, um was es ging, doch der Polizist schien einen ziemlich genervten Eindruck zu machen und deutete mehrmals auf seine Armbanduhr. Rammler glaubte zu wissen, worum es bei der Diskussion ging. Dann drehte sich der andere um und kam in Richtung Ausgang. Rammler erkannte ihn sofort wieder. Es war der Kerl, der Scharte vor dem Haus der Nutte abgeführt hatte. Die Türen schlossen sich wieder und Rammler beeilte sich, im Treppenhaus zu verschwinden. Wie befohlen, griff er zu seinem Mobiltelefon und wählte die Nummer seines Aufpassers.

*

Scharte erwachte aus einem kurzen Erschöpfungsschlaf. Es war Mittag und die Sonne, die durch das große Fenster im fünften Stock schien, erfüllte sein trist-weißes Krankenzimmer mit strahlendem Licht. Wegen des bandagierten Fußes und der Handschellen konnte er nur noch auf dem Rücken schlafen, was zur Folge hatte, dass er mit weit aufgerissenem Mund vor sich hin schnarchte. Seine Kehle war deshalb staubtrocken. Verärgert ging sein Blick zu der Flasche rechts von ihm auf dem Beistelltisch. Er bekam nur Stilles Wasser zu trinken, nicht gerade das, was er sich üblicherweise gönnte. Mit der linken Hand war er ans Bett gefesselt, die rechte war frei und er griff nach dem Glas, welches neben der Wasserflasche auf dem Nachttisch stand. Ein kleiner roter Punkt leuchtete auf deren Etikett, den er nicht weiter beachtete. Doch dann schien der Punkt leicht zu zittern. »Quatff«, sagte sich Scharte. »Meine Nerven liegen ja völlig blank. Jetft feh ich fon Gefpenfter!«

Aber Scharte irrte. Der Punkt wanderte von der Flasche über den Krankentisch auf seinen Arm. Scharte riss entsetzt die Augen auf. Der Punkt glitt, wie von Geisterhand geführt, seinen Arm entlang auf seinen Kopf zu. Gleich würde es zu spät sein. Geistesgegenwärtig ließ Scharte das Glas fallen, rollte sich über die linke Bettkante hinab, an die er gefesselt war, und schrie vor Schmerzen auf, als er sein Gewicht mithilfe seines verletzten Fußes auffangen musste. Nur einen Augenblick später klirrte das Glas der Fensterscheibe und eine Kugel durchlöcherte sein Kopfkissen genau an der Stelle, an der gerade noch sein Kopf gelegen hatte. Ein zweiter Schuss ließ erneut das Glas splittern und traf Scharte in den gefesselten Unterarm, der in der Handschelle am Bettgestänge hing. Laut brüllend vor Angst und Pein, gelang es ihm schließlich, mit der freien rechten Hand die Bremse des Krankenbetts zu lösen. Er zerrte und schob an dem Vehikel, welches sich nur mühselig in Richtung Fenster drehte. Scharte versuchte verzweifelt, sich dahinter in Sicherheit zu bringen, da ging die Tür auf und Wachtmeister

Knüppler stürmte herein, aufgeschreckt durch den Lärm, der aus dem Krankenzimmer in den Flur drang.

»Machen Fie die Faloufie runter, fnell!«, schrie Scharte in Todesangst. Ein weiterer Schuss fetzte durch die Scheibe und streifte Knüppler am linken Oberarm.

»Verdammt!«, war alles, was ihm hierzu über die Lippen kam. Er griff sich reflexartig an die Wunde und rollte sich nach vorn auf den Boden ab. Doch Baldrian Knüppler war ein Polizist von echtem Schrot und Korn. Er robbte nach vorn und drückte auf den Knopf der Automatik, welche die Jalousie betätigte. Drei weitere Schüsse brachten die komplette Scheibe zum Bersten, schlugen aber undefiniert in der gegenüberliegenden Wand, der Matratze und zuletzt in der Wasserflasche auf dem Nachttisch ein, die daraufhin klirrend zersprang und deren nasser Inhalt sich über den Boden ergoss. Dann war der Spuk vorbei.

*

Unschlüssig über meine nächsten Schritte, ging ich im Foyer des Krankenhauses auf und ab. Dann beschloss ich, den Staatsanwalt anzurufen. Mein Ansinnen, einen Durchsuchungsbefehl für den ›Falschen Hasen‹ zu bekommen, lehnte er mehrfach ab. Meine Spekulationen und Mutmaßungen reichten ihm nicht aus und ein handfester Beweis fehlte mir bis zum gegenwärtigen Zeitpunkt. Enttäuscht legte ich auf. Ich musste den Kerl oben zum Reden bringen, nur wie? Als hätte ich einen Wunsch zum Himmel gerichtet, musste ich mir darüber nicht länger Sorgen machen, denn mein Mobiltelefon klingelte.

»Sie müssen sofort kommen. Hier war der Teufel los.« Knüppler stöhnte. Er keuchte schwer und im Hintergrund waren lautes Wehgeschrei und aufgeregtes Gebrüll zu hören.

Dann brach die Verbindung ab. Ich flog buchstäblich zum Fahrstuhl. Nachdem sich trotz mehrmaligem heftigem Knopfdrücken keine der Fahrstuhltüren im Erdgeschoss öffnen wollte, rannte ich in Windeseile das Treppenhaus empor. Im fünften Stock angekommen, versuchte ich es zunächst über die Klingel, verlegte mich dann aber auf lautstarkes Treten gegen die verschlossenen Stationstüren, bis endlich eine der Schwestern auf mich aufmerksam wurde. Auf dem Stationsflur West-5 herrschte das blanke Chaos. Schwestern rannten im Krankenzimmer von Harwey Scharte ein und aus. Von Knüppler war weit und breit nichts zu sehen. Drinnen sah es aus, als hätte eine Bombe eingeschlagen. Die Jalousie war heruntergefahren worden, aber die Fensterscheibe fehlte. Der Boden war mit Glassplittern übersät und überall leuchteten Blutspritzer. Der Nachttisch lag quer auf der Seite. Einen Moment lang befürchtete ich, dass Knüpplers Temperament mit ihm durchgegangen und er an dem Schlamassel beteiligt gewesen war. Doch dann wurde ich eines Besseren belehrt. Er saß rechts in der Ecke auf einem Stuhl. Sein blutiger Arm wurde notdürftig von einer Schwester verbunden. Das Bett stand quer im Raum, die Laken rot befleckt und Harwey lag darauf. Seine Handschellen waren durchtrennt worden und ein Arzt und eine Schwester versuchten krampfhaft, ihn auf der Matratze zu halten. Harwey Scharte war vollkommen außer sich und brüllte vor Schmerzen markerschütternd. Dem behandelnden Arzt stand der Schweiß auf der Stirn. »Geben Sie ihm etwas Morphin«, wies er die Schwester an. Ich trat auf das Bett zu. »Moment noch! Was war hier los?«

»Waf hier lof war?«, brüllte Harwey. »Ich war in Lebenfgefahr, daf war lof!«

Ich schaute den Arzt an.

»Er hat eine Kugel abbekommen, nicht lebensgefährlich,

aber wir müssen operieren. Ebenso Ihr Kollege, den hat allerdings nur ein Streifschuss erwischt, nicht so tragisch!«

Ich schaute Wachtmeister Knüppler an, der durch ein aufgesetztes Grinsen und einen nach oben gerichteten Daumen den harten Mann markierte. Die Schwester zückte das Morphin. Ich hielt ihren Arm fest, da kreischte mich Harwey wütend an.

»Verdammt noch mal, du blöder Bulle! Laff fie lof. Die Fmertfen find nicht auftfuhalten.«

»Wirst du mir sagen, was ich wissen will?«, forderte ich kühl.

Harweys Atem ging schnell. Sein Blick flog hilfesuchend hin und her, dabei biss er sich verkrampft auf die Lippe. »Krieg ich Tfeugenfutf?«, fragte er schließlich zittrig.

Mein Mundwinkel zuckte und ich nickte mit dem Kopf.

Die Informationen, die ich von Harwey erhalten hatte, waren eindeutig. Der Staatsanwalt gab uns umgehend grünes Licht für die Durchsuchung des ›Falschen Hasen‹ und Harweys Wohnung. Harwey, oder besser gesagt ›Klaut Stiehlts‹, angeblich seine wahre Identität, wurde umgehend in ein anderes Krankenhaus verlegt und unter schärfste Bewachung gestellt. Die Spurensicherung beschäftigte sich in der Zwischenzeit mit der noch möglichen Beweissicherung im Krankenzimmer, in der Hoffnung, dem Schützen auf die Schliche zu kommen.

Als ich zusammen mit einer Hundertschaft vor dem ›Falschen Hasen‹ ankam, schwand bereits wieder meine Zuversicht, einen schnellen Erfolg verbuchen zu können. Die Tür war verschlossen und ein Schild beteuerte dem gewillten Gast, dass das Lokal bis zum 30. des Monats wegen Urlaub geschlossen wäre. Ich schickte diverse Kollegen ums Haus zur Sicherung von Fenstern und Hintereingang. Eine Klingel gab es nicht, also hämmerte ich schamlos gegen die Tür des Lokals, um meinem Begehr nach Einlass Nachdruck zu verleihen.

»Polizei! Aufmachen! Sofort aufmachen!«

Nichts tat sich. Es wäre ein Leichtes gewesen, die Türen einfach einzutreten, doch ich konnte mich gerade noch beherrschen. Schließlich hatte ich einen offiziellen Durchsuchungsbefehl und darum auch einen Spezialisten für Türschlösser bei mir. Dietrich Riegelein war Mitarbeiter des städtischen Schlüsselnotdienstes und ein Meister seines Fachs. In seinem früheren Leben hatte er sein besonderes Können nicht immer für legale Zwecke eingesetzt. Erwischt hatte man ihn, als er aufgrund einer verlorenen Wette halb betrunken versucht hatte, ins Polizeirevier einzubrechen, wo er zum Beweis für seinen Erfolg den aktuellen Dienstplan hätte mitgehen lassen sollen. Dummerweise war der alkoholisierte Dietrich Riegelein nicht ganz Herr seiner Sinne gewesen und hatte sein Werkzeug draußen stehen lassen. Die Türen waren zurück ins Schloss gefallen und es war ihm nicht gelungen, die Sicherheitsvorkehrungen zu überwinden und die Türen erneut von innen zu öffnen. Als man ihn am nächsten Morgen gefunden hatte, hatte er, noch im Alkoholdelirium befindlich, seinen Rausch auf der Couch meines früheren Chefs ausgeschlafen. Nach einigem Hin und Her, ähnlich wie bei mir, war Riegelein mit einer vergleichsweise milden Strafe davongekommen und stellte sein Können fortan mitunter in den Dienst des Gesetzes.

Keine fünf Sekunden benötigte er, um die Türen des ›Falschen Hasen‹ zu öffnen, die unter den Zauberhänden von Dietrich Riegelein keinerlei Widerstand leisteten und uns Eintritt gewährten, ohne dass auch nur eine Spur von Gewalteinwirkung sichtbar gewesen wäre. Als wir das Restaurant betraten, zog ich vorsichtshalber die Waffe, doch ich sollte sie nicht brauchen. Im Lokal war fein säuberlich aufgestuhlt. Meine Männer schickte ich nach oben und in die Küche. Ich selbst ging hinter den Tresen und öffnete die Schubfächer der

Theke und des Gläserbüffets: Nichts. Mit nichts meine ich ›gar nichts‹. Keinerlei Unterlagen, nicht einmal ein Bonheft, geschweige denn Firmenakten oder Rechnungspapiere. Nicht einmal eine Speisekarte hatten sie dagelassen. Die Polizisten kamen aus der Küche zurück: »Es ist alles leer.«

»Was meinen Sie mit ›leer‹?«, fragte ich ärgerlich.

»Na ja, der Kühlschrank ist komplett leer geräumt und ausgesteckt. Auch die Vorratsschränke sind ausgeräumt worden. Keine Brotkrume, keine Konserve.«

»Haben Sie irgendwas Schriftliches gefunden, vielleicht im Mülleimer?«

»Nein. Die Bude hat jemand professionell gesäubert.«

Dieselbe Meldung kam von oben, wobei ich mich selbst nochmals von der Realität überzeugen musste: Die privaten Räume sahen aus wie endgültig verlassen. Das noch vorhandene karge Mobiliar war mit Leintüchern abgedeckt worden. Dazu ein Schrank, an dessen Kleiderstange lediglich zwei nackte Bügel hingen und dessen Schublade nichts als gähnende Leere von sich gab. Das war alles. Nichts, aber auch gar nichts hatten sie dagelassen, was uns auf ihre Spur hätte bringen können. Als ich die Treppe wieder hinunterging, wurde mir klar, dass Panetoni Magenbitter nicht in diese Räume zurückkehren würde. Das Bild mit den ›Hunden beim Kartenspiel‹ fehlte ebenfalls.

»Was ist mit den Mülltonnen?«, fragte ich einen der Polizisten.

»Nichts, Kommissar. Sie erstrahlen fast in ihrer Reinheit.«

Die letzte Hoffnung war der geheime Raum, von dem mir Harwey Klaut Stiehlts erzählt hatte. Wir gingen durch die wenig benutzte Küche und am Hintereingang vorbei. Ich versuchte mein Glück an den Türknäufen des Schranks, den ich vorfand, so wie Stiehlts es beschrieben hatte. Doch als ich beide Knäufe mehrmals erfolglos umdrehte, brachen sie ab, ohne dass ein Durchgang freigegeben wurde. Also ließ ich Dietrich Riegelein ans Werk und wieder war ich erstaunt, mit welcher Selbstverständlichkeit und Leichtigkeit er die Türen öffnen konnte. Ich war beeindruckt, allerdings nicht von dem, was ich vorfand. Der Raum war buchstäblich entkernt worden. Kein einziges Möbelstück befand sich mehr darin. Ich war vollends geplättet, in welch kurzer Zeit und mit welcher Gründlichkeit mein Gegner zu Werke gegangen war. Unverrichteter Dinge und innerlich kochend vor Wut, ging ich in Begleitung meiner Kollegen wieder nach draußen.

»Die haben den Braten gerochen und sind getürmt«, sagte einer der Polizisten unnötigerweise.

»Ach?«, antwortete ich verächtlich. Ich wollte meinem Ärger schon Luft machen und gegen eines unserer geparkten Autos treten, da fiel mein Blick auf den Informationskasten, der neben dem Eingang hing. Darin befand sich die Speisekarte vom ›Falschen Hasen‹, auf der unter anderem diese feinen Gerichte wie ›Hirschgulasch nach Laune der Chefin‹ oder ›Schnecken in Erdäpfeltunke und Weißbrot‹ aufgelistet waren. Mein Unterbewusstsein begann zu arbeiten und meinem Magen irgendwelche unangenehmen Kommandos mitzuteilen. Fast automatisch entstand ein Gelüste nach einem Kräuterschnaps in mir. Ich öffnete die unverschlossene Kastentür, nahm die Karte heraus und steckte unsere spärliche Beute in die Manteltasche.

»Wir fahren zurück. Wir nehmen Stiehlts' Unterschlupf unter die Lupe. Hoffen wir, dass wir wenigstens hier nicht zu spät kommen.«

Die Hoffnung stirbt zuletzt, doch zuletzt eben auch die. Am Eingang seiner Wohnung hing eine namenlose Klingel. Auf dem aufgerissenen Briefkasten war tatsächlich ein Namensschild mit der Aufschrift ›Stiehlts‹ zu lesen. Stiehlts' Schlüssel passten, also waren wir richtig. Aber wir kamen zu spät. Die Wohnung selbst war ein Bild des Grauens. Im Gegensatz zum ›Falschen Hasen‹ hatte man sich hier keine Mühe gemacht, Ordnung zu bewahren. Die Möbel lagen wild durcheinander, mitunter zertrümmert. Schubladen waren herausgezogen worden. Schuhe und Kleider lagen wild verstreut in den Wohn- und Schlafzimmern, die Sakkos teilweise aufgerissen und dann unachtsam weggeworfen. Die Matratze und die Bettauflagen waren aufgeschlitzt worden und deren Feder- und Schauminhalt bedeckte den Fußboden. Die Mattscheiben der beiden Fernseher waren eingeschlagen worden und boten einen spendablen Blick auf das elektronische Innenleben. Scherben von Vasen, Glas und Geschirr, alles lag überall in der Wohnung verstreut, nur wiederum keine Dokumente, keine Papiere und kein PC – nichts Greifbares. In der Küche standen zudem der Kühlschrank und das Eisfach sperrangelweit offen. Davor befand sich eine Pfütze aus Tauwasser und ringsum verteilt lagen diverse Lebensmittel. Es war klar, dass hier alles gründlich durchsucht und sicherlich nichts zurückgelassen worden war, was belastend auf die Urheber des Chaos hätte zurückfallen können.

»Versiegeln und abrücken!«, war dann auch der spärliche Kommentar, den ich völlig entmutigt von mir gab.

Es kam mir wiederholt so vor, als befände ich mich in einer Sackgasse. Hatte ich endlich einen vielversprechenden Hinweis, entpuppte der sich alsbald als Endstation, ohne heiße Spur, weil mein Gegenspieler vorausschauend reagiert und alles Belastende beseitigt hatte. Ich wählte die Nummer des wachhabenden Polizisten im Krankenhaus.

»Ja, hallo?«

»Hier Bösenschreck. Geben Sie mir den Kerl ans Telefon«, knurrte ich ungehalten.

»Ja?«

»Harwey? Äh, Klaut. Hören Sie zu. Wir sind zu spät gekommen. Sowohl der ›Falsche Hase‹ als auch Ihre Wohnung sind gesäubert worden. Wir haben nichts, aber auch gar nichts gefunden, das uns weiterbringen könnte!«

»Na fuper Bulle! Daf heift, ich muff doch noch alleine für allef bluten, oder? Und noch datfu werd ich meinef Lebenf nicht mehr ficher fein, weil ihr den Pane habt entkommen laffen!«

»Gibt es noch irgendetwas, das uns weiterbringen könnte? Ein Name vielleicht?«

»Ich kenne die richtigen Namen der Kollegen nicht, gefweige denn den richtigen Namen von Magenbitter! Keiner kennt die richtigen Namen, aufer Magenbitter – und feinen Aufpaffern vielleicht«, moserte Stiehlts.

»Na toll! Vielleicht ein Treffpunkt oder eine Adresse, irgendwas?«, fragte ich fast verzweifelt.

»Hmmm. Vielleicht gibt ef noch einen Anfatf. Ich hab für meinen Kollegen Rammler ein- tfeimal eine Fuhre abgeliefert.«

»Und wo wohnt der?«

»Hmm ..., irgendwaf mit ›Auf der Fteige‹.«

»Womit?«

»Fteige. Auf der Fteige!«

»Aus der Steige?«

»Nein. *Auf!* Auf der Fteige. Auf mit Ef wie Fufel und Fteige mit Ef wie Feife – Gallfeife tfum Beifpiel«, antwortete Klaut Stiehlts genervt. Meine geistige Verwirrung erreichte für kurze Zeit ungeahnte Ausmaße.

»Auf der Steige! In der City?«

»Könnte aber auch 'ne andere Fteige gewefen fein. Alte Fteige vielleicht, ... hmm, fwierig!«

»Wirklich sehr aufschlussreich. Und wie sieht es mit 'ner

Hausnummer aus?«, versuchte ich, die vagen Angaben zu präzisieren.

»Die weif ich noch 100-protfentig: Fegfunddreifig-tfe!«

»36d?«

»Nein, tfe. *Tfe! A – B – Tfe!* Tfe wie Tfäfar.«

»Ah, 36c!«

»Na alfo. Man, bift du fwer von kapitfe!«, polterte Stiehlts.

Ich legte auf und machte mich auf den Weg.

*

»Du kannst die Waren hier nicht unterstellen, Magenbitter! Das ist alles andere als sicher«, fiepste Heimlich Geldermann und hüpfte aufgeschreckt um die Kisten Aríbas herum, die in seine Waschküche geschleppt wurden.

»798, das sind alle«, sagte Schimmi.

»Ist gut, geh raus und bewach den Eingang, solange wir hier sind«, antwortete Magenbitter, worauf sein Leibwächter den Raum verließ.

»Warum soll das nicht gehen?«, fragte Magenbitter Geldermann. »Es ist nur vorübergehend, bis ich ein neues Lager gefunden habe. Stell dich nicht so blöd an, du bist mir ja ein schöner Angsthase. Man könnte meinen, sie wären mit 'nem Bärentöter hinter dir her.«

»Die Polizei war jetzt schon zweimal bei mir!«, protestierte Geldermann. »Und das zweite Mal bin ich nur knapp um eine Hausdurchsuchung herumgekommen. Was meinst du, was hier los ist, wenn die wieder auftauchen und das ganze Zeug hier finden. Du glaubst doch wohl nicht, dass ich mich da rauswinden kann, oder?«

»Die Polizei war bei dir? Einfach so?«, forschte Magenbitter überrascht.

»Von wegen einfach so. Einmal wegen dieser Geldfälschergeschichte und dann noch mal wegen dir«, brummte Geldermann mürrisch.

Magenbitter bekam große Augen. »Wieso wegen mir?«

»Das Bild. Die Polizei hat das Bild bei dir gesehen und wusste damit sofort, dass wir Kontakt haben, weil es vorher bei mir im Verkaufsraum hing!«

»Verdammt noch mal!« Magenbitter raufte sich die Haare. »Und was hast du denen gesteckt?«

»Nichts, gar nichts. Aber der Kommissar wollte mein Haus durchsuchen und ich habe ihn nur durch den Tipp mit der Nutte wieder rausbekommen.«

»Nutte? Kommissar? Ein Kerl mit Trenchcoat und Hut, groß, blond, blauäugig, blöd?«, fragte Magenbitter aufgeregt.

»Ja, ja, Bösenschreck eben«, antwortete Geldermann.

»Bösenschreck? Sagt mir nichts. Ich dachte jetzt eher an ›Magenbrot‹«, antwortete Magenbitter.

»Magenbrot? Wieso Magenbrot? Die Rede ist von Spekulantius Bösenschreck, Hauptkommissar«, korrigierte Geldermann.

»Woher kennst du den so gut?«, wollte Magenbitter wissen.

»Na, der Kerl war doch früher selbst ein krummer Hund. Hat die Leute en passant um ihre Brieftaschen erleichtert, ohne dass sie es gemerkt haben. War ein richtiges Ass. Ab und zu hat er auch versucht, bei mir seine Beute für bare Münze zu verhökern. Das ging alles so lang, bis er eben die Seiten wechselte, nachdem sie ihn erwischt hatten.«

»Und wie war das jetzt mit der Nutte?«, wollte Magenbitter wissen.

»Das ist diese Zuzi. Den richtigen Namen kenn ich nicht. Aber sie schafft an für Meingold Schnallentritt. Bösenschreck und die hatten mal eine Liebelei, bis er eben Bulle wurde«, erhellte Geldermann den Horizont von Panetoni Magenbitter.

»So, so. So schließt sich also der Kreis«, grübelte Magenbitter vor sich hin. »Praktisch bei allen um mich herum steht schon die Polizei vor der Tür.«

»Schnallentritt hat versucht, Bösenschreck abzuservieren, aber es hat nicht geklappt. Bösenschreck hatte was gegen ihn in der Hand, weil er diese Nutte verprügelt hatte.«

»Scheint ja ein ganz ausgebuffter Hund zu sein, dieser Bösenschreck. Sitzt dann noch bei mir im Restaurant und spielt den Kenner. Hat mich schon gewundert, als ich ihn das zweite Mal sah und er vorgab, wegen des guten Essens wiederzukommen. Aber jeder hat einen wunden Punkt. Man muss ihn nur finden!«

»Was meinst du damit?«, fragte Geldermann.

Panetoni Magenbitter zog langsam einige Kreise und grübelte. »Geld vielleicht. So ein Kommissar wird doch wohl nicht die Welt verdienen?«

»Was hast du gesagt?«, fragte Geldermann.

»Ich hab nur laut gedacht.« Magenbitter pausierte. »Mich irritiert immer noch, dass er sich ›Magenbrot‹ nannte. Wieso ›Magenbrot‹? Wieso nicht ›Müllermichel‹ oder ›Hanswurst‹? Hmm!«

Heimlich Geldermann schaute Panetoni Magenbitter erwartungsvoll an.

»Was ist mit der Nutte? Glaubst du, er hängt noch an ihr und wir können sie als Druckmittel benutzen?«

Geldermann schluckte. »Schnallentritt hat sich daran schon versucht. Sie hat angeblich ›die Ratte‹ erledigt, die er auf sie angesetzt hatte. Das war ja das Übel, weshalb sein Plan, Bösenschreck hochgehen zu lassen, dann doch danebenging. Soweit ich weiß, ist sie mittlerweile über alle Berge.«

»Außergewöhnlich! Wäre die Lage nicht so prekär, könnte ich an dem Spiel durchaus Gefallen finden«, sagte Magenbitter respektvoll. »Gut, dann versuchen wir es eben zunächst klassisch.«

»Und das heißt?«, fragte Geldermann.

Magenbitter griff ins Revers und legte einen dicken Umschlag auf den Tisch. »Geh zu ihm und schlag ihm einen Deal vor!«

Geldermann machte große Augen und trat entsetzt einen Schritt zurück. »*Ich*? Bist du verrückt? Dann kann ich meinen Laden hier gleich dichtmachen. Wenn einer mitbekommt, dass ich freiwillig ins Polizeirevier reinspaziere, dann vertraut mir keiner mehr auch nur einen Hosenknopf an!«

»Dann besorg halt einen Mittelsmann. Wird sich ja einer finden lassen, der sich ein paar Mücken verdienen will. Ist vielleicht auch besser so. Aber beeil dich!«

»Und was ist mit der Ware?«, fragte Geldermann nochmals beunruhigt.

»Wir suchen so schnell wie möglich was Besseres. Heute Nacht wird schon nichts passieren, und wenn der Bulle mitspielt, hat sich die Sache sowieso erledigt!«

*

Das mit dem ›Sich auf den Weg machen‹ zur Wohnung von Stiehlts' Spießgesellen entpuppte sich schnell als ziemliches Fiasko. Der angebliche geografische Zielpunkt lag im Nirwana. Es gab zwar den Straßennamen ›Auf der Steige‹, allerdings nicht in unserer Stadt und nicht einmal in den umliegenden Ortschaften. ›Steigen‹ an sich gab es wie Sand am Meer, ein wahres Sammelsurium von allen erdenklichen Arten von Steigen: Alte Steigen, Neue Steigen, Hohe Steigen, Burgsteigen, Weinsteigen …, viele davon auch noch mehrfach in undenkbar vielen Ortschaften und Städten. Nur wieder nicht in der City – die ein oder andere höchstens in einer der Eingemeindungen. Nur, welche Steige war nun die richtige? Mein darauf folgender, ziemlich ungehaltener Anpfiff durchs Telefon erhellte dann doch die Erinnerungen von Stiehlts und er wurde präzise. Zusammen mit meinem einzigen Helfer, Dietrich Riegelein, stand ich kurz vor Einbruch der Dämmerung endlich in der richtigen Steige. Menschenleer, nur eine streunende schwarze Katze kreuzte linker Hand unseren Weg. »Ein Omen?«, befürchtete ich kurz. Nein, ich war nicht abergläubisch. Wir gingen die Hausnummern entlang. Eine Abzweigung führte in eine Wohngasse, der wir folgten.

»36a – 36b – 36c!« Die 36c war das Einzige, was von Anfang an korrekt an Stiehlts' Angaben gewesen war.

Wir standen vor einem schmalen Hauseingang, neben dem ein metallenes Falltor einen Garageneingang versperrte. Das Metalltor war von innen verschlossen. Auf dem Briefkasten konnte ich den Namen ›Striezel‹ ablesen. Als auch das mehrmalige Betätigen des Klingelknopfes keinerlei Reaktionen aus dem dunklen Haus zur Folge hatte, was ich durchaus begrüßte, wies ich Dietrich Riegelein an, mir Eintritt zu verschaffen. Er nahm kurz den Schließmechanismus der Tür in Augenschein und gab dann einen abschätzigen Laut von sich. Er kramte nicht mehr als einen metallenen Zahnstocher aus der Tasche und schob diesen in das Schlüsselloch. Ich vernahm ein leises ›Klick‹ und die Tür war offen. Wiederum tief beeindruckt, wies ich ihn an, nach Hause zu fahren, den Rest würde ich allein schaffen, denn schließlich war er kein Polizist. Dem Hauseingang folgte eine hölzerne Treppe nach oben. Ebenso ging ein Gang in den hinteren Teil des Erdgeschosses, den ich mit gezogener Waffe als Erstes erkundete. Eine Seitentür, die erfreulicherweise unverschlossen war, mündete in die Garage. Viel war darin nicht zu finden, außer einem schmalen Werktisch, auf dem ein leerer metallener Benzinkanister und ein Felgenschlüssel lagen. Auf der anderen Seite der Garage, die deutlich breiter war, als es für ein Auto erforderlich wäre, lagerte aufgestapelt ein Satz abgefahrener Winterreifen. Daneben, in der hintersten Ecke, stand eine einsame Holzkiste, die mein Interesse weckte. Die Kiste war vollkommen neutral gehalten und als ich den Deckel hob, erhellte sich mein Gemüt. Bingo! Im Inneren befand sich noch etwa ein Dutzend Schachteln mit der Original Ührlistolz Armbanduhr mit Funkortungsverfahren und logarithmisch geteiltem Ziffernblatt. Zumindest machten die Uhren den Eindruck des Originals, es waren jedoch mit Sicherheit die gesuchten Imitate. Ich war nun endgültig davon überzeugt, mich auf der richtigen Spur zu befinden. Ich wandte mich um und ging zurück ins Haus. Dann, mit der größtmöglichen Vorsicht, erklomm ich die Holzstiege in den ersten Stock. Ein gelegentliches Knarren ließ sich dennoch nicht vermeiden. Alles blieb ruhig, es war definitiv keiner da. Das Innere der Wohnung machte mich sprachlos. Im Gegensatz zu der unscheinbaren Fassade bot sich mir der Anblick des puren Luxus. Weite, großzügig und äußerst geschmackvoll eingerichtete Wohnräume. Vom Tisch über die Stühle bis zum Wandschrank hin, alles war aus edelstem kastalonischen Wurzelholz gefertigt. Sämtliche Möbel wiesen feinste Schnitzereien von bekannten geschichtlichen Ereignissen aus der frühen kastalonischen Geschichte auf. Die Wände leuchteten in elegant abgetönten Farben, teilweise uni, teilweise marmoriert, bordüriert und kaschiert, eindeutig von einem Meister seines Fachs gestaltet. Trotz meiner nur mäßigen Kunstkenntnisse glaubte ich, Bilder von ›van Cock‹ und ›Bizarro‹ zu erkennen. Augenblicklich stellte sich mir die Frage, ob es sich um Originale handelte und ob diese legal erworben waren. Sowohl der Boden wie auch die Küchenauflagen der sagenhaften Wohnküche waren in schimmerndem zymbalesischen Marmor gehalten. Nur die edelsten Kochutensilien hingen an Küchenaufhängern oder standen in Reih und Glied in den Küchenschränken. Der Inhalt des Kühl- und Vorratsschrankes offenbarte gleichfalls ein Bild der Feudalität des hier wohnenden Hausherren: Trüffelpastete in Aspik, feinstes Carpaccio vom alpentinischen Hochlandrind, zymbalesische Wachteleier, albicanser Buntschimmelkäse und kastalonischer Rotwein Jahrgang '64, um nur einige der Spezialitäten zu nennen, die einem buchstäblich das Wasser im Mund zusammenlaufen ließen. Ein ganzes Monatsgehalt würde nicht ausreichen, um mir diese Köstlichkeiten zu kaufen. Doch das war nicht alles. Das Bad war in bunten Designerkacheln gefliest, die beiden Waschbecken in schwarzem Granit mit goldenen Armaturen versehen und die Mitte zierte ein Whirlpool von der Größe eines Kinderplanschbeckens, eingefasst in einen mediterranen Stein- und Pflanzengarten. Die Krönung war der atemberaubende Ausblick auf die weitläufigen Auen des nahen Baggersees. Mithilfe eines Fernrohrs, mit dem man normalerweise ferne Galaxien ins Visier nehmen würde, konnte man durch eine Baumschneise hindurch bis ans Wasser sehen. Als neugieriger Ermittler konnte ich nicht an mich halten und erblickte voller Entzücken einen wunderschönen Schwan, der gerade aus dem Wasser stieg. »Der Kerl war ein Spanner!«, schlussfolgerte ich überzeugt, weil ich mir nur schwerlich vorstellen konnte, dass mein Gesuchter dieses monströse Gerät im Sinne eines passionierten Naturliebhabers benutzte. Ich fand meinen Verdacht beim Blick in das angrenzende Schlafzimmer bestätigt. Hier fand sich ein drei auf drei Meter großes Futonbett, die Wände und die Decke waren verspiegelt. Eine Videokamera stand in der Ecke und ein großer, kinoreifer Flachbildschirm zierte eine der Deckenecken. Nachdem ich aus der Welt der

Sprachlosigkeit zu mir zurückfand, begann ich, nach Beweismaterial für Ührlistolz-Imitat-Transaktionen zu suchen. Ich wurde erfreulicherweise auch schnell fündig. Im Schreibtisch fand ich diverse Lieferschein- und Rechnungskopien an verschiedene Kaufhäuser, unter anderem auch an ›Schickimicki‹. Die Papiere waren allesamt mit dem Firmenkopf ›TradeEnd Inc‹ bedruckt. Das, was ich aber bei meiner Suche wiederum nicht fand, waren Unterlagen, die in irgendeiner Weise auf Magenbitter oder den ›Falschen Hasen‹ hingewiesen hätten. Doch das musste nichts bedeuten, es trieb mich dazu an, nur noch intensiver danach zu stöbern. Allerdings war ich wenig gewillt, die Wohnung allein komplett auf den Kopf zu stellen. Also beschloss ich, auf den Eigentümer zu warten und ihn um Unterstützung meines Anliegens zu bitten. Ich nahm mir einen Stuhl und setzte mich in die hinterste Ecke des Zimmers neben einen Wandschrank. Bei gedimmter Beleuchtung würde man mich von der Tür aus nicht sehen können. Ich allerdings konnte sehr genau beobachten, wer die Wohnung betrat, und hatte zudem einen äußerst günstigen Blickwinkel auf das Telefon. Eine Stunde verging, aber nichts geschah. Es war mittlerweile fast 22 Uhr und ein unerträgliches Hungergefühl überfiel mich. Nach einigem Hin und Her beschloss ich, mich an den Köstlichkeiten der Küche zu laben, und entschied mich für den 64er aus Kastalonien und das Carpaccio. Es zerging auf der Zunge und der Wein war ein Feuerwerk für die Sinne. Die Anspannung, die sich in mir aufgestaut hatte, ebbte ab. Ich setzte mich auf meinen Platz zurück und schenkte mir noch zweimal großzügig nach, bis die Flasche fast leer war. Ich fühlte, wie mich der schwere Wein schläfrig machte. Plötzlich hörte ich ein Geräusch im Treppenhaus und vernahm, wie jemand die Stufen herauftrottete. Ich schüttelte den Kopf und setzte mich aufrecht auf meinen Stuhl. Aufpassen! Die Tür schwang auf und ein ungewöhnlich großer, maskuliner Kerl, der einen sehr umtriebigen Eindruck auf mich machte, kam herein. Er hatte einen Geigenkoffer in der Hand, den er unmittelbar an der Wand abstellte, nachdem er die Tür wieder geschlossen hatte. Gähnend trottete er in die Küche und ich befürchtete schon, dass er nun meine Anwesenheit bemerken würde. Er kam zurück ohne jeglichen Eindruck von Unsicherheit, woraus ich schloss, dass er nicht an der Spüle gewesen war, in der ich meinen Teller nach dem Essen abgestellt hatte. Das Telefon klingelte. Mit einem Glas in der einen und einer Flasche in der anderen Hand wandte er sich dem kleinen Beistelltischchen zu, den Rücken mir zugekehrt. Um das Telefon abnehmen zu können, stellte er kurz die Flasche ab, klemmte sich den Hörer zwischen Wange und Schulter und schenkte sich ein, während er mit dem Anrufer sprach.

»Ja, hallo? Hallo, Mama! … ja, … ja, … nein. Tut mir leid, aber ich hab gerade wirklich viel zu tun. Nein, … nein, Mama, du bist mir nicht egal! Hör zu, ich komm gleich zu dir rüber und wir spielen noch eine Runde Mühle. Ja, ja … okay, Mama, versprochen.« Er legte auf.

»Deine Mama wird leider noch etwas länger auf dich warten müssen, du hast noch eine andere Verabredung!«, rief ich aus dem Dunkel meiner Ecke. Sofort war sein Körper gespannt wie eine Bogensehne. Ich zog den Schlagbolzen meiner Waffe zurück, dessen Klicken unüberhörbar war. Ganz langsam bewegte er eine Hand nach unten.

»Nicht mal dran denken!«, drohte ich mit ruhiger Stimme. »Beide Hände nach oben, so, dass ich sie sehen kann. Gesicht nach vorn!«

Etwas tapsig wankte ich auf meinen Gegner zu, der Rotwein setzte mir nun doch immer mehr zu. »Immer schön den Blick geradeaus!«, befahl ich mit sonorer Stimme und versuchte, meine Anweisungen zu unterstreichen, indem ich den Lauf meiner Waffe an seinen Hinterkopf ansetzte. Mit der freien Hand tastete ich ihn vorsichtig ab und erleichterte ihn um seine Automatik im Schulterholster und seine Brieftasche, in der ich einen Führerschein fand.

»Na, aber hallo! Herr Teutonius Rammler. Oder vielleicht doch eher Herr Striezel? Sie glauben gar nicht, wie ich mich freue, Ihre Bekanntschaft zu machen, wie auch immer Sie heißen mögen. Das striezt mich jetzt überhaupt nicht mehr!«

»Na schön, Mister Unbekannt. Da Sie ja nun wissen, wer ich bin, haben Sie vielleicht auch die Güte, mir zu sagen, mit wem ich das Vergnügen habe?«, knurrte er.

Rammlers Gehirn arbeitete auf Hochtouren. Er wog seine Chancen ab, die ihm in Anbetracht des Pistolenlaufs, den er am Hinterkopf spürte, noch blieben. Die Lage war prekär, aber nicht hoffnungslos. Rammler war dem sicher geglaubten Tod in Gestalt des Pane schon einmal von der Schippe gesprungen. Er lauerte nur auf einen Moment der Unachtsamkeit. Und dann sah er seine Chance kommen.

»Ich-icks bin die Polischei … Die Polizei!«

Der Fremde war betrunken, zumindest angetrunken.

»Das kann ja jeder behaupten. Können Sie sich ausweisen?«, setzte Rammler nach. Der angebliche Bulle trat einen halben Schritt zur Seite. Rammler spürte immer noch den Lauf der Waffe am Kopf, aber der Druck ließ etwas nach. Dann wedelte sein Gegner ihm mit einem Polizeiausweis über die Schulter vor den Augen herum.

»Reischt … *Reicht* das?«

Rammler spürte den Atem seines Gegners im Nacken. Das war der erhoffte Moment. Er schnellte blitzschnell mit der einen Hand herum, in der er das noch halb volle Glas hielt, und schüttete seinem Gegner den Inhalt direkt ins Gesicht. Prustend setzte der einen weiteren Schritt zurück und zog reflexartig seinen Arm mit der Pistole in der Hand vor sein nasses Gesicht. Rammler konnte ihn noch fluchen hören, als die Fensterscheibe klirrend in tausend Scherben zersprang, durch die er sich kurz entschlossen auf das anliegende Garagendach warf. Er rollte sich zur Seite ab, griff dann in die Regenrinne und überschlug sich elegant vornüber. Nur einen Moment blieb er hängen, um seinen Schwung abzufangen, dann ließ er los. Er landete sicher auf dem Boden, rannte bergab die Straße entlang und verschwand in der nächsten Gasse, wo ihn die Dunkelheit nach wenigen Metern schützend umgab.

*

Ich machte keine besonders gute Figur, als ich am nächsten Morgen angeschlagen im Büro ankam und meinem Chef Bericht über den Stand der Ermittlungen erstatten musste. Die verpatzte Chance Herrn Rammler alias Striezel dingfest zu machen hatte einen kleinen Knacks an meinem Selbstbewusstsein hinterlassen, noch dazu einen dicken Rotweinfleck auf meiner besten Weste. Allerdings stand nun eines zweifelsfrei fest: Ich hatte den Betrüger gefunden, der ›Schickimicki‹ die angeblichen Ührlistolzuhren verkauft hatte. Und es handelte sich um eine ganze Organisation, bestehend aus mehreren Mitgliedern, die unter Panetoni Magenbitter – sein wahrer Name war nach wie vor ein Geheimnis – ihre Geschäfte abwickelten. Ich hatte, nachdem mir der Kerl entkommen war, die Wohnung verärgert nach weiteren Beweisen durchsucht. Im Geigenkoffer, den der Kerl mitgebracht hatte, fand sich ein zerlegtes Gewehr mit Zielfernrohr, welches noch nach Pulver gerochen hatte, somit also vor Kurzem abgefeuert worden war. Die Waffe hatte ich unmittelbar zu Fräulein Fitzelkrams ins Kriminallabor gebracht. Aber viel mehr als das, was mir schon vor der Ankunft von Herrn Striezel alias Rammler in die Hände fiel, hatte ich bei meiner Suchaktion nicht mehr gefunden. Der Polizeipräsident nannte mich einen Dackel, weil ich allein und ohne Verstärkung zu Striezel gegangen war und den Kerl hatte entkommen lassen. Zu allem Übel hatte ich auch noch einen Kater und das war etwas, das ich auf den Tod nicht ausstehen konnte. So saß ich also vor dem Schreibtisch meines Chefs, der mir unentwegt Vorwürfe über die Art meines Vorgehens und über Verletzungen der Dienstvorschriften machte. Doch damit nicht genug, denn zu meinem Verdruss erteilte er mir nun auch noch vollkommen nutzlose Ratschläge, wie man es hätte besser anstellen können. Sein unerträgliches und lautstarkes Blöken vibrierte mir in den Schläfen so wie eine falsch gestimmte Geige. Mehrfach verzog ich das Gesicht vor Kopfschmerzen und drückte mir Daumen und Zeigefinger in die Augenwinkel. Genervt versuchte ich durch permanente Zustimmung zu den wilden und unsinnigen Thesen und Ideen meines Polizeipräsidenten, mir möglichst schnell einen Weg aus diesem Ort des Grauens zu ermöglichen. Die Erlösung kam von außen. Es klopfte und Wachtmeister Knüppler trat ein.

»Entschuldigen Sie bitte, Herr Polizeipräsident. Da ist jemand für den Kommissar. Es sei sehr wichtig und er hätte nicht viel Zeit.«

»Was macht die Schulter, Knüppler? Gerade so noch mal vorbeigeschrammt, was?«, fragte ich mit einer unbeschreiblichen Dankbarkeit in der Stimme für Knüpplers unerwartetes Erscheinen.

»War da was?«, entgegnete Knüppler großspurig. »War doch nur ein Kratzer! Da hab ich schon ganz andere Klippen genommen.«

»Da hab ich schon ganz andere Klippen genommen.«

In meinem Büro saß ein aparter und äußerst gut gekleideter Herr. Sein Anzug in feinem Streifenanthrazit unterstützte seine insgesamt beeindruckende, aber geheimnisvolle Erscheinung. Sein Blick war vollkommen klar und einnehmend. Mir war nicht ganz wohl in seiner Gegenwart, wobei so etwas wie ein Bann von ihm ausging, der einen zwang zu verharren, obwohl vielleicht Gefahr drohte. Er schaute mich freundlich an und erkundigte sich dann nach meinem Namen: »Kommissar Bösenschreck?«

»Hauptkommissar! Zumindest steht das an der Tür. Und mit wem habe ich das Vergnügen?«

Der Kerl griff in sein Jackett, ohne dabei aufzustehen, und holte eine Visitenkarte aus der Innentasche, die er mir entgegenstreckte.

»Gerwolf Käscher. Personal Recruiting?« Ich musterte meinen Besucher misstrauisch. Auf der Karte stand nur der Name, keine Telefonnummer, keine Adresse. Die Rückseite war leer. Ein weiches Lächeln, bei dem seine strahlend weißen Zähne sichtbar wurden, huschte ihm über das Gesicht. Ein Anblick, der ihn noch bedrohlicher aussehen ließ.

»Vielleicht können Sie mit der etwas gängigeren Titulierung ›Headhunter‹ mehr anfangen.«

»Ein Kopfgeldjäger?«, kam es erstaunt über meine Lippen.

Wieder überfiel ihn ein amüsiertes Lächeln. »Nun ja, gewissermaßen auch das. Aber ich jage und fange keine Entflohenen, um sie gegen die ausgesetzte Belohnung zurückzubringen. Ich suche Personen, die auf das spezielle Anforderungsprofil meiner Auftraggeber passen.«

Ich musste wohl ein ungeheuer blödes Gesicht gemacht haben, denn sein Lächeln wurde immer breiter.

»Tja, aha! Und was wollen Sie von mir?«, fragte ich unsicher.

»Wollen Sie bitte einmal die Tür schließen. Schließlich ist das, was ich Ihnen zu sagen habe, sehr persönlich!« Er bückte sich nach seinem Aktenkoffer, stellte diesen auf seine Oberschenkel und sah erwartungsvoll auf meinen Stuhl, der ihm noch in gähnender Leere auf der anderen Seite des Schreibtisches gegenüberstand. Ich zögerte einen Moment, schloss dann die Tür und nahm Platz.

»Also, Herr Bösenschreck. Sie waren sehr fleißig und geschäftig. Ihr Tun ist nicht unbeachtet geblieben«, begann er und machte dann eine Pause.

»Sie sprechen in Rätseln, verehrter Herr Käscher«, sagte ich und kniff die Augen zusammen.

»Was verdienen Sie, Herr Kommissar? Doch sicher nicht so viel, wie es Ihren Erfolgen entsprechen würde? Geschweige denn für einen Mann Ihres Formats?«

»Wollen Sie mich bestechen?«, fragte ich ironisch.

»Bestechen? Herr Kommissar! Wo denken Sie hin? Nein, ich biete Ihnen einen Job an!«, antwortete Käscher gewandt.

»Einen Job? Was für einen Job? Und für wen?« Ich konnte nicht folgen.

»Sagen wir es einmal so: Ein Konkurrent Ihres Arbeitgebers hat durch Ihre Aktivitäten doch erhebliche Unannehmlichkeiten hinnehmen müssen. Das ist zunächst natürlich sehr ärgerlich, aber man sieht das nicht unsportlich. Zumindest noch nicht. Mein Auftraggeber möchte, dass Sie für ihn arbeiten.«

»Ihr Auftraggeber? Wer ist denn Ihr Auftraggeber?«, hakte ich nach. Doch Käscher gab mir keine Antwort, sondern lächelte wieder geheimnisvoll.

»Magenbitter vielleicht? Panetoni Magenbitter?«, setzte ich nach.

»Sind Sie interessiert?«, fragte Gerwolf Käscher emotionslos.

»Ich soll den Kommissar an den Nagel hängen und einen Job bei Ihrem *Auftraggeber* annehmen?«

»Mitnichten sollen Sie den Kommissar an den Nagel hängen. Sie sollen weiterhin Kommissar sein«, wies Käscher meine Frage zurück. »Kommissar! Mit Ihrem wunderschönen Büro, Ihrem beruflichen Ansehen und Erfolgen und natürlich Ihrem Beamtenstatus. Das sollten Sie nicht leichtfertig aufgeben.«

»Ja was denn bitte dann?«

Gerwolf Käscher legte nun den Aktenkoffer flach auf seine Oberschenkel und schob die kleine Metallarretierung des Schlosses zur Seite, sodass der Verschlussbügel nach oben schnellte. »Sie sollen nach wie vor Kommissar sein, Herr Kommissar. Ein guter Kommissar. Sie sollen diese Position möglichst lang erfolgreich besetzen. Nur sollen Sie Ihre Aktivitäten, die meinen Auftraggeber am Markt so empfindlich treffen, ... nun, ... sagen wir, etwas einbremsen, zurückschrauben oder am besten passivieren, wenn Sie so möchten.«

»Einbremsen!«, kam es mir über die Lippen.

»Kanalisieren, zurückschrauben, abbrechen – mir gefällt immer noch passivieren am besten. Wie immer Sie es nennen wollen, Kommissar«, fuhr Käscher fort. »Durch Ihre *neue* Tätigkeitsauffassung wird das Unternehmen meines Auftraggebers wieder erfolgreich agieren können und an diesem Erfolg sollen Sie natürlich teilhaben. Für Ihre Bemühungen im Sinne meines Auftraggebers erhalten Sie ein attraktives monatliches Salär.«

Käscher hob endlich den Deckel des Aktenkoffers an und mir blieb die Luft weg. Ich sprang von meinem Stuhl auf und war versucht, mit einer Hand in den Koffer zu greifen. Ich zögerte. »Sie müssen nur zugreifen und wir sind im Geschäft, Herr Kommissar«, versuchte mich Käscher mit einem lechzenden Unterton zu motivieren. Doch ich zog meine Hand wieder zurück.

»Sie müssen nur zugreifen und wir sind im Geschäft, Herr Kommissar.«

»Sie sind wohl übergeschnappt! Das ist Bestechung eines Staatsbeamten!«

Käscher wirkte enttäuscht. »Bestechung. Was für ein wirklich unschönes Wort. Aber wir haben befürchtet, dass Sie so reagieren könnten. Bitte bedenken Sie, Herr Kommissar …«, und dabei fletschte er seine weißen Zähne, »… es gibt auch noch andere Wege, Sie zur Kooperation zu bewegen!«

Ich war erschüttert. »Sie drohen mir?« Doch zu einer Antwort kam es nicht. Wieder einmal war das Handy mein Helfer in der Not.

»Hallo, Börsenschreck? Ich bin's«, tönte es mir ins Ohr.

»Einen Augenblick bitte«, antwortete ich. Ich bat Käscher um zwei Sekunden und ging vor die Bürotür.

»Rony! Hast du was rausgefunden?«, fragte ich erleichtert, aber halblaut ins Telefon.

»Deine Namen waren allesamt Nullnummern. Kein einziger war ein Treffer, nicht einmal Magenbitter«, berichtete Rony.

»So ein Mist, aber das hab ich schon befürchtet«, antwortete ich enttäuscht.

»Nein, du verstehst mich nicht. Diese Namen tauchen nirgends auf. Die sind allesamt nicht gemeldet. Nicht einmal Magenbitter. Der ›Falsche Hase‹ ist auf eine Madame Maidmoisel eingetragen. Die ist allerdings überhaupt nicht bei uns angemeldet, sondern scheint in Zymbalesien ansässig zu sein. Der ›Falsche Hase‹ wird als Zweitwohnung dieser Dame aufgeführt. Keine Ahnung, wie es überhaupt zu einer Zulassung für Magenbitters Restaurant gekommen ist. Daraufhin habe ich mir die Mühe gemacht und mal nachgeschaut, wie viele Einbürgerungen es in den letzten beiden Jahren von kastalonisch stammenden Einwanderern gab. Was schätzt du?«

»Rony, hör auf, mir Rätsel zu stellen!«, pfiff ich ihn ungeduldig an.

»15!«

»15?«

»15, im ganzen Südwesten. Mit genauer Anschrift, Straße und Hausnummer«, frohlockte Rony.

»Hast du vielleicht einen mit Namen ›Klaut Stiehlts‹?«, fragte ich.

»Hab ich!«

»Was, tatsächlich? Und vielleicht auch einen mit Nachnamen ›Striezel‹?«, geiferte ich nun aufgeregt ins Telefon.

»Auch den«, bestätigte Rony.

»Und alle mit genauer Anschrift?«

»So ist es.«

»Kannst du mir die Namen und Adressen rüberfaxen? Gleich? Auf die 27?«

»Kann ich. Und wie geht's jetzt mit Zuzi weiter?«, wollte Rony wissen.

»Später! Ich kann jetzt nicht! Ich ruf dich zurück! Versprochen! Nun mach schon!«, drängte ich Rony aufgeregt.

Das Faxgerät auf dem Gang begann zu piepen und zu blinken und kurze Zeit später surrte eine Seite aus dem Gerät, auf der 15 typisch kastalonische Namen samt zugehörigen Adressen zu lesen waren. Für mich war das im wahrsten Sinne des Wortes eine Schatzkarte. Zwei der Namen waren mir mittlerweile bekannt. Aber welche Namen waren noch relevant? Mein Freund Striezel hatte offensichtlich noch Verwandtschaft, denn es tauchte neben ›Hasso Striezel‹ auch eine ›Mummi Striezel‹ auf, beide wohnhaft in derselben Straße. Hatte der Kerl nicht einen Anruf von seiner Mutter erhalten, als ich ihm in seiner Wohnung aufgelauert hatte? Das war durchaus eine wertvolle Information, denn über diese Mummi Striezel würde es mir sicher früher oder später gelingen, meinen Flüchtigen dingfest zu machen. Nur, hinter welchem Namen verbarg sich mein Herr Magenbitter? Ich musste die übrigen abklappern, das würde seine Zeit dauern, denn die Adressen waren auf einen geschätzten Radius von 150 Kilometern verteilt. Zeit! Ich brauchte Zeit! Ich schielte durch die Glasscheibe zu Gerwolf Käscher, der ungeduldig auf mich wartete. Er machte einen etwas ungehaltenen Eindruck, als ich zurück in mein Büro kam.

»Nun, Herr Kommissar? Haben Sie sich entschieden?«

»Ich muss mir das erst einmal in Ruhe durch den Kopf gehen lassen. Das ist keine Entscheidung, die man leichtfertig trifft. Das hat Konsequenzen. In jedweder Richtung!«

Käscher sah mich prüfend an. »Sie versuchen doch nicht etwa, Zeit zu schinden und zu tricksen? Das würde meinem Auftraggeber gar nicht gefallen!«

»Ich muss darüber schlafen!«, antwortete ich bestimmt.

»Na gut«, gab sich Käscher geschlagen und klappte den Koffer zu. Er legte einen merkwürdig geformten Schlüssel auf den Tisch. »Aber bis morgen warten wir nicht! Sie können den Schlüssel bis heute Abend 18 Uhr benutzen und damit Ihr Einverständnis bekunden!«

»Und wo passt dieser Schlüssel?«

Käscher lachte. »Aber Herr Kommissar. Das werden Sie sicher herausfinden mit Ihrem grandiosen Spürsinn, nicht wahr?« Er nahm seinen Hut und ging zur Tür hinaus, wo er noch einmal innehielt. »18 Uhr!«, schärfte er mir nochmals ein. Dabei bleckte er die weißen Zähne. »… und ein gut gemeinter Rat: Geraten Sie mir nicht unter die Wölfe!« Dann war er mitsamt dem Koffer verschwunden.

Neben der Wohnung meines bereits geschnappten Klaut Stiehlts war nur noch eine weitere Adresse auf Ronys Liste hier in der Kernstadt gelegen. Zur Sicherheit hatte ich die Richtigkeit der vorliegenden Adresse eines angeblichen ›Dottore Pankreatis‹ überprüft und sie war tatsächlich existent. Ronys Liste war pures Gold wert. Wir, das heißt ich und ein SEK-Team, welches ich zur Sicherheit angefordert hatte, machten uns daraufhin auf den Weg ins Zentrum, wo ein ganzer Sack voll Mediziner seine Arztpraxen hatte. Wir hatten viel zu wenig Zeit und ich konnte nicht genügend Namen sicher ausschließen. Der Name ›Pankreatis‹ erweckte in mir die Hoffnung eines Pseudonyms zu ›Pane‹, doch mein Instinkt sollte mich täuschen. So einfach machte man es mir nicht. Wir drangen gewaltsam in die Praxis von Dottore Pankreatis ein, der laut Aushang ein niedergelassener Arzt mit dem Fachgebiet für innere Medizin war. Mich überkamen bereits die ersten Zweifel, als mich die Dame am Empfang nach meinem Termin und meiner Versicherungskarte fragte, zudem ein Nebenzimmer voll besetzt war mit nicht besonders vital wirkenden Personen. Ich wollte dennoch nicht aufgeben, schließlich könnte ja alles nur Tarnung sein, genau wie im ›Falschen Hasen‹. Ohne Vorwarnung und unter vehementem Protest der angeblichen Sprechstundenhilfe, drang ich mit zwei SEK-Beamten in das mutmaßliche Untersuchungszimmer ein, während zwei weitere Männer die Patienten und die Arzthelferinnen in Schach hielten. Die gegenwärtig ausgeführte Rektaluntersuchung des Dottore Pankreatis an einem seiner Patienten überzeugte mich jedoch peinlichst davon, dass Pankreatis, der leider keinerlei Ähnlichkeit mit Magenbitter hatte, auch kein krimineller Mitläufer sein konnte. Enttäuscht verließen wir das Gebäude und ließen mehrere verstört wirkende Patienten, Arzthelferinnen und einen erbosten Arzt zurück. Leider hatten wir eine Stunde kostbarer Zeit verloren, weil wir auf das falsche Pferd gesetzt hatten. Ich saß im Auto mit Ronys Liste in der Hand und grübelte verzweifelt darüber nach, wieso mein sonst so untrüglicher Spürsinn und mein Spekulationstalent mich bei dem aktuellen Fall im Stich ließen. Vielleicht lag es daran, dass ich unter enormem Zeitdruck stand. Und dieses Mal hing mir nicht nur der Polizeipräsident im Nacken, sondern ich sorgte mich um die Sicherheit meiner Eltern. Zudem tat ich mein Bestes, meine wenigen Freunde und die guten Kontakte leichtfertig aufs Spiel zu setzen. In mir keimte der Verdacht, dass dies der alles entscheidende Fall meiner Karriere werden würde: richtungsweisend, fundamental, ohne eine zweite Chance für den Fall, dass mir ein Fehler unterlief. Ja, das musste der Grund sein. Ich stand bisher noch nie unter solch enormem und persönlichem Druck. Mein Handy riss mich aus den Gedanken.

»Ja, hallo?«

»Hallo, Kommissar, hier Lupine Fitzelkrams. Ich hab Neuigkeiten. Also, die Projektile aus dem Krankenhaus passen zu der Waffe, die Sie aus der Wohnung von Herrn Striezel mitgebracht haben. Die Kugeln wurden eindeutig aus dieser Waffe abgefeuert.«

»Okay, dann geben wir für diesen Striezel sofort eine Fahndung wegen Mordversuchs raus. Sonst noch was?«

»Ja«, antwortete Fräulein Fitzelkrams. »Die Ergebnisse aus dem Prismenscanner sind da. Die Spektralfarbenspektroskopie belegt eindeutig, dass alle Dokumente, die Sie zur Untersuchung mitgebracht haben, aus ein und derselben Druckmaschine stammen. Lieferscheine, Firmenpapiere, Rechnungen, sogar die Speisekarte aus dem ›Falschen Hasen‹! Alles dieselbe Herkunft. Nur leider haben wir dazu kein passendes

Muster in unserer Datenbank gefunden. Das heißt, die Urheber waren bisher noch nicht aktenkundig.«

»Schade«, antwortete ich. »Dann müssen wir notgedrungen klassisch vorgehen und alle Verdächtigen abklappern.«

»Wenn Sie noch was haben, bin ich Ihnen gern behilflich, Kommissar«, versuchte Fräulein Fitzelkrams, mir zu meiner hörbaren Verbitterung Mut zuzusprechen.

»Hm-ja! Irgendwas ist da noch, Fräulein Fitzelkrams. Irgendwas haben wir noch übersehen. Ich komm nur im Moment nicht drauf. Aber sobald es mir einfällt, ruf ich Sie sofort an!«

»Okay, Herr Kommissar! Viel Glück!« Damit legte sie auf.

»Wohin fahren wir jetzt, Kommissar?«, fragte der SEK-Einsatzleiter.

»Hm?« Ich studierte wieder den Notizzettel von Rony. Die Namen Stiehlts, Striezel und Pankreatis waren abgehakt. Mummi Striezel war offenkundig eine Frau und wahrscheinlich die Mutter von meinem gesuchten Hasso Striezel. Ich hatte zwei meiner Leute abgestellt und vor Ort positioniert, in der Hoffnung, dass Striezel früher oder später dort Zuflucht suchen oder sich zumindest telefonisch melden würde. Verblieben noch elf Namen und Adressen. Was nun? Alle anderen Adressen würden aufgrund der Entfernung deutlich mehr Zeit in Anspruch nehmen, als dass ich mir noch einen oder zwei Fehlschläge leisten konnte. Ich könnte würfeln. Zumindest wäre das nicht viel schlechter als mein derzeit missratener Spürsinn. Es half nichts.

»Wir fahren raus aus der Stadt, auf die Schnellstraße Richtung Westen!«, befahl ich dem Einsatzleiter, der mein Fahrzeug durch die Straßen lenkte. Urplötzlich schrie ich auf und schnellte in meinem Sitz nach vorn. »Halt! Langsam! Da, da vorn!«

Der Einsatzleiter fuhr erschreckt zusammen und stieg in

die Eisen. Der Wagen blieb mit quietschenden Reifen stehen. Die Nachhut wäre uns fast in den Kofferraum gedonnert, doch der Fahrer manövrierte sein Gefährt geschickt um uns herum und stoppte in der nächstbesten Parklücke.

»Sehen Sie den schwarzen Lieferwagen?«

Ein schwarzer Caraman fuhr knapp 30 Meter vor uns und bog dann nach rechts ab in Richtung Bahnhof.

»Verfolgen!«, befahl ich lautstark.

Der Caraman hielt vor einem Tabakladen in der Bahnhofstraße. Wir stoppten in sicherer Entfernung.

»Die laden irgendeine Lieferung aus«, kommentierte der Einsatzleiter.

»Geben Sie mir mal Ihr Fernglas, … Bingo!«, freute ich mich. »Das ist nicht irgendeine Lieferung, das sind Aríbas – steht zumindest auf den Kisten!«

»Und was heißt das?«

»Das heißt, dass wir nicht weiter Blinde Kuh spielen müssen!«

Nach etwa 15 Minuten war die Fuhre ausgeladen und der Caraman fuhr wieder los.

»Sie heften sich dem Lieferwagen an den Auspuff, ohne dass der was merkt. Ich muss mich kurz in dem Laden vergewissern und komm mit dem zweiten Team nach!«

Damit stieg ich aus und begab mich in das Tabakgeschäft, in dessen Auslage neben sündhaft teuren Raucherutensilien wie Pfeifen aus echtem kastalonischem Wurzelholz, goldenen Zigarrenschneidern und perlmuttbesetzten Feuerzeugen auch eine Werbetafel stand, die auf die jüngst eingetroffenen Aríbas hinwies. Als ich in den klimatisierten und von feinstem Tabakodeur wohlduftenden Verkaufsraum eintrat, strahlte mich ein untersetzter, braungebrannter Verkäufer mit grau melierten Locken an. Ein Goldkettchen baumelte an seinem Handgelenk und seine leichte, mediterrane Kleidung vermittelte einem den Eindruck, als befände er sich gerade im Südseeurlaub.

»Willkommen bei Bix Zunder, dem einzig wahren Tabakspezialitätengeschäft der ganzen Stadt, was sag ich, der ganzen Region. Was kann ich für Ihr Wohlbefinden tun?«

»Sie haben gerade eine Lieferung Aríbas bekommen?«, fragte ich höflich.

»Ahhhh! Ein Kenner! Wunderbar, mein Freund. Hier bitte, feinste Aríbas! Nur echt mit der Banderole. Und der Hit – so günstig wie noch nie. Ein echtes Schnäppchen.«

Bix Zunder hielt mir eine geöffnete Schachtel Aríbas unter die Nase. Ich zog eine heraus und nahm sie kurz in Augenschein. »Ja, das sind sie!«

»Wunderbar. Wie viele darf ich Ihnen einpacken? Eine Schachtel? Oder besser zwei?«

»Ich möchte die Lieferpapiere und die Rechnung sehen«, verlangte ich.

»Wie bitte? Mit welchem Recht und warum?«, fragte Zunder erstaunt.

Ich zog meine Dienstmarke heraus, blieb aber freundlich und höflich. »Zeigen Sie mir bitte die Lieferpapiere und die Rechnung.«

Er reichte mir zwei Papiere, die auf dem Tresen lagen, und schaute mich erwartungsvoll an.

»Tabak International. Geschäftsführer Maxim Tannenmann, … Maxim Tannenmann – heißt so Ihr Lieferant?«

»Nein, das ist nur der Lieferschein mit der Ursprungsbestätigung der Ware. Die Vertretung von Tabak International hat Herr Gierd Kralle – steht auf der zweiten Seite. Sehr feiner und äußerst geschäftstüchtiger Herr.«

»Gierd Kralle. Kamille-Bizarro-Straße 14. Hier in der

Stadt. Oder zumindest in einem der Vororte. Hmm … Haben Sie zufällig einen Stadtplan mit Eingemeindungen?«

»Ja, sicher.« Zunder gab mir den gewünschten Plan und ich suchte erfolglos im Straßenverzeichnis die Kamille-Bizarro-Straße 14. Desillusioniert wollte ich die Karte zerknüllen, doch dann strich ich sie wieder glatt und gab sie ihrem Besitzer zurück.

»Funktioniert die angegebene Telefonnummer von Herrn Kralle?«

»Ich glaube schon. Bisher habe ich ihn allerdings noch nie angerufen«, räumte Zunder ein.

»Dann sollten Sie es auch dabei belassen, verstanden?«

»Ähem, ja, wenn Sie meinen. Aber was ist denn eigentlich los?«, wurde der Tabakladenbesitzer nun etwas ungehalten.

»Ich fürchte, Sie sind einem Betrüger aufgesessen.«

»Was? Wie? Betrüger? Aber wie … he! Die Papiere brauche ich noch!«

»Muss ich vorübergehend beschlagnahmen …« Ich steckte die Dokumente in meine Jackentasche. »Guter Tipp von mir: Warten Sie noch mit der Zahlung und vor allem: Versuchen Sie nicht, Herrn Kralle diesbezüglich zu kontaktieren!«

Ich verließ den Laden und stieg in den Wagen des zweiten SEK-Teams. Ich wies den Fahrer an loszufahren, während ich das Autotelefon des ersten Fahrzeugs anwählte. Der Einsatzleiter meldete sich.

»Ja, hallo, Kommissar. Wir hängen dem Kerl an der Stoßstange. Der ist die Ruhe selbst. Tuckert mit 70 über die Schnellstraße.«

»Passen Sie auf, dass er nichts merkt, der Kerl ist heiß! Geben Sie mir Ihre Koordinaten. Wir sind auf dem Weg!«

*

»Was soll das, verdammt noch mal, heißen, du hast ihn verloren?«, fauchte der Pane seinen Leibwächter an.

»Tut mir auch echt leid, Boss. Ich hab noch versucht, ihm in der Dunkelheit zu folgen, aber der ist gerannt, als ginge es um sein Leben. Ich dachte doch, er legt sich schlafen, und hab es mir im Auto bequem gemacht. Dann ist der plötzlich aus heiterem Himmel vom Dach runtergehüpft und war im Handumdrehen in den dunklen Gassen verschwunden!«

Der Pane lief mit wütendem Gesicht im Raum auf und ab. »Spatzenhirn! Wenn du schon einmal gedacht hast! Und warum kommst du erst jetzt und erzählst mir das alles? Es ist fast Mittag!«

»Äh, ach so. Aber Boss, ich hab noch versucht, Rammler wiederzufinden, und habe fast die ganze Nacht alle möglichen Spelunken abgeklappert. Und dann bin ich noch mal zu seiner Wohnung. Aber er ist nicht zurückgekommen. Hätte ich dort noch warten sollen?«

»Keine Ahnung. Irgendwie schmeckt mir die ganze Sache nicht! … Nein. Und wieso hast du nicht angerufen?«

»Ich hab doch keine Nummer von dir, Boss.«

»Ach so, ja, klar doch … Okay!«

Der Pane nahm den Telefonhörer in die Hand und wählte Rammlers Mobilnummer, doch Rammler nahm nicht ab, desgleichen bei der Festnetznummer. Wütend knallte er den Hörer zurück auf die Gabel und überlegte kurz.

»Panzi, du machst jetzt einen Besuch bei Mama Striezel und wartest dort ab. Sicher wird Rammler früher oder später bei seiner Mutter auftauchen oder anrufen!«

»Okay, Boss. Ich mach mich gleich auf die Socken.«

»Ach, Panzi …«

»Ja, Boss?«

»Lass dich nicht noch einmal von ihm zum Affen

machen …« Der Pane schaute seinen Leibwächter einschüchternd an, wobei er sich mit dem Finger ein Lid nach unten zog, sodass das rot unterlaufene Auge groß und hässlich aufleuchtete. »… sonst geb' ich dir Zucker! Du verstehst?«

Panzi schluckte verängstigt. »Ja, Boss. Sicher, Boss.« Damit war er verschwunden.

*

Die Festnahme unseres Verfolgten mit dem Künstlernamen Gierd Kralle, dessen Adresse sich auf Ronys Liste mit dem Namen Raffael van Raff in Verbindung bringen ließ, verlief erfreulicherweise ohne Widerstand und ohne weitere Zwischenfälle. Wir konnten den Kerl in seiner gleichfalls pompös eingerichteten Wohnung überrumpeln, während er, in der Badewanne sitzend und nicht ohne Talent, die Melodie aus ›Der dritte Mann‹ vor sich hin trällerte.

»Passend, absolut passend, denn Sie sind die Nummer drei!«, beglückwünschte ich den verdutzten Kerl freundlich, als ich ihm Handschellen anlegte. Van Raff stellte sich dabei so unsagbar dumm, man mochte fast glauben, er könnte kein Wässerchen trüben. Also ließ ich ein paar Schlüsselworte wie ›Pane Panetoni Magenbitter‹, ›Ührlistolz‹ und ›Aríbas‹ fallen und er wurde handzahm. Dennoch war er nicht sonderlich gesprächig. Das Telefon entpuppte sich in diesem Fall als mein bester Freund und Helfer, denn wieder einmal klingelte es zur rechten Zeit. Dieses Mal allerdings war es das Gerät von Herrn van Raff.

Ich baute mich mit verschränkten Armen vor dem Apparat auf und schaute den pitschnassen und tropfenden Kerl erwartungsvoll an. Auf dem Display des Fernsprechers war keine Nummer zu erkennen, der Anrufer schien sie zu unterdrücken.

Van Raff hielt sich noch immer zurück, das Klingeln blieb

penetrant. Da nahm ich vorsichtig den Hörer ab, stellte den Lautsprecher an und drückte van Raff auffordernd den Hörer gegen Mund und Ohr.

»Hallo, Kralle?«, tönte es aus dem Lautsprecher. Van Raff gab noch immer keinen Ton von sich, weshalb ich ihm schließlich ermunternd den Lauf meiner Kanone in die Rippen drückte.

»Ähem, ja, ich bin's«, meldete sich van Raff nun etwas haspelig.

»Hör zu, die Sache wird grad etwas heiß, zieh dich erst mal zurück, wir … Kralle?«

»Äh, ja?«

»Klick«, ertönte es nur noch aus dem Lautsprecher, dann ein anhaltender Summton. Der Anrufer hatte aufgelegt.

»So, so, Kralle ist also tatsächlich dein Deckname. Gierd Kralle. Das war der Pane, nicht wahr? Oder wenn du so möchtest, Panetoni Magenbitter«, knurrte ich van Raff bedrohlich an. Doch er gab keinen Mucks von sich.

»Wer hier auf der Liste ist Magenbitter?«, brüllte ich lauthals und hielt dem Kerl meinen Notizzettel mit den Adressen unter die Nase. »Wer?«

»Mein Name ist Hase – ich hab keine Ahnung, wovon Sie reden!«, wehrte van Raff ab und es war wahrscheinlich die Wahrheit, denn auch Stiehlts hatte kundgetan, dass ihm die wahre Identität des Pane nicht bekannt war. Ich rief bei Fräulein Fitzelkrams an.

»Ja, hallo?«

»Fräulein Fitzelkrams, hier Bösenschreck. Ich brauch die Rückverfolgung einer Rufnummer von diesem Apparat aus, von dem aus ich gerade telefoniere. Soeben hat hier ein unbekannter Teilnehmer angerufen. Ich muss wissen, wo der Anrufer sitzt, und zwar schnell!«

»Was meinen Sie mit schnell, Kommissar?«

»Noch schneller!«, betonte ich. »Es zählt jede Minute!«

»Sie machen mir mal wieder Spaß! Ich melde mich dann!« Damit legte sie auf.

»Sie können mir die Nummer auch geben, ich bekomm sie sowieso raus«, tönte ich selbstsicher zu van Raff.

»Na, dann brauchen Sie mich ja wohl nicht mehr, oder?«, war seine völlig unkooperative Antwort. Mir war mittlerweile klar, dass mein Gegenspieler Magenbitter äußerst gerissen vorging. Sämtliche Handlanger wussten weder wer er war, noch wo er wohnte, noch wie er zu erreichen war. Das machte ihn unantastbar und ungreifbar, fast wie ein Phantom. Hingegen wusste der Pane über seine Mitarbeiter sehr genau Bescheid. Er wusste, wo sie sich aufhielten, wie sie wirklich hießen und wie er sie erreichen konnte. Er rief sie an, nicht sie ihn. Aber irgendeine Verbindung musste es geben. Vor der Schließung war dies offensichtlich der ›Falsche Hase‹ gewesen. Hier hatte Stiehlts die Aríbas abgeholt. Die Zigarren! Die Durchsuchung des ›Falschen Hasen‹ hatte nichts ergeben, vor allem keine Ührlistolz und keine Aríbas. Nur, irgendwo musste die Ware ja sein, und wenn van Raff heute Aríbas geliefert hatte, dann wusste er auch, wo er Nachschub bekommen konnte. Stiehlts hatte sie ebenfalls mit dem Lieferwagen abgeholt, warum also nicht van Raff?

»Wo lagern die Aríbas?«, fragte ich ruhig und bestimmt. »Der ›Falsche Hase‹ ist dicht, also wo ist jetzt das Lager?«

Van Raff kaute missbilligend auf einem nicht vorhandenen Kaugummi. Wenn Blicke töten könnten, wäre ich jetzt sofort leblos umgefallen. Allerdings signalisierte mir das, dass ich auf der richtigen Fährte war.

Ich ging einen Schritt auf van Raff zu, dem nach wie vor die Hände auf den Rücken gefesselt waren und der von einem

SEK-Beamten am Arm festgehalten wurde. Ich trat hinter ihn und flüsterte ihm aufmunternd und hoffentlich einschüchternd ins Ohr:

»Hör zu, van Raff oder auch Kralle, wenn dir das lieber ist. Wann raffst du das eigentlich? Der Lack ist ab. Die Kralle ist stumpf und fängt zu rosten an. Dein Boss, der Pane, hat angerufen und wieder aufgelegt. Was glaubst du, geht jetzt in ihm vor, hm? … Schau mal. Dein Kollege Klaut Stiehlts, oder wie immer du ihn nennst, liegt schwer verwundet auf der Intensivstation und dein zweiter Kollege Hasso Striezel steht ebenfalls auf der Abschussliste. Was meinst du, wo du jetzt stehst bei deinem Boss, hm?«

»Striezel? Ich kenne keinen Hasso Striezel! Wer soll das sein?«, fragte er argwöhnisch.

»Oh, pardon! Ich vergaß! Ihr wisst ja alle nichts. Ich meine natürlich deinen Kollegen Rammler.«

»Rammler?«, fuhr van Raff herum. »Ihr habt Rammler? Wieso? … Aber wie, zum Teufel, ist der Kerl dem Pane entkommen?«

Ich war überrascht über die spontane und erschrockene Reaktion von van Raff. Mir war der Zusammenhang nicht ganz klar, weshalb er von ›entkommen‹ sprach. Irgendwas musste also vorgefallen sein, aber ich hielt es für klüger, in dieser Sache nicht nachzuhaken. Van Raff war allerdings tierisch verunsichert.

»Ich hoffe für dich, dass du einsiehst, dass dein Glück in der Kooperation mit uns besteht. Die Tipps deiner Kollegen waren alle sehr hilfreich und brachten uns immer einen Schritt weiter, sonst wären wir heute nicht hier. Aber wir waren immer einen Tick zu langsam. Wenn wir jetzt wieder zu langsam sind, wird dein Boss auch dir die Krallen stutzen, genau wie bei deinen Kumpanen, hm?«

Raffael van Raff kaute auf seiner Lippe. Das war wohl eine rituelle Eigenart der Bande. Er schaute manisch nacheinander zur Decke, dann zum Boden, zum Telefon, dann zur Tür und zum Fenster. So ging das ein paar Mal hin und her und ich war mir nicht sicher, ob er die Chancen einer Flucht abwog oder die Hoffnung hatte, ein Schutzengel würde urplötzlich in den Raum herabschweben und ihn aus dieser misslichen Lage befreien. Dann jedoch wich die Körperspannung aus ihm und er ließ seine Schultern resigniert hängen.

»Wie steht es mit Zeugenschutz?«

»Kein Thema, sofern du uns einen entscheidenden Tipp gibst!«, stellte ich ihm siegessicher in Aussicht.

Keine Minute später rannte ich aufgeregt und in Begleitung des SEK-Teams aus der Wohnung. Zwei Männer blieben zur Bewachung zurück.

»Aber die Adresse, die der Kerl uns gegeben hat, steht doch gar nicht auf der Liste!«, hakte der Einsatzleiter im Auto nach, »… wieso sind Sie so sicher, dass wir richtig sind?«

»Wir sind richtig!«, antwortete ich bestimmt.

»So? Und wer wohnt in der …«

»Moment!«, ich unterbrach ihn, weil mein Handy klingelte.

»Hallo, Kommissar? Hier Lupine Fitzelkrams. Die Nummer, nach der Sie eben gefragt haben, gehört zu einem Prepaid-Handy. Da kann ich Ihnen leider nicht mit einem Namen oder einer Adresse weiterhelfen!«

»Okay, schade. Aber wir haben trotzdem eine heiße Spur! Ich melde mich wieder!« Damit legte ich auf. »Entschuldigung. Was fragten Sie gerade?«

»Na, offensichtlich wissen Sie, wo wir hinfahren, wenn Sie

so sicher sind, dass die Adresse passt«, nahm der Einsatzleiter den Faden wieder auf.

»Bin ich. Die Adresse gehört Heimlich Geldermann. Tauschgeschäfte aller Art!«

KAPITEL 5

Im Namen des Gesetzes

»›SEK‹ … In den Staaten wäre das die ›SWAT‹, oder?«, foppte ich den neben mir wartenden SEK-Einsatzleiter.

»Pah! Eigentlich heißt es ›SWEK‹. Das ›W‹ fällt nur meist unter den Tisch!«, spöttelte er und grinste.

»SWEK? Nie gehört. Und was heißt das?«, fragte ich erstaunt.

»Süd-West-Elite-Kommando!«

Wahrscheinlich wollte er mich auf den Arm nehmen, aber ich ließ es dabei bewenden. Wir saßen beide zusammengekauert hinter einem Stapel Aríba-Kisten in Geldermanns Waschküche, direkt hinter dem Verkaufsraum. Wenn ich daran dachte, dass das neue Zigarrenlager der Bande praktisch in unmittelbarer Nachbarschaft zu dem Tabakladen lag, von dem aus wir van Raff, alias Gierd Kralle, gefolgt waren, … sei's drum. Jedenfalls war der Tipp von van Raff ein Volltreffer. Wir hatten hier zwar keine Original Ührlistolz Armbanduhren gefunden, aber eben massenhaft Holzkisten, angefüllt mit Aríba-Zigarren. Die Verbindung von Magenbitters Unternehmen zu den Ührlistolz Betrügereien war durch Fräulein Fitzelkrams Spektralfarbenspektroskopie der verschiedenen Geschäftspapiere eindeutig nachgewiesen worden. Außerdem untermauerte der zwar kleine, aber feine Fund an Ührlistolzuhren nebst den zugehörigen Papieren im Hause von Herrn Striezel die Geschäfte, die in diesem Betrugsfall getätigt wurden. Von den zu erwartenden Zeugenaussagen der Herren Stiehlts und van Raff erhoffte ich mir den finalen Schlag gegen Panetoni Magenbitter und endlich auch gegen Heimlich Geldermann. Vielleicht ging mir ja auch noch der auf der Flucht befindliche Hasso Striezel ins Netz, sobald er seiner Mutter einen Besuch abstatten würde. Heimlich Geldermann hatte das blanke Entsetzen im Gesicht gestanden, als wir vor 15 Minuten seinen Laden und seine Waschküche gestürmt und auseinandergenommen hatten. Seine fast schon hilflos anmutenden Protestschreie hatte ich angesichts der vorgefundenen Waren befriedigt ignoriert und ihn, wie schon lang von mir ersehnt, heute endlich im Namen des Gesetzes festnehmen können. Auch Geldermann konnte oder wollte mir nicht mit einer konkreten Telefonnummer, Adresse oder dem tatsächlichen Namen von Panetoni Magenbitter weiterhelfen. Ich setzte ihn diesbezüglich gar nicht erst weiter unter Druck. Das war kein Problem mehr für mich, denn ich war mir sicher, dass sich Magenbitter bereits auf dem Weg hierher befand. Ich verwettete meinen Hut darauf, dass er schnellstens seine Ware in Sicherheit bringen würde, beflügelt durch den Anruf bei seinem Handlanger van Raff. Insofern warteten wir gemütlich ab, bis er uns wie ein Karnickel in die Falle tappte. Die beiden SEK-Teams lagen, verteilt auf verschiedene Dächer, in Toreingängen und Häusernischen innerhalb des Häuserblocks, auf der Lauer. Zwei Männer warteten in einem unserer Fahrzeuge, für den Fall, dass Magenbitter doch die Flucht gelingen sollte. Bis jetzt war alles ruhig. Auf der Straße fand das normale geschäftige Treiben statt. Dann klingelte mein Mobiltelefon.

»Hallo?«

»Herr Kommissar? Wir haben ihn. Der Kerl ist tatsächlich bei seiner Mutter aufgetaucht!«, prahlte einer der beiden Polizisten, die ich bei Frau Striezel postiert hatte, durchs Telefon.

»Ist ja hervorragend! Gab es Probleme?«, fragte ich gut gelaunt zurück.

»Nein. Er war total überrascht. Hat keinerlei Widerstand geleistet!«

»Wunderbar. Handschellen, Rechte vorlesen und ab aufs Revier mit ihm!«

»Alles klar, Herr Kommissar. Bis dann.«

Ich schob das Handy in meine Jacke zurück. »Wir heben das ganze Nest auf einen Schlag aus. Wieder einer aus dem Wurf, der uns ins Netz gegangen ist!«, sagte ich siegessicher zu meinem Einsatzleiter, der gönnerhaft mit dem Kopf nickte. Die Zeit verging. Ich hörte noch einmal die Tonbandaufnahme ab, die ich in weiser Voraussicht aufgenommen hatte, als wir den Laden betreten hatten. Geldermann war in der Waschküche gewesen und hatte wie gewohnt sein übliches »Einen Moment, ich komme gleich!« ertönen lassen. Ich fand dies äußerst vorausschauend von mir, weil ich glaubte, dass Magenbitter beim Eintreten in den Laden sicher Lunte riechen würde, sollte sich Geldermann nicht in seiner monotonen Art aus der Waschküche melden. Auf Geldermann selbst wollte ich nicht mehr setzen, seine Konstitution war mir zu labil, die Sache zu heiß. Deshalb saß er gefesselt und geknebelt in der hintersten Ecke, hinter den Aríba-Kisten, unsichtbar für die Person, die durch den Verkaufsraum hier eintreten würde.

»Und Sie glauben, er fällt darauf rein?«, fragte der Einsatzleiter.

»Seien Sie mal ein bisschen optimistisch!«, forderte ich ihn auf. »Das wird schon klappen!« Die Zeit schritt schleppend voran. Endlich kam der erhoffte Anruf über Funk:

»Späher zwo an Greifer, bitte melden!« Der Einsatzleiter funkte zurück, wie abgesprochen. »Hier Greifer, bitte melden, Späher zwo!«

»Zwei schwarze Lieferwagen Marke Caraman nähern sich aus Nord-Ost!«

»Das sind sie!« Damit bestätigte ich dem Einsatzleiter, dass das Spiel losging, und lud selbst meine Waffe durch.

»Greifer an alle Teams. Bereit halten für Aktion ›Räucherbude‹. Zugriff steht unmittelbar bevor. Abwarten auf Signal ›Grün‹!«

Die Spannung stieg. Dann folgte die nächste Meldung.

»Späher zwo an Greifer. Der zweite Wagen hat vor dem Mäc gehalten, auf der Busspur.«

»Wollen die noch was zu essen einwerfen?«, fragte der Einsatzleiter ironisch.

»Mist, die schicken einen Kundschafter voraus. Das Team im Wagen soll sich auf eine mögliche Verfolgung des zweiten Lieferwagens einstellen!«, befahl ich aufgeregt.

»Team Jagdhund, hier Greifer. Haben Sie Sichtkontakt zum Ziel zwo? Stehender Lieferwagen, schwarz, Marke Caraman? Bitte melden!«

»Hier Team Jagdhund! Ziel zwo in Sicht, direkt hinter uns. Entfernung 50!«

»Greifer an Team Jagdhund. Flucht des Ziels wird befürchtet. Sie sind autorisiert, dem Ziel zwo ohne Weisung ›Grün‹ zu folgen, sollte das Ziel sich entfernen oder Personen das Ziel zwo in anderer Absicht verlassen, als das Nest zu betreten. Bitte bestätigen!«

»Team Jagdhund an Greifer. Roger. Bestätigen Auftrag zur autorisierten Verfolgung von Ziel zwo und Personen aus Ziel zwo!«

»Späher zwo an Greifer. Der erste Lieferwagen hat vor dem Nest angehalten. Zwei Zielpersonen sind ausgestiegen und gehen in den Laden!«

Der Einsatzleiter gab eine letzte Anweisung: »Zugriff steht unmittelbar bevor. Funkstille bis Einsatzbefehl ›Grün‹. Over!«

Ich hörte die Türglocke des Ladens bimmeln und kaum einen Moment später vernahm ich aus dem Verkaufsraum eine mir nicht unbekannte Stimme. Es war allerdings nicht die von Magenbitter.

»Hallo, ist jemand zu Hause?«

Ich drückte die Playtaste des Tonbandgeräts, welches leicht knackend die allseits bekannte und wiederkehrende Begrüßungsfloskel von Geldermann von sich gab: »Einen Moment, ich komme gleich!«

Alles blieb ruhig. Dann hörte ich wieder die Stimme: »Na, van Oehren, wäre das hier in der Auslage nichts für dich?«

»Du sollst mich doch nicht mit meinem richtigen Namen anreden, du Hornochse!«

»Ist ja gut, ›Löffler‹! Ich find's nur total albern mit diesen pseudo Pseudonymen! Aber wäre das hier nicht trotzdem schnieke was für dich?«

»Was denn?«

»Na, das da, das Halsband mit dem Anhänger.«

»Pah, Anhänger. Wenn es ein geiler Ohrring wäre, okay.«

»Hahaha! Na klar, Löffler trägt nur Ohrschmuck!«

»Aber was ist denn mit dir, Ox? Du hast doch gern so einen Klimperkram um den Hals.«

Jetzt erkannte ich die eine Stimme eindeutig wieder. Das war der Kellner aus dem ›Falschen Hasen‹. Mein Adrenalinspiegel schoss in die Höhe. Ich wurde nervös und mein alter Bekannter scheinbar auch:

»Sag mal, das dauert aber … Heh! Was ist denn nun?«

»Verdammt noch mal!«, biss ich mir auf die Lippen, »warum kommen die nicht von vorn in die Waschküche.« Ich spielte das Tonband erneut ab: »Einen Moment, ich komme gleich!«

Ich konnte förmlich riechen, wie die Lage zu eskalieren drohte. Die beiden Gestalten wurden misstrauisch.

»Hört sich komisch an«, sagte die Person, die mit ›Löffler‹ tituliert wurde. »Hier ist was faul!« Das deutliche Klicken eines Revolverhahns ließ bei meinem Einsatzleiter die Sicherungen durchknallen und er rief, für alle im Pfandhaus hörbar, »Grün!« in sein Funkgerät.

Fast zeitgleich kam die letzte Rückmeldung von Späher zwei: »Späher zwo an Greifer. Ziel zwo setzt sich langsam in Bewegung … Die biegen nicht ab, die türmen! Ziel zwo flieht mit Tempo 80 in Richtung Süd-West, Ziel zwo flieht mit Tempo 80 in Richtung Süd-West …«

Von da an ging alles furchtbar schnell: instinktive, reflexartige Handlungen ohne jede Vernunft. Lärm, Gebrüll, unzählige Schüsse, klirrende Scheiben, Revolverrauch, Schreie, zu Boden fallende Körper. Dann Ruhe – eine unheimliche Ruhe –, die Ruhe nach dem Sturm …

Blume stand mit seinem schwarzen Caraman gedankenverloren an der roten Ampel. Der Pane hatte ihn angerufen und angewiesen, umgehend alle Planmengen Aríbas zu übernehmen und dezentral bei sich sicher einzulagern. Irgendwie hatte Blume ein ungutes Gefühl dabei. Am liebsten würde er aus dem Geschäft aussteigen und endlich seinen eigentlichen Lebenstraum wahr werden lassen, doch bis heute hatte er nie den endgültigen und entscheidenden Schritt gewagt. Warum auch? Wie viele, so litt auch Blume unter seinem inneren Schweinehund, der ihn in der Kontinuität des Alltags festhielt, an der Beschaulichkeit der materiellen Dinge, die seine Tätigkeit erfreulicherweise mit sich brachte, und an der Angst vor dem Risiko einer Veränderung. Eigentlich eine recht realistische Angst, denn der Pane würde Blume sicher nicht so ein-

»Razzia bei Geldermann.«

fach gehen lassen. Blumes eigentlicher Name war Nikelaus van Easterhazy. Wie alle im Club, so hatte der Pane auch ihn mit einem Pseudonym bedacht, welches beide nicht unpassend fanden. Für den Pane war er der Schönling in der Runde, noch dazu von adliger Abstammung. Der ›Edle‹, nicht so ganz der knallharte Abzocker wie die anderen, dafür aber stetig und zuverlässig in seiner Arbeitsauffassung. Blume selbst sah sich eher als Schöngeist, als einen hoffnungslosen Romantiker, das Herz der Poesie und der Kunst zugeneigt. Sein eigentlicher Lebenstraum bestand in einem genügsamen Leben auf einer der kastalonischen Inseln. Von Zeit zu Zeit, wie auch jetzt, schwelgte Blume in der Vorstellung, eines Tages in einer kleinen rustikalen Hütte mit Blick aufs Meer aufzuwachen und den Tag mit Dichtung und Malerei zu gestalten, inspiriert durch die Einflüsse der Natur, die ihn umgeben würde. Für sein körperliches Wohl würde er sich mit Ruccolasalat und Karotten in Olivenöl begnügen, dazu einen guten kastalonischen Rotwein, den er selbstverständlich selbst anbauen würde. Blume entfloh ein tiefer Seufzer romantischer Landadelallüren. Tja, das wäre doch was. Er schaute zur Ampel und setzte den Blinker auf links. Nur noch um diese Ecke, dann war er am Bahnhof, wo sich Geldermanns Laden befand. Hier sollte er seine Ladung Aríbas abholen. Doch noch bevor die Ampel auf Grün schaltete, fegte ein schwarzer Caraman auf der Gegenspur vorbei und touchierte beim Ausweichen ein Taxi, welches auf der Busspur einen Fahrgast aussteigen lassen wollte. Blume hyperventilierte: der Wagen vom Pane! Der Caraman korrigierte die Spur und beschleunigte erneut mit qualmenden Reifen. Er gewann wieder an Fahrt und donnerte davon, genau in die Richtung, aus der Blume gekommen war. Als der Caraman auf Höhe von Blumes Fahrzeug war, konnte er Schimmi erkennen, der wild am Lenkrad herumkurbelte, und den Pane, der aufgeregt auf dem Beifahrersitz gestikulierte. Blume drehte sich nach hinten, den Mund weit aufgerissen vor lauter Sprachlosigkeit. Sein flatternder Atem ebbte ab, aber ein dickes Fragezeichen verblieb buchstäblich auf seiner Stirn. Bevor er sich wieder fassen konnte, bemerkte Blume einen zweiten Wagen, der vom Straßenrand aus mit laut aufheulendem Motor in die Fahrbahn einzog, ohne auf den Verkehr zu achten. Es war ein kackbrauner ›Locus‹ – eindeutig eine Bullenschaukel. Blumes Befürchtungen bestätigten sich, denn der Locus nahm die Verfolgung des Caraman auf.

Blume schaute in den Rückspiegel, da schoss ein weiterer Wagen um die Ecke, dieses Mal mit Blaulicht, und setzte ebenfalls die Verfolgung fort. Nach kurzer Zeit waren alle Fahrzeuge verschwunden, genau wie das imaginäre Fragezeichen auf Blumes Stirn. Die Ampel stand mittlerweile auf Grün und der Wagen hinter Blume versuchte, ihn durch aufdringliche Betätigung des Fernlichts zur Weiterfahrt zu animieren. Blume löschte den Blinker, setzte seinen Caraman geradewegs über die Kreuzung, warf noch einen kurzen Blick nach links, wo er glaubte, mehrere bewaffnete Personen vor Geldermanns Laden erkennen zu können, und fuhr dann gelassen davon. Seine Gedanken schon weit in die Ferne gerichtet, war er nun innerlich die Ruhe selbst, allerdings voller Entschlossenheit und Hoffnung.

»Zentrale! Hier Wagen 37, wir haben hier einen ›199er‹ und brauchen dringend Verstärkung. Alle verfügbaren Einheiten. Bitte kommen!«

»*Knacks* – Hier Zentrale. Sie brauchen Verstärkung wegen ›wechselseitig begangener Beleidigungen‹? Meinen Sie das im Ernst? Brauchen Sie verbale Unterstützung oder was?«

»Wieso Beleidigungen? … Ah, äh – ja, nein, natürlich nicht. Dann halt ein ›231er‹. Außer mir zwei weitere Kollegen beteiligt. Bitte kommen!«

»*Knacks* – Was? Sie haben eine Schlägerei unter Kripobeamten?«

Die Wut stieg in mir hoch und ich brüllte aufgebracht ins Funkgerät: »Nein, keine Schlägerei, verdammt noch mal! Wir verfolgen einen flüchtigen Wagen mit zwei gefährlichen bewaffneten Kriminellen!«

»*Knacks* – Schreien Sie mich gefälligst nicht so an! Warum sagen Sie das nicht gleich, anstatt ›Raten nach Zahlen‹ zu spielen. Wir sind hier doch nicht in den Staaten. Sie haben mir ja einen ganz schönen Schreck eingejagt.«

»Hmm! Aha. Und was wäre dann der richtige Code gewesen?«

»*Knacks* – Das läuft dann auf Verfolgung eines 127er oder eines 129er hinaus. Aber es besteht keine dienstliche Notwendigkeit für diese Zahlenspielchen! Sagen Sie mir einfach, was Sache ist!«

»Flüchtiger Wagen, Marke Caraman, schwarz, stadtauswärts. Soeben ist das Fahrzeug auf die Bundesstraße Richtung Westen abgebogen. Insassen zwei gesuchte Kriminelle, bewaffnet. Wagen 49 und 37 haben die Verfolgung aufgenommen. Brauchen dringend Verstärkung. Kommen!«

»Verstanden, Wagen 37. Bitte Kontakt halten!«

Die Sache war vollkommen eskaliert. Kollateralschaden: Drei verwundete Beamte und zwei tote Verdächtige in Geldermanns Laden, der durch den Schusswechsel aussah wie ein Albicanser Käse – das war die traurige Bilanz unseres vortrefflichen Einsatzes. Und Magenbitter auf der Flucht, hoffentlich saß er auch tatsächlich in dem Caraman. Ich hatte es dem Einsatzleiter überlassen, den Tatort zu sichern und einen Krankenwagen zu rufen, war in mein Auto gesprungen, hatte das mobile Blaulicht aufs Dach gesetzt und war mit Vollgas den Flüchtigen gefolgt. Direkt vor mir fuhr Wagen 49 oder, entsprechend der SEK-Kennung, das Team Jagdhund. Die Verfolgung war rasant und rücksichtslos: Drei umgeworfene Mülltonnen, ein angefahrener Laternenpfahl, zwei gerammte parkende Autos und eine demolierte Zeitungsbox – die Wagen, die wegen Vollbremsungen oder Ausweichmanövern andere Fahrzeuge touchierten oder auf sie auffuhren, noch gar nicht mitgezählt. Zum Glück gab es bis jetzt noch keine Opfer unbeteiligter Personen, zumindest soweit ich das überblicken konnte. Der Caraman war dann mit einem Affenzahn auf die Schnellstraße gefahren und hatte diverse Ausfahrten links, oder besser gesagt rechts, liegen lassen. Am Horizont tauchte nun ein mir sehr vertrautes Stadtpanorama auf. Ich griff zum Autotelefon und wählte die Nummer meiner alten Dienststelle.

»Zentrale? Hier Hauptkommissar Spekulantius Bösenschreck.«

»Hallo, Herr Kommissar. Na, so was, haben Sie Sehnsucht nach uns?«

»Notfall!«, antwortete ich wichtig. »Wir haben einen ›127er‹ in der Verfolgung und kommen gleich die Schnellstraße runter.«

»Sie haben einen was?«

»Einen ›127er‹!«

»Einen ›127er‹?«

»Ach so. Ja klar«, antwortete ich überheblich. »Das ist die offizielle Kennung für bewaffnete Kriminelle. Polizeijargon in der Großstadt.«

»Oh!« Der diensthabende Wachtmeister war beeindruckt.

»Fluchtfahrzeug ein schwarzer Caraman. Bitte dringend um Verstärkung!«

Dem Fahrer des Caraman war die Geschwindigkeitsbegrenzung von 70 km/h am Ende der Schnellstraße genauso egal wie das eben passierte Ortsschild. Da wir es ihm gleichtaten, blitzte es erwartungsgemäß dreimal kurz hintereinander an der am Ortseingang installierten Radarfalle. Sollte der Caraman entkommen, hätten wir wenigstens ein Beweisfoto. Der Caraman fuhr rücksichtslos im Zickzack und mithilfe von Abbiegespuren, Gehsteig und Mittelstreifen durch die Autoschlangen auf der zweispurigen Fahrbahn hindurch und versuchte alles, um nicht eingeholt zu werden. Wir versuchten hingegen alles, um ihn nicht zu verlieren. Fremde Wagen verkamen zu Spielbällen gleich Billardkugeln und beim zehnten Seitenspiegel, der durch die Luft flog, hatte ich aufgehört, mir um den verursachten Sachschaden noch irgendwelche Gedanken zu machen. Als uns auf der gegenüberliegenden Fahrbahnseite zwei Polizeifahrzeuge mit Blaulicht und Martinshorn entgegenkamen, zog der Caraman unerwartet nach rechts über die Eisenbahnbrücke in die Innenstadt.

Mir schwante Böses. Entweder hatte der Fahrer die Hinweisschilder auf das heute stattfindende Großevent nicht gesehen oder sie waren ihm schlicht egal. Heute wurde der jährliche Stadtlauf veranstaltet, was zur Folge hatte, dass die Innenstadt weiträumig abgesperrt war. Der Caraman kam nicht weit. Eine größere Straßensperre zwang ihn, unmittelbar in die einzige freie Fahrtrichtung nach rechts abzubiegen. Die Seitenstraße führte zum Parkhaus und war aus diesem Grund nicht abgeriegelt.

»Jetzt haben wir ihn!«, triumphierte ich. Im Parkhaus gab es kein Entrinnen mehr und weiter fahren konnte er nicht, denn die Straße mündete in eine Einbahnstraße. Doch weit gefehlt. Da aus unserer Richtung eigentlich keine Fahrzeuge zu erwarten waren, war die Fahrbahn weiter vorn auch nicht polizeilich abgeriegelt. Versperrt war sie allerdings schon, und zwar durch eine Vielzahl an Zuschauern, die sich an der Laufstrecke postiert hatten. Der Caraman schoss unvermittelt und laut hupend durch die Straße nach vorn. Die Massen sprangen kreischend und Schutz suchend zur Seite und gaben dem Caraman den Weg rechts auf die Brücke frei, über die die Laufstrecke ging. Von oberhalb der Brücke kam ein Heer an Läufern auf den Caraman zu. Dieses Mal wich der Caraman Gott sei Dank aus und steuerte links auf den Treppenabgang zu, der zur Uferpromenade führte, Wagen 49 dichtauf an seiner Stoßstange. Meine Bremsen quietschten laut und meine Bremsbeläge setzten nach Gummi stinkenden Qualm frei. Ich hatte mein Auto quer gestellt. Der Caraman polterte die Treppenstufen zur Promenade hinunter, Wagen 49 direkt hinter ihm. Das Geräusch, welches die Stoßdämpfer der beiden Fahrzeuge von sich gaben, hörte sich bei jedem Treppenabsatz an wie Boxhiebe in einen imaginären Magen. Die Geschwindigkeit beider Wagen war nicht hoch, aber auf den hohen Stufen waren die Fahrzeuge praktisch unkontrollierbar und hüpften auf der Treppe buchstäblich hin und her. Ich stieß meine Autotür auf und rannte zum Geländer. Gleichfalls folgte mir nun eine Masse Schaulustiger, die für die Stadtläufer nur noch begrenztes Interesse zeigte. Für die Sportler war ein Durchkommen sowieso nicht mehr möglich. Kurz bevor der Caraman das Ende der Treppe erreichte, platzte einer der Reifen. Um nicht ein linker Hand stehendes Taubenhaus zu rammen, riss der Fahrer den Caraman nach rechts und brachte diesen gerade so vor dem abschüssigen Uferabgang zum Stehen, wobei sich die linke Fahrzeugseite vom Schwung leicht anhob. Wagen 49, der nicht mehr bremsen und ausweichen konnte, prallte dem Caraman auf das linke Heck. Durch den zusätzlichen Impuls verlor der Caraman gänzlich das Gleichgewicht und überschlug sich mit einer eleganten Abwärtsrolle und mit einem lauten Platschen in den Fluss. Mittlerweile waren weitere Streifenwagen am Unfallort eingetroffen und die Polizisten und ich rannten die Treppe hinab. Wagen 49 war durch die Kollision mit dem Caraman zum Stehen gekommen und die beiden SEK-Beamten stiegen mit gezogener Waffe aus. Erwartungsvoll verharrten nun alle Blicke, vor allem meine, auf dem noch sinkenden Fahrzeug, in der Hoffnung, den Insassen gelänge aus eigener Kraft, ihr Gefährt zu verlassen. Endlich wurde die Beifahrerscheibe heruntergekurbelt. Mühselig und leicht lädiert kletterte ein klatschnasser Kerl aus dem Autofenster und auf die Karosserie. Er machte sich ein kurzes Bild von seiner Umgebung. In dem flachen Wasser war das Auto auf Grund gestoßen, wobei es noch fast zu einem Viertel aus dem Fluss herausragte. Aufgrund der Aussichtslosigkeit der Lage hob der Kerl schließlich die Hände als Zeichen seiner Kapitulation: Es war Panetoni Magenbitter. Endlich, ich hatte ihn im Sack.

»300.000 Sachschaden, und das ist nur eine vage Schätzung der Verkehrspolizei …«, blökte der Polizeipräsident aufgebracht und raufte sich dabei die Haare. Kleine weiße Strähnen entglitten seinen angespannten Fäusten, während er den Raum in Kreisen abtrottete. Dem Polizeipräsidenten rauchte der Kopf, allerdings nicht allein vor Aufregung, sondern buchstäblich vom schweren Zigarrenqualm, der den Raum wie eine weiße Nebelbank erfüllte. Der liebe Herr Polizeipräsident war mittlerweile auf den Geschmack von Aríbas gekommen, an denen er pausenlos nuckelte wie ein Baby am Schnuller.

Der Kerl hob die Hände als Zeichen seiner Kapitulation: Es war Panetoni Magenbitter.

»Aríbas, … Spektralfarbenspektroskopie, … Prismenscanner! Irgendwas wollte ich noch veranlassen!«, grübelte ich leise vor mich hin.

»Wie meinen?«, hakte mein Polizeipräsident sofort nach. »Haben Sie mir eigentlich zugehört?«

»Sicher, Chef. Aber ich verstehe Ihre Aufregung nicht ganz. Es war doch eine abgesprochene Aktion. Leider sind unvorhergesehene Widrigkeiten eingetreten, die im Rahmen unserer Verteidigung und der notwendigen Verfolgung der Verbrecher zu materiellen und personellen Verlusten geführt haben. Das ist eben der Unterschied zwischen Theorie und Praxis. Aber wir haben den Fall Ührlistolz praktisch gelöst. Der Kopf der Bande ist uns ins Netz gegangen und so wie es aussieht, haben wir außerdem auf einen Schlag den ganzen Sumpf ausgetrocknet.«

»Aha?« Der Polizeipräsident unterbrach seinen Leistungsmarsch, löschte seinen Zigarrenstummel und steckte sich, intensiv paffend, eine neue Aríba an. »Na ja. Gut dann. Der Staatsanwalt ist in einer Stunde hier. Wäre nicht schlecht, wenn Sie die Kameraden bis dahin weichkochen!«

»Ich gehe davon aus, dass wir zwei gesprächige Gesellen dabei haben, die die Karten auf den Tisch legen werden, im Gegenzug für Strafmilderung. Und wenn nicht, dann haben wir auf jeden Fall noch Stiehlts, den sein Boss ja auf die Abschussliste gesetzt hat. Und da wir ja auch noch den letzten Flüchtigen, diesen Striezel, stellen konnten, können wir die Anklage sogar noch auf Mordversuch erweitern. Die Projektile, die wir im Krankenzimmer von Stiehlts gefunden haben, stammen eindeutig aus Striezels Waffe. Ganz abgesehen von den Querverbindungen, die das Kriminallabor nachweisen konnte.«

»Sehr gut, Kommissar. Ach ja, dieser Striezel sitzt übrigens im Verhörzimmer 7 im oberen Stock.«

»Hervorragend!«, antwortete ich selbstsicher. »Unsere Vermutung, er würde früher oder später bei seiner Mutter auftauchen, traf voll ins Schwarze!«

»Ja schon. Merkwürdig nur, dass er einen Bibliotheksausweis bei sich hatte, der nicht auf ›Striezel‹, sondern auf den Namen ›Pans Lackaff‹ ausgestellt ist!«

Der Polizeipräsident reichte mir den Ausweis: Pans Lackaff.

»Hmm!«, überlegte ich hörbar. »Das muss nichts bedeuten, die haben alle zig Identitäten.«

»Aha!«, nickte der Polizeipräsident.

»Sonst keine Papiere? Vielleicht einen Personalausweis mit Lichtbild oder einen Führerschein?«

Der Polizeipräsident schüttelte den Kopf. Ich war etwas verunsichert und begab mich umgehend in den oberen Stock. Wie vor den anderen Verhörzimmern in der unteren Etage, in denen jeweils einer der Festgenommenen auf seine Vernehmung wartete, standen auch hier zwei bewaffnete Beamte zur Sicherung des Raumes vor der Tür. Im Inneren der Zimmer befanden sich lediglich ein Tisch mit mehreren Stühlen, ein Lautsprecher und ein Mikrofon nebst Aufnahmemöglichkeit. Kein Fenster. Die Räume waren untereinander durch eine Wand geteilt, in die eine Panzerglasscheibe eingelassen war. Diese Scheibe, einseitig verspiegelt, ermöglichte einen Blick in das Verhörzimmer vom Nachbarraum aus. Ich öffnete dessen Tür mit einem mulmigen Gefühl. Die Person, die hinter der Spiegelscheibe gelangweilt am Tisch saß, erkannte ich sofort. Es war nicht Hasso Striezel alias Rammler. Es war einer der beiden Gorillas aus dem ›Falschen Hasen‹.

*

Rammler saß in einer Bar, in der er vorher noch nie gewesen war und deren Namen er morgen wahrscheinlich schon wieder vergessen haben würde, die sechste oder siebte, Rammler hatte aufgehört zu zählen. Nach Hause würde er vorerst nicht mehr gehen, auch nicht an einen gewohnten Ort und schon gar nicht zu seiner Mutter. Zu unsicher war seine Lage. Nur mit Glück war er noch einmal der Polizei entkommen. Der Pane hatte sich noch immer nicht gemeldet und Rammler konnte ihn nicht anrufen. Auch von Panzi gab es keine Spur mehr. Rammler hatte seinen Auftrag bisher nicht erledigen können und konnte seinen Boss auch nicht über die Sache mit dem Bullen in seiner Wohnung informieren. Sicher hatte Panzi den Pane mittlerweile über die mangelnden Fortschritte in der Angelegenheit mit Scharte unterrichtet. Möglicherweise stand er, Rammler, nun selbst wieder auf der Abschussliste, wenn er nicht schleunigst Erfolge vorzuweisen hätte. Der Pane hatte ihn schließlich nur auf Bewährung laufen lassen. In der Bar saß nur eine Handvoll Gäste, dennoch lag ein dicker Zigarrenqualm in der Luft. Die Leute rauchten wieder deutlich mehr als früher. Aus den alten Lautsprechern über der Theke knarzte irgendein undefinierbarer Jazzsong, da die unüberhörbaren Kratzer der alten Vinylplatte die eigentliche Melodie, sofern man das beim Jazz überhaupt so nennen konnte, bis zur Unkenntlichkeit verzerrten. Aus dem Nebenraum war das Klackern von Billardkugeln zu hören, welches von Stoß zu Stoß an Intensität kaum abnahm. Rammler schloss daraus scharfsinnig, dass die Spieler absolute Amateure waren, die die Kugeln nur ziellos über den Tisch stießen und eher zufällig einmal eine einlochten. Er drehte sich um und überlegte kurz, die beiden Luschen um ein paar Mücken zu erleichtern, denn ihm war etwas langweilig. Doch er beschloss, besser auf seinem Hocker zu verharren. Das Letzte, was er wollte, war auffallen und schon gar nicht in dieser Bar. Auf den ersten Blick könnte man meinen, es handelte sich um eine Bar wie jede andere, doch Rammler war gezielt hierhergekommen, wenngleich er an der Lokalität selbst kein gesteigertes Interesse hatte. Es war nicht wegen der besonderen Atmosphäre oder vielleicht wegen der billigen Getränke. Er war hier wegen des speziellen Publikums. Seit gestern hatte er sich genau nach diesem Etablissement bei Hinz und Kunz durchgefragt. Es war nicht ganz einfach gewesen, Rammler hatte mitunter sogar Misstrauen erweckt. So zum Beispiel bei Iwahn, dem Nuschler, einem in Insiderkreisen bekannten Informanten, der sein oft hilfreiches Wissen – falls man verstand, wovon er redete – jedem für ein paar mickrige Kröten preisgab. Rammler stürzte seine zweite Bloody Mary in sich hinein und begann alsbald diabolisch zu lächeln, als zwei Männer die Kneipe betraten. Einer der beiden trug den Arm in einer Schlinge. Es war die Person, auf die Rammler sehnsüchtig gewartet und dessen Erscheinen er inständig erhofft hatte. Er saß in einer Bullenkneipe, und wer da hereinkam, war der Polizist, den Rammler beim Versuch, Scharte im Klinikum zu erledigen, angeschossen hatte. Rammler erkannte ihn sofort wieder. Ganz so risikolos war die Sache allerdings nicht, denn sollte zum Beispiel der Bulle auftauchen, der ihm in seiner Wohnung aufgelauert hatte, dann saß er hier buchstäblich in der Falle. Dieses Risiko war da, aber Rammler stufte es als gering ein, denn seiner Meinung nach verkehrten Fußvolk und Vorgesetzte in den seltensten Fällen außerhalb der Arbeit auch noch gemeinsam in denselben Etablissements. Und weil Rammler die Spur von Scharte verloren hatte und ihm nur spärliche Chancen blieben, seinen persönlichen Untergang zu verhindern, nahm er dieses

Risiko in Kauf. Seine ganze Hoffnung, die verlorene Fährte von Scharte wieder aufzunehmen, setzte Rammler in diesen etwas skurril wirkenden Herrn in Uniform.

*

Die Vernehmungen verliefen zäh und annähernd erfolglos und dauerten nun schon geschlagene fünf Stunden. Alle Verdächtigen, einschließlich Geldermann, wurden der Reihe nach wiederholt zu den Vorwürfen um die Ührlistolzbetrugsfälle befragt. Zu den überwiegenden Fragen kamen keine neuen Erkenntnisse auf den Tisch. Panetoni Magenbitter war die Ruhe in Person und verweigerte von der ersten Minute an jede Aussage, ebenso seine beiden Aufpasser. Provokant sprach er mich wiederholt mit dem Namen Magenbrot an, der bei mir eine gewisse Unsicherheit hervorrief, welche ich nur schwerlich überspielen konnte. Magenbitter verlangte unmittelbar die Anwesenheit seines Anwalts, sodass der Staatsanwalt bis zu dessen Eintreffen die weitere Vernehmung aussetzen musste und wir nicht einmal wussten, welches der Pseudonyme auf Ronys Liste nun für Magenbitter stand. Die einzigen etwas labileren Subjekte waren Heimlich Geldermann und Raffael van Raff alias Gierd Kralle. Heimlich Geldermann war allerdings nicht kooperativ, sondern vertrat die Position, lediglich seine Räumlichkeiten als Lagerraum zur Verfügung gestellt zu haben, für legal ausgewiesene Tabakwaren. Ansonsten wären ihm die Herren nicht näher bekannt und er pflege auch keine weiteren Geschäftsbeziehungen mit Herrn Magenbitter. Ich konfrontierte ihn abermals mit dem Bild der ›Hunde beim Kartenspiel‹, welches ich bei Magenbitter vorgefunden hatte. Geldermann verhaspelte sich, verlangte schließlich gleichfalls einen Anwalt und verfiel dann in eine andauernde Sprachlosigkeit. Van Raff signalisierte eine gewisse Kooperationsbereitschaft, allerdings antwortete er stets mit Andeutungen wie »Kann schon sein« oder »Möglich«, legte sich also nicht endgültig fest. Er dementierte aber auch keine Vorwürfe. Auf die ungeduldige Frage des Staatsanwalts, ob er nun endlich eine eindeutige Aussage machen würde, erklärte er sich mit »Eventuell« und »Man habe ihn noch nicht von der Notwendigkeit seiner Aussage überzeugt und vor allem nicht die jeweiligen Konsequenzen für alle Beteiligten dargelegt.«

Der Staatsanwalt gab mir ein Zeichen und wir verließen das Verhörzimmer. »Was meint der Kerl?«

»Ich glaube, er will sich absichern. Für den Fall, dass seine Aussage nicht ausreicht und Magenbitter wieder freikommt, hätte er mit lebensbedrohlichen Konsequenzen zu rechnen. Andererseits haben Sie ihm noch kein definitives Angebot gemacht, was er im Gegenzug für seine Aussage zu erwarten hätte, für den Fall, dass der Prozessverlauf zu einer Verurteilung von Magenbitter führt«, antwortete ich.

»Ich lass doch nicht mit mir feilschen!«, entgegnete der Staatsanwalt entrüstet. »Brauchen wir den Kerl?«

»Wir haben noch Klaut Stiehlts. Wir haben ihn aufgrund der schweren Verletzungen durch den Mordanschlag und bedingt durch die sich überschlagenden Ereignisse noch nicht weiter vernommen. Ich gehe davon aus, dass er kooperativ sein wird, denn er hat nichts mehr zu verlieren. Außerdem steht er auf der Abschussliste. Der leider noch flüchtige Attentäter aus der Bande könnte die Anklage sogar noch in Richtung Mordversuch verschärfen, vor allem, wenn wir Magenbitter als Auftraggeber entlarven könnten. Und wir haben noch die Beweismittel aus der Spurensicherung«, fuhr ich fort.

»Gut, dann brauchen wir auch keinen Deal mit dem Kerl da drin!« Der Anwalt wirkte befriedigt. »Schnappen Sie diesen Flüchtigen eigentlich noch?«, fragte er in leicht herablassendem Ton, meine Fähigkeiten anzweifelnd.

»Soll ich vielleicht einen Köder auslegen?«, konterte ich entrüstet. »Man könnte meinen, wir hätten noch keine Erfolge aufzuweisen!«

»Wie auch immer!«

Das war eine typische Antwort von der Sorte ›Das Ergebnis zählt!‹ und ›Ich wusste von nichts!‹, falls es schiefging. Ich hatte die Frage mit dem Köder eigentlich nicht ernst gemeint, sondern eher provokant. Doch bei genauer Überlegung sollte man die Idee tatsächlich noch einmal überdenken.

»Na schön, lassen wir es für heute gut sein«, verkündete der Staatsanwalt schließlich und schaute auf seine Uhr. Dieses Mal war es definitiv keine Ührlistolz. »Es ist schon spät. Machen wir morgen weiter. Am besten, wir beginnen mit diesem Stiehlts im Krankenhaus, dann wissen wir, woran wir sind und ob wir noch eine weitere Aussage brauchen. Wir konfrontieren morgen die Herrschaften einmal mit den Beweisen, die wir haben, vielleicht wird dann doch noch einer gesprächig.«

Ich reichte dem Staatsanwalt zum Abschied die Hand, da rief er mir eine Unsicherheit ins Gedächtnis zurück.

»Wieso nannte Magenbitter Sie eigentlich permanent Magenbrot?«

Es durchfuhr mich wie ein Stromschlag und beim Griff in die linke Hosentasche konnte ich den kleinen Schlüssel erfühlen, den mir Gerwolf Käscher gegeben hatte und den ich in der Hektik vollkommen vergessen hatte.

»Das muss ich noch rausfinden!«, antwortete ich bestimmt. Der Staatsanwalt setzte sich den Hut auf und verließ das

Revier. Ich hatte den kleinen Schlüssel in der Hand und trotz der Festnahmen überfiel mich ein mulmiges Gefühl. Die Frist, die mir Käscher gesetzt hatte, war längst verstrichen.

22.30 Uhr abends am Hauptbahnhof. Die Halle war hell erleuchtet und auf den meisten Bahnsteigen sowie in der Haupthalle herrschte immer noch geschäftiges Treiben. Rechter Hand befanden sich die Schließfächer. Ich nahm eine Überwachungskamera zur Kenntnis, die in der Halle vor einer Säule hing. Das Objektiv musste so einigermaßen die Haupthalle erfassen. Die Schließfächer selbst lagen allerdings im toten Winkel. Ich ging nach rechts und stand vor einer Schrankwand mit gleich großen metallenen Türen, durchnummeriert von 001 bis 036. Ob der Schlüssel von Herrn Käscher hier wirklich irgendwo passen würde, wusste ich nicht. Die Schließfächer waren für mich einfach das Naheliegendste, um mit der Suche nach dem richtigen Schloss zu beginnen. Ich zog den Schlüssel aus der Tasche und betrachtete den kleinen Gegenstand in meiner Hand. Eine Sieben war in den Schlüsselkopf eingeprägt. Das entsprechende Fach, sollte mein Schlüssel passen, war mit einer 007 gekennzeichnet. Eine sehr schmeichelhafte Kennung, sollte die Nummer bewusst gewählt worden sein. Das Displayfeld am Schließfach blinkte rot und wies, eine horrende Geldsumme fordernd, darauf hin, dass die bezahlte Mietzeit längst abgelaufen war. Widerwillig kramte ich in meiner Tasche nach meinem kargen Bargeld und sinnierte darüber, wie viele Geheimnisse sich wohl in diesen Metallschränken verbargen, die für einen Polizeiermittler durchaus von Interesse sein konnten.

»Darf ich bitte mal?«, schreckte mich plötzlich eine Dame auf.

»Sicher, entschuldigen Sie bitte!« Ich trat einen Schritt zurück und die Dame zückte einen kleinen Schlüssel, öffnete das Schließfach unterhalb der 007, zerrte einen Koffer heraus und machte sich auf den Weg zum Ausgang. Als die Dame verschwunden war, steckte ich meinen Schlüssel ins erhoffte Schlüsselloch. Er passte, aber das Schloss gab die Tür nicht frei. Schlecht gelaunt warf ich mehrere Münzen in den Geldschlitz, bis ein hoffnungsvolles grünes Lämpchen aufleuchtete. Dann versuchte ich mein Glück erneut. Dieses Mal funktionierte es. Ich öffnete die Metalltür und erspähte einen kleinen, weißen Zettel mit der ernüchternden Aufschrift: ›Zu spät!‹

23.45 Uhr. Ich saß in meinem Wohnzimmer und suchte auf den beschlagnahmten Überwachungsbändern aus dem Hauptbahnhof fieberhaft nach einem Verdächtigen, der sich den Schließfächern näherte. Eigentlich war mir danach zumute, zu Hause anzurufen, doch es war spät und ich würde meine Eltern um ihren verdienten Schlaf bringen. Außerdem rief ich sowieso nur sehr selten an und niemals zu so später Stunde, also würde ich sie nur beunruhigen. Ich hatte zwar ein mulmiges Gefühl beim Anblick des Zettels aus dem Schließfach, doch bei logischer Betrachtung hatten wir ja fast alle aus der Bande im Sack, und das schon, bevor das Ultimatum abgelaufen war. Insofern konnten Magenbitters Anspielungen, mich permanent mit Magenbrot zu titulieren, eigentlich keinen dramatischen Hintergrund mehr bergen. Ich wurde etwas ruhiger und spulte im Schnelllauf zurück. Diverse Männer und Frauen huschten über den Bildschirm, kamen vom Bahnsteig oder verschwanden dorthin. Andere gingen in die Seitengänge oder tauchten aus diesen auf. Nicht eine der Personen kam mir bekannt vor oder machte einen verdächtigen

Eindruck. Die eingeblendete Uhrzeit der Kamera war mittlerweile bis 16.30 Uhr heute Nachmittag zurückgelaufen, also schon weit vor dem Ablauf des Ultimatums, und mir war immer noch niemand aufgefallen. Ich erwog, die Aufnahmen ein zweites Mal zu überprüfen, und stoppte den Film. Nachdem ich ihn bis zum Ende vorgespult hatte, startete ich den Rücklauf erneut. Ich konnte mich beobachten, wie ich rückwärts die Haupthalle betrat und dem rechten Seitengang folgte. Dann trat gleichfalls rückwärts die Dame ein, die mich aufgeschreckt hatte, und verschwand im selben Seitengang. Kurze Zeit später erschien sie wieder in der Haupthalle und verließ rückwärts das Gebäude …

… Ich schreckte aus meinem Sessel hoch. Ich war eingeschlafen. Total erschöpft von den Ereignissen des Tages, war ich eingenickt, während ich auf den Überwachungsfilmen nach Verdächtigen suchte. Ich schaute hinüber zur Wanduhr. Es war 6.15 Uhr am Morgen. Fünf Stunden hatte ich in voller Montur in meinem Sessel geschlafen und fühlte mich nun wie gerädert. Ich ging ins Bad und steckte den Kopf unter laufendes kaltes Wasser. Als ich mich aufrichtete und mir mit dem Handtuch den Kopf abtrocknete, konnte ich im Spiegel den von Schneegestöber tosenden Bildschirm sehen. Und plötzlich ging mir ein Licht auf: Es gab für jedes Schließfach nur einen einzigen Schlüssel. Wenn ich den Schlüssel hatte, dann musste der Zettel bereits von Anfang an in dem Metallschrank gelegen haben, schon bevor ich ihn von Gerwolf Käscher erhalten hatte. Man hatte also von Anfang an nicht mit meiner Kooperation gerechnet, als man mir den Schlüssel überreicht hatte. Das wäre dann gestern Vormittag gewesen. Ich spulte den Film zurück auf etwa eine Stunde vor dem besagten Zeitpunkt, an dem Gerwolf Käscher in meinem Büro auftauchte, und startete den Schnellbildrücklauf erneut. Wiederum diverse Individuen, die die Halle betraten und verließen, manche hatten Gepäckstücke dabei, andere nicht. Aber immer noch stach mir keine Person ins Auge, die ich dem Fall Magenbitter zuordnen würde. Ich wechselte kurz hinüber zur Kaffeemaschine, ohne den Bildschnelllauf zu unterbrechen, und brühte meinen härtesten Wachmacher auf, um wieder in die Gänge zu kommen: Klein, pechschwarz und mit viel Zucker, ein Gebräu, welches man nicht mehr trinken konnte, sondern das so dickflüssig war, dass der Espressolöffel darin stehenblieb. Das Koffein und der Zucker gingen sofort ins Blut über, mein Kreislauf schoss nach oben und ich war wieder hellwach. Im selben Moment weckte der Bildschirm mein Interesse. Ein in Mantel und Hut gehüllter halber Meter witschte im Zeitraffer rückwärts durch den Hauptgang und verschwand im rechten Seitengang. Kurze Zeit später kam er wieder heraus und ging wiederum rückwärts zum Ausgang. Irgendetwas irritierte mich an dem Kerl, abgesehen von der Kleidung. Ich stoppte den Film und stellte auf normales Abspielen. Der Kerl tauchte nun unten im Bild auf, der Kamera den Rücken zugewandt, und ging in Richtung Seitengang. Die Echtzeituhr der Kamera zeigte 7.14 Uhr an, zeitlich etwa zwei Stunden, bevor Gerwolf Käscher in mein Büro hereingeschneit kam. Beide Hände frei von Gepäck, entfleuchte die Gestalt dem Blickfeld der Kamera. Zweieinhalb Minuten passierte nichts, niemand kam herein oder verließ den Bahnhof. Wie gebannt hing ich an meinem Bildschirm und hoffte darauf, dass die Auflösung gut genug war, um die Person beim Verlassen des Bahnhofs erkennen zu können. Dann tauchte der Kerl wieder auf, die Front zur Kamera gerichtet. Er hatte abermals keinerlei Gepäckstücke bei sich. Das bedeutete, er hatte weder Koffer noch Taschen deponiert oder abgeholt. Das musste die Zielperson sein, nur, wer war es?

»Komm schon, komm schon …«, sagte ich leise, aber auffordernd vor mich hin, als ob ich dadurch die Bildqualität beeinflussen könnte.

»Geldermann!«

Kurz vorm Verlassen der Haupthalle war der Kamerawinkel gut genug, um einen kurzen Eindruck von dem teilweise von Mantel und Hut verhüllten Gesicht zu erhalten. Es war Heimlich Geldermann! Ich drückte die Stopp-Taste und machte eine Hardcopy vom Bildschirm. Die Qualität war mäßig, aber ich war mir todsicher: Es war Geldermann. Dieser Dreckskerl steckte also doch tiefer in der Sache drin, als er bisher vorgegeben hatte. Er war nicht nur ein Mitläufer, der für die eine oder andere Gefälligkeit ein bisschen Geld einsteckte, wie er uns glauben machen wollte. Nein, er unterstützte Magenbitter auch in so heiklen Dingen wie Erpressung und Bestechung. Vielleicht kam ihm das sogar entgegen, konnte er doch auf diesem Weg persönliche Rachegelüste gegen mich befriedigen und eine zunehmende Gefahr, die ich in den letzten Tagen auch für ihn geworden war, aus dem Weg räumen.

»Na warte, Geldermann …!«, brach es bösartig aus mir heraus und ich fletschte die Zähne. »Jetzt lass ich den Bären tanzen!«

Ich nahm die Aufnahmen und den Ausdruck und wollte gerade zur Tür hinaus, da überkam mich noch einmal diese düstere Vorahnung bezüglich meiner Eltern. Es war jetzt halb sieben durch. Ich ging zum Telefon und wählte die Nummer der Zuckerbäckerei Koriander. Sie waren schließlich Bäckersleut', das heißt, um fünf Uhr wurde gebacken. Sie waren mit Sicherheit längst auf den Beinen. Das Telefon klingelte nur dreimal, bis endlich meine Mutter abhob, aber es kam mir vor wie eine Ewigkeit.

»Ja, hallo? Hier Koriander.«

»Hallo, Mutter? Ich bin's!«, meldete ich mich erleichtert.

»Spekulantius? Mein Junge! Gut, dass du anrufst!«, sagte sie mit einem leichten Wimmern in der Stimme.

»Wieso, ist etwas passiert?«, fragte ich erschrocken.

»Ja, Oma Magenbrot liegt im Krankenhaus!«, antwortete sie jämmerlich.

Mir wurde heiß und kalt. Hatte ich die Situation also doch unterschätzt?

»Wieso im Krankenhaus? Was ist passiert?«, drängte ich meine Mutter nach Aufklärung.

»Sie ist in der Backstube auf dem Mehlstaub ausgerutscht und hingefallen!«, erzählte sie. Dabei schluchzte sie vor Weltschmerz gerade so, als ob sie selbst an Omas Missgeschick Mitschuld tragen würde.

Ach so, nur auf dem Mehlstaub ausgerutscht. Ein erleichtertes »Puh!« kam mir über die Lippen. Ich war beruhigt darüber, dass Magenbitter seine Finger nicht im Spiel hatte.

»Na, hör mal, was gibt es da zum Aufatmen? Oma hat eine schwere Gehirnerschütterung. Sie ist nicht ansprechbar und wir wissen noch nicht, wann sie wieder nach Hause darf, du Rabenenkel! Ein bisschen mehr Anteilnahme stünde dir gut!«, fauchte sie durchs Telefon.

»Entschuldige! Das wusste ich ja nicht. Ich meinte nur, weil …, also ich meinte … Nein! Du hast recht. Es tut mir leid, aber ich hab gerade einfach furchtbar viel um die Ohren. Kann man Oma denn besuchen?«

»Ich weiß nicht. Wir warten noch auf Nachricht aus dem Krankenhaus. Ich sag dir Bescheid.«

»Ist gut. Dann warte ich auf euren Anruf. Bis bald, Mutter!« Ich legte auf und machte mich mit schlechtem Gewissen, aber dennoch erleichtert, auf den Weg ins Präsidium.

*

Etwa zeitgleich zu Bösenschrecks neuesten Erkenntnissen parkte Rammler seinen Wagen im Parkhaus der Spezialklinik für Unfälle und Berufsunfälle, in die man seinen Kollegen Scharte nach dem missglückten Mordversuch verlegt hatte. Rammler hatte dieser Information auch sofort Glauben geschenkt, die ihm sein Opfer bereitwillig gegeben hatte, nachdem er nur kurz seine bewährte kastalonische Wahrheitsfindungsmethode angewandt hatte. Fast zu kurz für Rammler, denn es hatte gerade angefangen, ihm Spaß zu machen. Dem äußerst gesprächigen Wachtmeister, dem er gestern in dieser Bar aufgelauert hatte, war er im Schutz der Dunkelheit bis nach Hause gefolgt. Dort hatte er ihn kurzerhand im Hausflur zu seiner Wohnung überwältigt. Den einen Arm lädiert und dazu leicht angetrunken, konnte Wachtmeister Knüppler an diesem Abend, ganz anders als normal, keine große Gegenwehr leisten. Mithilfe eines vom kastalonischen Militär und Geheimdienst entwickelten Wahrheitsserums hatte ihn Rammler dann zu einem gefügigen und willenlosen Ja-Sager mutieren lassen, den er ohne Probleme auch von einer Klippe hätte springen lassen können. Von ihm hatte Rammler erfahren, wohin die Polizei Scharte verlegt hatte, um ihn vor weiteren Übergriffen zu schützen. Von ihm wusste Rammler auch, dass jeden Tag um acht Uhr morgens, um 16 Uhr nachmittags und um 24 Uhr nachts die Ablösung von Patient 16 auf der Intensivstation Ebene eins erfolgte. Rammler fuhr mit dem Fahrstuhl zum Haupteingang und folgte den Wegweisern zur Intensivstation. Dort setzte er sich auf einen Stuhl vor die große Schiebetür, die einer Metallschleuse gleichkam, und wartete ab. Ein großes Schild bedeutete dem gewillten Besucher, dass das Betreten für Unbefugte verboten sei und keine persönlichen Gegenstände, auch keine Handtaschen, auf die Station mitgebracht werden durften. Somit fiel schon mal die Möglichkeit flach, sich als Verwandter auszugeben und Scharte mittels eingeschmuggelter Waffe zu liquidieren. Etwa fünf Minuten vor acht Uhr kam ein Polizist den Flur entlang, warf einen kurzen Blick auf Rammler, den er jedoch nicht weiter beachtete, und klingelte, um eingelassen zu werden. Die Schleuse öffnete sich automatisch und der Polizist ging hinein. Dann schloss sich die Tür wieder. Rammler entging nicht, dass der Polizist seine Waffe bei sich hatte.

»Das wäre ja simpel!«, begeisterte sich Rammler für die Situation. Keine Parole, keine Ausweiskontrolle, kein Versteckspiel mit seiner Pistole. In ihm keimte die Idee, sich mithilfe von Wachtmeister Knüpplers Uniform als Ablösung auszugeben, um unbehelligt in die Intensivstation eingelassen zu werden. »Das wird ein Kinderspiel!«, freute sich Rammler und rieb sich schon die Hände. Dann ging die Schleuse auf und ein anderer Polizist trat heraus auf den Flur, nahm kurz von Rammler Notiz und schritt davon. Rammler stand auf und folgte ihm in gebührendem Abstand bis zu seinem Parkplatz in der obersten Ebene im Parkhaus. Unmittelbar daneben stand ein weiteres Dienstfahrzeug, mit Sicherheit der Wagen des Kollegen. Der Polizist stieg in sein Auto und fuhr davon. Jetzt hieß es abwarten bis zur nächsten Ablösung. Rammler machte sich auf den Weg zu seinem Caraman, mit dem Ziel, sich in Schale zu werfen, doch mit jedem Schritt kamen ihm erhebliche Zweifel an seinem Plan.

»Ein Scheißplan!«, erkannte er schließlich wütend. Er müsste die Ablösung überwältigen, wahrscheinlich sogar eliminieren, und womöglich dem Polizisten, den er ablösen sollte, ebenfalls das Licht auspusten. Wenn es dumm laufen würde, würde er ab dann zudem Ärzte und Schwestern, vielleicht sogar Patienten liquidieren müssen, sollten diese Schwierigkeiten machen, um Hilfe rufen oder hernach seine Flucht behindern. Von der Wahrscheinlichkeit, eine Vielzahl an potenziellen Augenzeugen zurückzulassen, einmal abgesehen. Am meisten aber wurmte Rammler, dass er fast geschlagene acht Stunden warten müsste, bis es Zeit für die nächste Ablösung wäre, und Geduld war nun wirklich nicht seine Stärke. Na gut, er könnte auch schon früher in Aktion treten, auf die reguläre Ablösungszeit gepfiffen.

»Ein Scheißplan!«, wiederholte sich Rammler, knallte seine Autotür zu und ging zurück ins Krankenhaus, in Zivil. Eine neue Idee reifte schon in ihm. Er setzte sich auf einen der freien Wartestühle in einer von der Intensivstation weiter entfernten Abteilung und wartete, bis ein Weißkittel, der ihm wichtig genug erschien, vorüberging. Rammler erhob sich und folgte ihm durch Flure und Gänge, bis dieser schließlich in einem Arztzimmer verschwand. Wieder wartete Rammler ab. Als der Arzt zehn Minuten später den Raum wieder verließ und hinter der nächsten Ecke verschwunden war, ging Rammler zur Tür des Zimmers. Er klopfte kurz an und witschte hinein, als er keine Antwort aus dem Inneren erhielt. Er schaute sich sorgfältig um und ging dann zu einem der Schränke im hinteren Teil des Raumes. Er öffnete die Tür und fand mehrere Arztkittel nebst Hose, Hemd und Slipper, die offenbar einem ›Dr. E. Heilemann‹ gehörten. Das stand jedenfalls auf den Namensplakettchen. Rammler wechselte, ohne lang zu überlegen, sein Outfit und warf seine eigenen Klamotten in den Schrank. Dann ging er wieder zur Tür hinaus. Eine Krankenschwester schob gerade einen Medikamentenwagen aus dem benachbarten Behandlungszimmer. Sie ging vorüber und verschwand in einem Fahrstuhl. Rammler überquerte den Gang und betrat den Raum, aus dem die Krankenschwester eben gekommen war. Im hinteren Teil des Zimmers befand sich ein großer, mit einem Vorhängeschloss verbarrikadierter Metallschrank, durch dessen Gitter er diverse Medikamente erspähen konnte. Er nahm den mitgebrachten Metallschneider zur Hand und zerschnitt damit das Schloss. In dem Metallschrank befanden sich allerlei Ampullen, fein säuberlich sortiert. Rammler griff nach einem der Kölbchen und las das Etikett:

»Acetylsalicylsäure, hmm.«

Er stellte den Kolben zurück. Nacheinander zog er Flakons mit den Aufschriften: ›Brenztraubensäure‹, ›Ethylacetat‹ und ›Placebolösung‹ aus dem Schrank und stellte sie alle unzufrieden wieder zurück. Dann erspähte er ein kleines, braunes Fläschchen, dessen Etikett seine ganze Aufmerksamkeit auf sich zog:

»Betakarotin!«, sagte er leise. Rammler huschte ein teuflisches Lächeln über das Gesicht. Er steckte den Kolben zusammen mit einer Einwegspritze in die Kitteltasche. Er ging zurück zur Tür und spähte hinaus. Die Luft war rein. Moment mal! Warum sollte er sich verbergen. Er war schließlich Arzt! Rammler trat selbstsicher aus dem Behandlungszimmer heraus und machte sich auf den Weg zur Intensivstation, seiner, wie er glaubte, vom Schicksal vorgegebenen Bestimmung entgegen. Er wurde ohne Probleme in den Intensivbereich eingelassen und gab nur der Form halber vor, mit einem seiner Patienten sprechen zu müssen.

Rammler erspähte den derzeit wachhabenden Polizisten, der vor einem Zimmer saß. Er grüßte ihn beiläufig und ging schnurstracks und ohne aufgehalten zu werden in das bewachte Krankenzimmer. Da lag er, Scharte, das Objekt seiner aufgestauten Wut. Scharte, dieser Mistkerl, der ihn übers Ohr gehauen, geprellt und vor dem Pane und der Gang als Verräter vorgeführt hatte. Scharte war gewissenhaft bandagiert und verbunden worden. Zur Überwachung seiner Vitalfunktionen hatte man ihn an ein Überwachungsgerät angeschlossen, welches einen regelmäßigen Piepton von sich gab. Welche Ironie: Scharte schlief in einer beneidenswerten Seelenruhe, ohne zu ahnen, in welch unmittelbarer Gefahr er hier trotz Bewachung schwebte. In Rammler stiegen die Glückshormone empor. Die Erfüllung seiner Rachegelüste stand unmittelbar bevor. Und dann war da noch dieses andere Gefühl. Das Gefühl der Macht über Leben und Tod, welches ihm eine unvorstellbare innere Befriedigung bescherte. Er hielt inne, um diesen Moment und das Gefühl voll auszukosten. Dann ging er an den Tropf, der neben Schartes Bett hing und von dem gleichmäßig langsam, ein ums andere Mal, eine Flüssigkeitsperle in die Tropfleitung glitt – zu langsam für Rammlers Vorhaben. Er nahm den Glaskolben mit Betakarotin aus der Tasche und zog die Einwegspritze auf. Ohne zu zögern, stoppte er die laufende Infusion und steckte die nadellose Spritze in den vorhandenen Venenkatheter in Schartes Arm. Kaltblütig und voller Genuss, drückte Rammler seinem Opfer das Betakarotin in die Ader. »Ich hoffe, es gefällt dir, alter Gauner. Zumindest am Anfang«, flüsterte er Scharte leise ins Ohr. Betakarotin war zwar ein scheinbar harmloser Stoff, aber den meisten Südkastaloniern, genau wie Scharte und Rammler, mangelte es an einem speziellen Enzym im Körper, welches zur Verarbeitung des Stoffes im Organismus benötigt wurde. Schon beim Konsum von nur geringen Mengen, die für andere völlig normal waren, kam es bei Individuen ohne dieses Enzym zu einem rauschähnlichen Zustand, einem Umstand, der mitunter gewollt herbeigeführt wurde, wenn man auf einen Trip stand. Intravenös verabreicht, wirkte es allerdings wie eine Bombe. In nur wenigen Sekunden war Scharte high und sein Blutdruck und Puls stiegen dramatisch an, was Rammler auf dem Überwachungsmonitor verfolgen konnte. Vorsorglich, um sein Vorhaben nicht zu gefährden, löste Rammler die Alarmunterdrückung aus, wodurch er hoffentlich etwas wertvolle Zeit gewinnen würde. Scharte erwachte, von Krämpfen geschüttelt. Schaum trat aus seinem Mund und er riss schmerzverzerrt die Augen auf. Er erkannte sein Gegenüber, das lächelnd seinem Todeskampf beiwohnte. Scharte wollte noch etwas sagen, doch seine Zunge folgte nicht mehr den Anweisungen seines Gehirns. Er bäumte sich auf. Unkontrolliert schüttelte es ihn am ganzen Körper, sodass das Bett quietschte und wackelte. Verzweifelt und erfolglos versuchte er, an den Alarmknopf zu gelangen. Dann auf einmal war alles vorbei. Scharte lag nur noch regungslos auf seinem Bett. Sein Herz hatte versagt. Stille kehrte ein. Rammler kreuzte Scharte die Arme über der Brust.

»Ciao, mein Alter, ausgescharrt!«

Er schlenderte aus dem Raum und zog die Tür hinter sich zu. Er grüßte abermals den Polizisten, der vor dem Zimmer saß, und verließ unbehelligt den Intensivbereich. Kurz bevor sich die Tür schloss, konnte Rammler noch eine Krankenschwester sehen, die aufgeregt aus dem Schwesternzimmer stürmte und in Richtung Schartes Krankenzimmer rannte. Voller Genugtuung begab sich Rammler zum Fahrstuhl, fuhr zurück ins Erdgeschoss und entschwand aus der Klinik und dem Parkhaus mit weißer Weste in seinen neuen Klamotten als Mediziner.

*

»Ja, hier Bösenschreck. Was gibt's? … Aha. Hmm? Verstehe!«

Der Staatsanwalt, mit dem ich auf dem Weg ins Krankenhaus war, um die Aussage von Stiehlts aufzunehmen, schaute mich skeptisch an. Er nahm das mehrmalig hörbare Schlucken von mir als ungutes Omen zur Kenntnis.

»Rührt nichts an, bis wir da sind!« Damit legte ich auf.

»Und, was denn nun schon wieder?«, fragte er erwartungsvoll.

»Tot!«

»Tot?«

»Tot!«

Der Staatsanwalt hatte den Ellbogen ans Beifahrerfenster gestützt und die Hand vor dem Mund. In dieser Pose starrte er wenigstens eine Minute lang kommentarlos aus dem Fenster, bevor er die Konversation wieder aufnahm. »Herrliches Wetter gibt das heute.«

Ich fuhr weiter, ohne darauf zu reagieren.

»Dieser Fall ist wohl eine Nummer zu groß für Sie, Kommissar. Oder wie sehen Sie das?«

»Wissen Sie, was einen guten Spieler von einem schlechten Spieler unterscheidet?«, fragte ich mit scheinbarer Gelassenheit.

»Ich höre!«

»Dass man immer noch ein Ass aus dem Ärmel zaubern kann, auch wenn das Spiel schon verloren scheint!«

»Das hört sich für mich aber eher nach Falschspielerei an!«, entgegnete der Staatsanwalt.

»Na ja, verkehrte Welt. Was ist heutzutage schon noch richtig und falsch. Dann sind halt mal die vielen Hasen des Hundes Tod, anstatt umgekehrt, wie es tatsächlich sein sollte!«, erklärte ich tiefsinnig.

Der Staatsanwalt wirkte nachdenklich. Allerdings wusste ich selbst nicht so recht, was ich mit meiner pseudointellektuellen Metapher eigentlich sagen wollte. Aber ich fand, es hörte sich ungemein gut an.

»Haben Sie denn noch ein Ass im Ärmel?«, wollte der Staatsanwalt wissen.

»Na ja. Nicht gerade ein Ass, aber einen Buben. Doch mit dem können wir den Gegner ganz schön reizen!«

Der Staatsanwalt verstand kein Wort, das zeigte sein dämlicher Gesichtsausdruck. Es war offensichtlich, dass er keine Ahnung vom Kartenspielen hatte. Meine mysteriösen Wortklaubereien ließen seine Zweifel an meiner Kompetenz zumindest vorläufig verstummen. Das sollte mir vorerst genügen.

Der Anblick von Klaut Stiehlts im Krankenhaus war geradezu grotesk. Eine Schönheit war er ja noch nie gewesen, weshalb er bei seiner Einlieferung sicherlich anstatt der Intensivstation die Abteilung für Mund–, Kiefer- und Gesichtschirurgie bevorzugt hätte. Aber nun war sein Gesicht geradezu von Krämpfen verzerrt. Seine über der Brust gekreuzten Hände hingegen vermittelten ein friedliches Bild, sodass die Leiche wie ein inszenierter, makabrer Scherz wirkte.

»Todesursache?«, fragte ich den anwesenden Arzt.

»Eindeutig Herzversagen, wenn ich die Aufzeichnungen des Überwachungsgeräts kurz vor dem Exitus anschaue. Genaueres kann man erst nach einer Obduktion sagen.«

»Können wir ein Fremdeinwirken ausschließen?«, fragte der Staatsanwalt.

Ich schaute ihm kurz zweifelnd in die Augen.

»Bei den Krämpfen, die er ohne Frage hatte, wird er wohl kaum selbst seine Hände in traute Zweisamkeit gefaltet haben«, erläuterte der Arzt.

»Wenn nicht er, wer dann?«, fragte ich nach. »Wer hat Stiehlts überwacht?«

»Ich!«, ließ sich die Stimme des wachhabenden Polizisten kleinlaut vernehmen.

»Und was war los?«

»Eigentlich nichts Besonderes. Es kam nur ein Arzt, der zu Herrn Stiehlts ins Zimmer ging und kurz danach wieder verschwand.«

»Ein Arzt? Und wie hieß der?«

»Auf dem Kittel stand ›Dr. E. Heilemann‹.«

»Heilemann? Der Name kommt mir bekannt vor!«, sagte der Staatsanwalt scharfsinnig.

»Kunststück …«, erwiderte der Arzt, der eben die Diagnose gestellt hatte, »… das bin ich!«

Ich schaute auf das Namensschild des Mediziners, das die Brusttasche seines Arztkittels zierte.

»Meine Dienstkleidung hängt im Erdgeschoss im Ärztezimmer. Der Raum ist nicht abgeschlossen, also muss sich der angebliche Arzt dort bedient haben.«

»Würden Sie den Kerl wiedererkennen?«, wollte ich vom Wachtmeister wissen.

»Hundertprozentig. Selbst wenn er sich als Weihnachtsmann ausgeben würde!«, trumpfte er selbstsicher auf.

»Weihnachtsmann? Na ja. Das wäre nicht sehr originell. Aber was, wenn's nun der Osterhase wäre?«, fragte ich mit einer Spur von Ironie.

»Der Osterhase?«

Ich lächelte freundlich und der Wachtmeister lächelte zurück, er war allerdings total verunsichert.

»Die Automaten für die Parkscheine sind doch videoüberwacht, richtig?«, vergewisserte ich mich bei Dr. Heilemann.

»Das ist korrekt.«

Wir überprüften die Bänder der Überwachung und spulten auf die Uhrzeit, die der wachhabende Polizist für das Verlassen des falschen Dr. Heilemann aus dem Zimmer von Stiehlts nannte. Alle schauten wie gebannt auf den Fernsehschirm. Die Aufnahme zeigte verschiedene Personen, die nacheinander ihre Parktickets am Automaten bezahlten. Dann erschien ein Kerl mit weißem Kittel und weißer Hose auf dem Bildschirm.

»Standbild!«, rief ich, als ich der Meinung war, dass das Gesicht besonders gut zu erkennen war.

»Das ist der Kerl, der sich oben als Arzt ausgegeben hat und zu Stiehlts ins Zimmer ging!«, brach es aus dem Wachtmeister heraus, wobei er aufgeregt mit dem Finger auf die Scheibe des Monitors tippte. Ich schaute auf zum Staatsanwalt. »Das ist unser letzter Flüchtiger aus dem Wurf: Hasso Striezel!«

Eine halbe Stunde später fuhren der Staatsanwalt und ich zurück aufs Revier. Den Toten, Klaut Stiehlts, hatten wir der Gerichtsmedizin überlassen. Der ganze Fall ging mittlerweile über einen schlichten Betrugsfall der Ührlistolziimitate hinaus. Wir hatten nun neben der Ratte einen weiteren Toten. Zwar ein Gangster, aber ein Zeuge. Und eben ein weiterer Toter. Der Staatsanwalt war geneigt, mir den Fall wegzunehmen.

»Geldermann wird singen!«, versicherte ich dem Staatsanwalt.

»Wieso sind Sie da so sicher?«, fragte er.

»Ich kann ihn der Mittäterschaft überführen, das ist mein Trumpf-Bube! Sie müssen ihm einen Deal anbieten, den er nicht ausschlagen kann, wenn er singt«, schärfte ich dem Staatsanwalt ein.

»Und was haben Sie?«

»Ein Überwachungsband vom Bahnhof, wo er in einem der Schließfächer im Auftrag von Magenbitter eine Nachricht an mich deponiert hat.«

»Davon weiß ich ja gar nichts!«, war die schroffe Reaktion des Staatsanwaltes. Ich erzählte ihm vom Besuch von Gerwolf Käscher in meinem Büro und dem Versuch, mich zu bestechen, gleichfalls vom gestellten Ultimatum und dem Schlüssel. Der Staatsanwalt hörte aufmerksam zu.

»Haben wir den Zettel und den Schlüssel?«, fragte er nach.

»Den Zettel ja, der Schlüssel steckt wieder im Schließfach«, antwortete ich langsam. Es dämmerte mir, dass ich erneut einen unverzeihlichen Fehler begangen hatte. Der Schlüssel wäre ein Beweisstück und ich hätte ihn auf jeden Fall zusammen mit dem Zettel dem Kriminallabor übergeben müssen.

»Ich schicke sofort jemanden hin, der das Schließfach und den Schlüssel sichert!«

»Tja, hoffen wir, dass es nicht zu spät ist!«

Kurze Zeit danach kamen wir auf dem Präsidium an und begaben uns sofort zur Vernehmung von Heimlich Geldermann, dem wir zuallererst besagtes Überwachungsvideo vom Bahnhof vorspielten. Beim Anblick seines eigenen Konterfeis auf dem Bildschirm sackte er in sich zusammen. Als der Staatsanwalt ihm androhte, dass er als Komplize einer mittlerweile auf Mord erweiterten Anklage verurteilt werden würde, war sein Widerstand gebrochen. Nachdem wir ihm zuvor Zeugenschutz und Strafmilderung zugesichert hatten, beschrieb er in ausführlichen Details, wie die Kooperation, die er im Fall Ührlistolz mit dem Unternehmen von Panetoni Magenbitter eingegangen war, vonstattenging. Geldermann gab zu Protokoll, dass er im Auftrag von Magenbitter diverse Geschäfts- und Firmenpapiere erstellt und mitunter die Transaktionen mit ausländischen Zulieferfirmen vermittelt hatte. Über die wahre Identität Magenbitters konnte oder wollte Geldermann allerdings keine Auskunft geben. Jedenfalls zuckte er nur unwissend mit den Schultern, als ich ihm die Fragen stellte, ob Magenbitter ein Tarnname wäre und ob einer der Namen auf Ronys Liste Magenbitters reale Identität widerspiegelte. Mit Geldermanns Geständnis in der Tasche, war der Staatsanwalt wieder befriedigt.

»Ihr Geständnis wird abgetippt und Ihnen zur Unterschrift vorgelegt!« Damit beendeten wir das Verhör und verließen den Raum.

»Das reicht aber noch nicht für eine Mordanklage unserer Gefangenen!«, äußerte der Staatsanwalt seine Bedenken.

»Natürlich nicht!«, antwortete ich selbstsicher. »Dafür brauchen wir erst noch den Mörder, diesen Hasso Striezel. Aber nachdem wir sein Bild in der Ringfahndung haben, wird uns der Fisch schon ins Netz gehen.«

»Sie meinen wohl, das Karnickel in die Falle!«, berichtigte mich der Staatsanwalt besserwisserisch.

»Kommissar …!«, rief ein Wachtmeister vom anderen Ende des Flurs. Ich drehte mich um, ebenso der Staatsanwalt.

»… hier ist jemand für Sie!«

Ein in schwarzes Cashmere und weißes Leinen äußerst geschmackvoll gekleideter Herr hob seinen schwarzen Stanton und stellte sich dabei kurz und schneidig vor: »Gestatten, mein Name ist Ranzig, Dr. Gansgar Ranzig. Ich bin der Anwalt von Herrn Panetoni Magenbitter nebst seiner Angestellten.«

»Kläglich. Dr. Theokrat Kläglich, Staatsanwalt«, sagte der Staatsanwalt. »Sie sind nicht von hier oder täusche ich mich?«

»Nein, mein Gott, wo denken Sie hin. Dieses Klima und das Ambiente hier mögen vielleicht den Wilden genügen. Wirklich leben kann man nur auf der Seite del Sol und am Nabel del Mondo! Ich bin gerade direkt aus Kastalonien angekommen«, antwortete Dr. Ranzig. Dann wandte er sich an mich. »Und Sie sind sicher der zuständige Gesetzeshüter, der für die Festsetzung meines Mandanten verantwortlich ist?«

Ich nickte mit dem Kopf. »Bösenschreck. Hauptkommissar Bösenschreck.«

»Aha. Na gut …«, erwiderte er nun sachlich. »Ab sofort wird keiner meiner Mandanten mehr ohne mein Beisein verhört. Ferner verlange ich umgehende Aufklärung, zu welchen Vorwürfen meine Mandanten im Einzelnen festgehalten werden, und weiterhin umfassende Einsicht in die Akten und Beweismittel. Sofern überhaupt welche existieren!«

Der erste Eindruck mag oft täuschen, doch kaum hatte er das gesagt, stellten sich mir die Nackenhaare auf und trotz seines galanten Auftritts konnte ich den Kerl nicht riechen. Und das im wahrsten Sinne des Wortes – er duftete tatsächlich ziemlich intensiv, fast unangenehm für mein Empfinden.

Er duftete tatsächlich ziemlich intensiv, fast unangenehm für mein Empfinden.

Nachdem der Herr Verteidiger Einsicht in die Ermittlungs- und Beweislage genommen hatte, grinste er mich abschätzig an, wie ich glaubte, um mir zu suggerieren, dass wir auf verlorenem Posten standen. Dann besprach er sich kurz einzeln und allein mit seinen Mandanten, unseren Verdächtigen. Die weiteren Verhöre waren eine Katastrophe. Der Rechtsanwalt Dr. Ranzig zerriss unsere bisherigen Erkenntnisse buchstäblich in der Luft, amüsierte sich mehrere Male über unsere Anklagepunkte und die fehlenden Zeugen (Stiehlts war tot und van Raff hielt sich in dieser Erkenntnis wiederum bedeckt, noch dazu, da Striezel ja noch immer auf freiem Fuß war) und brachte zuletzt Heimlich Geldermann, der wieder neuen Mut gefasst hatte, dazu, sein Geständnis komplett zu widerrufen. Die dicke Luft, die der Rechtsverdreher verbreitete, ließ uns echauffiert die Nase rümpfen und das Zimmer verlassen. Unschlüssig stapften der Staatsanwalt und ich vor den Verhörzimmern auf dem Gang auf und ab, stinksauer über den Verlauf der Geschehnisse. Der Herr Verteidiger war noch im Raum von Magenbitter.

»Verdammt noch mal – der dreht uns den Spieß wieder rum!«, fluchte der Staatsanwalt.

»Wir brauchen Striezel!«, sagte ich bestimmt.

»Hat sich schon etwas im Zuge der Fahndung ergeben?«

»Nein, bisher noch nichts!«

»Wenn der Kerl mal nicht über alle Berge ist«, klagte der Staatsanwalt desillusioniert.

Ich überlegte kurz – nur kurz. »Kann ich mir nicht vorstellen. Noch nicht! Sonst wäre er schon nach dem missglückten Mordversuch abgehauen, nachdem ich ihn beinahe gestellt hatte. Ist er aber nicht. Er hat es noch mal probiert. Also wird er jetzt auch nicht einfach abhauen, sondern versuchen, mit seinem Boss Kontakt aufzunehmen, was ihm bisher nicht gelingen konnte, denn Magenbitter sitzt ja hier in U-Haft!«

»Wenn wir Striezel am Wickel hätten, wäre der Herr Verteidiger nicht so siegessicher!«, grummelte der Staatsanwalt.

»Hmm-ja, dummerweise wissen die da drin das auch. Jetzt müsste man Mäuschen sein«, überlegte ich. »Wollen wir wetten, dass Magenbitter den Herrn Dr. Ranzig instruiert, seinen Handlanger Striezel zu kontaktieren, nachdem er erfahren hat, dass Stiehlts tot ist?«

»Wenn er damit Erfolg hat, wird er Striezel dazu bewegen, noch heute Stadt und Land zu verlassen und unterzutauchen«, antwortete der Staatsanwalt.

»Das sehe ich auch so. Also wird dieses Stinktier von Verteidiger, sobald er hier raus ist, versuchen, Striezel anzurufen.«

»Das können wir aber dummerweise nicht verhindern«, bedauerte der Staatsanwalt.

»Nein …«, antwortete ich, »… verhindern nicht. Aber vielleicht nutzen!«

Kurze Zeit später ging die Tür des Verhörraums auf und Dr. Ranzig trat heraus. »Wann erfolgt bitte die Erhebung der Anklage, Herr Dr. Kläglich? Oder wollen Sie vielleicht lieber davon absehen, Herr Kollege?«

»Morgen früh um neun Uhr!«, zischte der Staatsanwalt und kniff wütend die Augen zusammen.

»Gut, dann bis morgen, meine Herren. Einen schönen Tag wünsche ich!« Der Herr Verteidiger lüftete wieder seinen Hut, wandte sich um und ging zum Fahrstuhl. Als sich die Fahrstuhltüren hinter Dr. Ranzig schlossen, rannte ich unverzüglich zur Brandschutztür und folgte ihm durchs Treppenhaus. Ich stürmte in den Eingangsbereich des Präsidiums, doch der Fahrstuhl war schon wieder auf dem Weg nach oben. Von Ranzig keine Spur. Allerdings markierte eine deutliche Duftspur seinen vermeintlichen Weg, der ich nur allzu leicht folgen konnte. Als ich ins Freie trat, musterte ich die Passanten, die teilweise gelangweilt, teilweise hastig und eilig die Bürgersteige nutzten, und blieb an einer Personentraube an der roten Fußgängerampel hängen. Die Leute warteten darauf, dass der Weg über die Straße für sie freigegeben wurde. Ein, zwei Schritte abseits stand Dr. Gansgar Ranzig, und wie wir vorhergesehen hatten, hielt er bereits das Handy ans Ohr – hoffentlich nicht nur, um ein Taxi zu rufen.

*

Mittlerweile drehte Rammler komplett durch. Er hüpfte wie ein aufgeschrecktes Kaninchen von einer Ecke des Raumes zur anderen, verharrte kurz, aber rastlos und lief dann nervös zum Fenster, um irgendein Zeichen der Hoffnung auf der Straße zu erhaschen. Er ging zur Zimmermitte zurück, wo sein Handy stumm auf dem Tisch lag. Wütend kreiste er um das kleine Gerät herum, fertig zum Sprung, sollte es sich nur rühren. Ein wildes Tier, das nur noch auf den richtigen Moment wartete, um seine Beute anzugreifen. Rammler war wild, sein inneres Feuer brannte ihn beinahe aus. Er hatte seinen Auftrag erledigt, aber der Pane meldete sich nicht. Das Zeitfenster war überfällig und er selbst konnte ihn nicht kontaktieren. Das Meer von Glückshormonen, das in ihm ausgeschüttet worden war, als er Scharte ins Jenseits befördert hatte, war längst einer Flut von Adrenalin gewichen, einem Zustand nahe der Panik. Rammler griff sich beiläufig in die Jackentasche und holte das Fläschchen Betakarotin hervor, welches er im Krankenhaus hatte mitgehen lassen. Er überlegte kurz und setzte sich dann auf den alten, klapprigen Holzstuhl neben dem Holztisch, auf dem das Handy lag. Auf dem Tisch stand noch eine Flasche mit echtem mediterranen Tresterbrand aus Kastalonien, dem härtesten Stoff, den es auf dem freien Markt zu haben gab. Rammler goss sich ein Glas seiner Lieblingsmarke ein und nahm einen ordentlichen Schluck, den er langsam und gefühlvoll die Kehle hinabgleiten ließ, während er gleichzeitig einatmete. Der Sauerstoff der Atemluft verstärkte die Wirkung des Alkohols und ein teuflisches Brennen erfüllte seinen Rachen und seine Speiseröhre, was er mit einem befriedigten »Ahhhh!« kommentierte. Dann nahm er die kleine Ampulle zur Hand und begutachtete deren Inhalt. Sie war noch etwa zu einem Viertel voll. Es war genug, um weitere zwei bis drei Spießgesellen in derselben Weise wie Scharte über den Jordan zu schicken – zu wenig, um bei dosiertem Konsum abhängig zu werden. Rammler öffnete den Verschluss und kippte ein, zwei Milliliter in sein noch halbvolles Schnapsglas. Ein kurzer Kontrollblick aus den Augenwinkeln zu seinem Gefangenen, der, geknebelt und gefesselt, auf dem staubigen, kalten Boden in der Ecke saß. Rammler hatte Wachtmeister Knüppler an die schwere, alte Gussheizung angekettet, der sich sichtlich damit abmühte, seine Position immer wieder leicht zu verändern, um den Schmerzen der Fesseln und dem Einschlafen der Gliedmaßen entgegenzuwirken. Rammler lächelte amüsiert. Er war noch unschlüssig, was mit dem Polizisten geschehen sollte, den er, nachdem er seinen Auftrag erfolgreich ausgeführt hatte, nicht mehr brauchte. Er könnte ihn kurz und schmerzlos liquidieren. Er könnte ihn aber auch einfach hierlassen, hier in dieser alten, verlassenen Fabrik am Stadtrand, wo er sich seit dem Abend verborgen hielt, an dem ihn dieser andere Bulle in seiner Wohnung gestellt hatte. Apropos Bulle …

»Sag mal, Bulle …«, raunte Rammler, ohne Knüppler dabei

anzusehen. »Was verrät dir, dass ein Bulle hinter einem her ist, hm?«

Wachtmeister Knüppler reckte den Kopf, ein Halswirbel knackte und er gab zwei unverständliche Knebellaute von sich, die sicher nichts mit einer Antwort auf Rammlers Frage zu tun hatten.

»Na? Nein? Die Kuhglocke, die permanent bimmelt! *Hahahahaha!*«, brach es lautstark aus Rammler heraus. Dann verstummte er und erhob sich, immer noch das Schnapsglas in der Hand, und ging zwei Schritte auf Knüppler zu.

»Findest du wohl nicht witzig, wie?« Rammler stürzte den Inhalt des Glases in einem Zug hinunter und atmete wiederum tief ein. Dann riss er den Mund auf und ein lautes »*Jooooaaaah!*« entströmte seiner Kehle, wobei er sich die flache Hand auf die Brust legte.

»Na, dann vielleicht der: … « Er ließ sich vor Knüppler in die Hocke nieder und wollte gerade wieder ansetzen, da ertönte endlich der langersehnte Klingelton seines Handys. Rammler schnellte aufgeregt hoch, wobei er gewaltsam das Schnapsglas vor Knüppler zu Boden warf. Es zersprang laut klirrend auf dem kargen, harten Beton in tausend Scherben. Rammler torkelte so schnell, wie es ihm sein Zustand erlaubte, zurück zum Tisch und griff nach dem Telefon. Er wollte sich auf den Stuhl setzen, der jedoch von der plötzlichen Unwucht zusammen mit ihm zur Seite umkippte. Annähernd high vom Alkohol und der einsetzenden Wirkung der Droge, lag Rammler am Boden und kicherte immerfort, während er versuchte, mit seinem Anrufer zu kommunizieren:

»Jaaa? … Ah, hallo, lieber Dottore, … ja, … jaja, geht gutt, sehr gutt! Hihihihi.« Dabei hob er unterstützend die Hand und reckte den Zeigefinger in Richtung Decke.

»Jaaa. Geht Pane auch gutt? Ja? Gutt! Hihihihi …« Er

rollte sich auf die andere Seite und versuchte, sich mithilfe der freien Hand aufzurichten. Seine Handfläche rutschte zur Seite weg und er fiel zurück auf den Rücken. Dabei glitt ihm sein Telefon aus der Hand und fiel zu Boden, wobei ein Teil des Plastikgehäuses absplitterte.

»Oahh, Mist …!« Rammler griff erneut nach dem Handy und versuchte, sich zu konzentrieren, was ihm aber nur mäßig gelang. Die Droge entfaltete gemeinsam mit dem Alkohol ihre volle, sich gegenseitig potenzierende Wirkung.

»Ja, hallo? … Noch dran? … Jaja, nein, … is nich scho schlimmm, nur hingefallen, … wie? Hmmm?«

Rammler kämpfte gegen die zunehmende Fesselung seines Körpers und Geistes. Er verstand noch die Worte ›untertauchen‹, ›verstecken‹ und ›Flughafen‹. Dann verlor er sich, ausgestreckt auf dem Fußboden liegend, in der endlosen und wirren Welt der vorübergehenden geistigen Umnachtung.

*

Ich konnte sehen, wie Dr. Ranzig sein Handy vom Ohr nahm, ungehalten eine Taste drückte und es dann in die rechte Jacketttasche beförderte. Ich hatte den Eindruck, als wäre er mit dem Gesprächsverlauf nicht zufrieden. Die Fußgängerampel war mittlerweile wieder rot. Der Herr Verteidiger hatte die Grünphase verpasst und stellte sich vorn an den Bordstein, in Erwartung, dass der Fußgängerüberweg wieder freigegeben wurde. Um ihn herum sammelten sich Passanten mit derselben Absicht, die vielbefahrene Straße zu überqueren. Die Personentraube wurde dicker und ich gesellte mich so unauffällig wie irgend möglich dazu, den Hut auf dem Kopf und den Blick leicht abwärts gerichtet, falls der Herr Verteidiger wider Erwarten nach hinten schauen sollte. Vorsichtig und geschmeidig schlängelte ich mich weiter vor und stand schließlich, leicht versetzt, direkt rechts hinter ihm. Ich drückte mit dem Daumen auf den Zeigefinger der geschlossenen Faust. Ein feines Knacken war spürbar. Dann dasselbe noch einmal anders herum, dieses Mal mit dem Daumen in der Faust. Und wieder knackte ein Finger. Eine letzte Lockerung meiner linken Hand, indem ich die Finger mehrmals aus- und einrollte. Und da war es wieder: Es war gerade so, als würde durch diese kleine Fingerübung ein Schalter in mir umgelegt. Mein ganzer Körper besann sich auf das, was ich einmal mit großem Erfolg gewesen war: ein Taschendieb, der größte Geldbörsenschreck der ganzen Stadt. Nun brauchte ich den richtigen Riecher für den einen kleinen Moment, in dem ich gefahrlos und unbemerkt zugreifen konnte, bloß nicht eher und schon gar nicht später. Das Treiben um mich herum wurde langsamer, dann noch langsamer und schließlich war ich so angespannt, dass das wirkliche Leben um mich herum nur noch in Zeitlupe ablief. Meine Hand näherte sich der Jackentasche meines ahnungslosen Opfers. Verharren, … langsam, … die Autos hielten an, gleich würde die Fußgängerampel grün werden. Mein Opfer hob den rechten Arm für einen ungeduldigen Blick auf seine Armbanduhr. Zack! – Da war er, der eine Moment. Frei und schutzlos lag sie da: die Jackentasche. Sie schmachtete mich geradezu einladend an, mich an ihrem Inhalt zu vergreifen. Meine Hand strich, flach wie eine Flunder, über die Taschenpatte und nahm sie mit nach innen, um beim Rückzug nicht zu verhaken. Zielsicher verloren sich Zeige- und Mittelfinger in der Tiefe, um darin ihren Zweifingerfandango zu vollführen. Die Ampel schaltete um und die Menschenmenge setzte sich unter leichtem Drängeln und Rempeln in Bewegung. Ein kleiner, körperbetonter Stupser meinerseits, dem der Herr Verteidiger naturgemäß aus eigenem Antrieb nach vorn auswich, und das, ohne dabei das Leichterwerden seiner Jackentasche wahrzunehmen. Praktisch von ganz allein gab die Tasche ihren Inhalt frei und der Schatz lag wie zufällig in meiner Hand. Ein kurzes Déjà-vu, ein kurzer Flashback: Ich schwelgte wieder in meiner Sturm-und-Drang-Zeit. Da war Zuzi und es überkam mich, wie wir das Leben unbeschwert und aus vollen Zügen genossen hatten. Die Beute, die wir tagsüber zusammengetragen hatten, hatten wir in der Nacht nach Herzenslust verprasst. Der Motorenlärm des sich wieder in Bewegung setzenden Verkehrs holte mich in die Realität zurück. Der Herr Verteidiger war schon irgendwo in den Weiten der gegenüberliegenden Straßenseite verschwunden. Nicht einmal sein aufdringlicher Duft lag noch in der Luft. Ich machte kehrt und ging schnurstracks zurück aufs Präsidium und ins Kriminallabor. Die Zeit drängte und ich hoffte inständig, dass das eben geführte Telefonat des Herrn Dr. Ranzig mich zu meinem letzten und mittlerweile wichtigsten Widersacher in der Ührlistolzaffäre führen würde: zu Hasso Striezel alias Rammler.

Es war kurz vor Sonnenuntergang. Ein leer stehendes altes Fabrikgebäude am Stadtrand, schräg gegenüber des Südbahnhofs, welches Fräulein Fitzelkrams als Standort des Empfängers des letzten Telefonats von Herrn Dr. Ranzig ermittelt hatte. Dieser Durchbruch war allerdings erst im zweiten Anlauf geglückt. Die Nummer gehörte einem Prepaid-Handy, also einem unbekannten Besitzer. Wir hatten mehrmals versucht, die Nummer anzurufen – ohne Erfolg. Dann plötzlich war doch noch am anderen Ende der Leitung abgenommen worden. Es waren allerdings nur undefinierbare Geräusche und ein merkwürdiges Röcheln zu hören. Die Leitung jedoch wurde aufrechterhalten, bis das Signal plötzlich, vor einer halben Stunde, wieder verloren gegangen war. Dennoch war es ein Leichtes gewesen, den Standort des Telefons während der aktiven Verbindung via Satellit zu orten.

Mein SEK-Team und ich bezogen Stellung vor dem Haupteingang des ehemaligen Verwaltungstraktes, in dessen oberer Fensterreihe das Plakat eines Maklers auf die hier verfügbaren Gewerbeflächen hinwies. Das Gelände war weitläufig. Einzelne Scheiben der Fabrik waren eingeschlagen, die alten Holztüren schon marode und auch sonst machte das Gebäude einen ziemlich verwahrlosten Eindruck. Kein leichter Job für einen Makler, der sicher nicht im Bilde war, dass sein Objekt bereits einen Untermieter beherbergte. Neben der Fabrik befand sich eine größere Garage oder Werkstatt, die über einen Übergang im ersten Stock mit dem Hauptgebäude verbunden war. Eines der großen Holzflügeltore war nicht ganz geschlossen und das Heck eines schwarzen Lieferwagens war erkennbar. Ich postierte ein Team am Haupteingang und überquerte mit einem zweiten Team den Hof. Wir lagen richtig: Ein schwarzer Caraman parkte verlassen im Inneren. Ich instruierte den neuen SEK-Einsatzleiter über die Gefahren des Einsatzes und die Notwendigkeit, den Gesuchten unbedingt lebend zu fassen. Einige der SEK-Beamten machten daraufhin ein leicht säuerliches und enttäuschtes Gesicht, vor allem, als der neue Einsatzleiter die Standardbewaffnung einsammelte und Pistolen mit Betäubungspatronen ausgab.

»Wirft ein Rhinozeros in nur drei Sekunden um!«, strahlte er mich an. Er war ein junger, drahtiger und aufstrebender Kerl. Man hatte ihm nach dem Fauxpas seines Vorgängers und dem dadurch entstandenen Massaker in Geldermanns Laden die Führung der Gruppe übertragen.

»Dumm nur, wenn gerade kein Rhinozeros zur Stelle ist,

hm?«, antwortete ich trocken, um die Spannung etwas aufzulockern. Doch der Einsatzleiter hatte offenbar keinen Sinn für meinen distinguiert platzierten Humor.

»Nee, macht nichts, wirkt auch bei Klugscheißern! Etwas umständlich ist nur, dass nach jedem Schuss nachgeladen werden muss. Aber das kriegen wir schon!«

Einer unserer Männer deutete auf eine Treppe in den ersten Stock. Ich schickte den Einsatzleiter zur ersten Gruppe zurück und folgte meinem Team mit gezogener Waffe nach oben, während zwei weitere Kollegen den Caraman sicherten. Oben angekommen, hob mein Frontmann den Daumen als Zeichen dafür, dass alles ›sauber‹ war. Nacheinander überquerten wir die Passage im ersten Stock und standen dann vor einer Tür zum Haupttrakt.

»Ruhe mal. Da ist was!«, gebot ich dem Team zu verharren. Ein ungutes, mühsames und dumpfes Stöhnen, kaum lauter als mein Magenknurren (ich hatte mich schon wieder den ganzen Tag nur von Kaffee ernährt), war durch die geschlossene Tür zu hören.

»Gefahr in Verzug! Vorwärts!«, befahl ich. Einer meiner Begleiter trat mit einem gezielten Fußtritt gegen das Türschloss. Die beiden alten Holzflügel schwangen krachend auf, wobei sie fast aus den Angeln brachen. Die zwei anderen SEK-Beamten rollten sich nach innen ab und verharrten in der Hocke, die Waffe im Anschlag für einen gezielten Schuss. Zusammen mit dem verbliebenen Mann stürmte ich nach innen. Ein schneller Rundumblick: ein umgekippter Stuhl, ein alter Holztisch auf dem kargen Betonboden, eine fast leere Schnapsflasche, … keiner da! Nervös streiften meine Blicke die Zimmerfluchten. Von weiter hinten kam das Geräusch, lauter, als wir es draußen vernommen hatten, unterstützt durch ein Scharren, wie von Füßen, die auf dem Boden schabten.

Dann stürmte das erste Team durch die Tür am anderen Ende des Zimmers herein. Etwas Licht fiel ein und gab uns die Quelle der Geräusche zu erkennen. Es war Wachtmeister Baldrian Knüppler, der, gefesselt und geknebelt, an dem alten Heizkörper hing. Er wirkte sichtlich erleichtert, als er mich erkannte und vor allem, als die SEK-Beamten ihre Waffen aus dem Anschlag nahmen.

Kurz vor halb neun am folgenden Morgen. Noch hundemüde von den Ereignissen der letzten beiden Tage, musste ich zur Anklageerhebung im Fall Magenbitter erscheinen. Zuvor hatte ich noch den Staatsanwalt über den Stand der Dinge aufzuklären. Er war nicht gerade erfreut über die Neuigkeit, dass uns bei unserer Aktion am Vorabend der Gesuchte, Striezel, wiederum durch die Lappen gegangen war. Der Herr Verteidiger Dr. Ranzig hatte tatsächlich mit Striezel telefoniert, den der wieder befreite Wachtmeister Knüppler aufgrund der Fahndungsfotos eindeutig als seinen Peiniger identifiziert hatte. Striezel jedoch war spurlos verschwunden. Laut Knüppler hatte er sich etwa eine halbe Stunde vor unserem Eintreffen, in einem Zustand nahe dem Delirium, mühsam davongeschleppt. Ich wollte nicht glauben, dass Striezel ohne seinen Lieferwagen das Weite gesucht haben sollte. Doch laut Knüppler war der Gesuchte derart desolat beieinander gewesen, dass dieser nie und nimmer Auto hätte fahren können. Das erklärte dann auch die undefinierbaren Geräusche, als unser Anruf entgegengenommen wurde, und dass Striezel nicht sofort wieder aufgelegt hatte. Sein Vorsprung zu Fuß konnte nicht sonderlich groß gewesen sein, doch er hatte ausgereicht, um zu entkommen – wieder einmal. Die SEK-Teams hatten die halbe Gegend durchkämmt und dann die Suche ohne ein Zeichen oder eine Spur des Flüchtigen abgebrochen, da es dummerweise immer dunkler geworden war. Aufgrund des Telefonats von Herrn Verteidiger Dr. Ranzig konnte allerdings die Verbindung zwischen Magenbitter und unserem Killer Striezel eindeutig nachgewiesen werden.

»Wollen Sie so etwa vor Gericht argumentieren?«, pfiff mich der Staatsanwalt an. »Sie haben das Handy des Verteidigers illegal an sich gebracht. Gott helfe uns, dass er glaubt, er hätte es verloren. Wenn da was durchsickert, können wir den ganzen Fall an den Nagel hängen. Dann zerreißt uns der Herr Verteidiger in der Luft und der Richter gleich mit!«

Einigermaßen ratlos versuchte ich meine Gedanken zu ordnen. »Wir haben die Beweise aus der Spurensicherung und die Schießerei in Geldermanns Laden, ... wir haben es hier eindeutig mit richtig schweren Jungs aus dem organisierten Verbrechen zu tun. Das muss auch der Richter einsehen!«

Der Staatsanwalt legte seinen Zeigefinger an die Lippen, denn eben kam Dr. Gansgar Ranzig den Gang herauf.

»Guten Morgen, die Herren. Alles frisch und bereit?«, grinste er uns siegessicher an, wobei er auf mich nicht eben den frischesten Eindruck machte. Nach wie vor empfand ich sein Aftershave geradezu als abstoßend.

»Na ja, Herr Kollege, heute Morgen machen Sie aber nicht gerade den gleichen souveränen Eindruck auf mich wie gestern. Sie wirken etwas unaufgeräumt!«, äußerte sich der Staatsanwalt.

»In der Tat, Herr Dr. Kläglich. Ich habe mein Handy verlegt und kann es beim besten Willen nicht mehr finden, aber wird schon werden.«

»Ach? Haben Sie es vielleicht bei uns auf dem Präsidium liegen lassen? Soll ich mal nachfragen?«, bluffte ich heuchlerisch.

»Nein, sicher nicht. Ich hatte es noch, als ich das Gebäude

schon verlassen hatte«, wies der Herr Verteidiger mein Entgegenkommen zurück. Der Staatsanwalt zog, ohne dass Ranzig es sah, mit dem Zeigefinger eines seiner Augenlider herunter. Die Geste war eindeutig: Holzauge, sei wachsam – keine Fehler! Dann ging die Tür des Besprechungszimmers des Richters auf und der Amtsdiener kündigte lauthals die anstehende Vorverhandlung an:

»Fall 138 – Der Staat gegen Panetoni Magenbitter.«

Wir traten ein. Der zuständige Richter war erfreulicherweise Richter Hartlieb Schwertfeger. Er saß in seinem Amtssessel hinter dem Schreibtisch und studierte die Ermittlungsakten. Er nahm kurz Notiz von uns und gab uns ein Zeichen, auf der gegenüberliegenden Couch Platz zu nehmen. Er ließ sich Zeit, viel Zeit, sodass Dr. Ranzig etwas unruhig auf seinem Sitz hin und her rutschte, was der Richter missbilligend zur Kenntnis nahm. Sein Blick wanderte zurück in die Akten, um dann anschließend kurz die Anwesenden zu mustern.

»Nehmen Ihre Mandanten nicht an der Vorverhandlung teil, Herr Verteidiger?«

»Nein, Herr Richter. Die Sache ist, wie ich denke, auch relativ schnell erledigt«, antwortete Dr. Ranzig.

»So, so, denken Sie. Wie plädieren Sie denn, Ihre Mandanten?«

»Nicht schuldig im Sinne der Anklage des organisierten, betrügerischen Handels mit gefälschten Markenartikeln!«, antwortete Dr. Ranzig gespielt empört.

»Ich habe die Beweisführung der Staatsanwaltschaft und die Beweismittel der Spurensicherung eingesehen. Ich finde, die Sache stinkt sehr wohl, Herr Dr. Ranzig!«

»Es liegt nichts, aber auch gar nichts vor, was einen direkten Zusammenhang zwischen Herrn Magenbitter und den

Ührlistolzimitaten herstellen lässt!«, antwortete Ranzig gekonnt überzeugend.

»Da muss ich widersprechen!«, schaltete sich nun der Staatsanwalt ein. »Wir haben Ührlistolzimitate und Firmenpapiere von TradeEnd Inc im Haus von Herrn Teutonius Rammler alias Hasso Striezel gefunden.«

»Das kann schon sein, Herr Kollege«, intervenierte der Herr Verteidiger, »aber wie leiten Sie eine Verbindung Ihres Herrn Striezel mit meinem Mandanten her?«

»Unser Zeuge Stiehlts hat eindeutig die Verbindungen diverser Personen, sich ebenfalls eingeschlossen, und auch von Herrn Striezel zu Ihrem Mandanten bekundet. Ebenfalls hat er die Betrügereien im Fall Ührlistolz eingeräumt und als organisierten Coup unter der Leitung von Magenbitter dargelegt. Daraufhin haben wir den ›Falschen Hasen‹ durchsucht, der von Herrn Magenbitter bis dahin betrieben wurde«, stellte ich die Sachlage klar.

»Und haben Sie etwas Belastendes gefunden, Herr Hasenschreck?«, fragte dieses miese Stinktier provozierend.

»Bösenschreck. Hauptkommissar Bösenschreck!«, knurrte ich ihn wütend an.

»Oh, Verzeihung. Mein Fehler. Aber haben Sie …?«

»Der ›Falsche Hase‹ war komplett leer geräumt worden. Die Menukarten haben aber eindeutig dieselbe Herkunft wie die Firmenpapiere von TradeEnd Inc!«

Der Herr Verteidiger lächelte. »Nun, das beweist lediglich, dass mein Mandant seine Menukarten in derselben Druckerei drucken ließ wie TradeEnd Inc.«

Der Richter folgte aufmerksam dem Gesprächsverlauf und schaute mich erwartungsvoll an.

»Und was ist mit Ihrem Zeugen, diesem Stiehlts?«, fragte er mich.

»Liquidiert!«

»Liquidiert?«

»Ja, von Striezel!«, konstatierte ich wütend. »Das hat die Untersuchung eindeutig ergeben.«

»Dann sollten Sie dringend diesen Herrn Striezel finden und dingfest machen. Da scheint mir ja wohl der Hase im Pfeffer zu liegen«, empfahl Ranzig.

Ich setzte unmittelbar zum Gegenschlag an: »Sie wissen …«

»Wir driften von der Anklage ab«, fiel mir der Staatsanwalt ins Wort, was wohl auch besser war, denn schon lag mir der Anruf von Ranzig bei Striezel auf der Zunge. »Hier geht es um den Betrugsfall Ührlistolz. Die Mordfälle in Bezug auf den Verdächtigen, Striezel, werden natürlich mit allem Nachdruck verfolgt.«

»In der Tat wäre es tatsächlich förderlich, Sie könnten einen Zeugen in der Angelegenheit benennen, Herr Staatsanwalt!«, äußerte sich der Richter besorgt über den Verlauf des Prozesses in spe.

»Wir sind dran! Nicht wahr, Kommissar?«, räumte der Staatsanwalt beschwichtigend ein.

»Ihre Mandanten besitzen offenbar mehrere Identitäten, Herr Verteidiger. Wollen Sie sich dazu äußern?«, hakte Richter Schwertfeger nach.

»Das sind alles Künstlernamen, verehrter Herr Richter!«

»Künstlernamen? Hat Ihr Herr Magenbitter auch einen solchen Künstlernamen? Jedenfalls ist er unter diesem Namen nicht gemeldet!«

Der Staatsanwalt und ich horchten gespannt auf. Diese Frage brannte mir schon seit Anbeginn des Falles unter den Nägeln, doch wir wurden abermals enttäuscht.

»Herr Magenbitter ist nach wie vor kastalonischer Bürger und unter diesem Namen auch dort gemeldet. Ich lege die Papiere selbstverständlich so schnell wie möglich vor«, erklärte Dr. Ranzig.

»Gut, dann bitte nächsten Montag um 15 Uhr zur Gerichtsverhandlung. Das wär's, meine Herren!«

»Wie bitte? Das kann nicht Ihr Ernst sein, Herr Richter. Nicht bei der Beweislage. Ich zerreiße die Anklage in Stücke!«, empörte sich Dr. Ranzig.

»Heben Sie sich Ihre Kraft für die Gerichtsverhandlung auf. So eindeutig, wie Sie für die Unschuld Ihrer Mandanten plädieren, liegt die Sache für mich nicht. Und da war dann noch der Schusswechsel in diesem Pfandhaus, Herr Advokat!«, bremste Richter Schwertfeger Herrn Dr. Ranzig ein.

»Keiner der hier Angeklagten hat eine Waffe gegen die Staatsgewalt erhoben. Diese Individuen, die sich dieser Art erdreisteten, können ebenfalls nicht in Zusammenhang mit meinen Mandanten gebracht werden, Herr Richter. Eine Verbindung nur aufgrund der Tatsache, dass sie zufällig am selben Tag, zur selben Zeit fast am selben Ort waren, kann nicht bewiesen werden!«, schob Dr. Ranzig eifrig nach.

»Doch, kann!«, fiel ich ihm ins Wort. »Eines der beiden Subjekte war Kellner bei Herrn Magenbitter im ›Falschen Hasen‹ – zumindest vordergründig!«

»Na, also gut, aber wer hat denn den ersten Schuss abgefeuert? Die Polizei? Auf jeden Fall aber nicht die hier Angeklagten!«, blockte Dr. Ranzig ab.

»Es reicht!«, erhob sich der Richter, und im Aufstehen streifte er die Ärmel seiner Robe zurück, was den Eindruck erweckte, als wollte er sich auf einen Faustkampf vorbereiten. »Ich finde die Luft hier drin etwas stickig und miefig. Die Verhandlung ist am Montag um 15 Uhr!«

Der Herr Verteidiger war derart perplex, dass er zunächst

mit offener Kinnlade und sprachlos dastand, verunsichert durch die zweideutige Geste des Richters. Doch dann fing er sich wieder.

»Dann beantrage ich, eine Kaution für meinen Mandanten festzusetzen!«

»Nie im Leben!«, brach es aus mir heraus. Der Richter warf mir einen missbilligenden Blick zu, der mich augenblicklich verstummen ließ. Dann nahm er nochmals Platz, faltete die Hände vor der Brust und blickte den Verteidiger misstrauisch an.

»Recht bleibt Recht. Da wir hier, wie vom Herrn Staatsanwalt nochmals festgestellt wurde, keine Anklage wegen Mordes haben, muss ich dem Antrag des Herrn Verteidiger stattgeben.«

Dr. Ranzig grinste zufrieden.

»Oder haben wir, Dr. Kläglich?«, richtete der Richter die Frage an den Staatsanwalt.

»Nein«, gab der kleinlaut zu. »Dennoch, Herr Richter. Bedenken Sie die Verdunkelungsgefahr!«

»Wo denken Sie hin, Herr Kollege«, wandte Dr. Ranzig ein. »Mein Mandant hat sich nichts zuschulden kommen lassen, also gibt es auch nichts zu verdunkeln!«

»Ihr Mandant meldet sich täglich um 18 Uhr auf dem Polizeirevier bei unserem Herrn Kommissar. Das ist die damit verbundene Auflage«, kürzte Richter Schwertfeger die Sache ab.

»Einverstanden. Selbstverständlich!«, äußerte sich Dr. Ranzig befriedigt.

»Gut. Dann setze ich die Kaution für Herrn Magenbitter auf eine Million fest. Für die übrigen Angeklagten auf jeweils 500.000.« Der Richter erhob sich erneut. »Damit ist die Vorverhandlung beendet!«

Dr. Ranzig entgleisten erneut alle Gesichtszüge, so schockte ihn diese astronomische Summe. »Herr Richter, das kann nicht Ihr Ernst sein. Das ist absolut unangemessen!«

»Gut, dann machen wir eineinhalb Millionen!«

»... äh, aber so meinte ich das nicht. Das ist doch reine Willkür, das können Sie nicht machen, Herr Richter ...«, versuchte Dr. Ranzig verzweifelt, die Sache noch einmal abzuwenden.

»Der Hammer ist gefallen. Bis Montag um 15 Uhr!« Damit waren wir alle draußen. Der Herr Verteidiger verließ ohne weitere Kommentare das Gerichtsgebäude. Der Richter trat noch einmal aus der Tür und appellierte an den Staatsanwalt.

»Es wäre gut, Sie würden noch einen Zeugen auftreiben, Herr Dr. Kläglich!« Dann schloss er endgültig die Tür. Dem Staatsanwalt und mir stand die Überraschung über die Entscheidung des Richters buchstäblich ins Gesicht geschrieben, aber für seine harten und drastischen Urteile war Richter Hartlieb Schwertfeger eigentlich bekannt.

»Haben Sie das verstanden, was da drinnen gerade abgelaufen ist?«, fragte mich der Staatsanwalt ungläubig.

»Was meinen Sie?«

»Zwischendurch dachte ich ernsthaft, Richter Schwertfeger würde den Fall abweisen. Und auch jetzt scheint er unsicher zu sein, wenn er uns nahelegt, dringend einen Zeugen herbeizuschaffen. Aber trotzdem hat er den Fall zugelassen. Und dann diese Kaution in einer bisher nie gekannten Höhe. Ich bin sprachlos!«

»Haben Sie seinen linken Arm gesehen?«, fragte ich den Staatsanwalt.

»Nein, wieso?«

»Nun, ich bin nicht 100 Prozent sicher ...«, antwortete ich,

»... aber ich glaubte, eine Ührlistolz an seinem Handgelenk gesehen zu haben. Vielleicht echt, vielleicht aber auch nicht!«

*

Rammler erwachte, alle Viere von sich gestreckt, auf dem kalten, gefliesten Boden vor der Toilettenschüssel. Die Wirkung der eingenommenen Droge war mittlerweile verflogen, aber dennoch, sein Gehirn fühlte sich so matschig an, als wäre er gegen eine Mauer gelaufen. Er griff sich mit der Hand an den Hinterkopf und zuckte augenblicklich zusammen. Er konnte eine dicke Beule erfühlen, die offensichtliche Ursache für seine Benommenheit. Hatte man ihn am Ende niedergeschlagen und dann einfach liegen gelassen? Rammler konnte sich an nichts erinnern. Er stützte sich auf den Toilettenrand und rappelte sich hoch. Gegenüber hing ein Waschbecken. Er drehte das kalte Wasser auf und steckte den Kopf unter den Strahl. Ganz allmählich gewann die Klarheit wieder die Oberhand in seinem Kopf zurück. Er stellte den Wasserhahn ab, richtete sich auf und betrachtete sein Konterfei im Spiegel über dem Waschbecken. Es war ein Anblick zum Fürchten. Er wandte sich um und schaute sich in dem mickrigen Badezimmer um, welches nur aus einer Kloschüssel und dem Waschbecken bestand, vielleicht gerade mal eineinhalb auf zwei Meter groß. Wo, zum Teufel, war er? Er ging ins Zimmer nebenan, doch auch dieser Raum kam ihm nicht im Geringsten bekannt vor. Seine Erinnerung war abgerissen, von dem Moment an, als sein Handy klingelte und nachdem er sich das Betakarotin reingezogen hatte. In dem Zimmer befanden sich lediglich ein Stuhl und ein Bett. Eine Frau lag in dem vollkommen zerwühlten und durchgelegenen Nachtlager, regungslos. Er trat näher und versuchte krampfhaft, sich zu erinnern. Seine Hand wanderte nochmals zu seinem Hinterkopf und unter Zähneknirschen zuckte sie auch dieses Mal wieder zurück.

Der Lippenstift des Mädchens war vollkommen verschmiert und ihre Haare zerzaust. Ihre aufreißerischen Klamotten waren nicht ausgezogen worden, sondern hingen ihr zerrissen von der Seite. Er fasste ihr an die Schulter und rüttelte sie kurz, da rollte sie sich zusammen und stammelte vollkommen erschöpft: »… du verdammter Kerl. Langt das etwa immer noch nicht? Mir tut doch schon alles weh!«

Erste zusammenhanglose Fetzen lichteten sich in der Dunkelheit von Rammlers Gedächtnis. Ja, natürlich, jetzt fiel es ihm wieder ein. Er war am Abend in diese Bar gewankt, oder was immer das war. Stimmt, dort hatte er sie aufgegabelt. Vollgedröhnt und die Hormone bis zum Anschlag aufgestaut, war er mit ihr fortgegangen. Nur wohin? War er bei ihr zu Hause? Rammler ging zum Fenster. Draußen war es stockfinster. Eine senkrechte, nicht funktionierende Leuchtreklame an der Hauswand verriet ihm seinen Aufenthaltsort: ›Hotel‹ – ein Stundenhotel! Klar! Er war mit dem Mädchen hierher gegangen und hatte sie, so wie sie dalag, wohl ordentlich rangenommen. Ein überhebliches Machogrinsen huschte ihm über die Lippen. Seine Erinnerungen kamen Stück für Stück zurück. Nachdem er mit ihr fertig gewesen war, war er wohl auf die Toilette gegangen. Aber es war keiner hier außer dem Mädchen und ihm. In ihrem Zustand hätte sie ihn wohl kaum niederschlagen können, jedenfalls nicht, um dann im Bett liegenzubleiben und nicht das Weite zu suchen und womöglich noch seine Brieftasche mitzunehmen. Er hob seine Hose auf, die am Boden lag. Seine Papiere und seine Geldbörse waren da – nicht geplündert. Er ging nochmals zur Toilette: nicht runtergespült. Es gab nur eine

Erklärung: Er hatte das Gleichgewicht verloren, während er gepinkelt hatte, und war in dem engen Bad mit voller Wucht gegen die Wand oder das Waschbecken gedonnert und dann besinnungslos liegengeblieben. Aber wie lang war er wohl schon hier und was war geschehen, bevor er die Tussi abgeschleppt hatte? Seine Uhr zeigte kurz nach drei. Er setzte sich und begann, sich die Hosen anzuziehen, da fiel das Handy aus seiner Tasche. Er nahm es an sich und überprüfte die Anrufliste. Der letzte Anruf war von vorgestern Abend. Eine unbekannte Nummer. Davor sieben Mal dieselbe Nummer. Sollte er einfach mal zurückrufen? Ihm wurde mulmig. Ein ganzer Tag fehlte ihm immer noch in seinem Gedächtnis. Er stand auf und vernahm das Klingeln eines Telefons in einem Nachbarraum, da klingelte es auch wieder in seinem Gehirn:

›Untertauchen‹, ›verstecken‹ und ›Flughafen‹. Wortfragmente aus dem einen Telefonat, auf das er so lang gewartet hatte. Er ging die Anrufliste weiter durch und fand eine bekannte Nummer, ebenfalls von vorgestern. Aber es war nicht der erhoffte Anruf vom Pane gewesen, die Nummer war ersichtlich und nicht unterdrückt gewesen. Es war die Nummer von Dr. Gansgar Ranzig. Es musste etwas passiert sein, definitiv! Und er musste untertauchen – ja, das hatte Ranzig von ihm gewollt. Und dann hatte er die Besinnung verloren und, wie lang auch immer, in der alten Fabrik auf dem Boden gelegen. Er erinnerte sich dunkel, wie er wieder zu sich gekommen war, weil sein Handy so penetrant geklingelt hatte. An ein Gespräch entsann er sich nicht, obwohl er laut Gesprächsdaueranzeige über eine Stunde mit dem Inhaber der unbekannten Nummer telefoniert haben musste. Nein! Es war anders gewesen! Er konnte sich an kein Telefonat erinnern, weil er wieder weggetreten sein musste, und als er zu sich gekommen war und die noch bestehende Verbindung zu der zweifelhaften Nummer gesehen hatte, hatte er sofort aufgelegt und war dann, noch vollkommen desolat vor Angst, aus der Fabrik getaumelt und per pedes in die Stadt gewankt. Er war ziellos durch Gestrüpp, Unterholz, dunkle Parkanlagen und einsame Hinterhöfe gestapft, bis in diese Bar, in der er das Mädchen aufgegabelt hatte. Das war aber erst gestern Abend gewesen! Also war er fast einen Tag lang irgendwo in der Stadt herumgeschweift. Und was war eigentlich mit seiner Geisel? Keine Ahnung! Die Zeit drängte! Rammler beeilte sich, sein Äußeres halbwegs zu ordnen. Mit einem breiten Grinsen auf dem Gesicht warf er noch einmal einen befriedigten Blick auf das ermattete Mädchen auf dem Bett. Dann drückte er die Türklinke des Zimmers herunter, um vorerst von der Bildfläche zu verschwinden.

*

Mein Handy riss mich aus dem Schlaf – schon wieder eine Nacht, in der ich keine Ruhe finden sollte.

»Ja, hallo?«, gähnte ich schlaftrunken in das kleine Gerät.

»Ich bin's, du weißt schon!«, nuschelte der Anrufer aus dem Lautsprecher. Natürlich wusste ich, wer dran war, aber mir ging die Art, wie er sich meldete, allmählich auf die Nerven. Außerdem zeigte mir die Leuchtanzeige meines Weckers eine äußerst unfreundliche Uhrzeit an.

»Es ist zwei Uhr nachts. Ich hab keine Lust auf blöde Ratespiele! Wer ist dran?«

»Ich kann meinen Namen hier nicht nennen, ich darf mich hier gar nicht aufhalten, sonst gibt das einen riesigen Skandal! Aber du weißt schon! Sag einfach einen Namen und ich antworte mit Ja oder Nein«, flüsterte der Geheimniskrämer am anderen Ende der Leitung ins Telefon.

»Rony?«, fragte ich gelangweilt.

»Hm!«

Das war weder Ja noch Nein. »Rony, mein Gott, was treibst du denn? Weißt du, wie spät …«

»Sie ist hier!«, unterbrach er mich.

»Wer ist hier?« Schon wieder diese blöde Raterei.

»Zuzi. Sie ist hier!«

»Zuzi?«

»Ja, sicher. Und nicht allein!«

»So?«

»Dieser Kerl ist hier, der, den ihr sucht! Hab ihn gleich wiedererkannt! Der Kerl aus dem Fernsehen!«

Nun war ich hellwach und setzte mich auf. »Striezel? Der Kerl aus der Fahndung?«

»Ja, genau!«, antwortete Rony aufgeregt.

»Wo bist du, Rony?«

»In diesem Stundenhotel um die Ecke von der Tabledance-Bar«, schluchzte Rony.

»Tabledance-Bar?«

»Na, die ›Bar des Dames‹, in die du mich damals mitgeschleppt hast und in der du mir Zuzi vorgestellt hast.«

»Da bist du hingefahren, Rony? Warum denn nur?«, fragte ich ungläubig.

»Ich vermiss' sie, Börsenschreck! Ich komm einfach nicht drüber weg. Hier hat doch alles angefangen. Ich musste einfach noch mal herkommen. Und wie ich so da sitz, schwebt sie plötzlich zur Tür rein, wie ein Engel und genau wie damals. Ich war sprachlos und konnte es nicht glauben und eh ich mich versah, hat sie sich, *schwupps,* dieser Kerl unter den Nagel gerissen, als er aus der Toilette rauswankte. Ich bin aufgesprungen und wollte Zuzi dazu bewegen, mit mir zu kommen, da hat der mich vielleicht angeschaut!

Mit so riesigen, glasigen Augen – dem Kerl stand der pure Wahnsinn ins Gesicht geschrieben – und dann hab ich ihn erkannt, aus den Nachrichten. Das hat er sicher gemerkt, weil, eins schwör ich dir …«, Rony machte eine Pause und holte Luft. »… der wollte mich auspusten, 100-prozentig! Aber Zuzi ist dazwischengegangen und hat mich gerettet – meine Zuzi …«

Rony hörte sich an, als träumte er vor sich hin, dann wurde er von jetzt auf gleich wieder sachlich. »… und dann haben sie die Bar verlassen und sind hierher ins Hotel gegangen.«

»Und wann war das?«

»Vor sechs Stunden …«, gab Rony kleinlaut zu.

»Vor sechs Stunden? Wieso hast du nicht vorher angerufen?«, schnauzte ich ihn durchs Telefon an.

»Weil…, ich hatte gehofft …, ich hatte gehofft, dass Zuzi dann noch ein bisschen Zeit für mich hat, aber jetzt sind es schon sechs Stunden und irgendwie ist mir das immer unheimlicher geworden. Ich wollte doch nicht, dass sie wieder Ärger bekommt!«, verteidigte er sich konsterniert.

Ich riss mich am Riemen und schlug wieder einen versöhnlichen Ton an. »Beruhig dich, Rony. Ist schon gut. Bleib, wo du bist! Ich komme! … Rony, pass bitte auf. Der Kerl ist ein Killer. Halt dich bloß zurück!«

2.56 Uhr – in Windeseile hatte ich drei SEK-Beamte zusammengetrommelt und sie zum Zielpunkt bestellt – wieder einmal in greifbarer Nähe zum Präsidium. Mir kam sofort dieser Yin-und-Yang-Spruch meines Chefs in den Sinn. Rony lief nervös vor dem Hotel auf und ab und blieb erleichtert stehen, als wir eintrafen. »Börsenschreck!«, jubelte er erfreut, als ich aus dem Wagen ausstieg. »Gut, dass du da bist!«

»Sind sie noch drin?«

Rony nickte. Ich hielt ihm das Fahndungsfoto von Striezel unter die Nase. »Ist er das?«

»Ja, eindeutig! Ein unheimlicher Kerl.«

Ich nahm kurz die Umgebung und das Hotel in Augenschein. Es war früher sicher mal ein schicker Schuppen gewesen. Heute jedoch wirkte das Etablissement vernachlässigt. Ein neuer Anstrich für die Fassade wäre schon vor Jahren fällig gewesen. Die alten Doppelglasfenster gehörten ersetzt und die in Metall gefassten Leuchtbuchstaben, die das Wort ›Hotel‹ weithin sichtbar machen sollten, hingen nur noch trist und glanzlos an der Wand.

»Okay, Rony – aber jetzt gehst du in Deckung. Wir übernehmen das!«, befahl ich professionell und lud meine Waffe durch, was mächtig Eindruck auf ihn machte. Er sprang sofort zur Seite. Ich betrat das Hotel und ging zu der kleinen Rezeption vor dem Treppenaufgang. Dahinter saß ein dünner, in die Jahre gekommener Kerl mit einer gigantischen Lockenmähne, die seinen Kopfumfang quasi verdoppelte. Er hatte ein viel zu großes Muscle-Shirt mit dem Aufdruck ›King of the Jungle‹ an, welches unpassender zu seiner schmächtigen Erscheinung nicht hätte sein können. In der einen Hand, zwischen den vom Nikotin gelb verfärbten Fingern, hielt er eine halb heruntergerauchte Zigarette, in der anderen Hand eine Fernbedienung. Damit zappte er gelangweilt durch das späte Programm in dem kleinen tragbaren Fernseher, der auf der Tresenauflage stand. Ich versuchte mich nicht lang in Höflichkeiten, sondern hielt ihm das Fahndungsfoto von Striezel unter die Nase.

»Schon mal gesehen?«

»Hmm? Nicht, dass ich wüsste!«

»Er ist Gast in Ihrem Etablissement!«

»So? Dann wissen Sie mehr als ich. Nie gesehen, den Typen«, antwortete er, ohne den Blick vom Fernseher abzuwenden, und drückte immer heftiger auf seiner Fernbedienung herum.

»Okay, Kollege! Ich glaub, wir fangen noch einmal von vorn an. Am besten machen wir hier mal 'ne kleine Razzia und überprüfen die Personalien all deiner Gäste. Ich bin sicher, dass du morgen erst mal Urlaub machen kannst, weil wir den Laden schließen werden. Ich halte jede Wette, dass über die Hälfte deiner Gäste noch nicht volljährig sind. Was meinst du?«

Der Kerl hinter der Theke schaute auf und unterbrach sein Unterhaltungsprogramm.

»Also, schon mal gesehen?«, wiederholte ich meine Frage und hielt ihm erneut das Foto hin.

»Ah ja, jetzt erkenn ich ihn wieder …«, antwortete er nun erleuchtet. »Zimmer 13, erster Stock!«

»Na also, geht doch! Ersatzschlüssel?«

Er kramte in einer Schublade unter dem Tresen und schob einen kleinen Schlüssel mit einem Anhänger herüber, auf dem die Nummer 13 eingraviert war.

Auf dem Weg nach oben instruierte ich meine Männer. »Achtung, der Kerl ist gefährlich und ist uns schon mal entkommen! Und wir brauchen ihn lebend! Also kampfunfähig machen und entwaffnen! Verstanden?«

Ich positionierte einen Mann am Treppenaufgang im Erdgeschoss, falls es Herrn Striezel doch gelingen sollte, nach unten zu flüchten. Im ersten Stock angekommen, bezog der Rest des Teams rechts und links von Zimmer 13 Stellung. Wir waren bereit zum Zugriff. Ich überlegte noch, ob ich aufschließen oder besser eintreten sollte. Ich entschied mich dann doch für Aufschließen, man musste ja nicht immer mit der Tür ins Haus fallen.

»Fertig?«

*

Als Rammler die Tür öffnete, war er sichtlich überrascht, in ein ihm vertrautes, aber nicht gern gesehenes Gesicht zu blicken, just in dem Moment, als der Kerl offensichtlich die Tür seines Zimmers aufschließen wollte. Ihm entwich ein kurzes, verständnisloses »Hä? Wie, was? … Sie hier …?«, da streckte ihn eine geballte Faust nieder, die ihm mitten ins Gesicht gedonnert wurde. Er fiel um wie ein Sack Kartoffeln und blieb benommen liegen. Schemenhaft konnte er drei Gestalten wahrnehmen, von denen die eine vor ihm stand und sich mit gekrümmtem Rücken die Hand schüttelte. Die beiden anderen Typen bemächtigten sich seiner, indem sie ihn auf den Bauch rollten und unsanft seine Hände nach hinten in Handschellen legten.

»Herr Hasso Striezel? Ich verhafte Sie wegen Mordes und Zugehörigkeit zu einer Betrügerbande!«, hörte er eine der Stimmen sagen, die er wiedererkannte. Sie gehörte eindeutig dem Kerl, der ihm in seiner Wohnung aufgelauert hatte, dem er schon einmal entkommen war und der ihn eben niedergeschlagen hatte.

Das vergess' ich dir nicht, Bulle!, dachte Rammler bei sich, dann hörte er wieder die verhasste Stimme: »Fürs Protokoll: Wir haben ihn auf der Flucht überwältigt! … Führt ihn ab!«

Das SEK-Team brachte Hasso Striezel zum Wagen. Ich betrat das Zimmer, unsicher, wie ich mich Zuzi gegenüber verhalten sollte. Sie lag auf dem Bett, die Kleider hingen ihr zerrissen vom Leib. Vom Schweiß getrocknete Haarsträhnen klebten ihr auf Stirn und Wangen. Sie war vollkommen benommen und nicht ganz bei Bewusstsein, als ich sie ansprach.

»Zuzi?«

Keine Reaktion. Ich ließ mich neben ihr auf der Bettkante nieder und berührte sie vorsichtig und sanft an der Schulter.

»Lass mich in Ruhe, ich kann nicht mehr …«, war ihre ermattete Antwort.

»Zuzi … Ich bin's!« Ich rüttelte sie leicht am Arm. »Zuzi, wach auf. Ich bin's, Spekulantius!«

Sie öffnete langsam die Augen. Als sie mich erkannte, setzte sie sich auf und verbarg ihr Gesicht in ihrer Armbeuge.

»Oh, verdammt …«, schluchzte sie verschämt. »Wie kommst du denn hierher?«

»Rony hat mich angerufen.«

Sie raffte das Bettlaken schützend vor den halb nackten Körper und begann zu weinen.

»Geh weg! Ich will nicht, dass du oder Rony mich so seht!«

Ich versuchte, sie zu beruhigen, und legte ihr meine Hand auf die Schulter, doch sie zuckte weg und zog die Beine an.

»Was für ein Scheißleben, ich halt das nicht mehr aus. Der Kerl war der reinste Horror. Der war so was von auf Drogen, der hat überhaupt nicht mehr aufgehört. So was hab ich noch nie erlebt.«

»Willst du ihn anzeigen?«, fragte ich vorsichtig.

»Du willst mich wohl verkohlen! Das hatten wir doch schon mal, oder? Außerdem wird wohl kaum ein Richter zwischen toleriertem Verkehr und Vergewaltigung zugunsten einer Nutte unterscheiden, oder?«

Ich hatte keine passende Antwort parat. »Soll ich dich mitnehmen?«

Sie schaute mich böse an.

»Ich hab's gut gemeint, Zuzi. Ich setz dich ab, wo immer du willst.«

»Ich verschwinde. Ich geh zurück zu meinem Vater, wo ich blöde Gans von Anfang an hätte bleiben sollen.«

»Ist das dein Ernst?«, fragte ich erstaunt. Sie stand schwerfällig auf, kramte einen Slip und ein Unterhemd aus ihrer Handtasche und zog sich die frische Unterwäsche an. Sie war ziemlich wackelig auf den Beinen und versuchte irgendwie, die zerrissenen Klamotten zusammenzubinden. Mir kamen fast die Tränen bei ihrem heruntergekommenen Anblick und ich erinnerte mich schweren Herzens an das lebensfrohe Ding, das sie einmal gewesen war, als wir uns kennengelernt hatten. Ich trat von hinten an sie heran, zog meinen Mantel aus und legte ihn ihr über die Schultern.

»Bitte nimm ihn! Ich kann dich so nicht auf die Straße gehen lassen.«

Sie drehte sich zu mir um und schaute mir für den Bruchteil einer Sekunde in die Augen, und ich erkannte wieder die Zuzi, in die ich mich so leidenschaftlich verliebt hatte, damals, bis das Gesetz und mein Bruch mit dem Milieu uns auseinandergerissen hatten. Dann schaute sie beschämt auf den Boden. Sie holte einen kleinen Spiegel aus der Handtasche und versuchte, ihr Gesicht und ihre Haare zu ordnen, dann drehte sie sich um in Richtung Tür.

»Leb wohl.«

»Und was sag ich Rony? Er wartet unten.«

»Mir doch egal. Er will doch auch nur das eine«, antwortete sie gefühllos.

»Er liebt dich, Zuzi. Hast du das nie gemerkt? Er hat mich angerufen, weil er sich Sorgen um dich gemacht hat. Schon immer, auch wegen Schnallentritt.«

Sie hielt kurz inne, doch dann stakste sie zur Tür hinaus

und die Treppe hinunter. Ich folgte ihr mit zwei, drei Schritten Abstand. Im Parterre wartete Rony schon ungeduldig. Der Flur war zu eng, als dass Zuzi einfach so an ihm hätte vorbeirennen können.

»Zuzi …«, stammelte er erwartungsvoll. Sie wischte sich die Tränen von den Wangen und ging einen Schritt auf Rony zu.

»Es tut mir leid, Rony. Vielen Dank für alles, aber ich geh wieder heim«, sagte sie in weinerlichem Ton. Dann drückte sie ihm einen Kuss auf die Wange und schob sich an ihm vorbei nach draußen. Rony war fassungslos und schaute ihr schweigend hinterher. Stumm und mit offenem Mund stand er immer noch da, als ihre Silhouette schon längst mit dem Dunkel der Nacht verschmolzen war. Dann brach er das Schweigen.

»Was meint sie denn damit …?«, fragte er entsetzt, ohne seinen Blick von der Stelle abzuwenden, an der Zuzi verschwunden war.

»Sie geht zurück nach Hause.«

»Aber wieso denn das …?«, jammerte Rony enttäuscht.

»Weiber! Komm, Rony, lass uns gehen. Ich bin hundemüde.« Ich packte ihn am Arm und schleppte ihn zum Auto. Um Rony tat es mir echt leid, aber ich selbst war zutiefst befriedigt. Ich hielt meine Aufklärungsquote: Wir hatten Striezel – und damit hatten wir Magenbitter endlich mit Sack und Pack am Wickel. Doch ich sollte noch einmal enttäuscht werden. Denn wie sich herausstellen würde, sollte der Spaß erst noch so richtig beginnen.

Der Spaß, der keiner war, begann bereits am nächsten Morgen auf dem Präsidium. Zunächst hatte Magenbitters Anwalt noch am Vortag von jetzt auf gleich und in bar die Kaution aufgebracht, in neuen, ungebrauchten Scheinen. Ausgelöst und wieder auf freien Fuß gesetzt wurde allerdings nur einer der Angeklagten, nämlich Panetoni Magenbitter. Dies geschah sehr zum Ärgernis der anderen Mittäter, vor allem von Heimlich Geldermann, der sich daraufhin als der allseits betrogene Geschäftsmann darstellte und im Gegenzug für ein mildes Urteil vollständige Kooperation anbot. Der Staatsanwalt und ich waren nur mäßig glücklich, weil wir, genau wie auch Geldermann, nicht mit der ordnungsgemäßen Rückmeldung von Magenbitter rechneten. Die erneute Fahndung einzuleiten, war jedoch erst nach Fristüberschreitung heute Abend möglich, es sei denn, es gelänge, die Anklage um den Punkt Mord oder Anstiftung zum Mord zu erweitern. Aus diesem Grund begannen wir schleunigst mit der Vernehmung von Herrn Striezel. Er saß im Verhörzimmer und war mit der rechten Hand an das Tischbein gefesselt, als ich eintrat. Dies war ein Fehler, der mir ebenfalls wenig Spaß bereiten sollte, wie sich alsbald herausstellte. Zwei Polizisten standen in der rechten und linken hinteren Zimmerecke. Striezel wurde als hochgradig gefährlich eingestuft und stand somit unter permanenter Bewachung. Er setzte ein verzerrtes, boshaftes Lächeln auf, als ich eintrat. Ich war etwas betreten, als ich ihn wiedersah, denn sein Anblick war furchteinflößend, bedingt durch den blutunterlaufenen Fleck im Gesicht als Folge meiner etwas unorthodoxen Inhaftierungsmethode. Als ich mich hinsetzte, holte er blitzschnell mit der freien linken Hand aus und donnerte mir die Faust ins Gesicht. Der Schlag traf mich ungebremst mit voller Wucht und warf mich mitsamt Stuhl und Akten rücklings auf den Boden. Die beiden Polizisten sprangen sofort hinzu und überwältigten Striezel, der sich nicht in geringster Weise dagegen wehrte.

»So, jetzt sind wir quitt, Bulle!«, quiekte es aus seiner Gurgel im Würgegriff eines der Polizisten, während der andere nun auch seine linke Hand fesselte.

Ich stand wieder auf und hielt mir die rechte Wange vor Schmerzen, ein Zahn wackelte und ich hatte Blut im Mundwinkel. Ich stellte den Stuhl wieder auf seinen Platz und setzte mich mit Wut im Bauch Striezel gegenüber.

»Dein Register ist wohl noch nicht lang genug. Willst offenbar noch was obendrauf packen, damit du noch länger in den Bau kommst, was?«

»Darauf kommt es nun sicher auch nicht mehr an, aber das war es wert, verdammter Schnüffler!«, antwortete er befriedigt. »Meinesgleichen hat nicht oft die Möglichkeit, sich bei einem wie dir zu revanchieren!«

Der Staatsanwalt, der nebenan alles mitbekommen hatte, stürmte ins Zimmer. Ich wollte gerade mit dem Verhör beginnen, da unterbrach mich Striezel. »Ich will sofort meinen Anwalt dabeihaben!«

Ich saß einen Moment mit verschränkten Armen da und schaute dann zum Staatsanwalt, der zum Telefon deutete. Ich schob den Apparat vor Striezel, dem es aufgrund der engen Fesseln nicht gelang, den Hörer zum Ohr zu führen geschweige denn eine Nummer zu wählen.

»Das geht so nicht!«, sagte er ungeduldig, »… machen Sie die Fesseln los!«

»Kommt nicht infrage!«, beschied der Staatsanwalt, »nicht nach der soeben erlebten Tätlichkeit gegen einen Polizeibeamten!«

Nun lächelte ich ihn befriedigt an. »Gib den Hörer her, ich übernehm' das für dich!«

Striezel nannte mir nacheinander die Zahlen, die ich wählen sollte, eine Nummer mit ausländischer Vorwahl. Ich ahnte, wo ich landen würde.

»Ja, hier Dr. Gansgar Ranzig, wer spricht?«, tönte es nach kurzem Tuten aus der Hörermuschel.

»Dr. Ranzig, … guten Tag. Hier Hauptkommissar Bösenschreck. Haben Sie Ihr Handy wieder?«

»Oh, Herr Kommissar, … ja, in der Tat. Stellen Sie sich vor, ich war auf dem Fundbüro und tatsächlich gibt es noch ehrliche Leute, die ein gefundenes Handy dort abgeben. Ist das nicht wunderbar?«

»Sicher!«

»Womit kann ich dienen, Herr Kommissar?«

»Nun, ich hätte hier einen Klienten für Sie. Wir haben Herrn Striezel festgenommen und er besteht darauf, dass Sie ihn verteidigen«, antwortete ich erwartungsvoll.

Pause! – Still ruhte der See.

»Herr Dr. Ranzig? Sind Sie noch da?«, hakte ich nach.

»Äh, ja. Sicher. Aber es tut mir leid. Ich kann nicht noch eine Verteidigung übernehmen. Außerdem kenne ich diesen Herrn überhaupt nicht. Wie kommt der gerade auf mich? Er soll sich um Gottes willen einen Pflichtverteidiger nehmen!«

»Sie kennen ihn nicht?« Ich konnte aus den Augenwinkeln sehen, wie Striezel die Stirn in Falten warf.

»Nein, nie gehört! Außer von Ihnen, wegen Ihrer Fahndung«, gab Dr. Ranzig an.

Ich nahm den Hörer vom Ohr und wandte mich an Striezel: »Er will Sie nicht verteidigen!«

»Was? Wieso nicht?« Striezel war entrüstet.

»Er kennt Sie nicht. Sie sollen sich einen Pflichtverteidiger stellen lassen«, antwortete ich gelassen.

»Lassen Sie mich mit ihm reden!«, drängte Striezel. Ich hielt ihm den Hörer ans Ohr.

»Dottore? … Ich brauch Ihre Hilfe, …. ich, …wie? … Wieso? … Aber das geht nicht, Sie müssen mir helfen …

Nein, … hören Sie, Sie müssen mich verteidigen! Dottore …, Sie …«

Striezel warf sich aufgebracht zurück, soweit es ihm seine Fesseln erlaubten. Ich hielt kurz den Hörer ans Ohr, doch es war nur noch das Tuten zu hören, was bedeutete, dass Dr. Ranzig aufgelegt hatte.

»Scheint Ihnen nicht gewogen zu sein, der Herr Dottore«, sagte ich ruhig. Striezel gab keinen Ton von sich, er war völlig fassungslos.

»Man hat Sie fallen lassen …«, nahm ich den Faden wieder auf. »Magenbitter ist auf Kaution draußen, und zwar nur er. Und wir gehen stark davon aus, dass er untertauchen und euch alle im Stich lassen wird!«

Striezel biss sich auf die Unterlippe und kniff die Augen zusammen, aber noch immer war nichts von ihm zu hören. Ich beugte mich nach vorn und sprach zu ihm, leise, aber bestimmt:

»… er wird Sie fallen lassen, weil er Sie gar nicht kennen darf. Weder er noch sein Anwalt. Und soll ich Ihnen sagen, warum, Sie Supermann?«

Striezel sah mir in die Augen.

»… weil er sonst noch wegen Anstiftung zum Mord dran ist, Sportsfreund. Wir können Sie so sicher überführen, wie ›Falscher Hase‹ kein Kaninchengericht ist. Und da das Ihr Pane und Ihr Dottore wissen, wissen die leider auch nicht mehr, wer Sie sind! Aber wer weiß das schon, ich weiß auch nicht, wer Sie sind. Für mich sind Sie einfach der Mörder von Klaut Stiehlts!« Die Augen von Striezel alias Rammler oder wie sonst seine Decknamen alle lauten mochten, funkelten. Dann ließ er die Hosen runter. Er war in allen Belangen kooperativ, erklärte uns im Detail die Zusammenhänge der Organisation um Panetoni Magenbitter und gab Auskunft über die Mitglieder. Wir gingen die Liste von Rony durch und Striezel konnte zwei weitere Personen mitsamt Adresse enttarnen, die für Magenbitter arbeiteten. Es waren die Namen seiner beiden Gorillas. Allerdings blieb es immer noch ein Geheimnis, ob einer der Namen für Magenbitter selbst stand. Wie sich außerdem herausstellte, war neben Magenbitter noch ein weiteres Mitglied der Bande auf freiem Fuß, ein gewisser Blume, richtiger Name unbekannt, von dem allerdings bis jetzt noch jede Spur fehlte. Der Staatsanwalt ging mit dem unterschriebenen Geständnis geradewegs zum Richter, um die Erweiterung der Anklage durchzusetzen.

*

»Dottore? Was gibt's?«

»Du musst untertauchen! Sofort! Sie haben Rammler gefasst!«

Panetoni Magenbitter atmete tief durch und schob die Gardine am Fenster zurück. Draußen öffnete der Besitzer des Motels, in dem er heute abgestiegen war, gerade einem jungen Pärchen die Tür zum Nebenzimmer.

»Vielleicht hätte ich doch etwas mehr auf mein Horoskop aus dem zymbalesischen Jahreskalender hören sollen«, antwortete Magenbitter.

»Wie bitte?«

»Nun, darin steht, dass ich die Dinge etwas langsamer angehen sollte. Es ist definitiv nicht das Jahr des Hasen!«

Dr. Ranzig war sichtlich verstört über die Äußerungen seines Mandanten am Telefon. Von Horoskopen, Sterndeuterei, Wahrsagern, Voodoo oder ähnlichem Klamauk, mit dem Individuen futuristische Einsicht oder gar übernatürlichen Einfluss auf ihr Dasein nehmen wollten, hielt der studierte und promovierte Jurist nun rein gar nichts. Und es verunsicherte ihn zutiefst, dass sein wichtigster Mandant und Brötchengeber wider all seiner bisherigen Erfahrungen wohl doch eine Ader für solchen Unsinn hatte. Dr. Gansgar Ranzig hatte eine raketenhafte Blitzkarriere hingelegt. Als Sohn eines Staranwalts aus einer renommierten Anwaltskanzlei in Südkastalonien war er stets durch den Ehrgeiz seines Vaters angetrieben worden, für den er nie gut genug gewesen war. Aus diesem Grund hatte er immer nur ein Ziel verfolgt: Seinen Vater zu überflügeln und in den Schatten zu stellen, koste es ihn, was es wolle. In beruflichem Sinne war dies nur durch ein Richteramt möglich gewesen. Insofern war sein Ziel klar gesteckt gewesen. Er hatte sein Studium in Rekordzeit abgeschlossen und seinen Doktortitel mit magna cum laude erhalten. Die ersten beruflichen Lorbeeren hatte er sich bei Scheidungsklagen prominenter Persönlichkeiten Südkastaloniens verdient. In dieser Zeit hatte er auch eine Unterhaltsklage für einen ehrgeizigen und skrupellosen Kerl namens Allesandre Benetrick Schlawinsky übernommen, der von einer ehemaligen Geliebten vor den Kadi gezerrt worden war, weil sie angeblich ein Kind von ihm zur Welt gebracht hatte. Der Fall war eigentlich eindeutig gewesen. Die DNA-Untersuchungen hatten zweifelsfrei die Vaterschaft bestätigt. Misstrauisch gemacht hatte Ranzig allerdings die Zeitspanne zwischen der Entbindung und dem angeblichen endgültigen Aus der Liaison laut Aussage seines Mandanten. Was andere vielleicht als natürliche Anormalität angesehen hätten, hatte Ranzig zu weiteren Nachforschungen angetrieben, und er hatte damit Erfolg gehabt. Es hatte sich herausgestellt, dass besagte Dame ihrem bisher unerfüllten Kinderwunsch mithilfe einer künstlichen Befruchtung nachgekommen war. Mittlerweile konnte man sich seinen Spender im Hinblick auf Genetik, IQ und sogar Aussehen aussuchen (mithilfe eines anonymen Fotos des potenziellen Spenders). Nachdem die Dame sämtliche Spenderkarteien der Samenbank durchstöbert hatte, stieß sie rein zufällig auf ein Foto ihres ehemaligen Geliebten. Dummerweise hatte sich Ranzigs Mandant in jungen Jahren, als er in die Großstadt gekommen war, mithilfe von Samenspenden ein Zubrot verdient. In Anbetracht der sich nun gebotenen Möglichkeit war in der Dame nachgewiesenermaßen ein heimtückischer Gedanke gereift: Warum nicht das sehnlichst Gewünschte in Einklang bringen mit wirtschaftlichen Interessen? Sie hätte ja genauso gut während ihrer Liaison mit Ranzigs Mandanten schwanger werden können. Nun würde sie eben etwas nachhelfen und dann noch die wirtschaftliche Absicherung kassieren. Sie war durch gezielte künstliche Befruchtung in andere Umstände gekommen. Sofort nach der Entbindung hatte sie den zwar genetisch richtigen, an der Zeugung aber unbeteiligten Vater auf eine horrende Unterhaltssumme verklagt. Ranzig hatte den Schwindel aufgedeckt und dadurch die Betrügerin leer ausgehen lassen. Er hatte es geschafft, den scheinbar aussichtslosen Fall für seinen Mandanten zu gewinnen, der durch die Presse zu einem gigantischen Brimborium aufgebauscht worden war. Gut für ihn, denn dieser spektakuläre Sieg war für ihn der entscheidende Durchbruch gewesen. Sein Mandant war die Dankbarkeit in Person und hatte dem nun populären Staranwalt Ranzig daraufhin durch sein Netz an Verbindungen in kürzester Zeit den Weg ins Richteramt geebnet. Richter Dr. Gansgar Ranzig war am Ziel. So kometenhaft seine Karriere begonnen hatte, so rapide war sein Stern auch wieder zum Niedergang verurteilt worden. Bei einer späteren Verhandlung gegen seinen Gönner und Wohltäter hatte man Ranzig Befangenheit nachweisen können. Das war das Ende seiner kurzen Richterkarriere gewesen. Doch man hatte ihn nicht tief fallen lassen. Sein Lieblingsmandant hatte ihn bei der Wiedereröffnung einer eigenen Kanzlei unterstützt und ihm erneut zu mehreren spektakulären und gut betuchten Kunden innerhalb seiner persönlichen Geschäftsbeziehungen verholfen. Ranzig hatte heute zwar kein Richteramt mehr inne, doch er besetzte wieder eine viel beachtete Position, in der er sich seine Fälle aussuchen konnte, streng nach dem Motto: Wie groß sind das Aufsehen und das zu erwartende Honorar.

Der aktuelle Fall hatte eigentlich vielversprechend begonnen, doch das Blatt hatte sich gewendet und die Äußerungen seines Mandanten brachten nicht gerade seine Siegessicherheit zurück. Unter normalen Umständen hätte er einen solchen Fall unter diesen Voraussetzungen abgelehnt. Allerdings nicht für diesen Mandanten! Außerdem war es jetzt zu spät.

»Was soll denn das nun wieder heißen, das Jahr des Hasen! Seit wann gibst du was auf solchen Firlefanz?«, fragte Ranzig irritiert.

»Es ist sowieso egal. Wir können jetzt nicht mehr zurück. Wir müssen uns überlegen, was wir am besten unternehmen.«

»Wie ich schon sagte …«, wiederholte sich Ranzig, »… du musst untertauchen!«

»Toll! Und wie lang? Ich lass mich doch nicht in die Defensive drängen!«, protestierte der Pane angefressen.

»Hast du vielleicht eine bessere Idee?«, fragte Ranzig ungeduldig.

»Wie wär's, wenn wir uns die Kaution zurückholen?«

»Wie bitte soll ich denn das verstehen?«

Der Pane drehte sich kurz zur Wand des Nachbarzimmers um. Ein nervtötender zymbalesischer Rhythmus stampfte monoton durch die dünne Rigipswand.

»Na, ganz einfach. Ich melde mich zum Pflichttermin

zurück und du paukst uns alle raus! Wäre doch nicht das erste Mal.«

Ranzig war kurze Zeit sprachlos, dann sammelte er sich wieder.

»Sag mal, tickst du noch richtig? Es geht nicht mehr um Betrug, sondern um Mord. Die haben Rammler und ich habe bereits abgestritten, ihn zu kennen. … Jetzt dreh doch mal die verdammte Musik leiser!«

Der Pane schaute wieder zur Wand. Die Musik dröhnte ohne Pause und brachte den Boden, die Fensterscheibe und den gläsernen Aschenbecher auf dem Beistelltischchen zum Vibrieren. »Der Lärm kommt aus dem Nachbarzimmer!«, stöhnte der Pane genervt. »Ich halt's hier nicht mehr länger aus!«

»Und jetzt? Wie geht's weiter?«, fragte Ranzig.

»Wenn Rammler unser Problem ist, dann müssen wir ihn eben aus dem Weg räumen!«

»Ich glaube kaum, dass es dir gelingen wird, an ihn ranzukommen. Nicht bei der Vorgeschichte!«

»Schon gut. Pass auf!« Der Pane sprach nun wieder mit präzise abgewogenem, sachlich ruhigem Ton, sehr zur Genugtuung seines Anwalts. »Du verhältst dich ruhig. Sag einfach, ich hätte den Kontakt zu dir abgebrochen und dass du mich nicht mehr erreichen kannst. Zieh den Prozess in die Länge. Instruiere die Jungs, wie sie sich verhalten sollen. Die werden sicher das Maul halten, wenn sie der Meinung sind, dass wir sie nicht hängen lassen!«

»Und was ist mit Rammler?«, fragte Ranzig verschwörerisch.

»Meine Güte, Dottore, du weißt doch, wie der Hase läuft. Pass auf, dass Rammler uns nicht ans Bein pinkelt. Streite nach wie vor jede Beziehung zu ihm ab! Sag das auch den

Jungs. Bei denen steht er sowieso noch auf der Verräterliste, es dürfte also nicht sehr schwer sein, sie zur Kooperation zu bewegen!«

»Wenn er merkt, dass wir ihn fallen lassen, wird er seine Haut so teuer wie möglich verkaufen wollen, und das heißt, er wird uns nicht nur an *ein* Bein pinkeln. So seh' ich das!«, insistierte Ranzig hartnäckig.

»Nun mal ganz ruhig. Wir könnten ja noch einmal seine Mutter als Druckmittel gegen ihn einsetzen. An der hängt er wirklich sehr und es hat schon einmal funktioniert.«

Ranzig blieb skeptisch: »Hmm, allein auf weiter Flur. Ob das gut geht?«

Der Pane ging zur Wand, durch die vom Nebenzimmer noch immer die dumpfen Bässe dröhnten, und trat ein einziges Mal mit Wucht dagegen. Die Gipswand gab der Gewalt nach und sein Fuß steckte in einem etwa 20 Zentimeter großen Loch. Der Lärm verstummte sofort.

»Ich such mir einen Verbündeten, mit dem ich den Herren Gesetzeshüter und der Justiz mal so richtig in den Allerwertesten treten kann! Angriff ist noch immer die beste Verteidigung. Ich ruf dich an, sobald ich einen Schritt weiter bin. Bis dahin verhältst du dich wie abgesprochen. Ciao!«

*

Die Frist war abgelaufen. Magenbitter hatte sich nicht gemeldet und damit gegen seine Auflagen verstoßen. Der Staatsanwalt wollte den Fall umgehend an die Kautionsjäger übergeben, doch ich hielt ihn zurück.

»Warten Sie noch ab, Herr Staatsanwalt. Dieses Mal habe ich ein Ass im Ärmel!«

»Sie immer mit Ihren Andeutungen und Kartenspielertricks. Und was ist, wenn er in der Zwischenzeit das Land verlässt?«, fragte der Staatsanwalt ungehalten.

»Flughafen und Bahnhofspolizei sind informiert. Und für den Fall der Fälle haben sich die Kautionsjäger schließlich noch nie an irgendeiner Landesgrenze aufhalten lassen«, versuchte ich, ihn zu beruhigen.

»Und worauf sollten wir Ihrer Meinung nach noch warten?«

»Da kommt er schon ...«, antwortete ich und schaute erwartungsvoll durch die Glasscheiben meines Büros auf die herannahende Gestalt. Einen Moment später drückte Dr. Ranzig die Türklinke herunter und begrüßte uns freundlich.

»Guten Tag, meine Herren. Ich möchte bitte zu meinen Mandanten gelassen werden!«

»Setzen Sie sich doch bitte einen Augenblick, Dr. Ranzig. Wir haben neue Informationen, die wir Ihnen nicht vorenthalten wollen. Und lassen Sie bitte die Tür offen, damit auch noch etwas frische Luft hereinkommt.«

Dr. Ranzig nahm Platz und ich reichte ihm das unterschriebene Geständnis von Striezel. Ich gab dem Herrn Verteidiger kurz Zeit, die ersten Zeilen zu überfliegen.

»Ich denke, Sie stimmen uns zu, dass dieses Geständnis Ihre Mandanten, vor allem Herrn Magenbitter, schwer belastet und deshalb die Anklage auf Anstiftung zum Mord erweitert werden muss!«

Ranzig las nun das dreiseitige Geständnis mit verzerrter Miene detailliert durch. Es blieb uns nicht verborgen, dass auf seiner Stirn einige Schweißperlen auftauchten, die er mit seinem mit Initialen versehenen Stofftaschentuch abtupfte. Dann legte er das Schreiben wieder auf den Tisch.

»Das ist alles fern jeglicher Realität. Was für einen Deal haben Sie diesem Striezel dafür angeboten, dass er meinen Mandanten zu Unrecht belastet?«

»Fern jeglicher Realität, sagen Sie?«

»Aber selbstverständlich. Ich sagte Ihnen ja schon, dass mir dieses Individuum gänzlich unbekannt ist. Wenn eine reale Verbindung zu meinen Mandanten bestünde, so wie geschildert, dann müsste doch auch ich diesen Herrn kennen!«, behauptete Ranzig selbstsicher.

»Hmm, tatsächlich!«, bemerkte ich zufrieden und erhob mich. »Bitte einen Augenblick, Dr. Ranzig. Ich muss dringend einen kurzen Anruf tätigen!« Ich zog das Mobiltelefon aus der Jackentasche, welches wir bei der Festnahme von Striezel sichergestellt hatten, und wählte eine der Nummern auf seiner Anruferliste. Als die Verbindung hergestellt war, konnte man ein deutliches Summen im Raum vernehmen. Dr. Ranzig schaute um sich, lokalisierte die Quelle des Geräusches in seiner Manteltasche und zog sein wiedergefundenes Handy heraus. Er prüfte die Nummer auf dem Display und wurde bleich.

»Wollen Sie nicht rangehen, Dr. Ranzig?«, forderte ihn der Staatsanwalt auf.

Dr. Ranzig drückte auf die Annahmetaste und ich meldete mich freundlich und befriedigt.

»Schönen guten Tag, Dr. Ranzig! Wollen Sie immer noch behaupten, dass Sie den Inhaber dieser Nummer nicht kennen, den Sie vor wenigen Tagen selbst angerufen haben?«

Ranzig legte erschüttert auf und warf das Handy wütend auf den Tisch. Nun saß er selbst in der Falle.

»Na schön, mein lieber Herr Kollege …«, triumphierte der Staatsanwalt Dr. Theokrat Kläglich. »… nachdem nun klar ist, dass Sie selbst den Pfad der Tugend verlassen haben und die Justiz in der Ermittlung einer Mordsache behindert, ja, sogar belogen haben, können wir auch gleich ein Anklägchen gegen Sie erheben!«

Ranzig saß mit verschränkten Armen da und suchte in Gedanken erkennbar nach einem juristischen Hintertürchen. Dann wurde er geschmeidig. »Na schön. Was wollen Sie?«

»Magenbitter! Und zwar zusätzlich wegen Mordanstiftung!«, antwortete der Staatsanwalt.

»Na und? Das Geständnis, das ihn belastet, haben Sie doch schon.«

»Ja, nur nicht Magenbitter. Er hat die Frist zur Meldung verstreichen lassen. Oder wollen Sie behaupten, dass er in den nächsten paar Minuten hier hereinschneien wird?«

»Nein. Sicher wird er das nicht«, räumte Dr. Ranzig kaum hörbar ein.

»Rufen Sie ihn an und bewegen Sie ihn, den Kautionsauflagen nachzukommen und vor Gericht zu erscheinen. Umgehend!«

Ranzig wies den Vorschlag zurück. »Das Thema ist durch, wir haben uns bereits über die weitere Vorgehensweise verständigt. Er taucht unter! Wenn ich ihn jetzt, nach unserer Absprache, mit *Ihrem* Ansinnen konfrontiere, wittert er sofort, dass was faul ist. Das können Sie komplett vergessen!«

Ich legte ihm Ronys Liste vor. »Gehört irgendeiner der Namen auf dieser Liste zu Magenbitters Identität oder ist eine der Adressen Magenbitters Unterschlupf?«

Ranzig überflog die Liste.

»Nein. Definitiv nein. Er hat mittlerweile auch keine feste Bleibe mehr. Zuletzt war er in einem dieser ›Motel Uno‹ untergekommen.«

»Davon gibt es nicht so viele in der Region. Sie machen sich sofort auf den Weg, Kommissar!«, wies mich der Staatsanwalt an.

»Einen Moment noch …«, hakte ich nach. »Wie lautet Magenbitters wahre Identität?«

Ranzig war schon bleich, nun wurde er weiß wie eine Wand und verströmte einen höchst unangenehmen Geruch. Verzweifelt versuchte er, der Frage auszuweichen. »Wenn ich Ihnen das sage, dann bin ich geliefert. Es wäre vollkommen klar, dass Sie das nur von mir erfahren haben!«

»*Wie lautet sein Name?*«, knurrte ich ihn an.

Dr. Ranzig wirkte verängstigt und schaute hilfesuchend zum Staatsanwalt. »Was bieten Sie mir dafür an, Herr Kollege?«

Der Staatsanwalt beugte sich vor und antwortete gelassen. »Wir verzichten auf eine Anklageerhebung. Sie lehnen die weitere Verteidigung in dem Fall ab und wir stellen stattdessen einen Pflichtverteidiger. Außerdem fliegen wir Sie sofort aus, an einen Ort Ihrer Wahl.«

Ranzig sah erst dem Staatsanwalt und dann mir unsicher in die Augen. Er stockte immer wieder und machte dabei den Eindruck, mehrere Anläufe nehmen zu müssen. Es erschien mir logisch, dass, würde er Magenbitters Identität preisgeben, er einen Weg ohne Wiederkehr beschreiten würde. Ich öffnete die Seitentür meines Schreibtisches und holte ein Glas und eine Flasche guten Tresters hervor (den ich in der alten Fabrik hatte mitgehen lassen), öffnete sie und goss dem Herrn Verteidiger ein. Dann reichte ich ihm das Glas und stellte die Flasche vor ihn auf den Tisch.

»Trinken Sie mal einen ordentlichen Schluck, damit Sie wieder zu Kräften kommen. Das beflügelt sicher auch Ihre Kehle!«

Ranzig nahm die Flasche in die Hand. »Schau her, echter kastalonischer Tresterbrand! Tja, werd' ich wohl lang nicht mehr sehen, die schöne Heimat …!« Er nahm das Glas und blickte von oben in die klare Flüssigkeit, als ob darin der Geist der Wahrheit zu finden wäre. Dann stürzte er den

Inhalt in einem Zug hinunter und knallte das Glas lautstark auf den Tisch. Dr. Gansgar Ranzig erhob sich bedächtig, im Begriff zu gehen. »Schlawinsky. Er heißt Allesandre Benetrick Schlawinsky!«

KAPITEL 6

Das Gesetz des Handelns

»Ja, das war der Kerl. 100-prozentig!«, sagte der Motelwirt, als ich ihm das Foto von Schlawinsky alias Magenbitter unter die Nase hielt.

»Ist heute Mittag abgereist.«

»Unter welchem Namen hatte er eingecheckt? Magenbitter? Oder vielleicht Schlawinsky?«, hakte ich nach.

Der Motelwirt stutzte. Er war ein untersetzter Kerl mit einer Fresse, die aussah, als würde man sie regelmäßig als Boxsack benutzen. Der Anschein aber trog, denn das prall ausgefüllte Muskelshirt dieses Kerls schindete derart Eindruck, dass völlig klar war, dass dieser Herr sich keine Sorgen machen musste, allein durch eine dunkle Gasse zu gehen. Ein durchgelutschter, stinkender Stumpen, der in seinem Mundwinkel klemmte, und dazu Hals- und Armband mit Stachelnieten besetzt, alles unterstützte das einschüchternde Aussehen des Motelwirts.

»Keine Ahnung. Da müssen wir im Gästebuch nachsehen!«

Wir gingen ins Hauptgebäude. Der Motelwirt holte ein dickes Buch hinter der Rezeption hervor und schlug die letzte Seite auf. Er fuhr mit dem Finger die Zimmernummern entlang, bis er stoppte. »Hier, das ist er …«

Er drehte das Buch zu mir herum und ich versuchte, die Unterschrift zu entziffern.

»Kase…makers …?«

»Nein, der hieß anders!«, wehrte der Hauswirt ab und überlegte.

Ich versuchte mein Glück von Neuem: »Krumber… backers …!«

»Nein!«, sagte der Hauswirt erneut. »Aber Moment, ich hab ja noch die Meldezettel …«

Ich staunte. Der Kerl hielt sich exakt an die Vorschriften. Das hätte ich aufgrund meines ersten Eindrucks von ihm nicht erwartet. Er kramte in einer Schuhschachtel herum und zog ein Stück Papier heraus: »Tannenmann, Maxim.«

Er reichte mir den Zettel, auf dem der Name in Blockbuchstaben und die Nummer des Personalausweises vermerkt waren.

»Tannenmann …«, ich musste kurz nachdenken, dann lichtete sich das Dunkel. Der Name war bei der Verhandlung der Blütenblattaffäre aufgetaucht. Eigentlich wollte ich da schon der Sache weiter nachgehen und noch irgendetwas im Kriminallabor prüfen lassen. Ich hatte plötzlich das ungute Gefühl, dass sich diese Unterlassung böse rächen würde.

»Wie hat der Tannenmann denn bezahlt?«

»Bar!«, erinnerte sich der Motelwirt. »Vor allem, nachdem er mir das halbe Zimmer demoliert hatte. Ich hab ihn nicht mehr vom Acker gelassen, bis der Schaden in Cash beglichen war. Er wollte zwar erst ein paar Haken schlagen, hat dann aber klein beigegeben.« Der Motelwirt knallte sich mit einem lauten Klatschen die geballte Faust in die freie Handfläche.

»Er hat ein Zimmer demoliert?«

»Ja, er hat ein Loch in die Wand gehauen.«

Ich war etwas überrascht. »Kann ich das Zimmer mal sehen?«

Er führte mich in Zimmer 132. In der Seitenwand prangte in Kniehöhe eine etwa 20 Zentimeter große, unnatürliche

Öffnung. Ich nahm sie beeindruckt in Augenschein. Leider war ansonsten nichts Spannendes mehr zu entdecken, was auf die jüngste Anwesenheit eines Gastes hindeuten würde. Der Motelwirt bemerkte meine Enttäuschung. »Das Zimmer wurde schon gereinigt!«

»Sie haben nicht zufällig eine Ahnung, wo der Kerl hinwollte?«, fragte ich halbherzig.

»Nee, keine Ahnung!«

»Und womit ist er abgereist?«

»Warten Sie mal, … das war so ein grauer Wagen, … ein ›Nowa‹. Ja, ein grauer, schäbiger Nowa!«

»Haben Sie sich vielleicht auch noch das Kennzeichen gemerkt?«, fragte ich mit einem Anflug von Hoffnung.

»Gott, nein – oder doch? Hmm … Ich glaub, irgendwas mit ›IP-81‹ … oder ›IT‹.«

»›IT-81‹, sind Sie sicher?«, resümierte ich wieder halb desillusioniert.

»Nein. Könnte auch ganz anders gewesen sein, vielleicht auch ›IC‹. Aber mit der 81 – das stimmt 100-prozentig!«

»Und was ist mit den Anfangsbuchstaben, dem Städtekürzel?«

»Mann, keine Ahnung. Seh' ich vielleicht aus wie ein Verkehrspolizist?«

Ich stieg entnervt in meinen Wagen und machte mich wieder auf den Weg. Im Wegfahren rief mir der Motelbesitzer noch hinterher: »Heh, falls es eine Belohnung für die Ergreifung des Kerls gibt, … Sie kennen ja meine Nummer!«

Selbstverständlich hatte ich sie sofort wieder vergessen.

»Ja, hallo? Hier Fitzelkrams, Kriminallabor!«

»Hallöchen, Fräulein Fitzelkrams. Hier Bösenschreck. Ich

habe hier ein Autokennzeichenfragment. Könnten Sie mal bitte auf die Schnelle versuchen, mir mit Ihrer Teufelsmaschine weiterzuhelfen?«

»Auf die Schnelle heißt sicher gleich jetzt, während Sie am Telefon warten …?«

»Mir würde sonst auch niemand einfallen, der die notwendigen PS aufbringen könnte, dass ich ihn für so was Diffiziles einspannen könnte, Fräulein Fitzelkrams.«

Fräulein Fitzelkrams kicherte verlegen, was fast einem Wiehern gleichkam. »Na, Sie wissen schon, wie Sie's anstellen müssen, damit ich für Sie die Hufe schwinge. Was haben Sie denn von der Nummer?«

»›IC-81‹, … Stadtkennung unbekannt.«

Ich hörte durchs Telefon, wie Fitzelkrams auf der Tastatur ihres PCs herumhämmerte.

»Leider keine Einträge mit dieser Kombination, Herr Kommissar.«

»Dann versuchen Sie mal ›IT‹ oder ›IP‹ …«

»… auch nichts! Warten Sie mal, ich nehm' mal die Buchstabenfolge komplett raus und geb' die wichtigsten Städtekürzel der Region mit vor …«

Ich wurde schon etwas ungeduldig. »Und?«

»Jede Menge Treffer, das wird schwierig mit der Eingrenzung. Haben Sie vielleicht einen Autotyp?«

»Nowa. Schäbig. Grau. – Um's genau zu sagen.«

Fräulein Fitzelkrams traktierte weiter ihre Tastatur. »Jawoll! Schon besser! Ich hab hier einen Haufen Zulassungen speziell mit dem Kürzel ›IQ‹.«

Ich schlug mir mit der flachen Hand auf die Stirn. »Also ›IQ-81‹ – diese Matschfresse von Erbsengehirn!«

»Was sagten Sie?«

»Nein, nichts weiter. Es ging nur um den Kerl, der mir

die Autonummer genannt hat. Bei wem sind wir denn nun eigentlich gelandet, Fräulein Fitzelkrams?«

»Schertz–Wagenvermietung.«

*

Der Pane hatte gehofft, hier einen Verbündeten zu finden, aber Blume war nicht da. Es war ein Klacks für ihn gewesen, das Türschloss mit einem Zahnstocher zu knacken, als Blume trotz mehrfachen Läutens nicht geöffnet hatte. Auch seine Anrufe auf Blumes Anrufbeantworter waren ohne Resonanz geblieben. Blumes Appartement war eher dezent eingerichtet. Viel Platz und wenige Möbel – vordergründig schlicht, in der Summe aber extraordinär. Ein wildes Sammelsurium von jeweils edlen, aber nicht zueinanderpassenden Unikaten. In der Mitte des größten Raumes fanden sich jede Menge lebensgroße Leinwände, die Stück für Stück aufgereiht in einem wie ein Fahrradständer aufgeteilten Regal standen. Zum Teil waren sie noch leer, andere allerdings waren mit geradezu einschüchternden Kohle- und Bleistiftzeichnungen versehen. Der Pane wusste um die künstlerisch angehauchte Ader von Blume – allerdings teilte er weder Blumes Geschmack noch dessen Verständnis für bildende Kunst. Er, der Pane, stand eher auf Szenen der alten Meister: Schön, grazil und vollkommen, am besten mit reichlich Putti und Firlefanz drum herum. Der Pane schob die Leinwand, die er in den Händen hielt, zurück und ging zum Telefon. Der Anrufbeantworter blinkte. Als er die Play-Taste drückte, konnte er die von ihm aufgesprochenen Nachrichten nacheinander abhören. Was, zum Teufel, war hier los? Er wusste vom Dottore, dass sie Blume nicht geschnappt hatten. Dennoch hatte er den Eindruck, dass Blume seit Tagen nicht mehr hier gewesen war. Nur, wo war er? Der Pane suchte den Weg in die Küche. Die Karotten, die auf der Anrichte lagen, begannen schon zu schrumpeln. Er öffnete den Kühlschrank, der gut gefüllt war. Die Milch war kurz vorm Ablaufen, ein Edelschimmelkäse schimmelte mittlerweile in allen nur denkbaren Farben, die Pannacotta erinnerte eher an Terracotta und der Salat ließ welk die Blätter hängen. Der Pane öffnete das Sideboard unter der Spüle. Der Müll war auch noch da. Wütend knallte er die Tür wieder zu. Was sollte er hiervon nur halten? Er entdeckte eine noch verschlossene Flasche kastalonischen Rotweins, Jahrgang 69 – sein Jahrgang. Er ging zum Brotkasten und fand ein fast knochentrockenes Ciabattabrot, doch das war ihm egal. Er schnitt mit dem Brotmesser zwei bis drei Zentimeter dicke Scheiben ab, entkorkte die Flasche und schenkte sich ein. Dann setzte er sich auf eine der wenigen bequemen Sitzmöglichkeiten, das Sofa. Er nahm die Brotscheiben und dippte sie im Rotwein ein, dem ein kräftiger Schluck aus einem zweiten Glas folgte. Er kam zur Ruhe und begann nachzudenken.

Wenn Blume seine Wohnung in einem derart intermediären Zustand zurückgelassen hatte, dann war sein Ausbleiben ungeplant gewesen, so viel war klar. Da sie ihn nicht geschnappt hatten, war er entweder untergetaucht oder abgehauen – oder verwundet oder tot. Panetoni Magenbitter nahm einen weiteren Schluck und spürte, wie der Wein seine besänftigende Wirkung entfaltete. Verwundet oder untergetaucht konnte nicht sein, dann hätte er sich zumindest früher oder später auf die Anrufversuche des Dottores gemeldet. Hatte er aber nicht. Tot? Nein, wie denn – Blume war nicht mit von der Partie gewesen, als die Razzia und die Schießerei begonnen hatten, und dann hätte der Dottore auch etwas davon erfahren. Abgehauen! Ja, das war die einzige logische Konsequenz. Der Pane nahm das eine Glas, in welches er bis dato die Brotscheiben eingetaucht hatte, und warf es wütend gegen die Wand. Es zerschellte jäh mit lautem Klirren und hinterließ den Rest Rotwein in Form eines unübersehbaren Flecks auf der cremefarbenen Tapete. Der Pane blieb vor seinem Werk stehen und betrachtete es abschätzend. Dann nahm er einen der Kohlestifte und malte nach unten einen dicken schwarzen Strich mit ebensolchen Andeutungen von Blättern und in die Mitte des Flecks ein ausgefülltes, faustgroßes Oval. Er ging einen Schritt zurück und betrachtete seine Schöpfung, die man relativ sicher als eine Blume identifizieren konnte.

»Auch nicht schlechter als deine Kreationen, verdammter Angsthase!« Dann zeichnete er skizzenhaft eine überdimensionale Schere an den Stiel und warf die Kohle angefressen hinter sich. Schlecht gelaunt ging er ins Arbeitszimmer und begann, ohne Rücksicht auf Verluste, nach allen Arten von Dokumenten und Unterlagen zu suchen. Er fand mehrere Ordner mit allen möglichen Papieren über die Geschäftstätigkeiten mit Ührlistolz Armbanduhren, Futschi Edelschuhen, Hutzenreiter Porzellan, Paratonic Flachbildschirmen oder Sagafratzo Espressoautomaten. Doch der Zug war abgefahren. Im Grunde interessierte er sich hierfür nicht mehr. Aus der Schublade des Schreibtisches fischte er einen falschen Ausweis von Blume heraus. Der Pane steckte denselben ein. Wer weiß, ob er ihn vielleicht noch gebrauchen konnte, Identitäten konnte er im Moment nicht genug haben. Den Namen ›Tannenmann‹ hatte er ohnehin schon viel zu lang benutzt, außerdem war der Polizei mittlerweile mit Sicherheit die Verbindung dieses Namens mit seiner Person bekannt. Höchste Zeit also, wieder einmal die Personalien zu wechseln. Eine gewisse Ähnlichkeit zu Blume war durchaus gegeben, wenn er sich einen Schnurrbart anklebte und die Ohren etwas anlegte. Er würde sicher damit durchkommen, vor allem bei einer nicht zu genauen Betrachtungsweise des Passfotos. Es stellte sich dennoch die Frage, wie es nun weitergehen sollte und vor allem, wo er die Nacht zubringen könnte. Eigentlich war es ja recht gemütlich hier, warum also nicht erst mal hierbleiben? Bei genauer Überlegung war das jedoch ein ungeschickter Gedanke. Da Blume nicht gefasst war, würde die Polizei früher oder später auch nach ihm suchen und dann hier auftauchen. Damit war eigentlich auch die Identität als Valensin Blume wenig hilfreich, wenn nicht sogar gefährlich. Der Pane zog den Ausweis wieder aus der Tasche und wollte ihn schon enttäuscht zu Boden werfen. Doch er besann sich noch einmal und steckte ihn wieder ein. Warum hatte sich Geldermann auch schnappen lassen. Es wäre ein Leichtes gewesen, von ihm ein, zwei oder sogar drei neue Pässe zu bekommen, und das in kürzester Zeit. Er verkorkte die Flasche, steckte sie in die Sakkotasche und verließ die Wohnung. Hier wollte er auf keinen Fall bleiben! – Sein Gefühl hatte ihn nicht getäuscht.

*

»Die Kollegen von der Verkehrspolizei haben den Wagen gesichtet, Kommissar. Sie glauben nicht, wo …!«

Hörten diese blöden Ratespielchen eigentlich nie mehr auf? »Ich höre!«

»Er steht schräg gegenüber von Amtsgericht und JVA. Ist das zu glauben?« Sofort musste ich an die philosophischen Eingebungen meines Chefs denken. Sollte am Ende doch ein Poet in ihm stecken und ein Funken Wahrheit in seinen Thesen liegen? Nachdem mir Fräulein Fitzelkrams den Wagenhalter mitgeteilt hatte, hatte ich mich unmittelbar zur nächsten Schertz–Wagenvermietung aufgemacht. Magenbitter hatte gestern unter seinem Pseudonym Maxim Tannenmann bei einer Zweigniederlassung einen der vielen ausschließlich grauen Nowas gemietet. Die Zielfahndung des gesuchten Fahrzeugs war innerhalb von nur einer Stunde erfolgreich gewesen. Und nun fand sich der Wagen wieder, auf einem Stellplatz neben Gefängnis und Amtsgericht? Auf Ronys Liste gab es eine Adresse, die zu dieser Destination passte. Sie gehörte zu einem Kerl mit dem Namen ›Nikelaus van Easterhazy‹, Burgsteige 17.

»Burg*steige*? Bitte nicht. Nicht schon wieder irgend so ’ne *Steige*!«, überkamen mich leichte Zweifel. Mit den ›Steigen‹ hatte ich schließlich schon meine Erfahrungen in diesem Fall gemacht. Allerdings stand der Name auf Ronys Liste und die Zielangabe kam dieses Mal von den Kollegen. Also Glück auf. Da der Name ›van Easterhazy‹ keinem der bisher inhaftierten Personen zuzuordnen war, keimte nun die Hoffnung in mir, neben Magenbitter auch noch den letzten Flüchtigen mit dem Decknamen ›Blume‹ zu schnappen. Es war an sich ja auch logisch, dass Magenbitter nach Verbündeten suchte. Ich fing schon an, von meinem Doppelerfolg zu träumen, beide Flüchtige auf einen Streich verhaften zu können. Insofern schien das ein guter Tag zu werden.

*

»Haben Sie den ›Kastalonischen Heimatboten‹?«

»Nein, tut mir leid.«

»Dann vielleicht die ›Kastalonische Morgenzeitung‹?«

»Auch nicht. Aber wie wär's mit ›Unter der Sonne Kastaloniens‹ oder ›Durchs wilde Kastalonien‹?«, antwortete die Dame an der Kasse des Buchladens hilfsbereit. »Ich hätte auch noch ›Das Feuer Kastaloniens‹.«

»Mann, das sind doch alles Reiseführer. Ich möchte eine aktuelle Tageszeitung mit den neuesten Nachrichten!«

»Das tut mir leid, aber da müssen Sie schon mit einer inländischen Ausgabe vorliebnehmen.«

So langsam gingen dem Pane Land und Leute gewaltig auf die Nerven. Vielleicht sollte er alles fallen lassen, sich zurückziehen und irgendwie nach Kastalonien durchschlagen. »Na schön, dann geben Sie mir halt eine von denen, die Sie haben!«

Die Verkäuferin legte das Tagblatt auf den Tisch und wurde vom Pane ausnahmsweise mit Münzgeld bezahlt. Normalerweise hatte er nur Geldscheine bei sich. Er schlug die Zeitung auf und fand sein Konterfei unmittelbar auf der zweiten Seite. Eine dicke Überschrift unterstrich die Bedeutung des vorliegenden Berichts für sein weiteres Verhalten:

›Flüchtiger Schwerverbrecher. Polizei bittet die Bevölkerung um Mithilfe‹.

Doch damit nicht genug. Für sachdienliche Hinweise, die zur Ergreifung führten, war eine Belohnung ausgesetzt, und die Krönung war, dass neben all seinen jüngst verwendeten Scheinidentitäten auch sein tatsächlicher Name in der Zeitung stand: Allesandre Benetrick Schlawinsky. Der Pane kochte innerlich. Dieser stinkende Verräter von einem Anwalt! Er wollte schon zum Telefon greifen, um Ranzigs Nummer zu wählen, da wurde er zweier Polizeifahrzeuge gewahr, die trotz Fußgängerzone mit hoher Geschwindigkeit und Blaulicht angefahren kamen und dann rechts den Berg hoch in Richtung Blumes Wohnung steuerten. Das war sicher kein Zufall.

Verflixt! Sie sind mir auf den Fersen. Das war aber verdammt knapp!, dachte er bei sich. Nun war guter Rat teuer. Er hatte keinen Verbündeten mehr. Weder war Blume auffindbar noch hielt sein Anwalt mehr zu ihm. An eine schnelle Flucht war nun auch nicht mehr zu denken. Nicht nach diesem Fahndungsaufruf und nicht nach der Preisgabe all seiner Identitäten. Seinen Mietwagen musste er notgedrungen aufgeben, vielleicht war das auch besser so. Aber der Flughafen und die Bahnhöfe waren dicht, soviel war sicher. Eine ungewohnte Panik stieg in ihm hoch, ein Zustand, den er so bisher noch nicht gekannt hatte. Er brauchte dringend Hilfe, doch wer würde ihm bei diesem lukrativen Entgelt für seine Ergreifung noch helfen? Und vor allem, wer könnte ihm in dieser Situation überhaupt helfen? Außerdem brauchte er einen neuen Pass. Aber wie kam er jetzt zu einem? Und er benötigte einen Unterschlupf. Aber wo? Sein brillantes Verbrechergehirn ratterte und ging diverse Möglichkeiten durch, die er allesamt wieder verwarf. Doch auf einmal hatte der Pane A. B. Schlawinsky eine Idee, wo er zumindest zeitweise untertauchen konnte und wo die Bullen ihn nicht aufstöbern würden. Er zog den Hut ins Gesicht und klemmte die Zeitung unter den Arm. Dann entfernte er sich zügig, aber unauffällig aus der Fußgängerzone und eilte in Richtung Omnibusbahnhof. Sein Ziel war Schartes ehemalige Adresse, denn bei einem Toten suchte man nicht mehr, nicht einmal die Polizei.

*

Das Surren des Rewinders in der Kamera signalisierte, dass der Film voll war. Killfried Bärentöter legte seine ›Kanone‹, wie er sie nannte, auf den Beifahrersitz. Eigentlich gehörte sie ihm gar nicht und es war auch keine richtige Kanone, wenngleich man diesen Eindruck bekommen konnte. Es war eine Spezialüberwachungskamera als Sonderanfertigung mit Spektralfarbenausblende, Wärmebilddetektor, Infrarotsichtsucher und Autoswitchobjektiv. Allerdings traute er der modernen Technik nicht so recht, weshalb er das ursprünglich digitale Modell, welches eigentlich seinem Bruder gehörte, auf klassischen Negativfilm hatte umrüsten lassen. Sein Zwillingsbruder Killian, mit dem zusammen er für die Staatsanwaltschaft als Kautionsjäger tätig war, hatte ihn in der Vergangenheit des Öfteren wegen seiner altmodischen Macken aufgezogen. Das hatte so lang angedauert, bis Killians technisch bis zum Anschlag aufgemotzte BIG-Baur versagt hatte, als er einen entflohenen Massenmörder hatte stellen müssen. Die digitale Zielerkennungssoftware hatte sich nicht mit dem Impulsabzug vertragen und den Transportschlitten nach dem ersten Schuss blockiert, der laut Digitalüberwachungsprotokoll angeblich nie abgefeuert worden war, weil die Waffe die Patronenhülse nicht ausgeworfen hatte. Killian war damals durch einen halsbrecherischen Sprung aus dem Fenster im ersten Stock nur knapp mit dem Leben davongekommen. Dabei hatte er sich das linke Sprunggelenk gebrochen. Der Schock saß fortan tief in ihm, denn er hatte einen Streifschuss am rechten Ohr abbekommen und war seither zudem einseitig taub. Auch die Genesung seines Knöchels verlief nur zäh, weshalb er sich aus dem Geschäft ausgeklinkt hatte und zur Kur auf Staatskosten unter der Sonne Kastaloniens weilte. Seit diesem Vorfall arbeitete Killfried allein und zog eher rustikale Methoden vor, um Entflohene einzufangen. Er agierte bevorzugt aus dem Hinterhalt mit Knüppel, Grubenfalle und Fangseil. Dies führte unter anderem zu seinem Beinamen ›die Schlinge‹, mit dem ihn Berufskollegen versehen hatten. So wie die Kamera, war auch das Auto, welches Killfried fuhr, eigentlich das Material von Killian. Ein hochgetunter ›Streetstar-Kombi‹ mit allerlei technischen Raffinessen, bei denen selbst James Blond vor Neid erblasst wäre. Doch Killfried benutzte diesen Kram nicht, ja, er wusste nicht einmal, wie er den Turbobooster, den Sondenwerfer oder die Nebeltarnvorrichtung hätte aktivieren können. Die einzige Einrichtung, die er neben Motor, Blink- und Wischanlage zu nutzen wusste und die auch äußerst hilfreich war, war die illegale Funkanlage, mit der er unter anderem den Polizeifunk abhören konnte. So hatte er, nachdem er vom Staatsanwalt auf Allesandre Benetrick Schlawinsky angesetzt worden war, in kürzester Zeit die Spur des Gesuchten aufnehmen können und war noch vor Kommissar Bösenschreck am Zielort angekommen.

Es amüsierte Bärentöter köstlich, als die Polizei an seinem Fahrzeug vorbeischoss, mit dem er einfach frech neben einem Geschäft in der Fußgängerzone gehalten hatte. Ein kleines Pappschild auf dem Armaturenbrett wies sein Gefährt dreist als Lieferwagen aus, was Bärentöter in das scheinbare Recht versetzte, hier innerhalb der Lieferzeiten kurzfristig zu parken. Die Polizeistreifen bogen nach rechts ab, just in dem Moment, als die Zielperson den Buchladen verließ, in dem sie gerade weilte. Zweifelsfrei hatte sie die riskante Lage erfasst, in der sie sich befand, und entfernte sich unauffällig aus dem Wirkungskreis ihrer offensichtlichen Häscher. Die für die Ergreifung in Aussicht gestellte Belohnung war dieses Mal ausgesprochen hoch. Neben die-

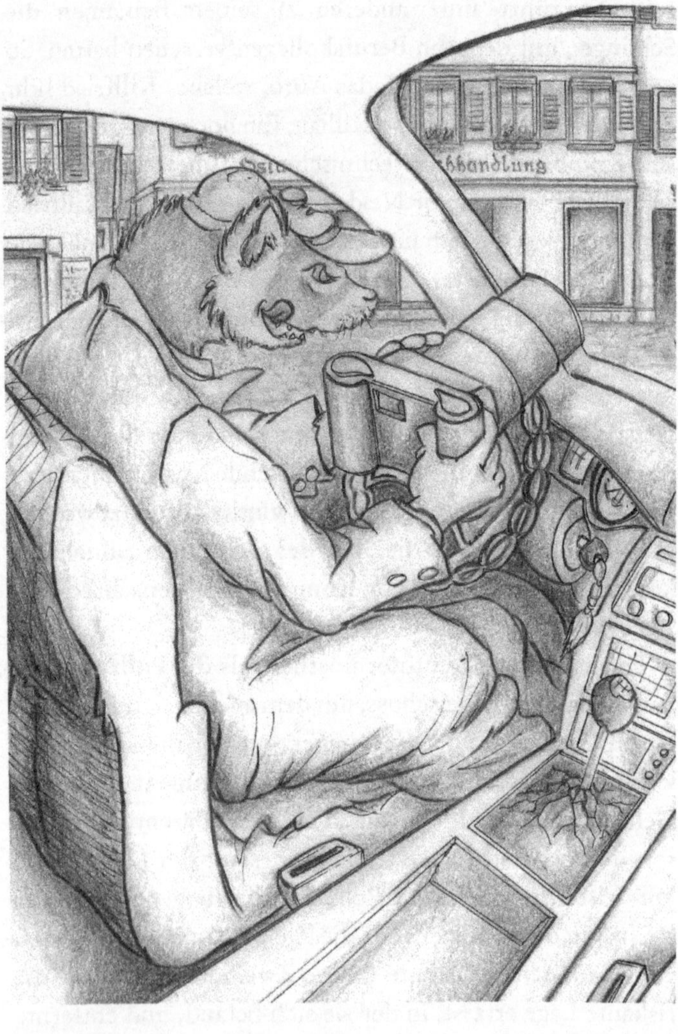

Bärentöter amüsierte sich köstlich, als die Polizei an seinem Fahrzeug vorbeischoss, während sich die Zielperson gerade aus deren Wirkungskreis entfernte.

ser gigantischen Summe, die es Bärentöter erlauben würde, sich zur Ruhe zu setzen, spornte ihn die Chance an, dem berühmten Kriminalisten Bösenschreck die ersehnte Beute vor der Nase wegzuschnappen. Das wäre ein Abgang! Er drehte den Zündschlüssel um und folgte dem Zielobjekt in gebührendem Abstand, wartend auf den richtigen Moment, um den Flüchtigen zu stellen.

*

Zu spät! Wir hatten tatsächlich die Wohnung von unserem letzten Flüchtigen gefunden und tatsächlich hatte sich Schlawinsky alias Magenbitter hier aufgehalten. Der Wagen stand immer noch vor der Tür, die Wohnung indes war leer, wenn auch noch nicht lang. Ein, wie ich fand, wenig geschmackvolles, vor Kurzem erschaffenes Gemälde zierte eine der Wände. Es war noch leicht feucht und duftete seltsamerweise nach Alkohol. Ich ließ die Wohnung von der Spurensicherung auseinandernehmen und wartete ungeduldig in meinem Büro auf den Bericht von Fräulein Fitzelkrams. Am Nachmittag begann die Gerichtsverhandlung im Fall Magenbitter und der wichtigste Angeklagte war noch immer auf freiem Fuß. Hoffnung keimte in mir auf, als das Telefon klingelte, doch es war nicht der erwartete Anruf.

»Hallo, mein lieber Kommissar!«, flötete Barbarella Piepenbringts aus der Hörermuschel.

»Fräulein Barbarella! Welch freudige Überraschung!« Und das war die Wahrheit im tristen Grau meines beruflichen Daseins.

»Sie Teufelskerl! Ich bin ja hin und weg von Ihnen. Endlich bekommen diese Betrüger das, was sie verdienen!«

Durchaus geschmeichelt, kokettierte ich ein bisschen, schließlich war es ja Barbarella und nicht Zuzi, die mir am Telefon Honig ums Maul schmierte.

»Na ja. Man tut, was man kann. Leider haben wir noch nicht alle gesuchten Individuen arretieren können!«

»So? Na, die erwischen Sie auch noch, mein lieber Freund. Davon bin ich felsenfest überzeugt!«

Der Zuspruch von Barbarella war Balsam für mein Ego und ich gluckste zufrieden ins Telefon.

»Mein lieber Kommissar, ich möchte unbedingt, dass Sie mich heute Abend ins Hotel ›Four Tunas‹ begleiten. Dort findet eine Wohltätigkeitsveranstaltung für die Geschädigten dieser Ührlistolzgeschichte statt. Unser Aufsichtsrat hat das organisiert. Alle meine wichtigen Freunde aus der High Society werden da sein. Alle sind sie betroffen, und ich möchte ihnen unbedingt unseren Retter vorstellen – *Sie*!«

Ich fühlte mich etwas überfahren, aber ich wollte ihr auch keinen Korb geben. »Das kommt jetzt etwas überraschend, ich weiß nicht, ob ich das schaffen werde. Heute beginnt auch noch die Gerichtsverhandlung.«

Barbarella ließ sich nicht abwimmeln. »Aber mein lieber Kommissar, tun Sie mir das nicht an. Wir gehen doch jeden ersten Montag im Monat miteinander aus. Sie müssen einfach kommen!«

»Oh, ist schon wieder der erste Montag im Monat?« Die Zeit rann mir durch die Finger, seit ich den Fall Magenbitter am Laufen hatte. Barbarella und ich hatten eine halblose Vereinbarung, uns wenigstens einmal im Monat zu einem gemeinsamen kulturellen Happening zu treffen. Damit ich mich in meiner Vergesslichkeit etwas leichter mit der Erinnerung tat, hatten wir jeweils den ersten Montag im Monat festgelegt.

»Außerdem gibt es als besonderes Bonbon die Wahl des schönsten Worts und des hässlichsten Unworts des vergangenen Jahres. Und jeder darf einen Vorschlag einreichen. Bitte sagen Sie Ja!«, säuselte sie mir ins Ohr. Schließlich konnte ich mich nicht mehr widersetzen und versprach, so pünktlich wie möglich im Hotel ›Four Tunas‹ zu erscheinen. Ich hatte kaum aufgelegt, da stürmte Fräulein Fitzelkrams mit wehender Mähne in mein Büro. Temperamentvoll und ungestüm haute sie mir nacheinander die Ergebnisse der Spurensicherung aus der Wohnung von Easterhazy um die Ohren, die nur einen Schluss zuließen: Schlawinsky alias Magenbitter war da gewesen! Seine Fingerabdrücke konnten mehrfach nachgewiesen werden. Aber er hatte wohl nicht gefunden, was oder wen er suchte, denn alle anderen Indizien sprachen dafür, dass der eigentliche Inhaber der Wohnung schon seit Längerem nicht mehr dort geweilt hatte: abgelaufene, überreife und verdorbene Lebensmittel, mehrere Anrufe von Schlawinsky Magenbitter auf dem Anrufbeantworter, die eindeutig eine fehlende Kommunikation von Herrn van Easterhazy zu seinem Chef dokumentierten.

»Dieser Easterhazy ist in Ungnade gefallen. Das ist sicher«, beteuerte Fräulein Fitzelkrams.

»Woher wissen Sie das so genau?«

»Dieses merkwürdige Gemälde, wenn man es so nennen mag, welches die eine Zimmerwand zierte.«

»Aha?«

»Ja.« Fräulein Fitzelkrams hielt mir eine aufgeschlagene Buchseite unter die Nase. »Es ist als Drohung zu verstehen. Genauer gesagt, als Morddrohung. Die Schere ist ein Symbol der kastalonischen Untergrundbewegung und bedeutet so viel wie ›den Lebensfaden abschneiden‹. In diesem Fall schneidet die Schere den Stiel dieser Blume ab. Und Blume ist, wie wir wissen …«

»… der Deckname von unserem letzten Gesuchten, Nikelaus van Easterhazy«, ergänzte ich ihre Ausführungen. »Sehr aufschlussreich, Fräulein Fitzelkrams, wirklich.«

»Der Kerl ist abgehauen. Alles deutet darauf hin. Und die Strafe für Fahnenflucht ist Liquidation. Er kommt sicher nicht zurück.«

Ich hätte einen Kniefall machen können, so begeistert war ich von ihr. Ihre Analytik war makellos und genial. Und das wusste sie, denn genau so stand sie da. Sie genoss sichtlich den Erfolg ihrer Untersuchungen. Und nichts ist erotischer als Erfolg.

»Herr Kommissar …?«

»Äh, ja …?«

»Sind Sie noch bei der Sache?«

Ich fasste mich wieder, räusperte mich kurz und versuchte dann, einen nachdenklichen Blick aufzusetzen. »Wirklich ausgezeichnet. Wir schreiben Easterhazy dennoch zur Fahndung aus. Haben Sie vielleicht noch etwas rausgefunden, das uns diesem Schlawinsky näherbringen könnte?«

»Wie gesagt, er war da. Das ist aber auch schon fast alles. Er wird sicher nicht wiederkommen. Wir haben Anwohner und Personen der Umgebung befragt, auch zu dem Leihwagen. Die Verkäuferin im Buchladen hat Magenbitter auf unserem Fahndungsfoto wiedererkannt. Er hat etwa zum Zeitpunkt der Wohnungsstürmung eine Tageszeitung gekauft und ist dann in Richtung Kirche verschwunden. Vermutlich ist er weiter zum ZOB und dann mit dem Bus abgehauen.«

»*Zum Zeitpunkt der Wohnungsstürmung?*«, wiederholte ich echauffiert. Fräulein Fitzelkrams nickte.

Ich ging zum Fenster und zog mir selbst sprichwörtlich die Ohren lang.

»Was tun Sie denn da, Herr Kommissar?«, fragte Fräulein Fitzelkrams.

»Das verschafft dem Gehirn wieder Luft zum Denken. Mach ich immer so …«

»Ich kämm mir immer den Pferdeschwanz«, gestand sie. »Da kann man prima nachdenken.«

»Ich muss sicher wissen, ob dieser Easterhazy tatsächlich abgehauen ist …«, nahm ich den Faden wieder auf. »Prüfen Sie bitte die Passagierlisten der Abflüge vom Flughafen und die Fernverbindungen der Bahn aus den letzten Tagen.«

Fräulein Fitzelkrams nickte und verließ mein Büro.

Entwischt!, dachte ich. Um Haaresbreite. Schlawinsky hatte sein Auto stehen lassen, also hatte er uns gesehen. Der Ärger stieg in mir hoch. Nun war die Spur wieder kalt. Er wusste, dass wir ihm auf den Fersen waren. Schlawinsky würde also nicht so einfach Bahn oder Flugzeug nehmen und er würde versuchen unterzutauchen. Wir konnten nur darauf hoffen, bald einen Hinweis aus der Bevölkerung zu bekommen. Und sein letzter verbliebener Handlanger hatte das Weite gesucht. Wahrscheinlich war er schon in Kastalonien oder sonst wo.

*

Der Gerichtssaal zu Verhandlungsbeginn in der Ührlistolzaffäre war gerammelt voll und platzte bereits eine halbe Stunde vor der Eröffnung aus allen Nähten. Und dennoch versuchten noch immer kontinuierlich Pressevertreter und gemeines Volk, in den völlig überfüllten Raum zu gelangen.

Als der Gerichtsdiener den weiteren Zutritt aus Feuerschutzgründen untersagen musste, kam es beinahe zum Eklat. Zu viel Aufsehen hatte der Fall auf sich gezogen und reichlich Geschädigte sowie Paparazzi angelockt. Ich konnte diverse Promigrößen im Auditorium erkennen. Da waren einige reichlich dekorierte, eitle Gockel im Saal wie Rubin Elfenbein, einer der bekanntesten Juweliere und Goldschmiede. Oder Marmor Stuckner, Edeldesigner im Bereich hochkarätiger Innenausstattungen. Zwischen ihnen erspähte ich Barbarella Piepenbringts, um deren Gunst beide erfolglos buhlten. Sie warf stattdessen lieber mir einen vielsagenden und schmachtenden Blick zu. Weiter hinten bemerkte ich den Polizeipräsidenten, der sich angeregt mit Mitgliedern der Politprominenz unterhielt. Alles, was Rang und Namen hatte, war versammelt. Sollte hier und heute eine Bombe einschlagen, der Südwesten würde in Anarchie und Chaos versinken.

»Erheben Sie sich für den ehrenwerten Hüter der Ordnung, Verteidiger der Demokratie, Beschützer der Entrechteten – den ehrenwerten Richter Hartlieb Schwertfeger!«

Wasserfallartiges Raunen erfüllte den Saal, als Richter Schwertfeger eintrat, sich auf seinen Amtsstuhl setzte und mit seinem Richterhammer für Ruhe sorgte. Man könnte fast sagen, ein Sinnbild für das im Saal sehnsüchtig erwartete Urteil.

»Herr Staatsanwalt, bitte verlesen Sie die Anklage!«

Dr. Theokrat Kläglich erhob sich, rückte seine Brille zurecht und verlas stimmgewaltig die Anklageschrift, wobei er allerdings überhaupt keinen kläglichen Eindruck machte.

»Der Staat gegen Heimlich Geldermann. Erwiesene Beteiligung an einer versuchten monetären Erpressung eines Staatsdieners. Kontakt zu einer kriminellen Vereinigung. Verstoß gegen das Lagerhaltungsgesetz wegen Unterbringung nicht verzollter Tabakwaren.«

Er machte eine kurze Pause und nahm ein zweites Dokument zur Hand: »Der Staat gegen Raffael van Raff, Deckname Gierd Kralle. Ausufernder Missbrauch von nicht angezeigten Identitäten zur Verschleierung seiner kriminellen Machenschaften. Mitglied in einer kriminellen Vereinigung. Groß angelegte Distribution von Plagiaten hochwertiger Chronometer der Marke Ührlistolz zum Zwecke der persönlichen Bereicherung. Verschleierung und Steuerbetrug.« Erneut eine kurze Pause, dann das dritte Dokument in der Reihe, und schon fuhr er mit sonorer Stimme fort:

»Der Staat gegen Zack Schimpansky, Deckname Schimmi, und der Staat gegen Pans Lackaff, Deckname Panzi. Mitglieder in einer kriminellen Vereinigung. Missbrauch von nicht angezeigten Identitäten. Verschleierung und aktive Unterstützung eines gesuchten Schwerverbrechers.«

Richter Schwertfeger richtete das Wort an den neu eingesetzten Pflichtverteidiger, den ich bis dato noch nie gesehen hatte.

»Herr Verteidiger, wie bekennen sich Ihre Mandanten zu den Vorwürfen der Anklage?«

Der Verteidiger war eine unscheinbare halbe Portion in einem viel zu großen Anzug. Sein Gesicht dominierte ein überdimensionales Nasenfahrrad, mit Gläsern dick wie eine Lupe. Als der Richter ihm das Wort erteilte, schoss er von seinem Stuhl hoch und begann nervös, in seinem Papierstapel nach dem richtigen Dokument zu suchen. In seiner Unordnung durchwühlte er die Akten, wobei ein Teil davon auf den Fußboden fiel.

»Nun, äh – ja, ich denke, man sollte – ähm, ja!«, gab er zappelig von sich.

»Wie meinen?«

Der arme Kerl wirkte vollkommen überfordert. Er zerrte unsicher an seiner Krawatte, um deren Sitz zu zentrieren, wobei er sich dabei fast erwürgte.

»Ähem, ja – schuldig! Ja, schuldig – denke ich zumindest, oder?«

»Das sollten Sie nicht mich fragen Herr Verteidiger!«, gab der Richter seinem Erstaunen Ausdruck. Der Staatsanwalt machte indes einen zufriedenen Eindruck.

»Schuldig! Sicher … schuldig! Ganz sicher!«, versuchte der Verteidiger nun mit einer abklärenden Handbewegung, seine nicht vorhandene Gewissheit zu untermauern und selbstbewusst zu wirken.

»Nun gut. Dann wird das ja ein kurzer Prozess und wir können uns die mühselige Beweisaufnahme und Zeugenbefragung sparen«, freute sich Schwertfeger.

»Sicher, sicher«, antwortete der Verteidiger und putzte sich dabei die Brille. »Meine Mandanten wollen in allen Belangen kooperieren und nicht die Zeit des Gerichts unnötig verschwenden. Nicht?«

Er setzte sich die monströse Sehhilfe wieder auf die Nase und strahlte erst die Angeklagten und dann den Richter an.

»Schön«, lehnte der sich zurück. »Welches Strafmaß schlagen Sie vor, Herr Staatsanwalt?«

Die Angeklagten verharrten regungslos auf der Anklagebank. Dr. Theokrat Kläglich erhob sich und zeigte absolute Zufriedenheit.

»Wir fordern zehn Jahre für Herrn van Raff, im besten Fall

mit der Chance, nach neun Jahren freizukommen, bei guter Führung. Wir fordern neun Jahre für die Herren Schimpansky und Lackaff, im besten Fall mit der Chance, nach acht Jahren freizukommen, bei guter Führung, und wir beantragen quasi fünf Jahre für Herrn Geldermann.«

»Quasi?«

»Zur Bewährung!«

Kaum hatte der Staatsanwalt das gesagt, brach ein Tumult aus. Van Raff lief rot an.

»Ihr verdammten Halsabschneider. Ihr habt mich reingelegt! Schimmi, Panzi, die haben uns reingelegt!«

Doch Schimpansky und Lackaff verharrten ohne den Hauch einer emotionalen Regung auf ihren Plätzen. Van Raff alias Gierd Kralle versuchte gewaltsam, über die Holzbrüstung zu klettern, angetrieben vom blinden Hass auf den Staatsanwalt, den er sich greifen wollte. Der schreckte zusammen und hob schützend die Arme vor Körper und Gesicht. Ich sprang von meinem Platz auf und warf mich mit meinem ganzen Gewicht auf van Raff, der prustend zu Boden ging und mich mit den übelsten kastalonischen Schimpftiraden bedachte. Er spuckte mehrmals verächtlich auf den Boden und beschuldigte nun Geldermann, ein hinterhältiger Verräter zu sein, und drohte ihm, dass er dafür eines Tages werde zahlen müssen. Ein kurzer, harter Notgriff und er leistete keinerlei Widerstand mehr. Doch nun war plötzlich Schimpansky in Wallung geraten und versuchte verzweifelt, sich durch die aufgeschreckte Menge einen Weg nach draußen zu bahnen. Lackaff tat es ihm gleich und folgte ihm. Die Frauen kreischten entsetzt und wichen verängstigt vor den Gangstern zurück. Dummerweise verhielten sich die Männer nicht viel anders. Im Gerichtssaal herrschte blankes Chaos. Richter Schwertfeger bemühte sich, durch lautstarkes Hämmern, für Ruhe und Ordnung zu sorgen, allerdings erfolglos. Ich bellte ein paar unverständliche Laute durch den Raum hinüber zum Gerichtsdiener, der auf der anderen Seite stand. Dann wollte ich ihm wild gestikulierend klarmachen, dass er Schimpansky und Lackaff wieder in Gewahrsam nehmen sollte. Er schien nicht besonders helle zu sein, denn er machte keinerlei Anstalten, sich durch die hysterischen Massen hindurchdrängen zu wollen. Es geschah etwas vollkommen Unerwartetes, mit dem ich in meinem ganzen Leben niemals gerechnet hätte. Schimpansky kam in der hintersten Reihe an und war nur noch einen kurzen Schritt von der Saaltür entfernt, da baute sich mein Polizeipräsident vor ihm auf. Dieses harmlose Schaf, für das ich ihn immer gehalten hatte. Er streckte diesen Schrank von einem Kerl mit einem gezielten Kopfstoß in den Solarplexus nieder. Ich war sprachlos, genau wie Lackaff, der eingeschüchtert vor meinem Chef stehen blieb und die Hände erhob, um sich zu ergeben. Perplex saß ich immer noch auf van Raff und vernahm fast verklärt, wie Richter Schwertfeger verzweifelt seinen Hammer auf das Richterpult donnerte, bis dieser zuletzt in zwei Teile zersprang. Mehrere uniformierte Sicherheitskräfte strömten herein und räumten auf lautstarkes Geheiß des Richters den völlig außer Kontrolle geratenen Saal. Der erste Verhandlungstag endete spektakulär: Allgemein im Tumult und für mich mit einer neuen Erkenntnis: Mein Chef war ein Wolf im Schafspelz!

*

»Mein lieber Herr Kommissar! Wie immer das obligatorische halbe Stündchen …?«, begrüßte mich Barbarella Piepenbringts erfreut am Empfang im Edelhotel ›Four Tunas‹. »Aber ich kann Ihnen nicht böse sein. *Sie Held!* Wir alle haben schon sehnsüchtig auf Sie gewartet! Kommen Sie, schnell …!«

Barbarella hakte sich bei mir ein und führte mich mit einem eleganten Schieber im Viervierteltakt durch das mit lila Spannteppich ausgelegte Foyer bis ins Restaurant. Ihr Dekolleté war üppig, ihre Augen funkelten mich an und ihr Parfum war aphrodisierend. Und dann diese Kulisse. Das ›Four Tunas‹ war einer der nobelsten Schuppen in der Gegend und noch dazu Barbarellas Lieblingsadresse aufgrund der hervorragenden Fischspezialitäten, die einem hier kredenzt wurden. Die Böden und Säulen glänzten in psychantinischem Marmor, das Inventar in den Zimmern und im Restaurant erstrahlte in edelstem kastalonischem Wurzelholz. Das billigste Essen, eine einfache Fischsuppe, lag bei unverhältnismäßigen 55 Kröten, ein einfaches Wasser bei 35. Die Qualität war zwar hervorragend – kein Vergleich zu den letzten Eskapaden im ›Falschen Hasen‹, die Preise aber waren geradezu astronomisch. Zumindest für mich. Was ein Glas Wein oder ein Filet kosten würde, wollte ich schon gar nicht wissen, aber darum würde ich mir heute Abend sicher keine Sorgen machen müssen.

»Meine Damen und Herren, … Silentium! … Wenn ich einen Augenblick um Ihre Aufmerksamkeit bitten dürfte.«

Barbarella strahlte aufgeregt über das ganze Gesicht und der Geräuschpegel im Raum ebbte ab. »Darf ich Ihnen meinen lieben Freund und den Helden des heutigen Tages vorstellen: Hauptkommissar Spekulantius Bösenschreck. Und diesen Namen hat er sich beileibe aufs Beste verdient!«

Ein tosender Applaus der anwesenden High Society setzte ein. Ich war von den Socken. Die Crème de la Crème der besseren Gesellschaft. Die Reichen und Superreichen, die Schönen und Schönsten, die Wichtigen und Wichtigtuer, Vornehme und Snobs, so weit das Auge reichte. Und ich der Held dieser Prominenz? Na, da sollte mein Stern doch noch hell aufleuchten. Doch trotz all meiner Erfolge in der Ührlistolzaffäre schwangen auch alsbald wieder Abschätzigkeit und Missgunst durch, wie ich gleich erfahren durfte. Den Anfang machten Rubin Elfenbein und Marmor Stuckner, die ich auch schon im Gerichtssaal erspäht hatte.

»*Hervorragende* Arbeit, Herr Wachtmeister«, krächzte Elfenbein mit überzogener Mimik.

»Hauptkommissar, mein lieber Rubin. Er ist Hauptkommissar!«, korrigierte ihn Barbarella.

»Oh, ach, tatsächlich? Gibt es denn da einen Unterschied?«, fragte der affektierte Gockel gespielt erstaunt. »Sie müssen entschuldigen, ich leide oft unter einer leichten allergischen Reaktion auf die werten Ordnungshüter, die in der Vergangenheit nicht gerade allzu ambitioniert waren, unser klägliches und mühsam erarbeitetes Hab und Gut vor den Unholden unserer Gesellschaft zu schützen.« Dazu hielt er sich ein besticktes Seidentuch an die Nase, man musste meinen, er wäre erkältet. Seine Worte erreichten dabei eine merkwürdig näselnde Note, sodass es sich anhörte, als hätte er die Nase voll von Polypen.

»Nun, mein lieber Freund hat die Gangster zur Strecke gebracht und sogar noch persönlich im Gerichtssaal einen dieser üblen Schurken überwältigt, von denen einer unser Kaufhaus hinters Licht geführt hatte!«, verteidigte mich Barbarella erneut. »Und dafür stehe ich ewig in Ihrer Schuld, mein lieber Herr Kommissar«, flötete sie mich huldvoll an. Marmor Stuckner entging dies nicht und er fiel ihr sofort ins Wort.

»Ja nun. Schließlich hat er seine Pflicht getan! Er hat wirklich bemerkenswerte Arbeit geleistet, aber immerhin wird er dafür bezahlt. Auch von uns. Mit unseren Steuergeldern!«

Rubin Elfenbein nickte ihm beipflichtend zu.

»Zahlen Sie denn hier überhaupt Steuern, Herr Stuckner?«, parierte ich nun doch den Angriff. »Ich war der Meinung, Sie hätten Ihren Wohnsitz nach Graubündchen verlegt?«

Marmor Stuckner war diese Retoure sichtlich unangenehm und er bemühte sich, diese kleine Peinlichkeit herunterzuspielen. »Äh, nun ja – ich besitze dort tatsächlich eine kleine Ferienwohnung am Silbersee!«

»Aha«, konstatierte ich mit einem Lächeln auf den Lippen.

»Kommen Sie, Herr Kommissar, Sie müssen unbedingt noch jemanden kennenlernen …«, zog mich Barbarella an diversen Herren und Damen vorbei, denen sie artig mit einem kurzen Kopfnicken ein wenig Höflichkeit entgegenbrachte. Dann kreuzte eine angegraute, alternde Eminenz unseren Weg, der sie freudig in die Arme fiel.

»Barbarella, meine Liebe. Ich freue mich sehr, Sie endlich wiederzusehen. Sie haben nichts, aber auch gar nichts von Ihrer Schönheit eingebüßt!«, sagte er charmant. Er war schlicht, aber teuer gekleidet, in edelsten Zwirn und feinste Lackschuhe. Am linken Arm trug er unverkennbar eine Original Ührlistolz Armbanduhr mit Funkortungsverfahren und logarithmisch geteiltem Ziffernblatt.

»Mein lieber Enzian, darf ich Ihnen meinen lieben Freund und unser aller Retter vorstellen: Herrn Hauptkommissar Spekulantius Bösenschreck.« Barbarella wies mit der offenen Hand zu mir her und machte uns bekannt. »Darf ich vorstellen: Enzian Secundo Edelweiß II., Inhaber der einzigartigen Ührlistolzmanufaktur im Zappenheller Land und langjähriger Freund meines verstorbenen Mannes!«

Ich nickte freundlich mit dem Kopf und wartete darauf, dass mir Enzian Secundo Edelweiß II. zur Begrüßung die Hand reichte. Er entfernte die überdimensionale Designerbrille von seiner Nase und schaute mich einige Sekunden aus seinen kleinen, zu Schlitzen verengten Augen an. Dann kam er auf mich zu und nahm mich fast väterlich-zärtlich in den Arm.

»Mein lieber Freund«, begann er, »ich hoffe, ich darf Sie so nennen. Sie haben diese üblen Buben tatsächlich geschnappt, die Spott und Schande über mein Haus gebracht haben.«

Ich war überwältigt von Herrn Edelweiß und Barbarella zeigte sich sichtlich befriedigt über seine Worte.

»Können Sie sich vorstellen, was dieser Skandal für mein Haus und mich bedeutet hat?«, fuhr Edelweiß fort. »Sachschaden und Umsatzausfall in Höhe von sage und schreibe vierundvierzigeinhalb Millionen. Das ist fast ein Fünfzehntel meines gesamten Vermögens! Den Imageschaden noch gar nicht berücksichtigt. Ich sah mich schon als Sozialfall und um Unterstützung bettelnd. Aber am schlimmsten war für mich, dass ich Barbarella hätte nie wieder unter die Augen treten können. Welch Schmach, welcher Skandal! Aber Sie haben zumindest meinen Ruf wiederhergestellt, mein lieber Freund. Durch Ihre tollkühne Tat. Deshalb freue ich mich außerordentlich, Ihre Bekanntschaft zu machen, Herr … äh, wie war noch gleich der Name?«

»Bösenschreck«, sprang Barbarella für mich in die Bresche. »Spekulantius Bösenschreck.«

»Ah ja? Bösenschreck. Hmm! Kommt mir irgendwie bekannt vor. Bösenschreck, Bösenschreck … Ich kannte mal flüchtig einen Herrn *Börsenschreck*. Ja, Magnatus Börsenschreck hieß der. War eine ganze Weile sehr erfolgreich im Spekulantengeschäft. Wie war noch mal Ihr Name?«

»Bösenschreck!«, antwortete ich etwas unsicher. »Spekulantius Bösenschreck.«

»Aha. Sie haben aber nicht zufällig etwas zu tun mit diesem Börsenschreck, oder?«

»Sie haben nicht zufällig etwas zu tun mit diesem Börsenschreck?«

»Er heißt *Bösenschreck*, lieber Enzian. Nicht Börsenschreck«, ergriff Barbarella wieder für mich das Wort. »Spekulantius Bösenschreck. Und der Name passt ja wohl wie die Faust aufs Auge, wenn ich an seine Heldentat denke!«

»Ach so, na ja … Gut so!«, schien Herr Secundo Edelweiß nun für Sekundenbruchteile zufrieden, wirkte dann aber wiederum etwas verstört. Es ertönte die Aufforderung vom Saalkellner, uns zu Tisch zu begeben.

»Er ist schon fast 80!«, flüsterte mir Barbarella zu. »Er wird zunehmend verwirrter. Das ist das Alter!«

Ich kommentierte das nicht weiter, denn es war mir heiß und kalt geworden durch die Scharfsinnigkeit dieses älteren Herrn. Zum Glück gab es Tischkarten. Und wiederum zum Glück nahm Barbarella zu meiner Rechten Platz. Zu meiner Linken saß eine bunt gekleidete Dame, die durch reichlich Make-up versuchte, ihre wahre Person und ihr tatsächliches Alter vor der Öffentlichkeit zu verbergen. Ein azurblauer Turban, der mit unechtem exotischem Obst dekoriert war, zierte ihre toupierte Frisur.

»Ich wollte schon immer mal neben einem richtigen Kerl sitzen!«, turtelte sie mich in einem tiefen Bariton an, auf den sogar Sultan Kehlemann neidisch geworden wäre.

»Gräfin Kalorine zur Weibertreu. Sehr angenehm, Verehrtester.«

Dabei rieb sie mir ihre rechte Hand buchstäblich unter die Nase und ich hauchte schnellstmöglich einen angedeuteten Kuss darauf, wonach sie sie dann auch befriedigt zurückzog.

»Seien Sie vorsichtig, mein Freund«, flüsterte mir Barbarella ins Ohr. »Sie ist nicht ohne! Sie hat schon sechs Ehemänner überlebt. Und nicht, weil diese an Altersschwäche gestorben wären!«

Ich konnte mir lebhaft vorstellen, wie die verehrte Gräfin ihren verstorbenen Ehemännern ohne Rücksicht auf deren Konstitution ihre Ehepflichten abgefordert hatte, und war heilfroh, etwas Ablenkung im Essen zu finden, als endlich der erste Gang serviert wurde. Die Speisenfolge hätte von meinem Vater stammen können, derart delikat waren die Gerichte ausgewählt, und schon ihre Ankündigungen suggerierten die reinsten Gaumenfreuden. Zunächst wurde eine rustikale Krautsuppe mit gerösteten Schupfnudelcroûtons aufgetischt. Danach folgte ein Biosphärenfeldsalat aus dem Oberland, der mit echtem rotem Forellenkaviar garniert war. Beim ersten Rogenhappen warf mir die Gräfin einen eindeutigen, lüsternen Blick zu. Ich verschluckte mich vor Schreck ernsthaft und fand nur dank der unmittelbaren Einnahme des hervorragenden, aus lieblichen Sonnenhalden stammenden Weißherbst zu meiner natürlichen Gesichtsfarbe zurück. Vor dem Hauptgang forderte uns der Saalkellner auf, auf der Innenseite unserer Namenskärtchen einen Vorschlag für die anschließende Wahl des schönsten Worts und des hässlichsten Unworts des vergangenen Jahres zu notieren. Ich tat mich nicht besonders schwer, hatte aber auch keinen Ehrgeiz, den Wettbewerb zu gewinnen. Die Gräfin war mittlerweile überaus beschwingt und trachtete danach, aufs Geratewohl mit mir zu flirten, was ich, so gut ich konnte, zu unterbinden suchte. Barbarella war aufs Köstlichste amüsiert. Schließlich wurden die Tischkärtchen eingesammelt und der Hauptgang serviert. Die Gräfin zur Weibertreu plusterte sich wirkungsvoll auf, stemmte ihr Dekolleté nach oben und fuhr sich bei halb geöffnetem Mund mit der Hand die Taille entlang, als die auf Linsenreis gebetteten Felchenfilets im Schlafrock serviert wurden. Wenig später lag wie zufällig ihr Zimmerschlüssel zwischen uns auf dem Tisch. Kurz vor dem Dessert erhob sich Barbarella und stieß die Gabel leicht an ihr Glas, sodass ein heller Klang den Saal erfüllte. Es wurde ruhig.

»Meine lieben Freunde«, begann sie. »Ich denke, das bisher Dargebotene war eine Gaumenfreude und ein kleines Labsal für Ihre gepeinigten Seelen, für die Affronts und die Ärgernisse, die wir alle in jüngster Zeit erleben mussten. Wie unser Haus, so sind auch Sie alle in einer bedauernswerten Art und Weise zu Schaden gekommen durch die verbrecherischen Machenschaften, denen wir leider alle erlegen waren. Diesem verachtenswerten Treiben hat unser lieber Herr Kommissar hier nun Gott sei Dank ein Ende bereitet.«

Höflicher Applaus setzte ein.

»Für Sie alle haben wir diese Benefizveranstaltung initiiert. Als besonderes Sahnehäubchen wollen wir heute Abend das schönste Wort und das hässlichste Unwort des zurückliegenden Jahres küren. Hierfür haben wir uns eine prominente Jury eingeladen, die über die eingegangenen Vorschläge befinden wird. Ich darf dazu noch einmal in unserer erlauchten Runde vorstellen: Enzian Secundo Edelweiß II., Inhaber der Ührlistolzmanufaktur und besonders durch die Betrugsfälle in Mitleidenschaft gezogen …«

Enzian Secundo Edelweiß II. hob dankend die Hand.

»… Enzian hat die größte Einzelspende für den Gewinner des heutigen Abends geleistet, wobei man eigentlich gerade ihm wünschen sollte, den ersten Platz zu belegen. Schließlich hat es sein Haus am schlimmsten getroffen, wie ich heute erfahren musste.«

Das gesamte Publikum applaudierte, außer mir. Ich konnte in diese finanziellen Sphären nicht mehr folgen, ja, ich war geradezu fassungslos, wie man in den hier anwesenden Fällen auch nur den Hauch einer finanziellen Bedürftigkeit erwägen sollte.

»Ebenfalls in der Jury: Gräfin Kalorine zur Weibertreu. Eine Frau mit einer, ich möchte sagen, enormen Lebenserfahrung, von der wir hier und heute unbedingt profitieren wollen. Wir sind wirklich überaus glücklich, dass sie uns die Ehre gibt …«

Die Gräfin erhob sich, wobei sie sich kurzerhand auf meine Schulter stützte. Sie nickte zwei–, dreimal dankend mit dem Kopf, um dann beiläufig ihren Stuhl näher zu mir zu rücken und beim Hinsetzen quasi aus Versehen auf meinem Schoß Platz zu nehmen.

»Oh, verzeihen Sie mir, Herr Kommissar. Das war sehr ungeschickt!« Dann rutschte sie zurück auf ihren Stuhl, saß nun aber praktischerweise immer noch auf Tuchfühlung mit mir.

»… und zu guter Letzt Herr Doktor der Philologie Trochäus Freiherr von und zu Märchensee, anerkannter Sprach- und Namensforscher, den einige von Ihnen auch schon jüngst in der zurückliegenden Podiumsdiskussion zum Thema ›Apfel‹ kennengelernt haben.«

Der Freiherr erhob sich ebenfalls unter Applaus und redete freiweg von der Leber.

»Verehrte Gäste! Um die Spannung etwas anzuheizen, erlaube ich mir, Ihnen ein paar Kostproben aus den eingegangenen Vorschlägen zu präsentieren: Als Unwort des Jahres wurde zum Beispiel gewünscht: ›monetäre Unpässlichkeit‹ …«

Ein lautes »Oh!« und »Oh weh!« rauschte durch den Raum.

»… wobei dies ja eigentlich zwei Wörter sind und damit außer Konkurrenz. Aber hier zum Beispiel: ›Liquiditätskatarrh‹…«

Wiederum waren Aufschreie wie »Ui!« und »Puh!« zu vernehmen.

»... ein nicht ganz so schönes Wort wäre auch: ›Adelsegalisierungsverordnung‹ ...«

Die Ablehnung dieses Begriffs war rudimentär. Die Gräfin rümpfte empört die Nase, wobei mir selbst nicht klar war, was mit diesem Zungenbrecher überhaupt gemeint war.

»... und natürlich darf ich auch ein paar Exemplare der schönen Sprache präsentieren, so zum Beispiel das ›Plusquamkonfekt‹...«

Nun erschallte ein erfreutes »Ah!« und »Schön!« Wobei ich der Meinung war, an dem Wort war irgendwas nicht ganz perfekt.

»... oder etwas aus der feinen Küche: ›Blattgoldaufschnitt‹ – das stammt mit Sicherheit aus dem Zappenheller Land, nicht wahr, Herr Edelweiß?«

Enzian Secundo Edelweiß II. wackelte amüsiert mit dem Kopf und hob generös die Hand. »Ertappt!«

»... und zuletzt noch eine besonders schöne Variante aus den Sprachnischen und -eckchen der heimlichen Affären: die ›Platonischenpause‹.«

Der Freiherr nahm unter dem aufkommenden Applaus Platz. Nur Barbarella applaudierte nicht, sondern errötete leicht, als sich unsere Blicke trafen. Die Zeit schritt voran und es fiel mir immer schwerer, mich den Andeutungen und Annäherungsversuchen der Gräfin wirkungsvoll zu entziehen, weshalb ich hilfesuchend auf die Karte schaute.

»Flambierte Rumfrüchte auf Sahnekaiserschmarrn mit Liebesperlen!«, kam es über meine Lippen. Ich schaute vorsichtig zur Gräfin und konnte mich des Eindrucks nicht erwehren, dass dort ein oder zwei Fliegen permanent um ihren Kopf kreisten.

»Sie können auch gerne von meinen Früchten naschen …«, tönte die Gräfin mit ihrer sonoren Stimme.

»Äh, wie bitte?«, entfloh es mir mit einem leicht erstickten Krächzen.

»Na hier, das Gemüse auf meinem Kopf. Oder glauben Sie, ich renne mit billigem Plastikkitsch auf meinem Haupt durch die Gegend? An mir ist alles echt«, betonte sie resolut.

»Daran habe ich keinen Zweifel …«, sagte ich fast schon verängstigt. Dann spürte ich etwas in meiner Hosentasche und sprang erschrocken auf. Die Gäste um mich herum schauten verdutzt. Gott sei Dank, es war nur das Vibrieren meines Piepsers.

»Ich bitte um Entschuldigung. Ich muss dringend mal telefonieren …«, ich deutete auf das rot blinkende Alarmgerät.

»Nur zu, verehrter Freund! Pflicht ist Pflicht und Schnaps ist Schnaps«, antwortete Enzian Secundo Edelweiß II.

Ich ging ins Foyer vor dem Saal und wählte auf meinem Handy die Notfallnummer, die auf dem Piepser angezeigt wurde. Nach kurzer Zeit ging Wachtmeister Knüppler ans Telefon.

»Kommissar? Gut, dass Sie zurückrufen – wir haben eine neue Leiche!«

Ich ließ beinahe mein Telefon fallen. »Wie bitte? Wen hat es denn nun erwischt?«

»Keine Ahnung. Ich hab die Leiche nicht angefasst und man kann das Gesicht nicht erkennen. Er …«, Knüppler stockte. »Ich denke, das sollten Sie sich besser selbst ansehen.«

»Ich komme!«

Ich rannte zur Treppe und bat den Saalkellner kurzerhand, mich bei Barbarella zu entschuldigen. Es war mir auch nicht unrecht, aus den Fängen der Gräfin noch einmal entkommen zu sein. Auf dem Treppenabsatz konnte ich noch den einsetzenden Applaus und das untermauernde Wehgeschrei für das wahrhaftig ablehnenswerteste Unwort des Jahres vernehmen. Gewählt wurde ›Geldbörsenabnabelung‹ – es handelte sich dabei um meinen Vorschlag. Und ich hätte darauf gewettet, dass diverse Anwesende in der Vergangenheit einmal in den Genuss meiner früher ausgeübten Kunst gekommen waren.

*

Was macht eine Leiche in der Wohnung eines Toten? Ich fuhr mit quietschenden Reifen vor und überrollte beinahe die Polizeiabsperrung vor dem Eingang. Wachtmeister Knüppler wartete vor der ehemaligen Bleibe von Klaut Stiehlts auf mich und deutete in Richtung Garten.

»Die Spurensicherung und die Gerichtsmedizin sind bereits da …«

Wir gingen durch das kleine Gartentörchen und ich erstarrte vor dem, was ich da sah. Es war grauenvoll. An dem haushohen Walnussbaum hing kopfüber ein Mann, den linken Fuß in einer Fangschlinge. Der Hals der Leiche war mit dem Ende der Wäscheleine umwickelt, die an der Metallaufhängung der Hauswand befestigt war. Das arme Opfer wirkte wie zwischen den beiden Seilen aufgespannt. Sein Antlitz war verzerrt und blau verfärbt – der Todeskampf musste furchtbar gewesen sein.

»Immer, wenn man in unserem Job denkt, man hätte schon alles erlebt, dann kommt es noch dicker …«, äußerte Knüppler mit vorgehaltener Hand.

»Ah, Kommissar …«, begrüßte mich Mortemer Messerschmitt. »Da haben wir heute einmal einen ganz besonderen Fall.«

Er räusperte sich und begann anhand des Bildes, welches

das Opfer darbot, die mutmaßliche Todesursache aus seiner Sicht zu erklären.

»Männliche Leiche, Alter etwa 35, aufgrund der Verfärbungen im Gesicht und dem allgemeinen Zustand würde ich sagen, der Tod trat vor etwa drei bis vier Stunden ein, gewaltsam …«

»Ach?«

»Ja«, konstatierte Mortemer Messerschmitt. »Genaueres kann ich aber erst nach der Obduktion sagen. Die Beinschlinge ist eine Fangschlinge, wie sie von Jägern zur Großwildjagd eingesetzt wird. So etwas wird eigentlich dann benutzt, wenn man die Beute lebend fangen will, oder aber in kleinerem Maßstab zur Hasenjagd.«

Lupine Fitzelkrams kam durch die Seitentür aus der Wohnung und in den Garten. »Spuren eines Kampfes, zwei Personen … Hallo, Kommissar.«

»Ich hab da so eine Theorie …«, fuhr Messerschmitt fort. Zwar hatte ich eigentlich die uneingeschränkte Lizenz, wilde Spekulationen über Tatgeschehnisse aufzustellen, doch ich hielt mich erst einmal zurück.

»Einer der Kerle hat die Fußschlinge gelegt, um den anderen damit zu fangen, und wurde dabei von seiner Zielperson überrascht. Es kam zum Kampf, wobei einer in die Falle getappt ist und dadurch nach oben in den Himmel gerissen wurde. Der andere hat dann die Situation ausgenutzt und den Kerl brutal mit der Wäscheleine erdrosselt. Nachdem der Tod eingetreten war, ließ er ihn einfach hängen und flüchtete. Seither ist der arme Kerl hier so abgehangen.«

»Tolle Theorie. Demnach können Sie mir also auch sicher sagen, ob der Tote der Jäger oder der Gejagte war«, ergänzte ich.

»Logischerweise vermute ich, er war der Jäger, wenn er

sich schon solche Mühe gemacht hat. Sie kennen das Opfer nicht zufällig?«, fragte Mortemer Messerschmitt.

»Ich glaube nicht. Ich bin mir nicht sicher. Können wir den Kerl nicht endlich von der Leine lassen? Das sieht ja grauenhaft aus.«

Das Seil wurde abgeschnitten und der Tote auf den Boden gelegt. Lupine Fitzelkrams begann mit der Spurensicherung. Sie zog einen Ausweis aus seiner Tasche.

»Killfried Bärentöter …«

»Bärentöter? Kommt mir doch irgendwie bekannt vor.«

»Ja, und hier ist noch was …« Sie faltete ein A4-großes Papier auseinander. »Das ist ja unser Fahndungsfoto«, staunte sie.

»Geben Sie mal her.« Es war das interne Fahndungspapier mit den speziellen Personendaten, wie sie nur auf den Insiderdokumenten aufgeführt waren. Ich nahm den Ausweis nochmals zur Hand. Dann zerknüllte ich wütend das Dokument.

»Dieser verdammte Staatsanwalt! Er konnte es wohl doch nicht lassen …«

*

Meingold Schnallentritt saß gelangweilt an der Bar der ›Wilden Wutz‹ und nippte hin und wieder an einem bereits abgestandenen Bier. Er war nicht sonderlich gut gelaunt, die Geschäfte gingen in letzter Zeit nicht nach seinem Gusto. Sein, wie er dachte, grandioser Coup, Kommissar Bösenschreck hopsgehen zu lassen, war in die Hose gegangen und er war sogar gezwungen worden, mit der Polizei zu kooperieren. Und dann noch die Sache mit Zuzi. Nicht nur, dass seine goldene Eier legende Gans das Weite gesucht hatte und dies seine Einnahmen aus der Erotikbranche erkennbar schmälerte. Viel mehr ärgerte ihn saumäßig, dass er seine Autorität und sein Ansehen durch die missglückte Geschichte mit der Ratte untergraben sah, von der verlorenen Anzahlung an den Kerl einmal ganz zu schweigen. Was, wenn nun die nächste Nutte auf die Idee käme, Anstalten zu machen und aufmüpfig zu werden. Angeblich lachten die dummen Hühner heimlich hinter seinem Rücken über ihn. Nein, das durfte er sich nicht bieten lassen. Er musste die Zügel anziehen. Vielleicht sollte er das Arbeitspensum erhöhen und statt vier nur noch drei oder zwei freie Tage im Monat zulassen. Ja, genau: Die Schlagzahl erhöhen! So nannte man das im Fachjargon. Das wäre eine überlegenswerte Idee. Auf jeden Fall würde er als Sofortmaßnahme die Schneeflittchenzeichentrickfilme, bei denen seine Mädchen nach der Arbeit abschalten durften, ersatzlos streichen. Jawoll, mit harter Hand durchgreifen! Bald würden wieder Zucht und Ordnung in seinem Laden herrschen, wobei er dies nicht in diesem Sinne wörtlich meinte.

»Boss …!«, Hacki trat von hinten an seinen Vater heran. Er beherzigte mittlerweile dessen Anweisung, ihn in der Öffentlichkeit nicht mehr mit ›Papa‹ zu titulieren, »… da ist jemand, der dich sprechen will!«

»Mich sprechen?«, murrte Schnallentritt, ohne sich umzudrehen. »Na und? Wo kommen wir hin, wenn du jeden zu mir schleppst, der mich einfach nur sprechen will?«

»Ich bin hier, um Ihnen einen Deal anzubieten!«, ertönte es hinter Schnallentritt, der sich daraufhin bequemte, den Besitzer dieser fremden Stimme in Augenschein zu nehmen. Obwohl fremd, kam der Kerl ihm bekannt vor und auch wieder nicht. Schnallentritt gab nicht viel aufs Äußere, jedenfalls nicht bei Männern, aber es war auffallend, wie gut sein Gegenüber gekleidet war. Außerdem machte der Fremde einen überaus selbstsicheren und gelassenen Eindruck, ein Zustand, den er von seinen übrigen Geschäftspartnern und Steigbügelhaltern nicht gewohnt war.

»Habt ihr ihn gefilzt?«

»Von Kopf bis Fuß. Er ist sauber«, meldete Hacki.

»Wer bist du? Haben wir uns schon mal gesehen?«

»Nein, aber auf jeden Fall schon einmal voneinander gehört«, antwortete der Fremde.

Schnallentritt mochte keine Spielchen. »Jetzt sag mir ganz schnell, wer du bist und was du hier willst.«

»Ich bin hier, um Ihnen einen Deal anzubieten«, wiederholte der Besucher.

»Ich mach keine Deals mit dahergelaufenen Kuschelhäschen!«, grunzte Schnallentritt nun sichtlich verärgert, da reichte ihm Hacki ein Blatt, welches er bei der Durchsuchung in der Brieftasche des Fremden gefunden hatte. »Ich glaube, das dürfte interessant sein …«

Schnallentritt überflog kurz das Papier, rümpfte die Nase und erhob sich dann von seinem Stuhl.

»Du bist ja ein richtiger Goldhase, wenn ich der Summe glauben darf, die hier unten für deine Ergreifung steht. Und jetzt weiß ich auch, wo ich dich schon mal gesehen habe. Im Fernsehen, im Fahndungsaufruf der Polizei.«

»Nicht wahr?«, antwortete der Fremde, der nun keiner mehr war.

»Und was soll das für ein Deal sein? Sollen wir dich sicher zur Polizei geleiten und dann die Belohnung kassieren? Oder anders gesprochen: Was willst du uns für einen Deal anbieten, bei dem mehr als eineinhalb Millionen für mich herausspringen, höhöhöhö?«, fragte Schnallentritt amüsiert. Der nicht mehr unbekannte Fremde blieb die Ruhe in Person. Das Risiko, dass Schnallentritt ihn einfach nur der Polizei übergeben würde, um die Belohnung zu kassieren, hatte er scheinbar voll einkalkuliert. Schnallentritts Lachen versiegte allmählich und verwandelte sich in Neugier.

»Natürlich können Sie das tun, Herr Schnallentritt. Mich einfach bei der Polizei abliefern und die Belohnung kassieren.«

Meingold Schnallentritt hing an den Lippen des Kerls. Seine Augen wurden größer. »Ja, und …?«, platzte es ungeduldig aus ihm heraus.

»Aber das wäre nur Geld! Ich kann Ihnen einen Deal anbieten, bei dem Sie etwas viel Besseres bekommen als Geld!«

»Was Besseres als Geld? Was soll das sein?«

»Rache«, hauchte der nicht mehr unbekannte Fremde durch die Lippen.

»Rache?«, hakte Schnallentritt lautstark nach.

»Ja, Rache!«, war die Antwort, nun aber in heimtückischem und herrisch lautem Ton. »Rache für den Schaden an Ihrem Ansehen, der Ihnen zugefügt wurde. Rache für den Verlust einer Ihrer besten Angestellten. Rache für die finanziellen Ausfälle und Aufwendungen, die notwendig waren. Rache an einem Subjekt, das Ihnen übel mitgespielt hat und es auch wieder tun wird. Rache an der Person, die Ihren eigenen Plänen zur Demontage entronnen ist und den Spieß umgedreht hat. Rache an Ihrem schlimmsten Widersacher, an Spekulantius Bösenschreck.«

Schnallentritt war nun ganz bei der Sache, gab sich aber noch gespielt gelangweilt. »Willst du ihn umnieten? Das kann ich auch allein, dafür brauch ich keinen Deal mit dir!«

»Nein, nie im Leben! Wir demontieren ihn, demoralisieren ihn. Wir stellen diesen erfolgreichen Polizeihund aufs Abstellgleis, versetzen sein Leben in Angst und Schrecken und berauben ihn all seines Bisses, seines Erfolgs und seines

Ansehens. Er wird früher oder später in der Gosse landen und sich wahrscheinlich das Leben nehmen. Das ist Rache, süße Rache. Nicht so was Langweiliges wie ihn *umnieten.*«

Schnallentritt war beeindruckt, wenn auch noch nicht endgültig überzeugt. »Und wie willst du das anstellen?«

»Ich habe etwas in der Hand gegen Bösenschreck. Etwas, das ihn komplett aus der Kurve werfen wird.«

»Und das wäre?«

»Das bleibt vorläufig mein Geheimnis. Das ist meine Versicherung, dass Sie sich an unsere Abmachung halten. Falls wir eine Abmachung haben! Haben wir eine?«

Schnallentritt kaute auf der Unterlippe und schaute zu Hacki. Der schien begeistert. Auf jeden Fall fand Schnallentritt die Sache interessant genug, um Hacki nicht sofort mit dem Typen zur Polizei zu schicken.

»Okay, du gibst mir Bösenschreck. Das hab ich verstanden. Aber was willst *du*? Ist Bösenschreck auch das, was du willst, oder was erwartest du von dem Deal? Wofür brauchst du mich?«

»Ich hab keine Leute mehr, sitzen alle im Knast. Es ist mir zwar eine Genugtuung, Bösenschreck untergehen zu lassen, aber was ich brauch, ist Personenschutz. Nicht lange. Nur bis ich jemanden gefunden habe, der mir eine neue Identität liefert, mit der ich mich ins Ausland absetzen kann.«

»Und was macht dich so sicher, dass ich dich am Schluss nicht doch an die Bullen ausliefere?«, fragte Schnallentritt lauernd.

»Weil dann alles platzen wird. Solange Sie nicht wissen, womit man Bösenschreck in Schach halten kann, können Sie die Drohkulisse nicht aufrechterhalten und alles verpufft zu Schall und Rauch!«

»Aha. Und wenn du dich abgesetzt hast, schickst du mir

die entsprechende Information wahrscheinlich aus dem Ausland, was? Oder auch nicht!«

Der nicht mehr unbekannte Fremde lächelte hämisch. »Wir machen das ganz einfach: Sobald ich mich absetzen kann, kaufen wir zwei Flugtickets. Einer Ihrer Vertrauten geht mit mir am Flughafen durch die Sicherheitskontrollen zum Gate. Dann bin ich vor Ihrem Zugriff sicher und Ihr Teil des Deals wäre erfüllt. Ich gebe die Informationen an Ihren Mann ab und mein Teil des Deals wäre erfüllt. Die Sache wäre perfekt und Sie hätten Bösenschreck auf immer in der Hand.«

Schnallentritt wollte gerade die Hand ausstrecken, um einzuschlagen, da zog er sie noch einmal zurück. »Woher weiß ich eigentlich, dass du nicht bluffst und ich hinterher mit leeren Händen dastehe?«

Ein tückisches Grinsen machte sich auf dem Gesicht des nicht mehr unbekannten Fremden breit. »Ich werde Bösenschreck sofort eine Nachricht zukommen lassen. Dann sehen Sie, ob es funktioniert, … falls wir einen Deal haben. Haben wir einen Deal?«

»Wir haben einen Deal!«, antwortete Schnallentritt überzeugt. »Nur eins würde mich noch interessieren: Wie bist du eigentlich auf mich gekommen und vor allem, wie hast du mich gefunden?«

»Nun ja … Ich habe den Namen ›Zuzi‹ auf dem Toilettenkalender eines meiner ehemaligen Mitarbeiter entdeckt. Und da dieser Name schon einmal in Verbindung mit Ihnen und der Geschichte mit der Ratte aufgetreten ist, kam ich schnell zum Schluss, dass Sie der geeignete Geschäftspartner für mich sind. Ein Partner mit genügend Einfluss und Verbindungen, um mir den Rücken freizuhalten bis zu meiner Flucht ins Ausland. Sie dann zu finden, war ein Kinderspiel.

Im Milieu bekommt man jede Information, wenn man nur genügend Bares auf den Tisch legt!«

»Hmm, so, so! Und wie heißt du nun eigentlich wirklich bei all den Namen, die hier auf dem Zettel stehen?«

»Am liebsten wäre es mir, Sie nennen mich ›Pane‹!«, ließ der Pane ihn wissen.

»Pane?«

»Ja, das hat so was aus besseren Zeiten!«

*

Wie so oft in letzter Zeit, riss das Telefon mich aus meinen wirren Träumen. Ich setzte mich schlaftrunken auf und suchte die Leuchtanzeige des Weckers. Es war schon Morgen, falls man das um halb elf noch sagen konnte. Ich hatte das Klingeln des Weckers überhört. Nach einer entmutigenden Diskussion mit dem Staatsanwalt hatte ich beschlossen, dass er mir den Buckel runterrutschen konnte, und mich völlig demotiviert vor den Fernseher gepflanzt. Mein Gefrierschrank hatte noch eine ›Pizza Bello‹ hergegeben und im Büffet war noch die letzte Flasche ›Zymbal Malt‹ gestanden. Gestern noch halb voll, hatte ich entschieden die Meinung vertreten, dass es sich hierbei um zu viel gebundenes Kapital handelte. Heute Morgen jedenfalls war die Flasche leer. Die Rechnung hatte ich stehenden Fußes erhalten: Mir war speiübel und in meinem Kopf pfiffen die höchstfrequenten Töne lautstark eine unerträgliche Marschmusik. Das Telefon tat das Übrige dazu.

»Ja, wer stört …?«

»Börsenschreck, bist du's? Ich bin's, der Dings. Du weißt schon!«

»Rony, was willst du so früh am Morgen. Musst du nicht

arbeiten oder einkaufen oder sonst was, wie jeder andere Normale auch …?«

»Mach den Fernseher an, das musst du sehen!«, unterbrach mich Rony.

Mein Fernsehgerät war noch eingeschaltet. Es war die ganze Nacht durchgelaufen. »Mein Fernseher *ist* an.«

»Kanal drei … Ich hoffe, die wiederholen das noch mal.«

Ich tat, wie von Rony gewünscht. Auf Kanal drei lief gerade eine Kochsendung mit regional-rustikalen Rezepten. Die gute alte Hausmannskost.

»Und weiter? Mir ist schon schlecht!«

»Wart ab! Die unterbrechen sicher gleich für die Werbung.«

Ich warf mich rücklings aufs Bett, den Hörer noch in der Hand und das Kissen auf dem Gesicht. Dieser verdammte Staatsanwalt, dachte ich bei mir. Er hat die Suche nach Schlawinsky alias Magenbitter den Kautionsjägern übergeben, ohne mir Bescheid zu sagen.

›Ich habe den Eindruck, Sie sind mit dem Fall mittlerweile vollkommen überfordert und steigern sich emotional in die Sache rein!‹, war der niederschmetternde Kommentar von Herrn Dr. Theokrat Kläglich gewesen, als ich ihn zur Rede gestellt hatte. Allerdings hatte er ziemlich blöde aus der Wäsche geschaut, nachdem ich ihm mitgeteilt hatte, dass sein Handlanger das Zeitliche gesegnet hatte. Im Beisein des Polizeipräsidenten war es zu einer hitzigen Diskussion über die Ausführung einer sinnvollen und erfolgreichen Ermittlungsarbeit gekommen, über bereits aufgewendete Mittel in diesem Fall, über die Reduzierung der Hundestaffel, die Abschaffung der Stempelkarten und den Fraß, der in der Kantine serviert wurde. Doch nichts davon hatte uns weitergebracht. Ich wurde mit der Anweisung, mich an die Fersen von Geldermann zu heften, aus dem Büro geworfen. Geldermann war wieder auf freien Fuß gesetzt worden und sollte quasi als Köder dienen. Der Staatsanwalt war der festen Überzeugung, dass unser Gesuchter früher oder später bei ihm auftauchen würde, und sei es auch nur, um sich zu rächen.

»Da, das ist es!«, brüllte Rony ins Telefon und ich fuhr hoch. Im Fernsehen lief ein Werbespot: sonnenverwöhnte ländliche Streuobstwiesen, ein plätschernder Bach und ein Dorffest mit volkstümlicher Musik im Hintergrund. Ein stämmiger, in Volkstracht gehüllter Bursche erschien im Bild.

»Alles zünftig! So mögen wir's hier auf dem Land. G´sunde Luft, stramme Mädel und eine zünftige Brotzeit!«

Er hob einen Teller mit dampfenden Brühwürsten in die Kamera. »Gell, Zuzi?«

Zuzi erschien auf der Bildfläche. Sie strahlte über das ganze Gesicht. Ihr Anblick war die reinste Wonne. Die Haare waren zum Zopf geflochten und sie selbst war buchstäblich in ein Trachtenkleid gezwängt, das ihre Rundungen überaus vorteilhaft betonte.

»Ja freilich«, trällerte sie und schwang dabei die Hüften zum Takt der Blasmusik. Dann nahm sie eine der Würste vom Teller, steckte das eine Ende in den Mund und begann, genussvoll das Brät aus der Wursthaut zu schlürfen. Mir fiel die Kinnlade herunter und ich war mir nicht mehr sicher, ob ich versehentlich den Erotikkanal eingeschaltet hatte. Meine Augen klebten an der Mattscheibe. Ich konnte nicht wegsehen.

»Mein lieber Schwan, ist die gut!«, flötete Zuzi, nachdem sie die halbe Wurst verschlungen hatte. Dann legte ihr Vorturner wieder los:

»Ja! Und alles rein natürlich! Das stärkt die Vitalität und stimuliert die Sinne. Die Original Oberländer Naturdarmkracher aus der Metzgerei Weißbrät. Und nur echt mit unserer Original Weißbrät Zuzi auf der Verpackung. Holen auch Sie ein Stück Lebensfreude zu sich nach Hause.« Dabei schaute er frivol auf Zuzis Dekolleté. »Jetzt auch in Ihrem Feinkostfachgeschäft!«

Zuzi spitzte die Lippen und schmatzte einen dicken Kuss in die Kamera, dann war alles vorbei. Ich ordnete meine Sinne.

»Hast du sie gesehen, hast du sie gesehen?«, brüllte Rony aufgeregt ins Telefon.

»Ja, ich hab was gesehen, aber ich bin mir nicht sicher, was!«, antwortete ich verstört.

»Ist sie nicht wunderbar? Meine Zuzi!«

»Ähem, ja. Das kann man so sagen.«

»Ich muss auflegen. Ich muss meinen Videorekorder programmieren!« Dann war nur noch ein Tuten zu hören und ich legte den Hörer zurück auf die Gabel. Ich stellte mir bildlich vor, wie Rony nun den ganzen Tag damit beschäftigt war, die ›Original Oberländer Naturdarmkracher‹ Werbespots mit Zuzi aufzunehmen und im Endloslauf abzuspielen. Er würde sicher Urlaub einreichen und in der nächsten Zeit vom Fernseher nicht mehr loszureißen sein.

Nachdem ich mich von dem aufregenden Werbespot erholt hatte, hatte ich mich dazu entschlossen, die Anfeindungen des Staatsanwalts nicht auf mir sitzen zu lassen und möglichst schnell für Erfolge zu sorgen. Wir hatten zwar die Leiche von Bärentöter, aber das Kriminallabor war mit der Spurenauswertung noch nicht fertig. Also beschloss ich, einen anderen Weg einzuschlagen. Ich ging zum Bahnhof und kaufte mir eine Netzkarte. Dann wählte ich den nächstbesten Zug und durchsuchte die Abteile nach einem kleinen, schlecht rasierten Kerl mit Meckifrisur, garstig und scheinbar unnahbar. An einem Knotenpunkt wechselte ich auf eine andere Linie. Im letzten Waggon fand ich endlich den Gesuchten in der hintersten Ecke. Die Arme verschränkt und in sich zusammengekauert, döste er eingeigelt vor sich hin, wobei er durch das Geruckel der Bahn hin und her geschaukelt wurde: ›Iwahn, der Nuschler‹. Wollte man etwas Spezielles wissen, dann ging man zu ihm. Das hatte allerdings nur Sinn, wenn man ihn verstand. Und man musste ihn finden. Er trieb sich in den Zügen und Bahnen des gesamten regionalen Verkehrsnetzes herum, ähnlich wie ich es in meiner Sturm-und-Drang-Zeit gehalten hatte. Er war der Meinung, hier immer an der Quelle zu sitzen und im Zweifelsfall auch einfach und schnell die Flucht antreten zu können. Ich setzte mich neben ihn.

»He, Iwahn. Wach auf!«

»Hmmm?« Er hob die Brille, lächelte kurz und fiel dann wieder in die ursprüngliche Haltung zurück, die Arme vor der Brust verschränkt.

»Schommischaar! Schuchschu wasch?«

»Hast du unsere Fahndungsaufrufe gesehen? Wir suchen Panetoni Magenbitter oder, besser gesagt, Allesandre Benetrick Schlawinsky. Kennst du den?«

»Habisch vielleischt schon schehört. Weisch nischenau.«

»Vielleicht kennst du ihn unter dem Namen ›Pane‹?«

»Hm, mein Schedäschnisch isch immer nosch löschrisch wie ein Schieb!« Er öffnete die Hand, die mir am nächsten war, und ich schob einen Geldschein hinein.

»Jetscht fällsch mir wieder ein. Scho'n schniesche anscheschochener Auschländer, hm?«

»Kastalonier, um genau zu sein!«

»Oh ja. Ischlaub, den schennich!«

Iwahn der Nuschler öffnete die Hand, die mir am nächsten war, und ich schob einen Geldschein hinein.

»Schön. Und wo find ich den?«

»Mensch, Schommischaar. Die Info isch rischtisch heisch. Dasch will doch im Moment die schansche Schtadt wischen.« Er öffnete wieder die Hand und der nächste Schein, größer als der erste, wechselte den Besitzer.

»Schieh disch mal beim Mädschendatscher um!«

»Mädchendatscher?«, fragte ich irritiert. Ich überlegte. »Meinst du etwa Schnallentritt?«

»Isch hab nischtsch scheschacht!«

»Bist du sicher?«, ich war noch immer ungläubig.

»Habisch schonmal schelochen, Schommischaar? Der Auschländer war vorscheschtern schelbscht bei mir. Kannsch disch drauf verlaschen, meine Ware ischn Preisch wert.«

Ich verließ zufrieden den Zug. Jetzt musste ich nur noch überlegen, wie ich vorgehen sollte, ohne dabei die ganze Meute aufzuscheuchen. Schlawinsky in Begleitung von Schnallentritt zu stellen, war nicht einfach. Ich benötigte eine größer angelegte Polizeiaktion, die gleichzeitig in allen Etablissements von Schnallentritt zuschlagen würde. Alleine konnte ich die Sache nicht durchziehen, also musste ich wohl oder übel zum Staatsanwalt und zum Polizeipräsidenten zwecks Beantragung eines Durchsuchungsbefehls und SEK-Unterstützung. Mein Handy piepste. Während meiner Bahnfahrt hatte jemand versucht, mich zu erreichen, also wählte ich die Nummer meiner Mailbox.

»Piep. Sie haben … eine neue Nachricht. Erste Nachricht.

Hallo, Junge, hier ist die Mama. Oma ist aus dem Krankenhaus zurück. Es geht ihr schon besser, aber der Arzt hat gesagt, sie braucht unbedingt Ruhe und verträgt keinerlei Aufregung. Ja, und da ist dieser feine Herr noch mal da gewesen und er hat wieder ein Brot gekauft. Und er hat sich nach dir erkundigt und ein Päckchen für dich dagelassen, der feine Herr. Er hat gesagt, es wäre sehr wichtig, und dann ist er wieder weggefahren, und ich hab gedacht, ich ruf dich besser sofort an. Meld dich doch bitte.

Ende der Nachricht. Sie haben keine weiteren Nachrichten. Piep.«

*

Heimlich Geldermann war nicht mehr der Kerl, der er einmal gewesen war. Ängstlich und eingeschüchtert schlich er von Hausecke zu Hausecke durch die Straßen und schaute immer wieder zurück, ob ihm vielleicht jemand folgen würde. Man hatte ihn laufen lassen, für einen, wie er fand, sehr hohen Preis. Er hatte Magenbitter verraten und nach seiner Einschätzung kam das einem Todesurteil gleich, denn Magenbitter war immer noch auf freiem Fuß. Er war nicht so einfältig zu glauben, dass Magenbitter den Prozessverlauf nicht verfolgt hätte und es ihm entgangen wäre, dass man ihn auf Bewährung freigelassen hatte. Geldermann erreichte endlich seinen halb demolierten Laden beim Bahnhof. Einschusslöcher aus der Schießerei zwischen Magenbitters Männern und der Polizei zierten die Fassade. Die Fensterscheiben waren gesprungen oder zerbrochen. Der Gehweg vor dem Laden war durch ein Polizeiband abgesperrt. Er hob es an, schlüpfte darunter hindurch und ging zum Eingang. Die Tür war abgeschlossen. Er kramte den Schlüssel aus der Tasche, schloss auf, brach das Polizeisiegel beim Öffnen der Tür und huschte eiligst hinein. Ihm kamen fast die Tränen beim Anblick seines geliebten Pfandhauses, dessen Innenleben sich ihm total zertrümmert darbot. Er fasste sich ein Herz und neuen Mut und ging in den ersten Stock, um einen Koffer mit den wichtigsten Utensilien zu packen, insofern noch etwas heil geblieben war. Er musste verschwinden. Sein Ruf war ohnehin ruiniert. Mit Kollaborateuren machte man keine Geschäfte, wenigstens nicht die potenziellen Kunden, die ihm normalerweise die Ehre gaben.

*

›Sehr geehrter Herr Magenbrot,

bitte erweisen Sie mir und meinen neuen Geschäftspartnern die Ehre, Ihnen als Zeichen unserer Wertschätzung Ihrer Arbeit ein unübertreffliches Angebot unterbreiten zu dürfen. Sie hatten jüngst meine finanziell großzügige Offerte ausgeschlagen. Der Cent ist gefallen, dennoch bieten wir Ihnen als Gegenleistung für die sofortige Einstellung aller Aktivitäten gegen unsere Personen eine Dienstleistung an, die Sie, wie wir sicher sind, nicht ausschlagen können: den Schutz Ihrer Familie vor den unliebsamen und auch gefährlichen Widrigkeiten, die das Leben bieten kann. Heute und in Zukunft. Als kleines Zeichen unserer Aufrichtigkeit haben wir diesem Päckchen ein kleines Geschenk beigefügt, welches Ihrem sicher kurzfristig eingetretenen Unwohlsein entgegenwirken und Ihnen wieder zu neuem Wohlbefinden verhelfen wird.‹

Ich legte den Brief zur Seite und kramte in dem mit Füllpapier ausgestopften Paket. Zum Vorschein kam ein Fläschchen mit der vielsagenden Aufschrift ›Echter kastalonischer Magenbitter‹.

»Junge, geht's dir gut?«, fragte meine Mutter besorgt. »Du wirst ja ganz käsig!«

»Wie? Jaja, … geht schon«, antwortete ich und setzte mich.

»Soll ich dir einen Kaffee machen? Du weißt schon, den starken, schwarzen, der dich frühmorgens immer auf die Beine gebracht hat.«

»Ja, Mutter … , gute Idee …«, sagte ich geistesabwesend und meine Mutter verschwand in der Küche. Ich legte die Stirn auf die Tischplatte und schloss die Augen. Schachmatt!, dachte ich bei mir. Jetzt hatten sie mich paralysiert, es sei denn, ich nahm die Drohung zu lax. Das wäre dann genau so, wie ich auch Zuzi im Blütenblattfall hatte ins Messer laufen lassen müssen, um meinen eigenen Hals zu retten. Und wen, zum Teufel, meinte er mit ›uns‹? Hatte sich Schlawinsky womöglich mit Schnallentritt verbündet? Das wäre schlimmer als von Iwahn dem Nuschler angedeutet. Wieder einmal störte mich mein Diensthandy in meinen geistigen Sphären.

»Kommissar? Hier Knüppler. Heimlich Geldermann ist wieder zu Hause und eben fuhr ein dickes, schwarzes Straßenschlachtschiff vor, aus dem unser gesuchter Schlawinsky und Schnallentritts Jungspund ausgestiegen sind.«

»Schlawinsky *und* Schnallentritt?«, fuhr es aus mir heraus.

»*Hacki* Schnallentritt, nicht der Alte!«

Ich sackte wieder auf meinen Stuhl zurück. Tatsächlich – ein Bündnis von Schlawinsky und Schnallentritt. Damit stand ich praktisch Teufel und Beelzebub auf einmal gegenüber. Mein schlimmster Albtraum. »Und Schnallentritt selbst?«, fragte ich nochmals nach.

»Keine Spur. Vielleicht sitzt er noch im Wagen!«

»Sie halten die Position. Ich bin so schnell wie möglich bei Ihnen!« Ich legte auf und rannte aus dem Haus. Meine Mutter musste den guten Kaffee leider alleine trinken.

*

»Hallo, Heimlich …! Willst du klammheimlich verreisen?«

Heimlich Geldermann gefror das Blut in den Adern, als er die ihm wohlbekannte Stimme hinter sich vernahm.

»Pa-Pa-Panetoni Magenbitter, … mein Gott. Was für eine Überraschung. Wo kommst du denn her?«

Magenbitter hatte sein teuflischstes Grinsen aufgesetzt und ging langsam und schleichend im Zimmer umher, griff nach einer alten Tageszeitung, die auf dem Nachttisch lag, und überflog die Schlagzeile. ›Erneut Falschgeldnoten in brillanter Qualität aufgetaucht – Polizei ratlos!‹ Magenbitter blinzelte Geldermann an und warf dann die Zeitung achtlos auf den Boden. Er rückte einen Stuhl neben die Tür und setzte sich. Das eine Bein locker über das andere geschlagen, die Hände vor dem Bauch gefaltet und seinen alles durchdringenden Blick auf Geldermann gerichtet.

»Du willst abhauen! Du hast ausgepackt, sie haben dich laufen lassen und nun willst du abhauen! Hm?«

»Deine Geschäfte haben mich ruiniert, Magenbitter! Schau dich doch mal um: mein Haus, mein Ruf, mein Beruf. Alles dahin!«

Magenbitter sprang vom Stuhl auf. »Kein Risiko, kein großes Geld. Du wolltest doch in der oberen Liga mitspielen. Nun komm mir nicht damit!«

»Pah!«, war Geldermanns trotzige Antwort. Magenbitter wollte schon seine Stimme erheben, doch er besann sich.

»Hör zu, Heimlich. Ich will's kurz machen. Ich brauche eine deiner brillanten Fertigkeiten. Alle meine Identitäten sind wertlos und stehen auf den Fahndungslisten. Die meiner Mitstreiter ebenso. Ich brauch einen neuen Pass, um damit außer Landes zu kommen. Gib mir eine neue Identität und wir sind quitt!«

Geldermann, der bis dahin eine eher devote Haltung innehatte, erhob sich vorsichtig zu seiner normalen Größe. Ein Hoffnungsschimmer keimte in ihm auf.

»Und du lässt mich fortan in Ruhe und schwörst, mir kein Haar zu krümmen?«

Magenbitter lächelte wieder diabolisch. »Mein Ruf ist ja geradezu furchterregend. Aber ja, ich gebe dir mein Wort drauf. Aber ich brauch ihn jetzt! *Sofort*!«

»Sofort? Wie soll das gehen?«

»Dein Problem! Und in aller Deutlichkeit rate ich dir, dir was einfallen zu lassen und dich zu beeilen!« Magenbitters Augen verengten sich zu bedrohlichen Schlitzen.

Geldermann war eingeschüchtert. Er riss sich zusammen und wollte zur Tür hinaus.

»Wo willst du hin?«

»Komm mit in die Waschküche.«

Magenbitter folgte Geldermann hinunter in den Flur hinter dem zertrümmerten Verkaufsraum und in die Waschküche. Ernüchterung stellte sich in Magenbitter ein, als er vor den vielen Kisten Aríbas stand, die noch immer hier lagerten. Ein Jammer, dachte er sich.

Geldermann ging zu einer Steckdose an der Wand, die sich als reine Attrappe entpuppte. Er klappte sie auf und zog an einer Arretierung, die dahinter verborgen war. Eine der Holzdielen sprang nach oben und gab einen Spalt frei. Geldermann griff hinein und hob die Diele an. Dann fasste er unter die zweite Diele und löste von Hand deren Befestigung, um auch diese anzuheben. Auf die gleiche Weise machte er es noch mit der dritten Diele. Dann war die Öffnung breit genug, um hindurchzusteigen, und Geldermann knipste eine Taschenlampe an. Eine breite Holzstiege führte hinab in ein Versteck unter der Waschküche. Nach der letzten Stufe erreichte man den Lichtschalter des verborgenen Kellers. Nicht einmal Magenbitter wusste bisher um dieses Geheimnis und er war beeindruckt. Es war kein Räumchen, sondern ein weitläufiger Raum, ja, man konnte sagen, ein Saal, der sich hier unten erstreckte. Magenbitter erspähte sofort einige kostbare Raritäten, die an der Wand lehnten. Drei oder vier wertvolle Gemälde, das vorderste unverkennbar ›Die Geburt der Walnuss‹ von Ponticelli, sein Lieblingsbild. Hätte er gewusst, dass Geldermann so einen Schatz beherbergte, er hätte ihn längst erworben. Dann jedoch wurde er skeptisch. Es handelte sich dabei ja möglicherweise nicht um ein Original, sondern um eine Fälschung. Er nahm das Bild in die Hände und versuchte, sich zu vergewissern.

»Ist noch nicht fertig, es fehlt noch die Signatur!«, erklärte Geldermann, der auf einen Wandschrank zuging und die Türen öffnete.

»Hm!« Magenbitter stellte die Leinwand zurück und schritt den begehbaren Teil des Raumes ab, der nicht durch massive Holzkisten und Gestelle, die durch Leintücher verhüllt wurden, blockiert war. Ab und an nahm er erstaunt einen Gegenstand in die Hand, musterte ihn kurz und legte ihn wieder zurück. So zum Beispiel ein gerahmtes Exemplar der Unabhängigkeitserklärung Kastaloniens, den Goldenen Schlüssel des Stadtstaates Zymbalesien oder das einzige Exemplar der geheimen Rezepte von Zuckerbäcker Oblabert Koriander.

»Darf ich das behalten? Hört sich interessant an!«, fragte Magenbitter.

»Wenn's unbedingt sein muss …«

Geldermann kramte in einer Schublade herum und zog dann ein paar Dokumente heraus.

»Wie willst du denn heißen? Wie wär's mit ›Rossi Blutwurz‹ – das würde doch passen.«

Der Pane verzog das Gesicht. »Das hört sich doch so ähnlich an wie Magenbitter. Hast du nicht was anderes?«

»Hm. ›Girgel Hemdling‹?«, Geldermann schaute zu Magenbitter. »Nein. Das ist nicht gut. Das passt nicht zu deiner Aura und deinem Auftreten. Aber hier: ›Frigidius Damentrost‹!«

»Puh!« Magenbitter wandte sich fast angewidert ab. »Was sind denn das für gestelzte Namen. Wenn man so schon nicht auffällt, fliegt man damit mit Sicherheit auf! Für was für Gestalten denkst du dir denn solche Dinger aus?«

»Pah«, reagierte Geldermann beleidigt. »Ich bin schließlich Künstler. Und ein Künstler *signiert* sein Werk. Ich kann einen Ausweis ja wohl schlecht mit Geldermann unterschreiben. Und im Übrigen gibt es genügend ›Gestalten‹, die meine Arbeiten zu schätzen wissen!«

Der Pane nickte gelangweilt und hielt Geldermann an fortzufahren. Der zückte das nächste Rohdokument und begann zuversichtlich zu strahlen. »Wie wär's denn dann mit ›Hasenpfeffer? Wandelin Hasenpfeffer‹? Das hört sich doch nett an, oder?«

»Hm, na gut. Wenn du nichts Besseres hast!«

»Nicht in der kurzen Zeit. Ist im Prinzip auch schon fast fertig. Fehlt eigentlich nur noch das Foto.«

Geldermann ging zum Tisch und zog das darüber befindliche Leintuch herunter, welches eine verborgene Kamera preisgab. Dann schob er eine Art Leinwand hinter den Stuhl, der vor dem Tisch stand, und wies Magenbitter an, Platz zu nehmen. Geldermann postierte sich hinter die Kamera, stellte den Sucher ein und das Objektiv scharf.

»Am besten, wir nehmen einen neuen Film. Ich hab keine Ahnung, was auf dem alten noch alles drauf ist.«

Heimlich Geldermann spulte den eingelegten Film zurück,

öffnete das Gehäuse und wechselte die Filmkapsel, wobei er die aus der Kamera in die Hosentasche steckte.

»So, jetzt noch mal von vorn, … bitte in die Kamera schauen …!« Klick. »Hm …«

»Moment noch …«, unterbrach Magenbitter. »Sollten wir nicht auch mein Äußeres etwas verändern?«

»Gute Idee«, antwortete Geldermann und begann, in dem Wandschrank neben dem Treppenaufgang zu stöbern. Zum Vorschein kamen ein falscher Vollbart inklusive Augenbrauen und Toupet. Er ging zu Magenbitter und rieb ihm sein Gesicht, seine Brauen und seinen Haaransatz auf Stirn, Schläfen und Nacken mit einer klebrigen Paste ein.

»Puh, was ist denn das?«, japste Magenbitter.

»Stärkekleber. Ich kann's auch mit Spucke versuchen, wenn dir das lieber ist!«

Geldermann presste Magenbitter die falschen Haare ins Gesicht und auf den Kopf. Dann kämmte er die abstehenden Fransen nach hinten und machte alsbald einen zufriedenen Eindruck. Er ging wieder zur Kamera und fokussierte sein Motiv.

»Mann, das juckt ja wie die Pest. Was sind denn das für billige Haarimitate?«, kratzte sich Magenbitter eifrig an der Wange.

»Von wegen billig! Das ist echtes Kamelhaar. Ich hätte noch Hermelin oder Wüstenfuchs, wenn du das vorziehst, passt aber nicht so gut zu deinem Teint, finde ich!«

»Lass gut sein. Mach voran, damit wir weiterkommen!«

»Gut, dann hör auf zu wackeln. Bitte recht freundlich!« Klick.

*

»Wie sieht's aus?«

»Unser Gesuchter ist schon seit einer Stunde bei Geldermann drin. Der junge Schnallentritt steht seither vor der Tür neben dem Wagen Schmiere«, antwortete Knüppler. »Ich bin jetzt kurz vorm Sprung. Wir müssen was unternehmen, sonst geht er uns durch die Lappen!«

»Geben Sie mir mal Ihr Fernglas.«

Tatsächlich. Hacki stand neben der Eingangstür von Geldermanns Laden und beobachtete die Straße auf- und abwärts. Im Auto war alles ruhig, allerdings konnte man nicht viel erkennen, denn die Scheiben waren getönt. Ansonsten war nichts Verdächtiges zu beobachten. Keine unscheinbaren oder suspekten Individuen, keine weiteren Fahrzeuge in der Nähe.

»Für ein SEK-Team ist es zu spät. Aber mit den beiden werden wir schon fertig!«, protzte Knüppler kampflustig, zog die Waffe aus dem Holster und lud durch.

»Langsam!«, wehrte ich ab. »Wir wissen nicht, wie viele vielleicht noch im Wagen sitzen.«

»Aber wenn wir nichts unternehmen, dann hauen die ab. Wir haben schon viel zu viel Zeit verstreichen lassen!«

»*Ruhe!* Es tut sich was!«

»Und?«

»Hacki geht rein …«

*

»Wo seid ihr?«, rief Hacki in die Waschküche hinein, aus deren Tiefe er ein paar Geräusche vernehmen konnte.

»Hier unten!«, schallte es zurück. Hacki schob den Vorhang vom Verkaufsraum beiseite, ging in die Waschküche und fand schließlich die Stiege hinunter in den Keller. Zur Vorsicht behielt er die Pistole im Anschlag. Als er den Pane sah, konnte er sich ein Grinsen nicht verkneifen. »Um Jahre gealtert. Was das Leben so aus einem macht, wenn man wie ein Karnickel auf der Flucht ist …«

»Steck das Ding weg! Das brauchst du hier nicht«, antwortete der Pane.

»Hier unten vielleicht nicht, aber draußen. Es riecht förmlich nach Bullen. Braucht ihr noch lange?«

Der Pane war die Ruhe selbst. »So? Die Bullen sind draußen? Na, dafür hätte ich sogar meine Hand ins Feuer gelegt, denn sicher wird unser Freund hier seit seiner Entlassung überwacht. Ist es nicht so, Heimlich?«

Geldermann erschrak. Seine Hände begannen zu zittern, und das mitten in seiner filigranen Arbeit. »Du hast mich nicht danach gefragt«, verteidigte er sich ängstlich.

Hacki stürmte auf ihn los und brüllte ihn barsch an. »Muss man danach vielleicht fragen, du verdammter Brillenbär? Ich hack dir gleich dein Nasenfahrrad in die Fresse!«

Der Pane hielt Hacki zurück. »Beruhige dich. Kein Grund zur Aufregung!«

»Was? Kein Grund zur Aufregung? Wir sitzen doch hier wie die Karnickel in der Falle!«, grunzte Hacki aufgeregt.

»Das hab ich einkalkuliert. Jetzt werden wir erfahren, ob unsere Drohkulisse hält, was ich mir davon verspreche. Die Bullen werden nichts unternehmen!«

Hacki senkte die Faust und schaute den Pane ungläubig an. »Und wenn doch?«

»Risiko gehört zum Geschäft. Bleib ruhig. Es wird schon schiefgehen!« Der Pane hatte wieder sein diabolisches Grinsen aufgesetzt, welches so einzigartig war, dass ihn damit jeder erkennen würde, trotz seiner Verkleidung.

*

»Wir gehen da jetzt rein und nehmen die Gangster fest, Kommissar. Wie sind Sie denn auf einmal drauf. Ich erkenn Sie ja fast nicht wieder!«, tobte Wachtmeister Baldrian Knüppler aufgebracht.

»Sie tun, was ich Ihnen sage! Ich bin immer noch Ihr Vorgesetzter. Wenn das in die Hose geht, dann reißt uns der Polizeipräsident den Kopf ab und wir können in Zukunft Streife laufen! Wollen Sie das?«

Die Frage war rein rhetorisch gemeint, doch Knüppler gab noch immer nicht nach. Mein Ton wurde schärfer. »Wir rufen ein SEK-Team zur Verstärkung!«

»Das Team ist doch im Leben nicht mehr rechtzeitig hier! Kommissar, die sind nur zu zweit! Die schaffen wir! Warum, um alles in der Welt, wollen Sie nicht eingreifen?«

Genau darum ging es: Um alles in der Welt wollte ich nicht eingreifen. Das ›Warum‹ konnte ich Knüppler natürlich nicht kundtun. Ich musste sogar verhindern, dass andere eingriffen, und versuchte deshalb, Knüppler irgendwie hinzuhalten. Ich hoffte inständig, dass das SEK-Team tatsächlich zu spät kommen würde und Schlawinsky und Schnallentritt bis dahin das Weite gesucht hätten. Ich fühlte mich elend, geradezu erbärmlich und bemühte mich, mir dies nicht anmerken zu lassen. Knüppler war außer sich.

»Kommen Sie runter, Wachtmeister!«, ranzte ich ihn gebieterisch an, »mir ist bekannt, dass Sie der Typ Kerl sind, der sich gerne in gefährliche Selbstmordkommandos stürzt. Aber zum letzten Mal: Wir warten auf Verstärkung!«

*

»Davongefahren? Einfach so? Und Sie haben nichts unternommen?«, brüllte mir der Polizeipräsident am nächsten

Morgen ins Gesicht. Der Staatsanwalt Dr. Theokrat Kläglich stand erbost und mit verschränkten Armen an der Tür, Wachtmeister Knüppler eingeschüchtert daneben. Ich saß kleinlaut auf dem Stuhl vor dem Schreibtisch meines Chefs. »Wir haben auf Verstärkung gewartet …«

Der Polizeipräsident raufte sich wieder einmal die Haare. Seine Lockenpracht hatte in letzter Zeit schon merklich nachgelassen, weshalb er sich das Haupt hatte kurz scheren lassen. »Ich fasse es nicht! Das Karnickel schon in der Falle und doch wieder entkommen lassen.«

»Wir wissen immerhin, dass er bei Schnallentritt untergekommen ist«, versuchte Knüppler, die Situation zu entschärfen.

Der Staatsanwalt spöttelte. »Ja, aber der Schweinekerl hat mehr Schlupflöcher als ein Piroler Käse. Wenn wir nicht wissen, wo unser Freund untergetaucht ist, finden wir ihn nie!«

»Vielleicht kann uns Geldermann weiterhelfen«, überlegte der Polizeipräsident.

Ich schaute auf. »Ich kümmer' mich drum. Ich kann ihn sofort vernehmen. Er sitzt drüben im Verhörzimmer.«

»Sie …!«, und dabei zeigte der Staatsanwalt Dr. Kläglich vorwurfsvoll auf mich. »… Sie kümmern sich erst mal um sich selbst! Sie warten draußen! Geldermann verhör' ich alleine!«

Ich schaute Dr. Kläglich verbissen an, doch er und der Polizeipräsident standen wie zwei Mahnmale vor mir und gaben mir eindeutig zu verstehen, wo mein Platz war. Knüppler und ich verließen das Büro und ich setzte mich auf einen der Stühle neben dem Kaffeeautomaten. Knüppler verharrte hinter mir.

»Es tut mir leid, Kommissar. Aber was sollte das eigentlich gestern Abend? Was war denn bloß mit Ihnen los?«

Ich erhob mich und versuchte mein Glück an einem Kaffee schwarz, ohne Zucker. »Haben Sie vielleicht mal einen Groschen?«, fragte ich, ohne mich umzudrehen.

Wachtmeister Knüppler kramte in seiner Hosentasche und streckte mir ein Geldstück entgegen. Ich nahm es kommentarlos, ohne mich zu bedanken, steckte es zusammen mit zwei weiteren Münzen in den Schlitz des Automaten und wartete auf den Kaffee, der langsam in den Plastikbecher darunter tröpfelte. Knüppler stand immer noch da, in Erwartung einer Antwort. »Kommissar …?«

»Ach so, danke!«

Knüppler wandte sich um und ging den Gang hinüber zum Treppenhaus, öffnete die Tür und war verschwunden. Ich setzte mich wieder auf den Stuhl und nippte abwesend an der dünnen Brühe in meinem Becher. Aus den Augenwinkeln konnte ich abwechselnd den Staatsanwalt und den Polizeipräsidenten durchs Büro laufen sehen. Ihre Hände emporgereckt, wild gestikulierend, dann wieder mit der Faust auf den Schreibtisch einprügelnd, mit Akten und Papieren fuchtelnd, weit aufgerissene Mäuler, aus denen sich laute Wortfetzen wie ›Hasenfuß‹, ›Schoßhund‹ und ›Schlappschwanz‹ ergossen. Kurz gesagt, die Umstände ließen mich nichts Gutes erahnen. Dann schwang die Tür auf und knallte gegen die Wand. Der Staatsanwalt schoss an mir vorbei und würdigte mich keines Blickes.

»Kommen Sie rein!«, schallte es aus dem Büro des Polizeipräsidenten. Ich raffte mich auf und ging hinein.

»Machen Sie die Tür zu und setzen Sie sich!«

Ich tat wie mir geheißen und wartete auf das, was da wohl kommen mochte. Der Polizeipräsident setzte sich mir gegenüber und zündete sich eine Zigarre an, eine Aríba, aber das war jetzt nicht mehr von Bedeutung.

»Wissen Sie, wie der Staatsanwalt Sie genannt hat?«

»Nun, ich hab da ein paar Kraftausdrücke gehört, nicht sehr schmeichelhaft!«, gab ich zu.

»›Bösenliebchen‹. Er hat Sie ›Bösenliebchen‹ genannt!«

Ich musste lächeln. »Wie? Das ist ja kläglich.«

»Sie sind vom Dienst suspendiert. Der Staatsanwalt traut Ihnen nicht mehr. Er hat gesagt: ›Sie schicken mir dieses ›Bösenliebchen‹ nach Haus. Bis auf Weiteres!‹«

Mir fehlten die Worte. »Das kann nicht Ihr Ernst …«

»Es wird ein Ermittlungsverfahren gegen Sie eingeleitet, sobald der Fall abgeschlossen ist. Legen Sie Ihre Waffe und Ihren Dienstausweis auf den Tisch. Das wär's erst mal!«

*

»Herr Wandelin Hasenpfeffer?«

»Richtig. Einmal Kastalonien einfach. Erster Klasse.«

»Haben Sie Gepäck dabei?«, fragte die Dame am Check-in höflich.

»Einen Koffer und Handgepäck – eine Tasche«, antwortete der Pane.

»Zahlen Sie mit Karte?«

»Nein, bar!«

Die Dame schaute auf.

»Wenn's beliebt?«

»Na ja, kein Problem. Nur ungewöhnlich«, entgegnete sie erstaunt.

»Gegen Bargeld habe ich noch nie was gehabt! War schon eine Lebensweisheit meines Vaters. Hahaha«, reagierte der Pane freundlich und charmant.

»Na schön. Macht 565 inklusive Steuer.«

Während die Dame die Geldnoten nachzählte, trat

Hacki von hinten an den Pane heran. »Ist das nicht etwas frech?«

»Ach, i wo!«

»Schön, Herr Hasenpfeffer. Flug KA 554 um 10.45 Uhr. Boarding in einer Stunde, Gate 159. Bitte direkt hier vorne in den Sicherheitsbereich.«

Der Pane nahm das Ticket und trat vom Schalter zurück.

»Bitte ebenfalls nach Kastalonien. Einfach«, sagte Hacki.

»Oh, reisen Sie zusammen? Möchten Sie nebeneinander sitzen?«, fragte die Dame.

»Gerne!« Hacki lächelte den Pane ironisch an.

»Herr Hackmut Schnallentritt. Und wie bezahlen Sie?«

»Mit Karte! Kastalonien Express.« Die Dame schien amüsiert und erleichtert. »Haben Sie kein Gepäck dabei?«

»Nein. Ist nur ein Kurztrip!«

»Okay, Herr Schnallentritt. Flug KA 554 um 10.45 Uhr. Boarding in einer Stunde, Gate 159. Bitte ebenfalls hier vorne durch den Sicherheitsbereich. Guten Flug!«

Hacki und der Pane gingen zur Pass- und Sicherheitskontrolle. Da die Beamten offensichtlich jemanden suchten, dauerte der ganze Vorgang erheblich länger als üblich. Als sie an der Reihe waren, kamen sie allerdings unbehelligt hindurch. Geldermann hatte vortreffliche Arbeit geleistet. Dennoch war das Boarding schon fast abgeschlossen, als sie das Gate erreichten. Über die Lautsprecher wurden Herr Wandelin Hasenpfeffer und Herr Hackmut Schnallentritt ausgerufen, mit der Bitte, sich umgehend zu Gate 159 zu begeben. Hacki hielt den Pane an der Schulter fest, der gerade im Begriff war, der Stewardess seinen Boarding-Pass zu übergeben.

»Moment. Ich glaube, du schuldest uns noch was!«

Der Pane drehte sich um und lächelte, wobei er Hacki ein

Kuvert übergab, in dem sich eine Kopie seines Drohbriefs an Bösenschreck und der Name dessen Eltern befanden.

»Hier ist alles, was Ihr braucht. Viel Erfolg!«

Hacki nahm den Umschlag entgegen und riss ihn auf. Als er den darin enthaltenen Zettel las, begann auch er, zufrieden zu grinsen.

»Guten Flug!« Er machte kehrt und begab sich schnurstracks zurück zum Ausgang.

*

»Challo, Mostery Beerenteeder!«, rief die Rezeptionistin durch die Empfangshalle vom ›Kastaloniens‹, dem besten Hotel am Platz: fünf Sterne, das billigste Appartement für 250 die Nacht.

»Ke?«

»Komorra istereo Telefaxo.«

Killian Bärentöter stand die pure Überraschung ins Gesicht geschrieben. Wer sollte ihm hierher ein Fax schicken, noch dazu, da praktisch keiner wusste, dass er hier war. Er ging zu der Dame an die Rezeption und nahm die Nachricht entgegen.

»Prizzy.«

»Dakiri …«

›Killian Bärentöter, Rückruf dringend erforderlich. Es geht um Ihren Bruder. K.‹

»Hoppla!«, entfuhr es Bärentöter, als er die einzige Zeile der Nachricht las. Das klang nicht berauschend. Vor allem nicht bei diesem Absender.

»Istereo Telefonico international?«, fragte er die Rezeptionistin in mittlerweile fast akzentfreiem Kastalonisch.

»Ke. Istereo karabineri uno y passata lingui. Prizzy

startero nommery nadi-nadi-uno, do nommery international.«

»Dakiri.«

Bärentöter ging zur Telefonkabine eins und wählte Null-Null-Eins, um eine Freileitung für internationale Gespräche zu bekommen. Dann folgte die Ländervorwahl und eine Geschäftsnummer, die er auswendig wusste. Fast unmittelbar, nachdem die Verbindung aufgebaut worden war, wurde am anderen Ende der Leitung abgenommen.

»Hier Kläglich, Staatsanwaltschaft!«

»Hier Bärentöter. Ich höre!«

Das Aufatmen von Dr. Theokrat Kläglich über den Rückruf von Killian Bärentöter war deutlich zu hören. »Gott sei Dank rufen Sie zurück. Ich versuche schon die ganze Zeit, Sie zu erreichen!«

»Ich hab das Telefon aus. Absichtlich. Ich bin im Urlaub! Was ist mit meinem Bruder?«

Kläglich schluckte zweimal. Dann fuhr er in gedämpftem Tonfall fort.

»Er ist tot!«

Bärentöter fiel fast der Hörer aus der Hand. »*Wie bitte?*«

»Er ist tot. Ermordet!«

Killian stammelte ein paar unverständliche Silben. Dann wurde er laut. »Was, wieso? *Wer?*«

»Brüllen Sie nicht so ins Telefon. Er hatte einen Auftrag zu erledigen, für mich. Die Zielperson hat ihn getötet«, antwortete Kläglich.

»Den mach ich alle! Wer war es?«, wollte Bärentöter aufgebracht wissen, doch der Staatsanwalt wiegelte ab.

»Genau die Reaktion habe ich von Ihnen erwartet. Hören Sie zu. Auf die Zielperson ist eine Kaution von eineinhalb Millionen ausgesetzt! *Lebend!* Haben Sie mich verstanden?«

»Eins Komma fünf Mille?«

»So ist es. Übernehmen Sie den Auftrag und bringen Sie mir die Zielperson lebend, das wäre das beste Andenken an Ihren Bruder!«

Bärentöter wog ab.

»Hmm.«

»Hören Sie zu, Bärentöter. Wenn Sie die Zielperson töten, dann stehen Sie selbst auf der Fahndungsliste. Und wofür? Für eine Rache, die keinem mehr etwas nützt, auch nicht Ihrem Bruder. Eine lebenslange Flucht nur für einen kurzen Moment der Befriedigung? Soll es das sein? Wären da nicht eineinhalb Millionen eine viel größere und vor allem längere Genugtuung, und das, ohne sich andauernd vor der Polizei verstecken zu müssen?«

Die Argumente des Staatsanwalts waren schlüssig. Bärentöters erster Zorn verrauchte und machte der inneren Vernunft Platz, der Vernunft und einem anderen beherrschenden Gefühl: der Geldgier. Eineinhalb Millionen waren immerhin ein ordentlicher Batzen, selbst für einen so erfolgreichen Kopfgeldjäger wie Killian Bärentöter.

»Sie können recht überzeugend sein, Herr Dr. Kläglich. Sie haben recht. Ich bin einverstanden. Wo finde ich die Zielperson und wie heißt sie?«

»Der Gesuchte ist auf dem Weg nach Kastalonien. Er ist uns um Haaresbreite entwischt und wird mit Flug KA-554 in knapp zwei Stunden auf kastalonischem Boden landen.«

Bärentöter blieb stumm, was den Herrn Staatsanwalt sichtlich irritierte.

»Bärentöter? Sind Sie noch dran? Haben Sie mich verstanden?«

»Ja. Wie heißt er?«, antwortete Killian Bärentöter mit einem unheimlichen Tremolo in der Stimme. Die Jagdlust stieg in ihm hoch.

»Bärentöter …«, forschte der Staatsanwalt unsicher, »… kann ich mich auf Sie verlassen? Sie bringen mir den Gesuchten lebend?«

Bärentöter ertappte sich selbst dabei, wie leichte Rachegelüste in seinem Unterbewusstsein rumorten. Er schob sie beiseite und gab sich wieder normal.

»Äh, ja, sicher. Ich gebe Ihnen mein Wort!«

»Sie geben mir Ihr Wort …?«

»Ich gebe Ihnen mein Wort. Habe ich auch das Ihre, dass ich tatsächlich eineinhalb Millionen für den Kerl bekomme, wenn ich ihn heil abliefere?«

»In bar, wenn Sie darauf bestehen!«

»Bargeld habe ich noch nie verschmäht!«, teilte ihm Bärentöter freudig mit. »Also, wir sind uns einig! Wer ist der Gesuchte?«

»Gehen Sie online. Ich schicke Ihnen eine E-Mail mit den Personalien und einem Bild des Gesuchten. Besser gesagt, mit *den* Bildern. Er hat sich einen neuen Pass ausstellen lassen und ist verkleidet. Ich bin nicht sicher, ob er vor dem Check-out vielleicht wieder eine andere Identität annehmen wird. Rufen Sie mich an, sobald Sie den Kerl erwischt haben, ich kümmere mich dann um den Transport!«

Killian Bärentöter hängte den Hörer zurück in die Gabel, ging zum Fahrstuhl und zurück auf sein Zimmer. Er hatte selbstverständlich das Penthouse des Hotels gebucht, in dem normalerweise Präsidenten, Sternchen und Stars abstiegen. Die Zeit drängte. Sein Urlaub war wohl vorbei, denn aus dem eigentlich geplanten sonnigen Strandtag würde sicher nichts mehr werden – vorerst wenigstens.

*

»Mostery Valensin Blume?«

»Ke!«

»… Primo stationi y Kastalon.«

»Dakiri.«

Valensin Blume, der er aber nicht war, sondern Wandelin Hasenpfeffer, wollte man seiner jüngsten Identität Glauben schenken, oder vielleicht doch eher Panetoni Magenbitter, besser gesagt, Allesandre Benetrick Schlawinsky, ging ruhigen Schrittes durch die Zoll- und Passkontrolle und in Richtung Flughafenausgang. Ein ungutes Gefühl in der Magengegend, dass seine neueste Identität als Wandelin Hasenpfeffer nebst Verkleidung ihm keinen Schutz mehr böte, hatte ihn unmittelbar nach dem Aussteigen aus dem Flugzeug auf der Toilette verschwinden und seine Maskerade beenden lassen. Wenn die Polizei Geldermann wieder einkassiert hatte, würde ihm sein neuer Pass nebst Foto sicher keinen wirkungsvollen Schutz mehr bieten. Geldermann hätte erneut ausgepackt. Er hatte sich des falschen Bartes und des Toupets entledigt, deren Juckreiz während des Fluges ihn schon fast wahnsinnig gemacht hatte, und beides in den vorhandenen Papierkorb gestopft. Sein neuer Pass war nun nutzlos, das enthaltene Bild hatte keine Ähnlichkeit mehr mit seinem Äußeren. Stattdessen hatte er sich die Frisur zurechtgeschniegelt und ein kleines schwarzes Schnurr- und Kinnbärtchen im Gesicht fixiert, genauso, wie Blume es zu tragen pflegte, um sich dessen Alias' zu bedienen. Er hatte den Funken einer Hoffnung, dass Valensin Blume nicht zur internationalen Fahndung ausgeschrieben war. Blumes Deckname war schließlich nicht allgemein bekannt gewesen. Und es hatte geklappt. Zusammen mit dem Pulk Fluggäste verließ er den Sicherheitsbereich und erreichte die Ankunftshalle. Wahre Massen warteten dort schon ungeduldig auf die Angekommenen. Familienmitglieder, die sich freudig in die Arme fielen, Hotelpagen oder Firmenabgesandte mit Namensschildern vor der Brust, wie ›Mostery Mostrich‹ oder ›Chotel Kastaloniens‹ oder ›Firmo Infernal‹. Niemand wartete auf ihn – Gott sei Dank.

Killian Bärentöter stand, wie zig andere Personen, in der Ankunftshalle des Flughafens. Die eben eingetroffenen Fluggäste von Flug KA-554 strömten nach und nach aus dem Sicherheitsbereich heraus. Er hatte sich einige Meter weiter hinten postiert, um einen möglichst guten Überblick über die Reisenden zu haben. Bei Personen, die erwartet wurden, musste er nicht die gesuchte Zielperson vermuten. Er verglich die Gesichter der Passanten mit den zwei Fahndungsfotos aus der E-Mail von Dr. Kläglich, die er in einer aufgeklappten Zeitung verborgen hielt. Bisher war alles Fehlanzeige. Er wurde etwas ungeduldig, doch es rückten immer noch Reisende aus dem Sicherheitsbereich nach.

Schlawinsky schlängelte sich durch die Wartenden und Ankommenden hindurch und rempelte versehentlich einem Mann, der etwas abseits stand, gegen die Zeitung, in die dieser gerade vertieft war.

»Pyradoni.«

Der Fremde schaute genervt auf und nickte mit dem Kopf. Schlawinsky glaubte, ein Gespenst zu sehen. Der Fremde glich dem Kerl, der ihn vor Kurzem zu überwältigen versucht hatte, fast aufs Haar. War das Zufall? Daran glaubte Schlawinsky nicht. Noch nie hatte ihn ein solch abgrundtiefer Schauder durchfahren wie in diesem Moment. Es war das beängstigende Gefühl von Hilflosigkeit, mit seinem Schicksal konfrontiert zu werden und alle Chancen auf Entrinnen bereits verspielt zu haben. Eigentlich sollte er sich so unauffällig wie möglich benehmen, doch sein Blick kam von dem Fremden nicht mehr los, der ihn nun misstrauisch fixierte. Er raffte sich auf, machte ein paar stolpernde Schritte rückwärts und suchte verzweifelt nach einem Taxischild.

Wieso gafft mich der Kerl so blöde an?, dachte Bärentöter bei sich. Er überprüfte seine Fahndungsfotos. Man könnte eine Ähnlichkeit zu dem einen Bild ohne Vollbart vermuten. Killian Bärentöter stierte dem Fremden in die Augen und bemerkte die elementare Angst seines Gegenübers, die sich darin widerspiegelte. Angst? Wovor? Sie hatten sich doch noch nie gesehen. Bärentöters Instinkt erwachte und sein Misstrauen wuchs. Der Fremde benahm sich äußerst merkwürdig. Das Gesicht kreidebleich und Schweiß auf der Stirn, beeilte er sich mehr stolpernd als gehend, so schnell wie möglich das Weite zu suchen. Killian Bärentöter warf einen zweiten Blick auf das eine Fahndungsfoto, welches mit Allesandre Benetrick Schlawinsky alias Panetoni Magenbitter alias Maxim Tannenmann untertitelt war. Dann klappte er die Zeitung zusammen und folgte dem Fremden in sicherem Abstand.

Schlawinsky hatte mittlerweile den Taxistand erreicht. Mehrere Fahrzeuge standen hintereinander am Straßenrand geparkt, allerdings waren nicht alle mit einem Fahrer besetzt. Er wandte sich an den Erstbesten, der neben seinem Auto wartete.

»Istereo libero?«

»Ke.«

Der Taxifahrer nahm sich seines Koffers an, öffnete ihm die Autotür und ließ ihn auf dem Rücksitz Platz nehmen, um dann höflich die Tür wieder zu schließen. Schlawinsky wähnte sich in Sicherheit. Der Taxifahrer ging zum Kofferraum und öffnete den Deckel, um darin das Gepäck seines Fahrgastes zu verstauen. Er bemerkte noch, wie jemand von hinten an ihn herantrat, dann spürte er einen kurzen Stich am Hals und verlor das Bewusstsein.

Der Taxifahrer sackte unmittelbar zusammen, als Bärentöter ihm die Spritze ›Dormicum forte‹ injizierte. Das Mittel wurde normalerweise in Betäubungspatronen für die Großwildjagd eingesetzt und hätte sogar einen Elefanten in wenigen Sekunden aus den Latschen gehauen. Das war Killians Stil. Er ging auf Nummer sicher und überließ nichts dem Zufall, was er ausschließen konnte. Bärentöter rollte den Fahrer in den Kofferraum und schloss den Deckel. Der Fahrgast hatte nichts bemerkt. Bärentöter ging zur Fahrertür und lud seine Waffe durch. Dann öffnete er die Tür und stieg ein.

»›Routa Sekreta‹, nommery trizzy, prizzy!«, ließ der Fahrgast das gewünschte Reiseziel verlauten. Bärentöter drehte sich nach hinten um und hielt die Waffe im Anschlag, direkt auf die Person auf dem Rücksitz gerichtet.

»Wie? … *Ahhh!* …«, war alles, was Schlawinsky noch von sich geben konnte. Es wurde ihm gerade noch bewusst, dass es nicht der Taxifahrer war, der da eben eingestiegen war, sondern das ›Gespenst‹ aus der Ankunftshalle des Flughafens. Dann entlud sich die Waffe des Fremden und er spürte einen stechenden Schmerz in der Seite – nur kurz. Danach war alles vorbei.

Schlawinsky wurde gerade noch bewusst, dass es nicht der Taxifahrer war, der da eben eingestiegen war.

KAPITEL 7

Epilog

»Maestro, ich bin wirklich überwältigt von der Ausdruckskraft Ihrer Werke!«

»Und ich erst! Vor allem diese Müll-Inszenierung als moderne Interpretation des ›Füllhorns‹ hat mich überhaupt nicht mehr losgelassen. Es ist so alltäglich, so elementar, so essenziell. Man möchte sich am liebsten dazu setzen. Sagen Sie, kann ich Ihnen nicht einmal Modell stehen?«

Der Maestro setzte ein geschmeicheltes, spitzes Grinsen auf und glättete sich mit dem Mittelfinger die Augenbraue. Das tat er immer, wenn man ihn hofierte oder er sich produzierte. Es war eine seiner vielen kleinen und unverkennbaren Marotten. Dann sah er plötzlich auf.

»Oh, entschuldigen Sie mich bitte, meine Damen, ich möchte jetzt unbedingt Barbarella begrüßen, die da eben hereingeschneit kommt.«

Der Maestro hob die Arme und ging schwungvoll auf Barbarella zu, die gerade an der Garderobe ihren Mantel abgab.

»Barbarella, meine Liebe …«

»Dandi, … schön, dass wir uns endlich wiedersehen!«

Der Maestro nahm sie in die Arme und herzte sie. »Küsschen, Küsschen …«

Er trat einen Schritt zurück, legte die Hand auf die Brust und musterte Barbarella liebevoll. »Gott, schaust du gut aus, Liebes! Du musst mich unbedingt mit deinem Friseur bekannt machen. Meiner hat sich zur Ruhe gesetzt und ich hab noch keinen adäquaten Ersatz gefunden.«

Jetzt erst nahm der Maestro von der Person Notiz, die Barbarella begleitete – von mir. »Na, wen hast du uns denn da mitgebracht, Barbarella, Liebes?«

»Dandi, darf ich dir meinen geliebten Ehemann Spekulantius vorstellen?«

»Deinen Ehemann? Hast du es geschafft? Gott, Liebes, wie ich dich beneide. Lass dich drücken.«

Er riss sich von Barbarella los und legte mir eine Hand auf die Schulter. Die andere streckte er mir zur Begrüßung entgegen, worauf ein butterweicher Händedruck folgte. Mir wurde ganz warm ums Herz.

»Dandi Dotter, freut mich. Sie sind ein Glückspilz, mein Freund. Für Barbarella hätte ich mir schon beinahe überlegt, meine Vorsätze und Vorlieben über Bord zu werfen!«

Dabei grinste er Barbarella an. »Ich hab immer noch nicht den richtigen Kerl gefunden. Na, egal. Kommt mit …«

Dandi ging voraus und führte uns fast tänzelnd durch die Galerie, in der er seine Ausstellung von abstrakten Kunstwerken, Gebilde aus Stein, Holz, Metall und schlichtweg Schrott, präsentierte.

»Sei vorsichtig! Dandi ist schwul!«, tuschelte Barbarella zu mir herüber.

»Ach was, wirklich? Das ist doch für jeden unverkennbar!«, antwortete ich.

»So? Na ja. Tatsächlich sind wir uns alle nicht wirklich sicher, ob Dandi vielleicht ein bisschen übertreibt. Für sein Künstlerimage! Dandi behauptet steif und fest, dass die Homosexuellen emotionaler und damit die besseren Künstler sind. In Wirklichkeit heißt er nicht Dandi Dotter, sondern Steinmetz, Ganter Steinmetz. Ganz unspektakulär.«

»Aha.«

Beim Gang durch die Galerie kam ich zum Schluss, dass ich

Dandis Theorie mit den besseren Künstlern nicht unbedingt untermauern wollte. Ich konnte so gar nichts mit den Werken anfangen. In der Mitte des Saals stand ein großer Holztisch, gedeckt mit Blechtellern, auf die allerlei Abfall aus einer zerbeulten Mülltonne zuzufliegen schien. Die Gegenstände waren dabei an mehreren gebogenen Metallschienen befestigt, die von der Tonne bis zu den Tellern reichten. Ein anderes Kunstwerk mit dem Namen ›Tod eines Schwertschluckers‹ zeigte einen kopfgroßen Holzblock, aus dem ansatzweise ein Gesicht herausgeschnitzt war, in dessen angedeutetem Mund ein Axtheft steckte. Absolut lächerlich empfand ich eine Skulptur mit dem Titel ›Das falsche Herz‹. Hier wurde das maschinelle Innenleben eines aus mehreren Metallbüchsen zusammengeschusterten Blechroboters offenbart, das aus einem hölzernen roten Herz bestand, aus dem ein Pfeil herausragte. In den Augen des Roboters blinkte unentwegt eine Leuchtdiodenanzeige mit dem Hinweis ›System Access Error‹ auf.

Dandi blieb stehen und präsentierte uns die Schöpfung, um die es heute ging. »Das ist meine neueste Kreation. Wie gefällt sie euch?«

Auf einem Podest stand ein aus mindestens 100 zerbeulten, verbogenen, neuen und verrosteten Metallscheiben und Blechen zusammengeschweißtes Etwas. Es war keine Form zu erkennen. Die Scheibengerippe schlängelten sich in einer Art Spirale in zunächst zwei Richtungen, um sich dann wieder ineinander zu verwinden. Das eine Ende der Spirale reckte sich weit nach oben, das andere Ende verweilte tiefer, die einzelnen Scheiben weit auseinandergereckt, wie ein verzweifelter Versuch, dem anderen Ende hinterherzueifern. Ich streckte den Finger aus und wollte das Gebilde berühren.

»*Nicht anfassen!*«, schrie Dandi entsetzt. »Die Scheiben sind messerscharf und das Werk ist unersetzbar!«

Ich zuckte zusammen.

»Mein Meisterstück! Nur einen Namen hat es noch nicht. Aber aus diesem Grund seid ihr ja alle hier«, fuhr Dandi fort.

Dandi Dotters neueste Kreation war also noch namenlos. Er hatte die wahnsinnige Idee gehabt, eine Benefizveranstaltung zugunsten namenloser Künstler zu initiieren. Die geladenen Gäste konnten durch eine Spende an der Taufe seiner neuesten Schöpfung teilnehmen, indem sie selbst einen Namensvorschlag für das Werk einbrachten.

»Ich dachte schon an ›Die Unerträglichkeit der Ungewissheit‹ oder ›Castor und Pollux‹ oder einfach ›Magnifico‹.« Der Meister verweilte träumerisch, dann klatschte er begeistert in die Hände. »Wie findet ihr das?«

»Hm«, spöttelte ich ironisch. »Ich dachte vielleicht eher an ›Manie und Depression‹ oder vielleicht ›Die eiserne Verfechtung eines Hirngespinsts‹.«

Dandi schaute mich mit großen Augen an, dann riss er die Hände in die Höhe. »Brillant, mein lieber Freund. Dieser zweite Vorschlag ist einfach brillant! Genau so habe ich mich gefühlt während der fast unendlichen Schöpfungsperiode. Ich wollte auf halber Strecke auch schon mehrmals wieder alles verschrotten lassen.«

Dandis Reaktion überraschte mich total, doch er schien meinen Vorschlag ernst zu nehmen. Seine unüberhörbare Bemerkung gegenüber Barbarella ließ keinen anderen Schluss zu: »Sag mal, meine Liebe, wo findet man denn so einen Burschen?« Dabei deutete er auf mich und funkelte mich aus blitzenden Augen an. Mir hing ein dicker Kloß im Hals. Ich musste dringend etwas trinken und entschuldigte mich bei Barbarella, um eine Auszeit aus der Runde zu nehmen.

Ich ging zurück zum Eingang, wo ein Häppchenbüffet nebst Sekttheke aufgebaut war, wobei ich einen Umweg über die Toilette wählte, um Zeit zu gewinnen. Erfreulicherweise war sie leer und ich erfrischte mich kurz, indem ich mir kaltes Wasser ins Gesicht spritzte. Dann nahm ich eines der frisch duftenden Handtücher vom Beistelltisch und vergrub mein Gesicht darin. Als ich die Hände sinken ließ, betrachtete ich mein Konterfei im Spiegel und musste mir ernsthaft eine Frage stellen:

»Wer bist du eigentlich?«

So albern es sich anhörte, mein bisher gelebtes Leben und meine ach so schönen Erfolge kamen mir vor wie eine Farce. Ein tief sitzender innerer Selbstzweifel war in mir gekeimt und durchströmte langsam aber sicher jede Pore in mir, wie ein heimtückisches, retardierendes Gift, das ganz allmählich seine Wirkung entfaltete:

Ich war in einer Zuckerbäckerei aufgewachsen, um festzustellen, dass ich kein Faible für die Backkunst meiner Eltern hatte. Es hatte sich herausgestellt, dass mein leiblicher Vater ein Finanzgenie an der Börse gewesen war. Und plötzlich war mir alles klar gewesen. Aber weit gefehlt! Mein finanzieller Showdown hatte in der Gosse und im Gaunermilieu geendet. Hier war ich wieder aufgelebt und wiederum der Meinung gewesen, endlich meine eigentliche Bestimmung als wahnsinnig erfolgreicher Taschendieb gefunden zu haben. Zumindest war das Leben nun aufregend und keine Minute mehr langweilig gewesen – noch dazu zusammen mit Zuzi. Ohne Zweifel hatte ich mich nie wieder so lebendig gefühlt wie damals. Aber mein Ideal war eingestürzt und zusammengefallen wie ein Kartenhaus. Ich war erwischt, verhaftet und eingebuchtet worden – ein Ende im Knast. Diesem Schicksalsschlag war ich nur dank meines Adoptivvaters wieder entronnen und hatte zudem eine zweite Chance erhalten. Die Absurdität des Lebens hatte mich nun zur Polizei und auf die ehrbare Seite des Gesetzes verschlagen, das glich einer

»Wer bist du eigentlich?«

180-Grad-Wendung. Und wieder war ich der Meinung gewesen, endlich meine Bestimmung gefunden zu haben. Zumindest hatte ich wieder einmal unübertreffliche Erfolge gehabt. Meine Höhenflüge hielten eine gewisse Zeit an, auch dank Ronys recht häufiger Schützenhilfe und dank einer gewissen Skrupellosigkeit, mit der ich meine Freunde ausnutzte, so wie ich es im Fall Magenbitter mit Rony und Zuzi getan hatte. Und zum wiederholten Male hatte ich feststellen müssen, dass mein Erfolg nicht das gewesen war, was er anfänglich zu sein schien.

Mittlerweile waren fast sechs Monate vergangen, seit ich den Dienst quittiert hatte. Magenbitter alias A. B. Schlawinsky war doch noch vor Gericht gestellt, verurteilt und eingesperrt worden. Ein Kopfgeldjäger hatte ihn geschnappt und zurückgebracht. Dummerweise hatte sich herausgestellt, dass das Kautionsgeld, welches Magenbitter eingezahlt hatte und welches an den Kautionsjäger Bärentöter bar ausbezahlt werden sollte, allesamt Blüten waren – Lupine Fitzelkrams hatte dann zuletzt noch einmal ordentlich Staub aufgewirbelt. Das war es auch gewesen, was ich von ihr immer noch gewollt hatte, was mir aber zu spät in den Sinn gekommen war. Es hatte jedenfalls einen riesengroßen Skandal gegeben. Die Kämmerer hatten nicht genug echtes Geld im Säckel gehabt, um die ausgeschriebene Kaution an Bärentöter auszubezahlen, und dieser hatte wutentbrannt das Gericht verlassen. Aber die Geschichte hatte noch weitere Kreise gezogen. Durch das Auftauchen dieser neuen Falschgeldquelle hatten sich die Aussagen der Gebrüder Blütenblatt wiederum als wahr herausgestellt. Schlawinsky alias Magenbitter alias Maxim Tannenmann war der ominöse Auftraggeber für die Tabakernte der Brüder Blütenblatt gewesen und hatte, wie damals im Gericht angegeben, seinerzeit alles in bar an die Brüder bezahlt. Alle Scheine waren falsch gewesen. Die Brüder Blütenblatt waren unter einem unvorstellbaren Pressespektakel wieder freigelassen worden, für die ein findiger Anwalt postwendend einen ansehbaren finanziellen Ausgleich für den erduldeten Justizirrtum nebst Rufschädigung erstritten hatte. Mein angeblich so brillanter Ermittlungserfolg hatte sich damit als Luftnummer entpuppt. Genauso niederschmetternd war das Debakel gewesen, welches zu meiner Suspendierung geführt hatte. Die Presse hatte mich kaltblütig ›geschlachtet‹. Mein Ruf war dahin gewesen. Ich meinerseits hatte noch vor dem anstehenden Ermittlungsverfahren gekündigt, vor allem aber aus Angst um das Leben meiner Eltern, und hatte mich damit vollständig aus dem Polizeidienst zurückgezogen. Damit war die Forderung von Schlawinsky und Schnallentritt von meiner Seite aus erfüllt. Um mit meinem alten Leben vollends abzuschließen, hatte ich mich kurz darauf dazu entschlossen, Barbarella zu ehelichen. Dadurch hatte ich zumindest finanziell ausgesorgt. Warum auch nicht! Ich war nicht der Erste und würde nicht der Letzte bleiben, der nicht aus tiefster innerer Zuneigung, oder anders gesagt aus Liebe, einem anderen das Ja-Wort gegeben hat. Barbarella war überglücklich gewesen. Sie hatte auf der Benefizveranstaltung zur Kür des schönsten Wortes buchstäblich mit Zaunpfählen gewunken und ich hatte sie nun erhört. Ich erwähnte bereits, dass Barbarella durchaus ihre Reize hatte, nicht nur finanzielle, wenngleich sie nicht unbedingt meinem Beuteschema entsprach. Dem entsprach eher Zuzi. Ich kam wieder mal ins Träumen. Doch das war endgültig vorbei. Zuzi war nach Hause zurückgekehrt und hatte sich für die Zukunft entschieden, die ihr Vater schon immer für sie vorgesehen hatte. Sie war unerreichbar geworden. Ich gehörte nicht mehr in ihr Leben, außerdem hatte ich es mir mit ihr zuletzt auch endgültig verdorben. Zum Glück war sie aus allem einigermaßen heil und körperlich unbeschadet hervorgegangen und hatte nicht auch noch durch meine Schuld ihr Leben lassen müssen. Von Rony hörte ich auch nicht mehr viel. Unser letztes Zusammentreffen hatte sich bei der Ausstellung meiner neuen Papiere auf den Namen Piepenbringts in Verbindung mit der Abmeldung meines alten Wohnsitzes ergeben. Dies war dann der geeignete Zeitpunkt gewesen, seinen formalen behördlichen Fehler ohne viel Federlesens zu korrigieren, dessen Duldung meinerseits mir jahrelang Ronys Dankbarkeit und Hilfe gesichert hatte. Unsere Freundschaft ebbte ab aufgrund seiner nachhaltigen Liebe zu Zuzi. Er warf mir unterschwellig vor, die Schuld daran zu tragen, dass sie zurück aufs Land gezogen und damit für ihn verloren war. Und bei genauerer Betrachtung hatte er natürlich irgendwie recht. Er ging kaum noch aus dem Haus, es sei denn zur Arbeit, und verbrachte die Abende allein daheim. Ich stellte mir vor, wie er sich Abend für Abend selbst zusammengeschnittene Videoaufnahmen von Zuzis Fernsehwerbespots reinzog, und beließ es schließlich dabei, ihn nicht mehr anzurufen. Freunde verloren – neue Liebe und neue Freunde gefunden? In dieser Schickimicki-Welt der Besseren, Schöneren und Reicheren? Ich war auf jeden Fall ein Teil davon, aber war ich tatsächlich das, was ich war?

»Wir unterbrechen unser Radioprogramm für eine Sondersendung. Soeben erreicht uns die Nachricht, dass es einen Ausbruch aus dem Gefängnis gegeben hat. Der vor fünf Monaten zu lebenslanger Haft verurteilte Allesandre Benetrick Schlawinsky, der sich durch die spektakulären Ührlistolzbetrugsfälle allseits einen unvergesslichen Namen gemacht hat, ist heute aus dem Hochsicherheitstrakt unter bisher ungeklärten Umständen entflohen. Die Behörden gehen davon aus, dass dies nicht ohne fremde Hilfe möglich gewesen ist. Zur Stunde findet eine Pressekonferenz des Polizeipräsidenten statt. Wir halten Sie auf dem Laufenden. Und nun wieder zurück zu unserem aktuellen Programm ›Internationale Musik‹. In dieser Stunde: Volksmusik aus dem Herzen Kastaloniens ...«

Augenblicklich waren meine Bedenken und Zweifel wie weggeblasen und ich war mir 100-prozentig sicher, das Richtige getan zu haben. Zumindest vorläufig. Was ich bei Zuzi und Rony leichtfertig aufs Spiel gesetzt hatte, hatte ich Gott sei Dank bei meinen Eltern vermieden und nicht auch noch sie für meinen beruflichen Erfolg geopfert. Belassen wir es dabei! Vielleicht sollte man auch einfach den Ball flach halten, wenn man noch einmal mit einem blauen Auge aus einem furchtbaren Schlamassel herausgekommen ist. Und das zum wiederholten Male, wie ich aus meinem bisherigen Leben berichten kann. Gott sei Dank bin ich immer wieder auf die Beine gefallen – fast wie eine Katze? Ich musste an meine lieben Adoptiveltern denken. Sei's drum. Und wer weiß schon, was in ein paar Jahren sein würde. Vielleicht würde es mir irgendwann langweilig werden oder ich stellte wieder einmal fest, dass ich meine Bestimmung noch immer nicht gefunden hatte. Aber wer wollte darüber heute eine Spekulation wagen? Ich jedenfalls besser nicht! Es klopfte an die Tür der Toilette. Es war Barbarella.

»Spekulantius, ... bist du da drin? Wo bleibst du denn? Ich such dich schon überall. Ich dachte, du wolltest dir nur eine Erfrischung holen!«

Ich ordnete mein Jackett und fuhr mir noch einmal durch die Haare.

»Hab ich auch!« Ich war endlich wieder frisch im Kopf

und in mir machte sich zusehends eine lang vermisste Gelassenheit breit. Es ging mir wunderbar.

»Ich komm schon, Süße! Alles wird gut!«

ENDE

KASTALONISCH FÜR ANFÄNGER:

Kastalonisch	Deutsch
Challo	Hallo
Challo, Mostery Blume	Hallo, Herr Blume
Ke	Ja
No	Nein
Prizzy	Bitte
Dakiri	Danke
Nadi	Null / Nichts
Uni – Unizzy	Eins – Zehn
Dos – Dossy	Zwei – Zwanzig
Triz – Trizzy	Drei – Dreißig
Routa Sekreta, nommery trizzy, prizzy	Geheime Straße Nummer dreißig, bitte
Primo	Gut / Schön
Primo stationi y Kastalon	Einen schönen Aufenthalt in Kastalonien
Istero …	Ist … / Sein
Istero komorra Telefaxo?	Ist ein Telefax angekommen?
Komorra istero Telefaxo	Es ist ein Telefax angekommen
Istero Telefonico international?	Gibt es ein internationales Telefon?
Ke. Istero karabineri uni …	Ja. Es gibt eines in der Kabine eins …
… y passata lingui.	… im linken Gang/in der linken Passage

Startero nommery nadi-nadi-uni	Beginnen Sie mit der Nummer Null-Null-Eins
Istero libero?	Ist frei? / Ist hier frei?
Do	Dann
Do no	Dann nicht
Pyradoni	Entschuldigung

DANKSAGUNG:

»Eine einzige Idee des menschlichen Verstandes kann Städte entstehen lassen. Eine Idee kann die Welt verändern, alle Regeln neu bestimmen…« (aus: Inception. Warner Bros. Trailer. 2010).

Ich danke all den wunderbaren Menschen, die durch ihre Unterstützung, ihre Impulse und vor allem ihren Enthusiasmus dazu beigetragen haben, dass meine Idee als Geschichte in diesem Buch Realität werden konnte und meine Welt verändert hat!

Einen wesentlichen Anteil hieran trägt meine Frau Vicki, die mir stets den Rücken gestärkt und mir, neben mehrfachem unermüdlichem Korrekturlesen, den nötigen Freiraum gelassen hat, um diese Geschichte zu Papier zu bringen. Ihr ist dieses Buch gewidmet. Von Herzen Dankeschön sage ich allen meinen Testlesern und –leserinnen und ihren konstruktiven Anregungen: Anette Odigie, Stephanie Vielfort, Ute Kalb, meiner Schwester Dagmar, meinem Bruder Eckard und natürlich meiner hervorragenden Lektorin Claudia Senghaas. Vielen lieben Dank Corina Hönle für die Ratschläge bezüglich krankenhaustechnischer Gegebenheiten. Dankeschön Günther Geiger für die Einschätzungen und Hinweise in Fragen chemischer und labortechnischer Art und Viola Schöll für die hilfreichen Informationen zum Thema Polizeieinsatz.

Euch und Ihnen allen von Herzen Danke für das Mitwirken und die Begeisterung an der Entstehung dieses Buchs, das, so hoffe ich, viele begeisterte Leser finden wird.

Ralf Waiblinger im Februar 2013

Weitere Krimis finden Sie auf den folgenden Seiten und im Internet: www.gmeiner-verlag.de

Volkmar Braunbehrens
Lorettoberg
978-3-8392-1417-6

»Kommissar Grabowski arbeitet nach der Devise ›Langsam geht schneller‹, aber manchmal geht auch mit ihm der Gaul durch.«

Der Hamburger Modezar Karl Legrand hat seine Firma verkauft und ersteht eine der prächtigen Villen am Freiburger Lorettoberg als Ruhesitz. Am Morgen nach der pompösen Einweihung wird er tot im Garten gefunden. Kurz darauf gibt es ein weiteres Opfer, welches mit derselben Waffe erschossen wurde. Kommissar Grabowski übernimmt die Ermittlungen, die ihn von Freiburg schließlich bis nach Hamburg, Berlin und Mailand führen …

GMEINER

Wir machen's spannend

Raimund A. Mader
Roter Herbst
978-3-8392-1433-6

»Mutig, menschlich und spannend bis zur letzten Seite«

Kommissar Adolf Bichlmaier flüchtet aus Regensburg in die Einsamkeit. Sein letzter Fall hat große Erschütterung in ihm ausgelöst. Er landet in einer kleinen Stadt am Rande eines Moores, in der er einst als Bundeswehrsoldat stationiert war. Doch auch hier findet er keine Ruhe. Denn das Moor gibt eine grausam verstümmelte Leiche frei.

Bichlmaiers Reise in die eigene Vergangenheit wird zu einer Begegnung mit den Schatten, die die BRD in den 70er-Jahren heimgesucht haben.

GMEINER

Wir machen's spannend

Michael Gerwien
Mordswiesn
978-3-8392-1421-3

»Packender, feuchtfröhlicher Raintalerkrimi mit spannenden Informationen über Oberbayern und die Wiesn.«

Ende September. Das weltberühmte Oktoberfest ist in vollem Gange, die Stimmung im Bierzelt kocht. Exkommissar Max Raintaler und sein alter Freund Franz Wurmdobler bekommen jeweils 100 Euro von einem ihnen fremden Immobilienwirt aus Grünwald geschenkt. Einzige Bedingung: Sie müssen das Geld noch am selben Abend vertrinken. Keine zwei Stunden später ist der edle Spender tot. Er wurde mit einem Maßkrug erschlagen. Max und Franz machen sich gemeinsam auf die Suche nach dem Täter.

GMEINER

Wir machen's spannend